私の北方領土

日本人は本当の「**終戦の日**」を知らない

～元島民・平野一郎の主張～

遠藤一郎

Ichiro Endo

文芸社

まえがき

私、平野一郎（遠藤一郎）は八十四歳になった（令和元年九月現在）、何の変哲もない高齢者です。すなわち、多くの皆さんと同じような、ごく一般的な生活をしてきました。

ただ他人と違うのは、一番多感な十歳から十二歳までの二年三カ月、北方四島の「色丹島」で、日本人の多くがあまりなじみのないソ連人と生活してきたことです。

その結果、多くの国民の皆さんが経験できないことを経験することができました。

特に、現在のロシア国民でも、ソ連軍のＫＧＢ（以後憲兵隊ではなく、秘密諜報活動組織と記載した。その根拠は記載している）と言えば恐れを抱く軍隊です。

しかも、ソ連軍色丹島上陸後に島を統治したソ連軍の憲兵大佐（本人が、当時私が下宿していた家の遠藤ミサに話した）との交流は、おそらく日本国民の多くが信じられない、たくさんの話と事象の出来事でした。


その後、色丹島からのソ連軍の強制引き揚げの当事者ですから、高校生の頃から、色丹島にソ連軍が上陸したことを記載した本の出版を期待していました。

しかし、私は高校卒業の一年後に就職できたのですが、一カ月に二十五日前後の出張という生活で本など落ち着いて読む機会などありませんでした。

そして、昭和五十三年、やっと読むことができた『忍従の海』（読売新聞社、昭和四十八年）、『北方領土』（講談社、昭和四十八年）。

その内容に違和感を覚え、北海道新聞の釧路支社長だった森田常吉叔父さん（私の生みの母の妹の夫）に、

「この斜古丹（色丹）村の村民の話は全て嘘です。本が出版されて五年も経つのに、誰も嘘であると言う人がいない！」

と話したのですが、

「当時一郎君は十歳くらいだろう。そんな子どもの話など誰も信じないよ」

と言われたので、それ以降、色丹島へのソ連軍上陸の話は誰にも一切話せず、また、島民達との慰安旅行に参加してもその話はしませんでした。

ただ、私には村民の嘘を証明できる書面があることを知っていましたから、それを探し求めていました。

そして、その書面が奇跡的に私の手に入ったのです。その状況は本書に記載しています。また、平成三十年二月十七日のテレビ放送を見た結果、私はこの考えを本にして出版することを決心したのです。

しかし、小学校から高校卒業まで、私の一番嫌いな科目は国語でした。作文などで一度も先生から褒められたことはありませんでした。

だから、そんな人間の書いた本を出版してくれる出版社などないと思っていましたが、文芸社の作品募集の広告を見て、一か八かで作品を送ったところ、札幌で面接をするという話が来て、こうして本の出版にまで漕ぎつけることができたのです。

ですから、文章においては全くの自信がありません。ただ、もしや永遠に葬り去られるかもしれない「真実」を、こうして形にしておきたいという「思い」を、ひとりでも多くの方に知っていただきたいと思うばかりなのであります。

令和元年十二月

もくじ

この作品は、著者の体験に基づいた、北方領土に関する見解をまとめたものです。当時の状況を忠実に表すため、現在では差別的とされ、あまり使われない言葉も使用している箇所もございます。また、一部人物名を伏せている箇所もございます。ご了承ください。

第一章　私の、根室→東京→色丹島経路

私は一九三五年（昭和十年）九月十六日、根室町字光和町四番地（現在の根室市駅前交番の左斜め前側）で生まれました。

私の母、ナヲは、私の出産のため右記住所の平野ヤスお祖母ちゃんのところに、色丹島《しこたんとう》ホロベツ村から一時帰ってきて、出産の二週間後に漁夫の平野政五郎の元へ一人で帰って行ったのです。話が前後しますが、私の母は野崎定吉の娘ですが、大正九年に養子として平野ヤスの元に入籍しています。以後、私は祖母の平野ヤスお祖母ちゃんに六歳中頃まで育てられるのです。したがいまして、根室町駅裏の野原に放牧されていた牛の牛乳で育ちました。

私が生まれた頃、国鉄の機関区が十勝の池田町にあった関係で、祖母は駅前で機関士さん達専用の旅館を営んでいたのです。

この当時の思い出として、遊び場は駅の待合室、四歳の頃は祖母が時々お寺（開法寺？）に連れて行ってくれました。また五歳の冬には根室気象測候所横の坂でソリ滑りで遊んだこと、機関車に乗せられて（根室駅に停車中）汽笛の紐を引いて鳴らしていたことを覚えています。

また、今でも池田町の駅前で販売しておりますが、名前は覚えていませんが、バナナのような形をした餡《あん》の入ったお菓子をいつも食べていました。

一九四〇年（昭和十五年）の春頃だったと思いますが、「紀元は二千六百年」のにぎやかな提灯行列を見たのちに、祖母に連れられて叔父（母の弟）の住む東京都大田区に移住しました。

叔父は区内の鉄工所で働いていました。東京の思い出としては、近くの大森公園でのトンボ捕り、叔父さんに連れられて電車に乗ってよく映画館に行きました。当時の映画は井戸の中から女の人の幽霊が出てくるので、恐ろしくてすぐに寝てしまいました。

話はちょっと下品になりますが、小学校五、六年生のガキどものお医者さんごっこを覗《のぞ》いてみたりもしました。なにしろ私の住まいの付近の家庭は共稼ぎが多く、私を時々近くの大きな公園にトンボ捕りに連れて行ってくれる十三、四歳の娘さんがいたのですが、その家庭も父親はおらず母親と十七、八の姉との母子家庭で、皆働いておりました。そして日曜日には見知らぬ男が訪れてきますので、そのつど、その妹さんが私をトンボ捕りに連れて行ってくれるのでした。

祖母はよく本を読んでおりました。また、近くに住んでいた支那（中国）で戦って左足と左手の手首を失った人が時々遊びに来て、戦況などを教えてくれていたからでしょう、このまま東京に住んでいたらいずれ戦争が始まって爆弾を落とされるからと、一九四一年（昭和十六年）の春頃、東京を離れて色丹島に移住することにしました。昭和十六年の春頃にこのように考えた人はヤスお祖母ちゃんしかいなかったと思います。また、このような話が特高警察か憲兵隊に知れたらどうなっていたか？今でもゾッとする思いです。その際、祖母は叔父さんにも東京を離れるよう話をしていました。その後、叔父さんは釧路に移住しています。

東京を離れる時の思い出としては、夜行列車のデッキで発車ベルが鳴っているのに祖母が現れないので、大声で泣いていたことです。祖母は発車後、隣の客車から多くの買い物の荷物を抱えて私のところに来ました。

そんなこともあり、根室の駅に着くまでのことは何一つ記憶にないのです。私は生まれつき左足が不自由なため、祖母がよく背負ってくれていましたので、移動の時の連絡船の乗下船のことも覚えていませんでした。

何日か後に、根室の港の油の給油機のそばで、父親が迎えに来るから待っているようにと祖母に言われ、待つこと数時間、心細くなり泣いていたことを覚えています。

やっと現れた父親は、ラムネの瓶を一本差し出して「これを飲め」と一言だけ言って、私はそれを受け取って終わり、これが父親との初めての出会いです。あとは旅の疲れと泣き疲れで、その後のことは全く覚えていません。気づいた時はホロベツの家で寝ていました。

この時代のことが『北方領土の神社』（発行　北海道神社庁　P.119）に書かれています。

「根室から色丹島へは西前行き、すなわち根室よりホロベツ、アナマ、マタコタンを経て色丹港に至る線にして六浬《かいり》なり、船は寳正丸という帆船にて四十五頓五、根室町今井彌三郎所有の貨物船にして定員乗客三等十人、船員六人なり、ボート一隻馬力六十三、無注水式焼球発動機にて一本のマスト起重機あり、白塗りの不潔な船なり、船賃艀を入れて三円三十銭なり」（注、原文通り。読点、読みは筆者）とあり、私も同じ船で昭和十六年の春頃（六歳）に祖母に連れられて色丹島に渡ったのです。

二、三日して外に出て驚きました。なにしろ家の周りには我が家以外一軒の家もないのです。親に隣の家はどこにあるのか聞いたところ、三十分ほど歩いたところに藤林さんという家と、川向こうの山陰に片野さんという家があるだけと聞かされました。

また、家には二歳と四歳年下の弟がおりました。家の前には川があり、川幅十メートルほど、深さは我々子供が首まで水がくるぐらいで、しかも河口はすぐ海なので、満潮時にはつま先を立てて渡ったのを覚えています。当時は満潮時などの理屈は知りませんでしたし、親達もそのような危険があることは教えてくれませんでした。

実際、私が翌年小学校へ入学したためいなくなった後で、二歳下の弟は流されて海に浮いているところを漁師さんに拾ってもらったと、後日親から聞かされました。

なぜ危険な川を渡るかと言いますと、渡り終わるとすぐ右方向は一面の砂浜で海が広がっており、その砂浜で貝殻などを拾って遊んだり、砂浜の一番端のところに「土人」（当時、親達はそう呼んでいた）が一人住んでいたので、探検ごっこのつもりでよく弟達と近くまで行ったものです。

ある時、その土人が男か女か分かりませんが、肩まで伸ばした髪を振り乱し、長い棒を振り回して私と弟達に向かってきたのです。もちろん、我々は一目散に逃げ帰りました。

また藤林さん宅には当時十四歳の娘さんがいて、私を迎えに来て連れ出し、よく遊んでくれました。二歳下の弟はそれを覗き見して、母親に「いっちゃん（私）としか遊んでくれない」と話していたことを覚えています。

なにしろ、この弟は色丹にいる間、常に私を監視していたように思っています。

その理由の一つは、私が朝食をする時は、今まで父親が座っていた上座にお祖母ちゃんが座り、その横には私が座り、二人の前にお膳が置かれてそれで食事をしたのです。皆は居間の大きなテーブルで食事をしています。

さらに、祖母は一日中私の名前を呼んでいますが、弟達の名前はあまり呼んでいなかったことを覚えています。五歳の子供でも面白くないわけです。

当時、平野家には両親、祖母、野崎スナお祖母さん（母親の母）がいて、不思議なことに両親の父を「とうやん」、母を「かあやん」と呼んでおりましたので、私も両親を同じように自然に呼びましたし、島の村人達も皆同じように呼んでいました（以後、文面では「とうやん」「かあやん」で書きます）。

両親、スナお祖母さんは、日中は三人とも魚捕り（何を捕っていたかは不明）に出て不在でしたが、祖母の姿が見えない時にこんなことがありました。すなわち、上の弟が突然鉈《なた》を振り回して私に向かってきたのです。私もとっさに近くにあった鉞《まさかり》で応戦したものです。

なにしろこの弟は要領が抜群なのです。両親が不在中に我々子供が悪戯《いたずら》で物を破損してとうやんが怒りますと、彼はすぐいなくなり、私一人が怒られていました。

ホロベツ村での初めての正月、新年の挨拶に海産物を持参して、山陰に住んで牧場経営をしていた片野精さん宅に、とうやんは私と弟二人を連れて行きました。

そこで私達は、今で言う「ジンギスカン」（羊の焼肉）を昼食時に初めて食べました。その美味《おい》しかったこと……、今でも忘れていません。帰りにはチーズなどをお土産にもらいました。

片野さんの家は二階造りの洋風（二階の窓は縦長で両開き）の家で、片野さんも背の高い恰幅のよい人に見えました（片野さんの住んでいた家のことは、平成二十三年十二月に札幌市南区のT氏に確認済み。T氏は終戦時頃まで斜古丹郵便局の郵便配達員でしたので、各地の島民の親類関係など各村のことはよくご存じでした）。

私は、一九四二年（昭和十七年）四月に、小学校入学のため斜古丹村の遠藤家に下宿することになるのですが、一年ほど両親と生活したものの、ホロベツ村でのかあやんの思い出は全くなく、とうやんの思い出は、片野さん宅へ新年挨拶の際、三十分ほど雄の羊をあお向けにさせようとしていたことだけです。

したがって、遠藤家に下宿してから二年後の小学三年生になる春にアナマ村（注、「アナマ」の漢字表記は「穴澗」）で再会するまでの期間で両親を思い出すこともなく、また寂しいと思ったこともありませんでした。

ここで、平野家が色丹島ホロベツ村に移住し、住み着くことになった経緯を私なりに記載してみます。本当なら、ヤスお祖母ちゃんか両親の健在の時に聞いておくべきであったのですが。

まず、ヤスお祖母ちゃんは、年月は不明ですが、石川県鹿島郡七尾町から根室町に移住したようです。結婚は晩婚の五十歳で、結婚相手は当時根室町で木工場を営んでいた政吉さんで、結婚六年後に機械に巻き込まれて死亡してしまうのです。

ヤスお祖母ちゃんは、政吉さんの死亡前か死亡後かは分かりませんが、根室の国鉄の駅前で国鉄機関区運転手専門の旅館を経営していたのです。

したがいまして、東京に移住の時には、娘婿を連れてきて実行した色丹島ホロベツ村の漁夫の生活に見通しがついたと思っての行動でしょう。

しかし、東京への移住の目的が何であったかは聞いていませんでした。


ところで、ヤスお祖母ちゃんのことが書かれた書物があります。

『色丹島渡島と退島一覧』（昭和五十五年三月　千島歯舞諸島居住者連盟発行）「北方領土島民名簿4　色丹編」に基づく平成二十二年四月二日調査に、「穴澗　平野　ヤスさん　明治五年四月　色丹渡島」の記載がありますが、この「明治五年」の色丹島への渡航は間違いで、「昭和五年」が妥当と思います。

『根室色丹会30周年記念誌　しこたん』P.9に、

「明治七年頃、根室地方の漁業者二人が本島に上陸し狐猟を試みしが彼等こそ此の無人の荒土に初めて足跡を印せしと思いきや、キリトイシに二名の米国人と一人の混血児を発見せり、（中略）九年に今の斜古丹に官舎米倉を建設し二名の官吏を派して船改所を設け密猟外船の取締りに当たらしむ。これ邦人常住者の始めとす」と記載があることからです。また、

「二十六年千葉県人荒井茂平氏が穴澗に移住し、（中略）三十七年の如しは鱈釣り漁船は八十余隻至る。（中略）何ら製造業もなかった四十四年から缶詰業が生まれるに至った。穴澗→荒井缶詰所―四

十四年六月、八馬力汽缶・職工十二名・海苔・魚肉・かに。ホロベツ→和泉詰所（和泉庄蔵）工場四棟一一七坪五―コルニッシュ型二十馬力の汽缶米国式横型蒸気釜等―男女職工六十五名・人夫五十名」

とあり、ここでホロベツの和泉詰所の建設の時期は記載されていませんが、多分、荒井缶詰所と同時期か大正初期頃と思われます。

と申しますのは、「北方領土島民名簿」に「ホロベツ村に藤林市造氏が明治四十五年（注、明治は四十四年まで）六月に渡島」と記載されているからです。

また、平野家がホロベツ村に移住するまで、漁夫の藤林さん一軒しか住んでいないと思われます（ただし、和泉詰所の関係者は除く）。

当時（昭和四年～五年頃）根室の町ではホロベツ村の蟹《かに》の缶詰工場に蟹を搬入する漁民の話が出ていて（注、記載書物を探している）、この話を聞いて昭和五年にホロベツ村に赴いたことは間違いないと思います。

すなわち、亡くなった夫の政吉さんは木工場を経営していたことだし、ヤスお祖母ちゃんも旅館を一人で経営していたことで、事業仲間の一人に見られていたかもしれません。またある程度の資金力はあったと思われます。

なにしろ、ヤスお祖母ちゃんは、考えついたことは即座に実行してしまう人でした。

また、気性の一面を記載しますが（この話は後記で詳細に記載します）、昭和二十年九月三日の昼頃、ソ連赤軍の酔っ払った三人が突然平野家に入ってきて時計などを要求したのですが、そのうちの一人の下半身丸出しで怒鳴っている兵隊の前に行って、ヤスお祖母ちゃんは自分の着物の裾をまくり上げたのです。実際私も見ていました。

驚いたのは丸出しの兵隊で、両手を上げ「分かった」の仕草をしてズボンを上げたのです。この時のヤスお祖母ちゃんは八十二歳でした。そうして私の母親を守ったのだと思います。

ソ連兵は平野家を立ち去る時、とうやんにリヤカーを引いてついて来るよう指示があった際に、ヤスお祖母ちゃんはとっさに私達子供にもとうやんについて行くように話したのです。当時、私達子供は十歳、八歳、六歳ですから、普通の親や年寄りなら子供をソ連兵から守るか遠ざけるようにします。

なお、追記しますと、外国の兵隊に着物をまくり上げた日本女性は、他に約六三〇人もいるのです。それは戦後、アメリカ兵が日本本土に上陸後の三日目に、時の大蔵事務官・池田勇人（後の総理になった人物）が日本女性の純潔が守れるならと、当時の金一億円で「売春塾舎」を作って女性を募集した時に集まった女性達です。

もちろん、着物の裾をまくり上げただけではないことは言うまでもないことです。

話が大変脱線気味になりましたが、このような気性のヤスお祖母ちゃんは、話だけ聞いてか、また誘いがあってか分かりませんが、一人で即座に色丹島移住を決断し実行に取りかかったと考えられます。

ヤスお祖母ちゃんは、渡島前に出身地の石川県を訪れ、当時十九歳の平野政五郎を連れて来て色丹島のホロベツ村に移住させたのです。

この表現は不適当と思われますが、ヤスお祖母ちゃんが私には、「とうやんは拾って来た」と話したことがありました。

理由を聞くと、昭和初期からの「昭和恐慌」で十九歳の政五郎には職もなく、ここ二年ほど村民は米の飯は盆・暮れぐらいしか食べていない、芋、カボチャ、トウキビなどの野菜と魚は海に近いので何でも捕れてこれらで生活していると話をされ、親類などから誰か一人若者を連れて行くように言われ、その中で要領良く物事をこなす若者がいた、それが私の父となる政五郎、その人だったのです。

このような状況から、「拾って来た」という表現になったのでしょう。


話がちょっと飛びますが、当時の年寄りさん達の見る目は確かなところがありますよ。

十数年後にソ連軍の赤軍を手玉に取って、約四〇〇〇名の捕虜の日本兵に面会するし、赤軍の兵士に地引き網を引かせ、さらに北海道へ引き揚げ後の二十数年後には拿捕《だほ》されてアナマのソ連の収容所に入れられて、一、二日するとアナマの赤軍が、とうやんが来たと騒いで特別に調べると話し、兵舎に連れて行かれ、酒飲みが始まるのです。

時には民間人の家にまで連れて行かれて酒を飲むこともあり、宿泊はソ連軍の兵舎なのです。

ですので、ソ連軍の赤軍、民間人からも、「とうやん」と呼ばれていたので、父の呼び方を「とうやん」と記載することにしたのです。

さらに、拿捕後の漁船の船長は最低でも一カ月近く取り調べられるのが、数日以内に一般の船員並みに根室港に戻ってくるので、その日の夜行列車に乗せられて、札幌の中央警察署の牢屋に数日、時には一週間入れられて取り調べられたと、札幌に住むようになってから、札幌中央署の警察の前を通るたびに話していました。

これが、昭和初期に石川県で拾われ色丹島に送り込まれた男の一生と合わせて、私は、この自叙伝に書くことにしたのです。

色丹島へ渡島の際は、ヤスお祖母ちゃんは政五郎を連れて行ったと思います。

また、同時に家を建てる資材などは先にホロベツ村に送ったか、または乗船の船に積み込んで渡航したかもしれません。そのどちらかと考えられます。

ホロベツ村を離れる時は政五郎を残し、将来住む家の建築をさせて、一人で根室町に帰ったと思われます。

帰島後は、平野旅館に住み込みで働いていた野崎スナお祖母ちゃん（当時三十六歳）と娘のナヲ（当時十五歳で、すでに平野ヤスの養女となっていました。また、後日私の母になる）と、大工人夫などをホロベツ村に行かせ、冬までに家の完成をさせたと思われます。

私のホロベツの家での最初の印象は、立派な床の間があったことを覚えています。

この程度のことは瞬時に考え実行してしまうことができるヤスお祖母ちゃん（当時六十七歳）であることは、六歳まで育てられた私には考えられます。

いずれにせよ、平野家が色丹島に住み着いた経緯は、上記の記載内容に近かったと思います。もし、大きな違いがあるとすれば、ヤスお祖母ちゃんがホロベツ村から帰った後に、石川県に行ったことぐらいでしょう。

一方、ホロベツ村の蟹の缶詰工場は、その後安藤石典氏に経営が引き継がれたと思われます。安藤氏は、昭和五年八月一日に根室町の町長に就任した人で、氏は警察官から勤め上げ、前年の四年には道庁警察部特別高等課長で勤務した後、退職しています。

したがって、缶詰工場等の事業経営は昭和四年までは不可能であります。

以下の文は、『安藤石典と北方領土』より抜粋した記事です。P.14に、

「色丹島に、安藤がその経営に携わっていた蟹の缶詰工場があり、安藤牧場があった」

さらに何年頃工場が撤収されたかを記載された書物は、私には見つかりません。

ただ、撤収された時期について、ある程度参考になる文が『北方領土の神社』P.１２０（昭和十六年九月三日〜九月十七日の文）に、

「ホロベツといふ所にて荷揚げの為寄港せり海上より家二、三軒望見し得る程度の淋しき場所なり此處は藤野？　の缶詰工場ありし處なりといふ又或事業家は馬の放牧を計画中なりともいふ三十分餘にて出帆せり」とあり、すなわち工場は昭和十二〜十四年頃に撤収されたものと思われます。

最後に工場の建設場所はどこであったかを考えてみます。結論から言いますと、私がホロベツ村に移住した最初の正月に挨拶に訪れた片野さんの家の付近であったと思います。

工場建設に一番必要なものは、工場で使う水と飲み水、さらにある程度の広さの土地です。この三つが揃ったところは、ホロベツ村では片野さんの家の付近だけです。

片野さんの色丹島への移住は昭和十二年八月（「北方領土島民名簿」P.19記載）ですので、昭和十一年前後工場が撤収された後に牧場が出来たと思われます。

工場用の水ですが、ホロベツ川が蛇行して建設したと思われる土地の付近まで来ています。このホロベツ川は色丹島では一番大きな川（『色丹島記』長見義三著、P.204に、「ホロベツ＝島で一番大きい川」と記載あり）ですが、すでに記しましたが、平野の家の前で川幅は約十メートルで、深さは五、六歳の子供が首まで入って渡れる深さでした（経験より）。

すなわち、獲れた蟹と漁網と大人二人を乗せた小舟で工場近くまで行け、蟹を陸揚げできる場所であったと思います。

さらに、最初の正月に新年の挨拶に行って見た片野さんの家は、オランダ風の建物そっくりでした。大変失礼な言い方になるかもしれませんが、牧畜業の人の家としてはちょっとアンバランスです。すなわちこの建物は、缶詰工場の社長または役員らの住まわれた家が、工場撤収の際に残されたものではないかと考えられます。

ところがすでに記したように、昭和十六年にはホロベツには「缶詰工場在りし處なり」と過去形に記載されています。なぜ、工場を閉鎖することになったかです。

考えられるのは、工場スタート時、工場に蟹を搬入できた漁業者は、おそらくホロベツ村の藤林さん一人で（注、「北方領土島民名簿」P.19に「渡島・明治四十五、六」と記載）、あとは工場の持ち舟が搬入をしていたと思われます。

漁業者は増える見込みがあったのがなくなったか、許可が下りなかったか、蟹資源の減少も考えられます。

一つ裏付ける記事が『忍従の海　北方領土の28年』P.２３８の記載内容で、ある程度分かると思いますので記載します。

「国後島と色丹島、歯舞群島にはさまれた通称〝三角海域〟は、昔からタラバガニの好漁場で、春の漁期（三月～五月）になると漁船がひしめく。

しかし、資源保護の建て前から、タラバは、かん詰め以外にすることは禁じられていたし、また各工場所属の漁船数も定められていた。

『釧路市より根室国、千島国を経て北見国に至る間に、許可すべき漁船数は一六三隻以内とす』と定めた昭和十一年北海道庁通達をみても、タラバガニ漁業には早くからかなり厳しい規則が加えられていたことがわかる」

したがって、平野家はホロベツの缶詰工場閉鎖後は、アナマの缶詰工場に蟹を搬入し生計を維持していたと思います。また不思議なことに私が渡島後、とうやんが獲って来たタラバ蟹を缶詰工場に搬入したのは一度も見ていませんが、家ではよく食べていました。

当時アナマ村にも缶詰工場があって、昭和十六年には操業している様子は第三章に記載していますが、私が小学校へ入学後の昭和十九年の春に初めて親元へ帰った時は、平野家はアナマ村に引っ越し、ホタテ貝を獲って生計を維持していました。

なお、缶詰工場は閉鎖されていました。おそらくアナマ沖近海は乱獲でタラバ蟹と鱈《たら》がいなくなり、アナマ村には八十余隻の漁船は一隻もいなくなっていました。

このような環境変化に、平野家の住まいをアナマに移住するための家屋の建設を、ヤスお祖母ちゃんは陣頭指揮して事を進めたと思います。

もちろん、家はホロベツ村の時同様、ヤスお祖母ちゃんが建築資材から大工、人夫なども手配されたものと思います。当時まだ、とうやんには財力もなく、生活漁業のため時間的余裕もなかったので当然と思います。

そのような状況下でとうやんは、見事にホタテ貝で生活の基盤を作り上げていたのです。しかし、記載した如くヤスお祖母ちゃんがいたからできたことと思います。

ですから、ヤスお祖母ちゃんが亡くなる日まで床の間を背にして、お膳で一人食事をしていたと思われます。さらに昭和十九年の春の帰郷時にも、私はヤスお祖母ちゃんと並んで食事をするのですから、皆は口には出さなかったけれど面白くなかったと思います。

話が横道にそれましたが、一方、安藤氏は早い時期に缶詰工場の経営に見切りをつけ、戦争拡大で軍馬の需要増を考えて、馬の放牧地としてもっとも適した色丹島で牧場経営に取り組んだと思います。

早い時期に見切りをつけたと記しましたが、安藤氏の妻の妹の夫であった片野氏は、昭和十二年四月（「北方領土島民名簿」P.19記載）にホロベツ村に移住しています。

すなわち、突然移住したのではなく、まだ缶詰工場が操業中から片野氏は数年ホロベツ村に来て牧場建設の調査、準備をしていると考えられるので、その時期に片野精さんと、とうやんは知り合ったと考えられます。

このような状況から、ホロベツ村に移り住んで間もない一介の漁夫が、当時としては珍しい十勝農業学校を卒業した、ロシア語も話せるインテリ人間のところに新年の挨拶に行ったり、その後もお互いに行き来したりしていたことを考えると、とうやんの蟹獲りと片野さんの牧場準備期間が重なっていたと考えられます。

ここで、もう一度ヤスお祖母ちゃんの行動として考えられるのは、昭和十五年の春、根室町の旅館を売り払い東京へ移住した時は、まだアナマ村の缶詰工場は操業をしていたが、昭和十六年の蟹の漁場が終わった時点で工場撤収の話を聞き、平野の家の生計のことを考えてアナマ村への移住を実行したとも考えられます。

アナマの缶詰工場のことは第三章で記載していますが、昭和十六年には操業していますが、私が十九年にアナマ村に赴いた時には工場は稼動していませんでした。

すなわち工場は昭和十六年を最後か、または十七年か十八年頃に閉鎖されたことと考えられます。

当時としては、ヤスお祖母ちゃんは木工工場と旅館の売却で、ある程度のお金は持っていたと考えられますので、気性からして思ったらすぐ実行できたと思われます。

私はこのホロベツ村を一年後にあとにします。昭和十七年三月の中頃、小学校入学のため、斜古丹村の下宿先の遠藤家へ向けて、まだ街道に雪がある時に馬ソリで、湯たんぽを足下に入れて敷いた布団に寝かされて、早朝ホロベツ村を出発したのです。もちろん馬、ソリなどは片野さんから借りたことでしょう。

斜古丹村の遠藤家には昼頃着き、昼食に鯨《くじら》の焼いた肉を食べたことを覚えています。そしてとうやんは多くの鯨肉をもらって喜んでホロベツ村に帰ったことでしょう。なにしろ、鯨肉を見たのも食べたのも初めてのことだったと思います。

ここで、なぜ遠藤家が下宿先なのかを説明します。

祖父（ヤスお祖母ちゃんの夫）は、根室町で明治の中頃から大正八年まで木工工場を経営していましたが、大正八年十月に機械に巻き込まれて死亡していました。

大正初期頃、遠藤若松さんは逓信省の落石《おちいし》無線局に臨時職員として働いていたのです。

したがって給与も安かったのでしょう、時々今で言うアルバイトで木工工場で働いていたようで、その時ヤスお祖母ちゃんと遠藤家は知り合い、その縁でヤスお祖母ちゃんの依頼で引き受けたものと思います。

以上でホロベツ村と別れることにします。

第二章　小学校入学〜昭和二十年九月一日までの事象

最初に、下宿先の遠藤家と主人の仕事について記載します。

遠藤家の住まいは、当時の逓信省（戦後は郵政省）が色丹島斜古丹村に設置した、郵便局の無線電信を落石無線電信局間と通信を行うため、電気設備（注、落石無線局の直轄管理下の設備）を運営管理する人を住まわせる官舎でした。

ですから、官舎は八畳二部屋、台所（四・五坪）、風呂場、廊下、便所、押し入れ（二間）、玄関（北側、南側に）の間取りで、各部屋には電球が一〇〇ワット二個、六十ワット一個、四十ワット三個、二十ワット二個が設備され、電灯は二十四時間、三六五日使用していました。

勤務は二人で行っていましたので、隣の官舎も同様の作りでした。なお、択捉島《えとろふとう》の無線電信設備、官舎なども全く同じでした。

なぜ私がここまで話ができるかというと、これらの設備の設置工事などは小山勇氏、遠藤と紗那電気室に勤務した三人で昭和初期頃から工事を行ったからで、この話は引き揚げ後札幌市白石区に住んだ当時、近くに小山氏（引揚者ではない）が住んでおられて、建設当時のいろいろなことを聞いたからです。官舎について、長々記載した理由は、後の記載文にある程度必要となるからです。

皆さん、択捉島、国後島《くなしりとう》、色丹島、歯舞群島《はぼまいぐんとう》の各島で電灯生活ができた家は、上記の色丹島、択捉島の合計四軒しかなかったのです。このことは島民でも知っている人はほとんどいないと思います。

無線設備には、外にはアンテナ鉄塔（木柱でも良いが、色丹は鉄塔）を地上二十メートル以上、二本を約二十メートル間隔（使用短波電波の波長の四分の一から二分の一）に立て、これにアンテナ線を張ります。無線室には発電機と、動力に普通はジーゼルエンジンを使用するのですが、斜古丹の動力はどうも私の考えでは焼き玉エンジン（漁船のエンジンと同じ）を使用していたように思えます。

と申しますのは、局舎の西側に煙突が出ていて、いつも日中はポン、ポンという音を出していたと記憶しているからです。さらに、鉛蓄電池が四十個ほど設置され、これらすべての維持管理をしていました。

『根室色丹会30周年記念誌』P.5の「昭和七年頃の斜古丹」の写真は、さきほどの電気設備が完成した時に、小山勇氏が昭和八年春頃に写したものだと、私は南区の自宅で聞きました。

話がそれますが、択捉島、色丹島の写真で雑誌などにあるものは、ほとんど小山さんが写したものです。何しろ当時としては珍しいドイツ製の写真機で写していたのです。私のところにも昭和六十年頃に五〇〇枚ほどの中から六枚頂き、その中に記念誌と同じ写真があります。

遠藤家には、島民の家にないものとして「三球式ラジオ」（携帯用の電池式ではない。当時そのようなラジオは存在しない）と、マリモ（大小各一個）がありました。

ラジオの話をしますと、当時斜古丹で聴く放送局はどこからの電波を受信していたのか分かりませんが、日中は雑音とピーピー、ガーガーばかりでほとんどまともに聴き取れませんでした。

ただし、夜の八時過ぎになると大変よく聴こえたのを覚えております（どこか外国からのものも）。したがって我々子供達は寝てしまう時間になっていますので、あまり聴いた覚えがありませんでした。

当時トランジスターは存在しておらず、また直流式真空管などもありませんでした。

また私は、八月十五日の玉音放送を聴く様子を詳細に覚えていますので、あとで詳細に記載します。

次にマリモですが、当時は私にとってマリモなど別に関心のあるものではなかったのです。大きな金魚鉢にドッジボールほどのものが一個、ピンポン球ほどのものが一個浮かんでいました。

三十代になって、あのマリモ、どうして阿寒湖から持ってきたのかと考えていましたが、『忍従の海　北方領土の28年』P.230に「択捉島の内保沼にマリモがあった」と記載されていますので、紗那の無線局建設時に択捉島に行っていたので、その際持ち帰ったのでしょう。

遠藤家での食事と生活について話しますと、常時鯨肉と明治のコンビーフを色丹島を去るまで食べていました。その理由は後記します。

無線局エンジン室と遠藤家の住まい付近（昭和８年頃）

また、夜の七時過ぎになると、必ず誰かが遠藤家に来て賑やかになるのでした。

私にとって楽しい思い出として、当時の小学校の植木校長さんの奥さんと、郵便局の奥さんが一週間に一、二度は訪れていました。

訪ねてくる目的は電灯の下で縫い物をすることですが、その際、必ず私と同じ年の娘さんを連れて来ますので、その子と風船を膨らまして、部屋の中で意識的に絡み合って取り合う遊びをしたのです。

他に、小野寺巡査は一週間に三日は来ていたように思います。来る目的は濁酒《どぶろく》を飲むことです。なにしろ、小野寺巡査の酒好きは島民で知らない人はいないという話を聞いていました（注、釧路市に住むKさんも知っていました）。

さらに、日中は憲兵隊の兵隊と巡回に月に一、二度の割合で立ち寄り、お茶を飲みに来ていました。

憲兵隊が遠藤家に時々来るのには理由があることは、私もある程度分かっていました。その理由は後で説明します。

また、時々日中も夜も来る人は、隣に住む小泉さん、郵便局長の川端さん、林務署の石森さん、遊戯所経営（玉突き場）の下村さん（来る時は刺身用の鯨肉を持参）、マタコタン村の木根寅次郎さん（来る時は春先から十二月の初めまでの間で、必ず生魚、干物などを持参）、水路部の所長（実際は日本海軍の通信部隊の尉官の兵士で、村を歩く時は軍服は着ていない。来る目的は若松に部品を作成してもらう図面を持参してその説明のため）達で、その際の皆さんの楽しみは濁酒とお茶を飲むことでした。

遠藤家には年に春と秋に二度、根室町からお茶屋さんが来て、遠藤家とチボイの石井さん宅へお茶を届けていたのです。

もちろん、当時子供の私がお茶など飲むはずもなく、お茶の種類も分かりませんでしたが、話が飛び過ぎますが、私が結婚後、妻が遠藤の家で玉露を飲んでいるのを知って、いつから飲んでいるかと聞いたところ、色丹島にいた時からと話していました。

このお茶で、私にとって大変恐ろしい経験をしています。それは二年生の秋にお茶屋さんが来たのですが、斜古丹村に到着時に根室から「至急帰れ」電報で、翌朝斜古丹を離島することになり、チボイの石井宅へは代わりに遠藤ミサ（下宿のおばさん。明治二十九年九月生まれ）がお茶を届けることになったのです。

数日後、遠藤ミサは小泉さんから馬を借用して、私と叺《かます》に入れたお茶を馬の背に一緒に載せて出発したのです。もちろん私が馬に乗るのは初めてのことでした。

手綱はミサは引いて歩きましたが、途中でミサが用足しの際、手綱をどこにも縛らなかったため、馬上の私が足でも動かしたからでしょう、馬が暴走したのです。

その恐ろしかったこと、とにかく振り落とされまいと必死に泣きながらしがみついていたことは今でも覚えております。

その後、おそらく数時間後でしょう、川辺で水を飲んでいる馬をミサが見つけてくれました。私は馬上で眠っていたそうです。

チボイ村に入ってすぐの道に面した石井さんの家に入ったのですが、その立派な家にビックリしました（注、平成二十七年七月十五日、根室市で石井宏氏に確認）。

部屋のすべてに、龍や鶴の透かし彫りの入った欄間《らんま》があり、また羽毛布団で寝るのは初めてでしたが、私は当時でも寝小便を時々していましたので、正直ぐっすり眠れませんでした。ただ、部屋の明かりは電灯ではなく、大きなロウソクが一晩中灯っていたのです。


小学校入学時の話をしますと、入学式後の余興で「めんこい仔馬」を踊った可愛い少女に、恋心か何か分かりませんがときめいて、大人達の話で村長さんの娘さんであることが分かりました。そこで数日後、村役場の近くをうろついて、役場のすぐ前にある橋の上で様子見をしていると、十七、八歳の青年が一頭の馬を引いて役場の裏から出て来て、川辺に下りて馬を洗い出しました。直感的に妹の兄と思い、私も川辺に下りて一緒に馬を洗うのを手伝いながら、これからも遊びに来ていいか聞いたところ、良いとのことでその日は帰って来ました。
四、五回通った時に、その子に初めて会うことができて、ドキドキしたのを覚えております。
また、入学時の学校の情景はほとんど覚えていませんが、最初の習字の授業で先生の話を真剣に聞いていたことは今でもはっきり覚えております。

その結果かどうか分かりませんが、例の「一」「二」を書いて、なんと鉛筆、筆など一度も持ったことがないのに三重丸どころか、桜の花びらを確か五つはもらったと思います。

ところが、下宿の夫婦は元より、遠藤家に毎晩のように遊びに来ていた人達も、私が書いたのではないと話をするのです。

このことがあって以来、私は真剣に勉強をする意欲を持たなくなってしまいました。それでも勉強をする振りはしていました。なにせ下宿夫婦は私の入学祝いに、座り机と電気スタンドを買ってくれていたのですから。

ただ、一年生当時の思い出では、同学年の一人の男の子と仲よくなって、その子の家に遊びに行った時に、お母さんに「坊やは字が上手なのね」と言われたのはうれしかったです。

そのようなこともあって、二、三度彼の家に遊びに行きましたが、いつの間にか彼は学校に来なくなりました。

確かお父さんの職業は水産物の検査をしていると、男の子から聞いておりました。

なお、「北方領土島民名簿」P.4に、泉沢清男の名前で職業水産物検査所とあり、しかも「北方領土島民名簿」に添付の「色丹小学校通学区見取図」に記載の家の位置も、私が遊びに行った場所と同じ位置だったのです。

彼は私が友達になった初めての男の子でしたが、名前を聞く前にいなくなったのが残念でした。

そんなことで、一、二年生時代の学校生活は、授業は何を勉強したか覚えもなく、友達も出来ず、教室も四年生以下と五年生以上とは別になっていましたので、高学年の生徒で四歳以上年上の人で覚えている人は誰もいないのです。

ただ、一、二歳年上の男の子は家の近くに住んでおりましたが、すでに話しましたが私はビッコ（片方の足を引きずって歩くこと）でしたので、動作が鈍かったこともあり、二年生の冬休みまでは彼らとも遊ばず、どちらかと言えば風船遊びで知った女の子とその友達とで遊んでいたようです。

話が過去に戻りますが、役場を行き来する途中に松崎さんという家があり、そこにいわゆる「いざり」（足が不自由で立てない人）で、当時二十一歳の男の人がいまして、私もビッコを引きながら歩いていたからでしょう、時々声をかけてくれているうちに、将棋を教えてもらい相手をするようになりました。

したがって、勉強に身が入らない分、一、二年生の頃の遊びの多くは将棋でした。これは多分、足が悪くてカクレンボ、縄跳び、陣取りゲームなどの遊びが一、二歳年上の男の子について行けなかったので、自然にそのようになったのでしょう。

しかし、夏の海での水泳だけは、一、二年生の時は皆一緒に遊んでいました。

一方日常生活では、上記しました関係のところへ必ずミサが、私を今風で言うとリハビリのつもりだったのでしょうか連れて歩きました。もちろん、途中で足が痛くなり歩けなくなると、一時休むか背負ってくれたものです。

斜古丹村の居住地図に、湾の左側の丘上に「水路部」という名前が記載されていますが、この水路部には誰が何人住み、何をしていたかを知っている島民は誰もいなかったと思います。知っている人は、遠藤夫妻と私と、もしかしたら弟の仁郎ぐらいでしょう。

話が飛びますが、平成十二年に根室町を訪れた際に、めんこい仔馬を踊った女性に聞きましたら、彼女は知っておりました。

彼女は今は駅前通りでお菓子屋さんの女将《おかみ》さんですが、前述のように父親は元色丹島の村長をしていたのです。

話が横道にそれましたが、すでに記載したように、所長が持参した図面の部品が出来上がると、小野寺巡査に連絡した後、憲兵隊の許可書を巡査から受け取り水路部に赴くのです。

水路部に行くには、役場の前を通ってマタコタン村の道を一〇〇メートルほど行ったところより役場前を流れる小川を渡って（注、橋はない）役場の裏山の丘を通る方法と、海岸の道を通って海岸から水路部に上がる道を上る方法がありました。そして、最終的にどちらも歩哨の立っている門を通って局舎に入るのです。この通いは年に二、三度ありました。

また、遠藤若松は、年に一、二度は水路部に出向いて仕事をしていました。

その結果で、海軍からは毎年明治のコンビーフを二箱ほど運んでくれていたのです。

このコンビーフのことは『忍従の海　北方領土の28年』P.１６３に、自分はソ連軍のスパイで北海道に渡ったという片野さんが「もらってきた日本製コンビーフの缶詰」と記載していますが、この缶詰は紛れもなく日本海軍が食べていたものと一緒のものとみて間違いないでしょう。

すなわち、後で詳細に説明しますが、九月二十日にミサがソ連憲兵隊のニコライ大佐にこのコンビーフを食事に出した時、どこから手に入れたか聞かれたそうですが、すなわちソ連憲兵隊も日本海軍のコンビーフを確保していて、片野さんに渡したのでしょう。

このようなこともあったので、日本軍の憲兵隊が時々遠藤の家に来ていたのかもしれません。

特に春頃には、私は必ず丘の上を通るのですが、その理由は丘一面に野苺（島民は「フリップ」と呼んでいた）が生い茂っているので、腹一杯食べた後は、水路部と家の分を採ったものです。

それゆえ、この丘のことを知ってからは、天気の良い日はほとんど下駄を履いて行き、尻のでかい黒い蜂が飛び回っているので、下駄でたたき落として蜂蜜を食べたものです。ただ不思議なことに、私以外誰も来ていないとのことでした。

このことはソ連軍上陸後の昭和二十一年の春まで続きました。

次に下村さんの家に年に二、三回赴く時は、やはり私を連れて赴くのですが、目的は鯨の肉を取りに行くのです。

それは、若松は年に二、三回は捕鯨会社に赴いての仕事と部品作りで、その報酬としてでしょう、鯨肉を下村さんの家に預けてあるので取りに行くのです。

すでに記しましたが、刺身で食べる鯨肉は、下村さんの父親か郵便局に勤務していた長男、三男の仁さん、または三女の直子さん達が代わる代わる持参していました。

特に直子さんは月に一度ほど無線室に来て、ポンプ室で私が炭火を熾《おこ》すこととポンプでの水汲みを一緒に手伝い、蒸留水作りをしていました。

また、若松が捕鯨会社に仕事で赴いた時に私も一緒に赴き、特別に鯨の解体作業を二度ほど見せてもらいました。

なにしろ、十メートル以上もある鯨の開いた腹の上を、長刀みたいな包丁を持って走り回り、瞬時に解体してしまうのです。それが、多い時には六頭も揚がるのです。

マタコタン村に住む木根寅次郎さんですが、春先に根室町から一家族が漁船で色丹島に来て、その年の十一月末頃に離島するまで漁業をするのですが、到着時と漁業期間に一、二回、そして離島時などに漁船のエンジン調整、修理を行っていましたので、その礼として、時々遠藤家に生魚、干物などを持参していました。

また、野菜などは近くに一〇〇坪程度の土地を借りて馬鈴薯、大根などを収穫し、家の南側の土地ではエンドウ豆、キュウリ、トマトなどを自分達で作っていました。

したがって、米は配給米を、味噌、醤油、雑貨などだけを購入していたようです。

話が飛びますが、二年生の春にアッツ島の玉砕（昭和十八年五月）を知ると、いつアメリカ軍が攻めて来るかと、島民の間では動揺する話が出ました。

よって、島民の中には色丹島を離島する人もあり、遠藤若松と一緒に働いていた人も七月には落石無線局の許可なしに色丹島を離島しましたので、その補充員を募っても誰も来る人はいないということになり、若松はおそらく漁船のエンジンを見ていたこともあってか、キリトウシ村から田村正男氏を職員として採用しています。

夏頃水路部に部品を持参した際に、所長が「兵隊達は二カ月間ほど二十四時間態勢でアメリカ軍の通信傍受と解読作業を続けて精神的な異状をきたし、病院通いをしている」と話していました。

でも、多くの島民は何もなかったように今までと同じ生活を続けています。

また、二年生の秋の日の夜に、来客の人々の会話で、夏はミサが私を方々へ連れて歩けるが、冬は無理だからスキーを与えたら、という話をしているのを寝床で聞いていました。

その年の冬に遠藤家の一人娘が根室の落石無線局に勤務する林茂さんに嫁いでいましたので、そこに頼んでスキーを買って送ってくれたのです。

私はスキーを与えられて、実家のことも忘れて正月にも戻らず、一、二歳年上の男の子達と初めてスキーで一緒に遊ぶことができたのでした。

ただ、二年間で私にとっての悲しい思い出に、時々寝小便をしていましたので、二年生の秋頃に若松より罰として、寝小便の夜具を背負わされ学校に行くよう怒られたことがあったのです。家の前で登校時間まで泣いていましたが、最終的にはミサが取り持ってくれました。

話が飛びますが、七十歳を過ぎた今も、時々野原などで気持ちよく小便をする夢を見て、はっと目を覚まして布団を調べてほっとしています。

妻からは「そろそろお襁褓《むつ》が必要な歳になったのでしょう」と言われています。

さて、年が明けて二年生も無事修了して、三月二十五日頃に遠藤ミサは私を平野の実家に連れて行くと言い、すでにミサは実家がアナマ村に移住していることを知っていました。私はこの時初めて約二里ほどの道を徒歩で歩くのですが、すでに記載した如く左足がビッコでしたので、数キロ歩くたびに足が痛くなり歩けなくなるのです。歩けなくなると一時休むか、ミサが私を背負ってくれました。

この移動の時、平野の家の近くの山を下る時は大変苦労し、さらに恐怖を感じたことがあります。この山道については第三章で詳細に記載します。

実家から下宿の遠藤家に戻って、三年生の春からは弟の仁郎も一緒に遠藤家に下宿しましたので、自分でも今までとは違う気持ちになり、学校でも周りを観察しながら勉強するようになりました。

しかし、相変わらず勉強に真剣になれず、というより人間関係が多くなり（スキーで）、遊びに忙しくなったのです。

この年の春頃の食べ物の思い出に、カモメの卵があります。前年に若松の助手になった田村さんが若松を伴って土曜の午後から日曜日にかけてカモメの卵を獲りに行き、ゆで卵にして、リュックサックと手提げ袋一杯にして帰って来るのです。

もちろん、冷蔵庫などありませんので、少なくとも五日間ほどで食べてしまわなければならないのですが、遠藤家だけでは食べられませんから、ミサに連れられて数軒の家に配ったものです。

私達も毎日卵を食べるのですが、すでに卵はゆでてありますので、料理方法も限定されていたのでしょう、一度も美味しいと思って食べたことはありませんでした。

卵の大きさは鶏の倍はあったように思います。このカモメの卵は翌年も食べています。

以前、田村氏が住んでいたキリトウシ村の海に小島という離れ島がありますので、おそらくそこがカモメの繁殖地であったと今私は思っています。

なぜカモメの卵のことを記載したかと言いますと、元色丹島の島民の人でカモメの卵を食べたという話は聞いたことがありませんし、北海道でも聞いたことがないからです。

また、私は松崎さんとの将棋にもますます夢中になり、その際弟も一緒に私について来て、弟と同学年の松崎ツヨシ君と仲よく遊ぶようになっていました。

近所の男の子達は弟より三～五歳年上でしたので、一緒に遊んでもらえなかったのです。また、斜古丹川を境に遊び仲間は分かれていて、川向こうの子供とは遊んだ記憶がないのです（例えば、同学年の西田貞夫氏、平成二十四年逝去。一学年上の得能宏氏）。

日常の遊びは縄跳び、隠れんぼ、剣玉、パッチ（めんこ）などです。夏は水泳、魚釣り、カラスの巣荒らし、冬はスキーと狐を追いかけて遊びました。

また、まだ雪の残る時期に餓鬼大将の田村晋君（当時四年生）を先頭に、犬の交尾を、棒を振り回して海、川辺に追い込んだりしていました。

平成二十五年、札幌の色丹会で田村晋君の餓鬼大将の話をしましたら、小田島氏（得能梶子さん、当時十四歳）が知っていると言われました。

ただ、夏になると遠藤家の真ん前の海で泳ぎをするのですが、その時だけは付近の子供が三十人近くになっていました。

また、この夏の思い出に、遠藤の家の隣の小泉さんのお姉さん（長女か二女か不明）に遊んでいるところを呼び止められて、小泉さんの玄関内で初めて『少年倶楽部』という雑誌を読ませてくれたのです。

もちろん、中には「のらくろ」の漫画があって夢中で読んだのです。

その『少年倶楽部』の所有者は、松崎さんの向かいに住む鈴木さんの二男、睦夫さんでした。

当時、睦夫さんは根室町の学校に入学しており、学校の休暇期間に色丹島の実家に帰って来ていたのです。したがって『少年倶楽部』なる雑誌は、帰郷時に小泉さん宅経由で取り寄せていたのでした。

私にとっては初めて目にする子供の本でした。以後、誰か子供が読む本を持っているか聞いたところ、田村晋君の隣家の一学年上の手島義隆さんにあることを知ってからは、彼の家に行って本を読ませてもらいました。

また、義隆さんの思い出に、昭和二十年の春頃遊びに行った時に、「兄貴が海軍の予科練に入隊して日本のために戦うことになった」と誇らしげに話して、「自分も将来は予科練に入隊するんだ」と話されたことがあります。

しかし、彼は昭和二十四年二月に亡くなられています。ご冥福をお祈り申し上げます。

一方、長男の繁則氏は室蘭市に住んでいましたので、平成二十七年十月に初めて文通ができて、新たなことも知りました。しかし、ご高齢の上病気がちとのこと。一度お会いして色丹島の当時の思い出を話してみたいと考えています。

この辺で、当時の斜古丹村に駐屯していた兵隊さん達の生活を一つ記載します。

遠藤家と村役場は距離で五〇〇メートルほどあり、その中間地に大隊三〇〇名ほど（当時の大人の話）が駐屯していましたが、アッツ島の玉砕の数ヶ月後には中隊（一五〇名ほど）になっていました。駐屯地には兵舎三棟と、道路の反対側の海辺に兵器、弾薬などが保管してある建物が二棟ありました（この記事の場所は、ソ連軍による色丹島上陸で唯一の死者が出たところ）。

昭和十九年の秋頃に、テントで覆った二階建ての長屋三棟ほどの大きな物が突然出来ました。

このテントの山は、『千島教育回想録』P.155に、昭和十九年十二月三十一日に斜古丹村小学校の校長に赴任した佐藤俊三氏が、

「着任の挨拶回りに学校から役場に行く途中、露天積みにされた米俵の山があった。四万俵あると聞いた。斜古丹の市街地を歩いて出会う人はほとんど軍人だけだった」と記載しています。

十九年の夏頃より輸送船が一度に数隻、斜古丹湾に入港して、兵隊さん達が上陸して各家庭に一泊するのですが、遠藤家には十二人の割当があったのです。

すでに遠藤家の間取りなどは記載していますが、兵隊さん達が寝る場所は八畳間に五人、廊下に二

人、玄関の上がり場に一人、押し入れに四人で、八畳居間には遠藤夫妻と私達兄弟二人が休むのでした。

食事は兵隊さん達が外で飯盒《はんごう》でご飯を炊き、おかずは各家で用意しましたが、兵隊さん達が一番喜んだのはカジカと馬鈴薯の味噌汁で、大どんぶりで三杯も食べる人も数人はいました。それが私には大変楽しい思い出になっています。

ところが偶然というのか、夜中に強風が吹いて、輸送船が遠藤家の前の砂浜に座礁するのです。この座礁は一度どころか二度もありました。

また、一度に二隻も座礁するのです。その座礁した船を満潮時に二艘の輸送船が、長さ五十メートルほどのロープで引くのですが、必ず一、二度は引いている船の接触しているところからロープが切れるのです。

そのロープが切れた時のすさまじさといったら、一〇〇メートルほど離れて見ているところにまでロープが狂ったようにうねって、砂を人々のところまで飛ばすのです。また同時に、引っ張っていた船は船首を左右に揺れ動かし、海面に突っ込んで飛沫《しぶき》を飛び散らすのです。

座礁船を引いている時は、遠藤家の前の道路は一時通行止めにしました。不謹慎に思われるかもしれませんが、我々子供達は輸送船が入港すると、強風が吹かないかなと話し合ったものです。もちろん、船を引っ張る前には多くの兵隊さん達がふんどし姿で海に入り、座礁船の周りの砂を除《ど》ける作業をするのです。

なぜ、このように簡単に船が座礁するかというと、大人達の話では斜古丹湾の中央は砂地のため、少々の風でも錨《いかり》が引きずられ動いてしまうらしいのです。

ですから、下の斜古丹湾の写真を見ても、停泊船はすべて捕鯨会社の前の海に写っているでしょう。そしてこの方面では、常時捕鯨船、貨物船、定期船、漁船などが入出航しているので、数隻の輸送船が入港しても、この方面の海には停泊できないのです。

なお、反対の海側は浅くて、海底には岩が突き出ているため、漁船などでも船底を傷めてしまうのです（昭和二十年秋頃に、私が小船で実際に見ている。詳細は後で記載）。

また、ついでに記載しますと、斜古丹湾には大型船と胴体の長い船は入港できないのです。その理由は後で詳細に説明します（昭和二十二年秋頃

斜古丹湾（昭和８年頃）

に、私が木根寅次郎さんの漁船に乗船して斜古丹湾を出航する際に見ている)。

斜古丹湾について、このような詳細な説明をした書物はないと思います。私はすでに小学校の六年生で知っていました。

話が飛びますが、北海道新聞(平成二十五年十二月五日)に、一九四四年(昭和十九年)三月十八日夜、厚岸沖で旧日本軍の輸送船「日蓮丸」が米軍潜水艦に撃沈され、二千数百人が死亡した記事があります。このことからも分かるように、戦局悪化で千島方面の軍隊を本国または南方方面へ転属か、アッツ島のアメリカ軍占領後、千島列島伝いにアメリカ軍が日本本島に攻めて来ることを考えてか分かりませんが、昭和十九年になってから日本兵士を乗せた輸送船が斜古丹湾に多く入港するようになったのです。

しかも厚岸沖で輸送船が撃沈されて一度に数千名の兵士が死亡する事態となり、それを避けるためかは分かりませんが、斜古丹湾には一〇〇トン~三〇〇トン前後の船に一個中隊(約一五〇名)、または大隊(約三〇〇名)を乗せた船舶が入港するようになり、多い時には一度に七、八隻も入港しました。

ここで将棋の話なのですが、私の三年生の秋頃の将棋の実力は、将棋を教えてくれた松崎春一さん(当時二十一歳)と対等以上になっていました。

したがって、秋の晴天日には、松崎さんの家の前で二人で将棋を指すことがあり、それを通りがかりの兵隊さん達が時々立ち止まり見ていたのです。

月日ははっきり覚えていませんが、確か十月の中頃、友達と遊んでいると兵隊さんの一人に「坊や、将棋を指しに兵隊さんのところへ行こう」と言われたので、ついて行きました。

この日から、私は時々数人の兵隊さん達と将棋を指すようになりました。私としては、将棋を指す他にも、乾パンをもらったり、時々カレーライスをご馳走になることがあったりしたので、喜んで通うようになりました。

私なりに今日思うのは、この頃には兵隊さん達全員が、生きて故郷に帰ることはないと感じていたということです。

すなわち、アッツ島玉砕から三カ月後に、海外の全軍に対して大本営の伝令が発せられ、玉砕という直接的な言葉ではなくとも、現状地に留まって武器、弾薬などがなくなったら、最後は敵兵に齧《かじ》りついてでも戦えという命令が出ていたことが記載された本を読んだことがあります。

したがいまして、兵隊さん達にとって、決して将棋が強くも上手でもない私を相手にしたのは、おそらく私を自分の息子か孫を相手にする気持ちで、緊迫した思いを紛らわしていたのかもしれません。

この年の秋頃から、突然弟の仁郎が、私に「ビッコ」と言うようになりました。遊んでいても学校でも、そう言い出したのです。

親の前や遠藤夫妻の前では、決してそんなことは言いませんでした。私にしてみれば、それまで誰からも一度も「ビッコ」などと言われた記憶もないし、自分自身でも一度も「ビッコ」だと思って引け目を感じたこともありませんでした。

したがって、私としてはそれほど感情的になった記憶はありませんでした。

ただ、今日思うに、弟にしてみれば、実家に帰ってもヤスお祖母ちゃんは「一郎、一郎」ですし、遠藤ミサも相変わらず私だけをどこへでも連れて歩くのですから、面白いわけがなかったのでしょう。

また、近所で遊ぶ子供達も、私を「いっちゃん、いっちゃん」と言って遊んでくれました。上記しましたが、特に女の子達とは一、二年生の頃は時々家で風船遊びをしていたこともあって、遊びでも学校でも人気があったようです。

と申しますのは、話が飛びますが平成になってから、生まれ故郷の根室に時々行って元島民の人達に会うのですが、そのうちの一人で元小学校の西田先生（平成二十六年四月時、鈴木氏名で九十二歳で健在）が、会うたびに私に仁郎のことを聞くので、一度先生に、「なぜ仁郎のことを聞くのですか」と聞きましたら、「『いっちゃん』の顔を見ると、いつも仁郎さんが『ビッコ、ビッコ』と言っていたのをよく覚えているからよ」と言われました（すなわち学校でも話していたことになります）。

この私の「ビッコ」について記載してみましょう。第三章、第四章でも記載しますが、この「ビッコ」のおかげでソ連の赤軍と憲兵隊の兵隊に背負ってもらっているのです。

また、平成二十四年に釧路市在住のKさん（学年は一年下級生で、色丹当時はMさん）と再会（引き揚げ後二度目）した際、私が「ビッコ」で歩いていないので、最初は驚いたと話されました。

すでに記載しましたように、私自身「ビッコ」と意識して悩んだこともなく、他人からも一度も「ビッコ」と言われ馬鹿にされた記憶がないのです。ではいつ頃から「ビッコ」で歩かなくなったのか、ほとんど記憶がないのですが、今日考えてみると（後で記載しますが）、昭和二十二年の秋に整骨の知識のあった朝鮮人に、二週間ほど治療を受けた以後頃からではないかと思っています。

すなわち、北海道への引き揚げ後、釧路の子供達からはビッコと言われたことは一度もなかったからなのです。

しかしですよ、七十九歳になった平成二十六年十一月二十六日から四日間は、全く左足の踵《かかと》をついて歩くことができなくなっています。ただしその二日後には普通に歩いているのです。このような状態が年に数回、季節に関係なく突然左足の足首辺りが痛くなり、爪先の部分だけで歩くのです。しかし放っておいても一、二日ほどで自然に治ってしまいます。

なお、平成二十五年頃のテレビ番組で、左足が三十センチほど短く生まれる男の子供がいるという放送を見ていて、私の足もその病気（？）と関係があるのではと思った次第です。

ちょっと脇道の話が長くなりましたが、そのようなことで冬休みには、弟の仁郎はさらに一段と「ビッコ、ビッコ」と馬鹿にすることが多くなったのでした。

理由は私にはスキーがあるのですが、弟にはないからなのです。すでに記載しましたが、私のスキーは親が買ったものではなく、下宿夫婦が私の足を思って買ってくれたのでした。

したがって、この年の正月は実家に戻っても弟に苛められるかもしれないので、年明け早々にスナお祖母さんに送ってもらい、下宿屋に戻って来ました。

このスキーで思い出が一つあります。それは昭和二十年の一月中頃、子供達が滑る山の真向かいの斜面で、日本陸軍の兵隊さん達一個中隊（約一五〇名）がスキー滑りを始めたのです。

もちろんレクリエーションではなく、冬にアメリカ軍が上陸した際の戦争時のためのスキーですので、今まで見たこともないように山の頂上から一気に滑る兵隊さんも数人いたのですが、ほとんどの兵隊さんは初めてのスキーだったと後日聞きました。

そのような初めてスキーを滑る兵隊さんも、山の中腹辺りで数十人一列にされ、「滑れ」の命令で滑るわけですから、その光景は想像がつくでしょう。

我々子供達は、スキーを滑るのも忘れて一日中眺めていました。

もちろん、滑っている山はスキー場ではありませんのでところどころに木立もあって、その木立にぶつかる人も数人いたのです。

よって、大人達が後日、「玉を一つ失っても子供は作れるが、二つなくなると子供は出来ないな」などという会話をするのを聞いていました。

参加させられた兵隊さんは延べ五〇〇名ほどで、一週間ほど続いた期間に死人が一人も出なかったことが不思議なくらいでした。

また、弟は後日、下宿の主人・若松にソリを作ってもらい遊んでいました。

斜古丹湾には十二月の中頃から、翌年の二月末から三月初めまで流氷がびっしり入っていますが、南風が吹くと一晩でなくなります。

しかし、砂浜には数個の大きな流氷が残っていて、昭和二十年の春には我々子供達も五、六年生が中心となって、流氷を海に引っ張り出して乗って遊びました。

ただし、南風が吹いている時は当然ですが、いつ南風が吹くかを気にしながら遊んだものです。

昭和二十年春頃、兵舎に出入りしているうちに、一人の兵隊さんから手紙を島（村名を書いたら気づく人もいるかも）の娘さんに届けるよう頼まれましたので、持って行って渡しました。また夏休みの始まる前に手紙を頼まれましたので、悪いとは思ったのですが、何が書かれているか、封筒の下側を針で開けてみてびっくり仰天。そこにはＡ４ぐらいの大きさの紙に春画が描かれてあったのです（当時の封筒は子供でも簡単に開けられました。これも検閲のための国策の一つかも）。

もちろん娘さんには渡しましたが、渡す時にはドキドキして顔をまともに見ずに渡していました。娘さんは「どうもありがとう」と言って受け取ってくれました。でも帰ってから兵隊さんに、「もうくれないように言ってたよ、またよこしたらお巡りさんに言うよ」と言っていたと話しました。

その後、兵舎の中をよく見ていると、一番奥の方で三、四人の兵隊さんが一生懸命に長机の上で何かを書いているのです。

しばらくすると、何人かの兵隊さんがお金を出して書かれた紙を買って、どこかへ行ってしまうのでした。

その時はそれで終わっておりましたが、二十代になってススキノのストリップ劇場のトイレで見て、当時の兵隊さん達のことが分かったような気になりました。

話が飛びますが、平成二十三年十二月、札幌市南区在住のT氏（注、すでに記載済み）の話で、「川端郵便局長宅で働いていた若い娘さんと、日本陸軍の将校の密通が憲兵隊に知れて、将校はいつの日か色丹島からいなくなっていた」と聞かされました。

すなわち、この当時の色丹島に駐屯していた日本兵は、南方方面の軍隊からは想像もできない生活をしていたことになるわけです。

ただ、後で記載しますが、根室町がアメリカ軍に爆撃された翌日から二週間、遠藤家と役場の中間に駐屯していた中隊がアメリカ軍の上陸を考えてか、慌ただしく島のどこかの方面に移動しています。

私が十歳になった四年生当時の男の遊び仲間は、石森尚さん（十二歳）、田村晋さん（十一歳）、手島義隆さん（十一歳、昭和二十四年逝去）、松崎光夫さん（十一歳、平成二十一年逝去）、松崎つよしさん（八歳）、弟の仁郎（八歳）と、時に松崎春二さん（十五歳、昭和二十八年逝去）、田村登喜男さん（十六歳、昭和三十年逝去）などで、皆でワイワイ騒いでいたのです。

五月頃には、手旗信号（兵隊さん達から教わる）とモールス信号（下村仁さん、当時十六歳がモールス信号の本を持って来た）は覚えていました。ですから兵隊さんが斜古丹湾の岬（得能さん近く）の兵隊さんと手旗で連絡していると、よく見て何を連絡しているかを知ろうとしていました。

何しろ、学校の勉強は全くしていませんでしたから、遊ぶことは何にでも飛びついていました。

そのような状況の中で四年生の五月頃、田村さんの家で午後四時頃から弟の晋さんと、パッチを始めたのです。ところが私の一方勝ちで進んだので、途中から長男の登喜夫さん（十六歳、当時働いていた）が入ってきました。それでも、私の一方勝ちなのです。

時計の打つ音が聞こえたので、時計を見ると九時になっていました。

もちろん夕食など食べていません。この辺でいくらか余裕も出て来たので辺りを見ると、祖母さん（七十四歳）と長女（十四歳）が私を睨みつけているのです。

その目つきの恐ろしかったこと、今でもよく覚えています。私はその瞬間、この一家全員で私に襲いかかってくるなと、思った瞬間、将棋盤上のパッチの折り目、隙間が今まで以上に見えるようになったのです。

田村さんにあったパッチがすべてなくなったのが、朝の五時頃でした。私はパッチをリンゴ箱に半分ほど入れ、背負って下宿に帰って来ました。

裏玄関を入ると同時に、下宿のおやじが私の襟首をつかんで空き地に連れて行き、そこにパッチの箱をひっくり返して火をつけたのです。次に家の中に入って行くと、パッチの入った小さめのミカン箱四個を持ち出して来て、パッチを火の中に入れようとしたので、二個は仁郎のだと言うと、二個の箱を除いてあとは火の中に投げ捨てました。

私はそれを見ていて一つも悲しいとは思いませんでした。むしろ何か「やった」という充実した思いを感じていたようです。

今思うと、この日を境にパッチで遊ぶことは二度となかったと思います。この時若松さんは、どこに行っていたかとも聞かず、またパッチの処分の段取りも手際よく行っています。

あとでミサに聞いたところ、七時頃から皆心配して捜し、田村さんの家でパッチをしているのを知っていたのです。

遠藤の家から田村さんの家まで、私の足でも五分ほどの距離ですし、田村さんの家の隣は小野寺巡査の家ですので、夜通し見ていたとのこと。ですので遠藤夫婦はすべて分かっていたのです。

でも、このパッチの出来事と、ヤスお祖母ちゃんの「思いついたらすぐ実行」するスタイルは、その後の私の人生の生き方を大いに固定化したことは確かなようです。

すなわち、遊びでも仕事でも、自分一人で物事を進めるようになったようです。言い換えれば協調性がなくなったということになります。

確か五月の中頃に、西田先生が「今日から学校で二人の生徒が勉強することになりました」と言って二人の生徒、一学年下の木根繁君と木根美代子さんを紹介しました。

また、「二人は隣村のマタコタンから一時間ほど歩いて学校に来るのです」とも言いました。

前記しましたが、マタコタンの村民は、ほとんど根室の町から春先に色丹島に渡航され十一月末頃までの間漁業を営んでいる人達でしたので、両名は三年生の五月初め頃までは根室の小学校で学んでいるわけですから、勉強の意欲はもちろん、二人の関係、すなわち姪、甥関係からの競争心もお互いにあって、さらに木根系は頭の良い一族（後年知る）もあって、テストはいつも二人だけ一〇〇点を取っているのです。それにもかかわらず、休み時間も勉強しているのです。

それまで、学校で勉強を熱心にしているような生徒は見ていないので、これには私も刺激を受け、三年生で習い始めた九九はまだ十分に覚えていませんでしたが、初めて勉強に真剣に取り組むようになり、、その結果すぐに覚えて、西田先生から褒められたのでした。

話はちょっとそれますが、繁君の家（注、父親、木根此吉さん）とのお付き合いは色丹島ではよく覚えていませんでしたが、引き揚げ後は根室で平野家とお付き合いがあり、弟二人は繁君の家に下宿して根室高校に通学して大変お世話になっています。

私も繁君には大変お世話になっておりますが、その経緯については後で詳細に記載します。

昭和二十年六月頃に、斜古丹湾を出航した輸送船三隻が軍艦岬で嵐に遭って一度に沈没したと島民に知らされましたが、誰も本気にする人はいませんでした。

軍艦岬は斜古丹湾から約四キロメートルのところなので、海軍は海から、陸軍は海岸に上陸して兵士の救助をしていたのです。

この時、斜古丹湾内を高速で動き回っていた船、すなわち高速艇は、平成二十六年に初めてＮＨＫで放送された「震洋《しんよう》」でした。すなわち船体はベニヤ板で、動力は自動車のエンジン、船首には爆薬を詰め込み、アメリカ戦艦が日本本土に近づいた時に体当たりする目的で作られたボートなのです。このことについては後で詳細に記載します。

私は数日後、兵隊さんと将棋をしながら、兵隊さん達のひそひそ話を聞いていました。話の中で、救助された兵士の話から、敵潜水艦は三十メートルほど手前で浮上して魚雷を発射したそうです。

すなわち、当時の日本は輸送船を護衛する駆逐艦など、北方四島の海域に配備される軍艦はなかったからと思うのです。

また、「将校達は死ぬ前に十分ピストルを撃ちまくったのに、兵隊達はただ死んでいるんだ」という話もしていました。

すなわち色丹島では、将校達だけが遊郭へ通うことができたようなのです。なにしろ斜古丹村には遊郭は五軒あり、私は三軒ほど知っていましたが、前記のＴさんの話ですと五軒の名前を話され、そのうちの三軒は私が兵隊さんから聞いていた家の名前と同じでした。

なお、長見義三著『色丹島記』では、著者が昭和十年に色丹島を旅行した時に、捕鯨船が鯨を捕って捕鯨場近くに近づくと、女性達が桟橋近くでお帰りなさいと手を振っていたと書いています。

すなわち、斜古丹村の遊郭は、当初は捕鯨船の船員さん達のために作られたもので、北千島の幌《ぱら》筵《むしろ》島の遊郭は軍人のためのものとは違うのです。
参考までに、『北方領土　悲しみの島々』P.68、69に、
「この慰安婦は、民間経営だが、陸軍の要請で連れて来られていたものであった。慰安所は柏原にあった。土曜日の夜など、ここには休暇を得た将兵が、（中略）長蛇の列をつくる。中には、一昼夜で五十人もの兵達をとらされた女もいたという」（注、平成十何年かに、テレビでアメリカの女が一昼夜で三〇〇人とったと放送していた）
また、斜古丹村には遊技場（捕鯨場近くの下村さんがビリヤードを経営）があり、島民には全く縁のない遊び場が斜古丹にはあったのですが、知っている人は限られていたと思います。

ここで一時、話が飛び飛びになりますが、私が色丹島在住期間に、多くの島民が斜古丹小学校の運動場に二度ほど集まったことがあります。

昭和十九年の九月頃、色丹島に慰問団が来島して演芸会が行われました。

もちろん、島民はもとより兵隊さん達も大勢集まって喜んだのです。歌、踊りはもちろんのこと、特に私の印象に残っているのは、人間を空中に浮かせたり、若い女性の上半身を裸にして腹の上に半紙を置き、その上に大きな大根を置いて、日本兵の軍服を着た人（注、実際の軍人か不明）が日本刀で一刀両断に大根を切って、敷いてあった半紙が切れていないことを皆に見せたことです。

もちろん、演芸会の終了後には憲兵隊の隊長が「君が代」のことを説明しましたが、天皇家がなく

ならない限り日本は戦争に負けないという話でした。

もう一つは、年代は昭和十九年か二十年か覚えていませんが、その年の春頃、馬の種付けを見ることができました。

私には、色丹島の一番のお祭り騒ぎは馬の種付けのような気がしています。何年に一回かは行っていたと思いますが、この時は島の老若男女が大勢集まって来ます。

種付けは、斜古丹小学校運動場の柵隣の小泉牧場で行うのです。

馬も人間と同様、相手の雄が嫌いな雌馬もいますので、普段、馬蹄の金具を付ける時に馬を固定するための丸太を四本立て、柵に入れて縛り付け、人間が雄馬の一物をつかんでカップリングさせるのです。

また、自ら尻尾を上げて、好きな雄馬の鼻先に尻を向けて行く雌馬もいるのです。

その際、そのような雌馬を引っ張って来た女性には、男達から「母さんそっくりだ」とヤジが飛ぶと、女性も負けずに「何言ってるんだ、俺んとこはガキは二人だども、お前とこは五人もいるでないか、お前とこは夫婦そろってドスケべだべ」とやり返すと、そこでまた大きな笑いと拍手が一斉に起こるのです。

ここで一言付け加えると、何か下品な話をしたようになりますが、戦前は軍馬の種付けには皇族関係の人も招待されています。

釧路市の大楽毛《おたのしけ》（私は引き揚げ後、中学三年の二、三学期と高校三年間の計四年ほど住む）は軍馬の育成地であったので、当然種付けも行われていたのです。（注、高校の漢文の授業で、元北京大学の教授が「だいらくもう」と話して大笑いになったことがありました）

地元の村民から聞いた話ですが、ある時、釧路地方の皇族関係者行啓の際、若い女性も同行したため、馬の種付けに参加されていて、見学中に気絶して椅子ごと後ろにひっくり返ってしまった、ということです。

同じ馬の種付けですが、本国では立派な行事であって、色丹島の島民にとっては楽しい娯楽の一つであったかもしれません。

記載済みですが、娯楽と言えば斜古丹村にも玉突き場があり、遊郭も五軒ありましたが、多くの島民にとっては無縁の代物であったと思われます。

遠藤家に夜に時々来ては濁酒を飲みながらの島民の会話があるのですが、役場職員の主な仕事は、毎日捕鯨船が捕って来る鯨の数を窓から眺めて数えることと、本島から役人が来ると遊郭に連れて行くことであると、私は寝床の中で聞いておりました。

当時の色丹島の漁民の多くは手漕ぎの小船で漁業をしている人達で、一方では布海苔《ふのり》を採って生計を立てていました。すなわち動力船で漁業をしていた漁民は、アナマ村、斜古丹村にはいなかったと思います。

話は飛びますが、当時小学校の運動場に多くの島民が集まる行事に運動会がありましたが、私は足が悪かったことで運動会の記憶がないのです。

確か三年生の冬休み後に、校長先生が植木先生から佐藤俊三先生に替わっていましたが、三年生の私は直接授業を受けないので特別な思い出は何もありませんでした。

校長先生の住居は小学校の中の廊下を隔てた北側のところにあり、五年生になった時（ソ連軍上陸後）に、なぜ私が将棋ができることを知ったかは分かりませんが、授業中でも私を先生の自宅の奥の部屋に呼び、毎日のように将棋をしていました。その理由は後で説明します。

先生には当時、内縁の女性が同居していて、この女性は客にお茶を出す時、しゃくで湯沸のお湯で出すので話題になっていました。先生は昭和六十二年の三月頃に石狩町花川に住んでおられたので幾度か遊びに行きましたが、奥様は斜古丹当時の女性ではありませんでした。

ただ、私としては残念な思い出があります。それは私が小学校六年生になった七月頃の学校の帰宅途中、ソ連軍の軍用犬に飛びつかれて顔の唇付近に噛みつかれ、学校を一カ月ほど休学していたことを何も覚えていなかったことです。なお、一緒に下校中の友達も誰一人覚えておりません（軍用犬を放したソ連兵は私がよく知っていた奴です。詳細はソ連軍上陸後のところで記載します）。

さらに、先生は斜古丹小学校に赴任時に引き継ぎのことは全くなく、何がどうなっているか分からない中、夏休みまでは旅団司令部はじめ各村に駐屯する軍への挨拶、島内の分校回り、島民への挨拶回りで生徒達の授業などは全くできなかったと話されました。

その状況下で二学期が始まってすぐに、ソ連軍の上陸で授業はできなくなり、二十日後には授業ができるようにはなったものの、一カ月後にはソ連憲兵隊より登校ができない旨通達があって〔理由は『千島教育回想録』P.161に、「ゲベウから校長にスパイ活動を強要するという一件があって、これを数回断ったため、報復措置として校長の行動を厳しく制限し、軟禁生活をさせられた。それで外出が自由にできず（後略）」〕、色丹島引き揚げの日まで続いたと話されました。

さらに、私と将棋をした日々が一番楽しかったと話されたので、私には意外に思われました。ですので私の電話番号を調べ、先生からの電話で会うことになったのでしょう。

話が横道にそれましたが、本島ではすでに東京はB29の焼夷弾投下で焼け野原になっており、あとはアメリカ軍がいつどこに上陸するかという話を遠藤家に夜になって集まって話しておりました。その中には小野寺巡査もいたのでした。

一方、色丹島では上記しましたように、日本兵も多くの島民も、戦争に対し切迫した空気などを感じる雰囲気はなかったように思いました。

ただ、防空壕へ入る訓練だけは数回ありましたが、このことも私からすれば、今晩はどの女の子と一緒に防空壕に入るのかといった思いの程度だったのです。

このように昭和二十年七月の中頃までは、色丹島の島民の生活は、本島の人々と比較すると全く想像もできないようなのんびりした生活をしていたように私には思えるのです。

しかしですよ、すでに記載しましたが、『千島教育回想録』P.150に、「私達色丹島民は島の兵隊さんと力を合わせて日本を守るためにこの島で玉砕するんだ」という島民も何人かいたことも確かでしょう。

また、すでに記載していますが、同時に日本兵士の全員が、この島での玉砕覚悟でいたことも確かなのです。

このような状況下で、七月十五日に私達兄弟が五時頃遊びから下宿先に帰って来ると、遠藤ミサ（当時は下宿のおばさん）から、今晩大勢の客が来るから早めに風呂を沸かして、食事を早めに食べて寝るようにと言われたのです。

七時過ぎ頃から、聞き慣れた声の人達が五、六人ほど集まったようでした。

耳を澄まして皆の話を聞いていると、今日根室の町がアメリカの飛行機の爆撃に遭い、町のほとんどが焼け野原になったようだ、ただ、根室駅とその付近は焼けていないようだという話でした。

私はとっさに自分の生まれ育った家は焼けていないのかと、なぜかホッとした気持ちになったのを覚えています。

皆さんが集まって来た理由は、もっと詳細を知るために、八時頃からラジオを聴くためでした。この時、私はラジオは札幌からの放送であることを知りましたが、放送は「根室の町がアメリカ軍の空襲で七割ほど焼け、詳細については確認中」ということで終了したようでした。

また、「駐屯している兵隊の動きが普段と違って夕方から動き回っていたようだ」など、私が十時頃用足しに起きた時も皆の話は続いていました。

翌日、将棋を指しに兵舎に赴くと、将棋指しの兵隊さんはもちろんのこと、一五〇名近く駐屯していたはずの将兵さん達はおらず、数十人の兵隊さんしかいませんでした。

夏休みに入って最初の日、海辺で遊んで帰るとミサが「兵隊さん達が戻って来たようだ」と話したので、私は早速兵舎に行き兵隊さんにどこに行っていたのか聞いたところ、誰にも話さないことを条件に教えてくれました。

根室を爆撃したアメリカの航空母艦が、色丹島の東二〇〇キロメートルの海域（注、他の章で詳細に説明）にいて、いつ色丹島に上陸して来るかもしれなかったので、上陸して来ると思われるところに集結していたとのことでした。その後、この駐屯部隊は小隊に縮小されています。

私達兄弟は夏休みの翌日、いつものようにミサに送られてアナマの実家に帰ったのです。

しかし、私達兄弟は友達と遊びたい思いが強く、実家でのお盆もせずに十日頃に母親に送ってもらい遠藤家に戻りましたが、とうやんの話では、アナマ村に駐屯していた大島大隊も十日ほど将兵達はいなくなっていたと話しています。

この夏休み中の水泳で一つの思い出があります。すでに記載しましたが、泳ぎは遠藤家の真北の約一〇〇メートル先の海辺の砂浜で、焚き火などをせずに、海から上がった体を砂浜に寝そべって乾かしていました。

ある日、郵便局長・川端さんの長女の弘子さん（当時十三歳）と、もう一人の女性が乗った小舟が沖の方に流されて、「助けてー」と叫んだ時に、松崎春二さん（普段、私達は「ハボちゃん」と呼んでいた。当時十五歳）が、とっさに海に飛び込んでクロールの泳ぎで助けに行って帰って来たのです。ただ、残念なことに、二人とも同じ年の昭和二十九年に亡くなられています。同じ年とはこれも何かのご縁で、あの世でお二人は会っているかもしれません。ご冥福をお祈り申し上げます。

さらに続けますと、川端さん一家は引き揚げてから、釧路市の古川町の引き揚げ住宅の長屋で平野家から二軒離れた長屋に住んでいましたが、ここでご両親、弘子さん、二女の和江さん達が昭和三十一年までに亡くなられたと親達から後日聞きました。

私にとって川端さん一家とは、斜古丹ではご両親とも和江さんとも毎日のように顔を合わせ、食べ物など時々無線室の廊下を通り、さらに郵便局を通って川端さんの自宅に届けていたのです。あらためて、皆様のご冥福をお祈り申し上げます。

話が飛びましたが、そのような状況下で終戦を迎えるのですが、これも皆さんに信じてもらえないと思いますが、八月十四日の夕方の四時頃、水路部の所長が部下二人を伴って遠藤家に現れ、「最後の美味いお茶を頂いて帰るか」と言うのです。

そして、お茶を飲み終わって部下二人を先に道路に出して見えなくなった時、木戸棒（長さ三メートル、太さ約五センチメートル）をセットしながら、ミサと私に向かって両手でバッテンをしたのです。

ここで私見ですが、その後の所長の行動は憲兵部隊に立ち寄り、憲兵将校同行の上、混成第四旅団の駐屯するノトロ村付近に赴いたと思われます。

第四旅団の駐屯地を正確に記載した文書は見ていませんが、参考までに、『千島教育回想録』P.155に、

「旅団司令部を、（中略）艦艇の上陸に適した入江にはその周囲の岩盤を掘穿して陣地を構築し、島の中央部にあるノトロ島（注、村の誤記と思う）を本部とした要塞であった」

と、佐藤校長先生が着任の挨拶時に赴いた際の話です。

話を戻して、その日の夕食の時、ミサは夫に「どうも日本は戦争に負けたみたい」と言い、今日の所長との会話などを話しました。そこで、その夜にラジオで何か話すかもしれないから聴いてみるかと言いました。

これは誰にも内緒にしていました。ラジオは夜の八時頃にならないと日本の放送は全く聴くことができませんでした。ですので私もこの夜の八時に初めて放送を聴いたのですが、むしろ日本の放送より外国の放送がよく聴こえたのを覚えています。

日本の放送もよく聴こえたけれど、「いつもより勇ましくないような感じがする」とミサは言いました。

でも皆さん、ちょっと腑に落ちない方のために、次の文章を記載しますので読んでください。

『忍従の海　北方領土の28年』のP.141にある天寧郵便局長・松本尚三さんの話は、

「終戦の詔勅を聴いたのは、天寧にあった第八十九師団司令部の将校集会所だった。逓信省関係の報国隊の責任者だった私は、前日の十四日『打ち合わせがあるので、明日の朝司令部に来い。迎えの車をやる』という命令を受けていたからだ。ところが、十五日の朝になると、隣の年萌にある日本水産の捕鯨場長で中野という人がひょっこりやってきた。

彼の話によると、『戦争は終わったらしい。昨夜本社から引き揚げ命令がきた。ここ（郵便局）で軍人とおちあい、軍に納めた肉の代金をもらうことになっている』という。まさかと思ったが、迎えにきた軍のトラックで司令部に行くと森田参謀長の姿はなかった。

そして『きょう正午に重大放送があるから聴いて行け』と言われたので、昼まで待ち、集会所で百数十人の将校と共に、玉音放送を聴き敗戦を知った」

また一方、氏は『元島民が語る　われらの北方四島』P.78、79に、

「終戦の日の八月十五日の朝、郵便局の裏口から、日本捕鯨場の場長が突然来ました。『局長、鯨肉など軍に納入した代金が一〇〇万円余りある。この代金を受け取って函館に帰れと本社から命令があった。何とかすぐに支払ってほしい』と私に言うのです。

一〇〇万円という大金を、右から左へ出せるわけがなく困りました。また、前日に師団司令部から呼び出しを受けていましたので、出かけようと思っていた矢先のことでもありました。ところがそこへ、師団司令部からの将校が来て、『日水の申し入れに何とか便宜を計ってほしい』と強く言うのです。

結局、一口三万円の郵便貯金通帳を三十冊あまり作成し、函館郵便局長宛の公文書をつけて場長に渡しました。

日水捕鯨の場長はこの通帳を持って、キャッチャーボートでいち早く自分だけ函館に帰ったのです。終戦を軍の上層部や大手企業は事前に知っていて、その対応に素早かったことが、この事例から分かります。

あの八月十五日の朝にやって来た日本捕鯨の場長は、私にはっきりと、『今日で戦争は終わる。昼には陛下の放送があるが、局長も善後策を考えた方がいい』とさえ言っていたのです。私には信じられず、どうして終戦が分かったのかと問いました。

『十四日に同盟通信の無線を傍聴して知った。他のキャッチャーボートの連中も知っている』と言うのです。

また、軍の師団司令部でも十四日夜は、夜中まで連絡交信していて、事の重大さに上層部が緊張していることも知らされました。そんな一幕があった後に、師団司令部に行くと、『前日の用件は済んだ。昼に陛下の重大な放送があるので聞いていけ』と言うだけです。

司令部の将校集会所で、ラジオを聞いたのですが、何のことかよく分かりませんでした。ただ、日本捕鯨の場長から聞いていましたので、『終戦は本当だったのか……』と思ったのです」

ここで一言、師団指令部で聞いたラジオはＡＣ電源を使用のものと思います。でも何を話したか不明と。と言いますのは、遠藤の家で三球ラジオで聴いたのですが、意味不明です。すなわち島民の数人がラジオに電池を入れて（注、当時そんなラジオはなかった）玉音放送を聴いたという話は全くの嘘の羅列です。

ここで、終戦について、『暗闘　スターリン、トルーマンと日本降伏』P.４１９にある、

「終戦の聖断が下った。八月十四日正午であった。問題は、この決定をいかに国民に、とりわけ軍に納得させるか、であった」

から考えて、誰の指示か？　午後三時頃には終戦の決定が下ったことが大本営から海軍の通信部隊を通じて日本全軍に通達されていたのです（注、記載済みですが、十四日の午後四時頃に通信部隊の所長が遠藤の家に来て、両手で×をして立ち去っていた）。

ここで、十四日の色丹島の玉音放送の話と思われる記事を記載します。

『元島民が語る　われらの北方四島』P.61に、

「色丹で終戦を知った状況について、郵便局の得能幸男さんの話は、『色丹島では戦時中に、（中略）終戦の詔勅については、その前日に無線が入り、「明日、重大放送があるから聞くように」との達しがありました。その時は何のことか分からず、ただ「重大放送があるんだな」と思っていたのです。このことを早速、ホロベツにあった軍の旅団司令部（注、ホロベツは嘘）に伝えましたところ、旅団長から、軍の通達は間に合わないので、郵便局から直接住民に知らせるようにとの達しがあったのです。それで、そのことを知らせるとともに、ラジオの周波数を合わせ、放送を聴きました』」と。

この話のすべてが嘘なのです。もちろん、その誤りを第五章で解明していますが、ここでも少し説

明します。斜古丹郵便局と落石無線局間の無線電信は、常時できないのです。

参考までに、択捉島の紗那局と落石間の電信交信時間は、『元島民が語る　われらの北方四島』P.121に、

「紗那局から根室落石局との交信は、毎日午後二時に定時連絡をすることになっていました」

一方、斜古丹郵便局について、まず『千島教育回想録』P.150に、

「当時御真影の取扱いは厳重なもので、常識判断の入る余地などとてもなく、校長以外は取扱うことができなかった。監督官庁の根室支庁教育課に連絡して、指示を受けようとしたが、無線電信のため固定された時刻しか通信できず、支庁の退庁時刻に間に合わなかった」

とありますが、通信可能時間については話していません。しかしこの時間帯を私は知っているのです。

私が引き揚げ後十九歳の時、広島の電波管理局に勤務していた林茂義兄（注、当時すでに私は遠藤家の養子になっていた）に会って聞いた話で、「九月三日の通信で公電一通と一般電報二通を受信したのが最後であった」と聞いていたのです（注、この暗号公電文書は私の手元にあり、その内容は第五章の別項で詳細に記載します）。

また、色丹島の通信時間は午前十時で、その時間になると落石では、受信機を色丹局の周波数に合わせて待ちにして、交信を開始していたと話しています。

何しろ当時は落石局には憲兵隊が二十四時間常駐していて、電文はすべて検閲され、疑われるよう

な行動は一切できなかったと、義兄は話しています。

したがって、十四日に受信したのであれば、午前十時から三十分ほどの通信時間帯以外にはないのです。

ところが聖断は十四日の正午であり、また『暗闘　スターリン、トルーマンと日本降伏』P.422、423に、

「午後一時に予定されていた閣議までの間に閣僚は各省に帰り、御前会議の結果を報告した。

阿南が陸軍省に帰ると、大臣室に青年将校二十名余りが殺到した。（中略）これまでクーデター計画の中心であった井田と竹下は、これで計画は終わりになったとあきらめた。

阿南は首相官邸での閣議に赴いた。天皇が終戦の詔書を録音盤に吹き込み、これを国民に放送することがこの閣議で決定された。（中略）日本放送協会の録音班は、皇居に三時に出頭せよという命令を受けとった」と。

さらに付け加えると、『暗闘　スターリン、トルーマンと日本降伏』には、十四日の朝から反乱軍が動き出し、最後には近衛第二連隊が皇居を占領し、さらにP.426には、

「天皇が録音した録音盤を反乱軍が宮内省をしらみつぶしに探しまわったり、また放送局が反乱軍に占領されることになった」

以上のような状況で、十四日の日に色丹島の郵便関係の通信隊に、十五日の正午に終戦の詔勅を放送するから国民に聴くように知らせた、ということがあり得るでしょうか。

さらに一言付け加えると、「明日、重大――」のような電信が打電できたとしたならば、択捉島の紗那郵便局にも、十四日に落石無線局から同様な電信があって当然と思いますが、『北方領土　悲しみの島々』で紗那郵便局の川口通信士がいろいろ当時のことを話しているものの、玉音放送のことは一言も話していません。

それにしても、通信に携わる人間達が、色丹島に日本軍の通信施設があって、二十四時間休みなくアメリカ軍の通信傍受と札幌の第五方面軍司令部と毎日通信連絡をしていたことを全く知らなかったとは、それこそ間抜け通信隊そのもので、話す内容にも何一つ真実性がないでしょう。

その理由の一つに、通信設備のシンボルである地上約二十メートルの二本の鉄塔（か木柱）に、約二十メートルの間隔でアンテナ線を張った設備を、全く島民に見えないように設置していたからと思います。当時、択捉島の島民は誰一人、日本海軍の通信施設、すなわちアンテナの設置場所のことを話していません（注、国後には通信隊がなかったかもしれません。理由は後で記載します）。

すなわち、当時の日本海軍の送信設備の管理は、徹底した秘密状況にしていたと思います。

また、玉音放送をラジオで聴いたと島民数人が話していますが、このことについても一言記載します。

八月十五日の日は、朝から太陽が照りつける暑い日でしたので、私は午前九時頃から海で泳いでいました。十一時頃に家に戻って来ると、下村仁さん（当時十六歳）が現れて、隣の田村おじさんと二人で「今日のお昼にラジオを聴くためにアンテナ線を張るんだ」と言うので眺めていると、鉄塔の地上五、六メートルほどの高さから遠藤家までの二十メートルほどに、アンテナ用の電線を張りました。

私はとっさに、昨日水路部の所長が腕をバッテンにして帰っていたので、日本が戦争に本当に負けたかを確認するため、これから皆でラジオを聴くための準備をしていると思いました。

ここで補足説明をすると、高齢の方々には記憶があると思いますが、遠藤の家には幅が約二十センチ、高さが約三十センチで箱の上部が丸くなっていて、箱の前面の上部の音声が出る場所に約十センチの細い棒が二、三本付いた、茶色の箱に三球式の受信機が入った箱が当時一般的なラジオで、AC一〇〇ボルトの電源で聴いていたのです。そして遠藤の家では、廊下のカーテンレールをアンテナ線として、夜の八時頃から聴いていました。

なぜ午後の八時頃かと言いますと、日中はもちろん、午後八時頃までは色丹島ではラジオを十分に聴くことは不可能でした。それは、放送局の電波が直接届く範囲ではいつでもラジオが聴けるのですが、直接電波の届かないところが夜の時間帯になると聴こえるようになるのは、反射した電波で聴くことができるからです。

放送局の電波は長波で、地球上にある電離層が午後八時頃になると数百キロメートルほど上空に下がって来て、放送局の電波もその下がって来た電離層に反射して遠くまで電波が伝わることで、色丹島でも聴くことができたのです。そこで、アンテナ線を大きくすれば聴こえるかもしれないと思って作業をしていたのです。

それから私は皆が泳いでいる浜辺に戻り、水泳を楽しんで正午過ぎに家に戻ると、家の裏玄関の付近の椅子に川端局長さん、小泉秀吉さん、小野寺巡査、下村仁さん、田村のおじさん、若松の人がいて、何やら話し合っているのです（注、その場に得能幸男さんはいなかった）。

私は家に入るなり、ミサおばさん（当時は下宿のおばさん）に「何か分かったの」と聞くと、「放送がよく聴こえなかったのではっきり戦争に負けたと言った話は聴き取れなかったが、昨日の所長のことを遠藤若松は知っているので、戦争に負けたようだと皆で話している」と言うのでした（注、記載済みの松本さんの話と一致）。

すなわち、前記で得能幸男さんが玉音放送をラジオで聴いたと話しているのはあり得ないのです（注、斜古丹村では当時ＡＣ電源で聴くラジオは、遠藤の家以外にはなかった）。

ここで補足説明をしますと、小野寺巡査は水路部の日本海軍の通信部隊に赴いて、内容を聞いて役場に立ち寄って終戦のことを話して来たと話しています。

また、参考までに、択捉島と同じような状況で斜古丹村の一部の人に、十五日の昼頃に終戦を知っていた人々がいたのです（注、どこで、どんなラジオで聴いたかです）。

『元島民が語る　われらの北方四島』P.61、62に、当時捕鯨船の船員・東峰重政さん（吹田市、在住）の話で、

「終戦時は、色丹島の斜古丹にあった日本水産の捕鯨船に乗っていました。（中略）終戦の当日は、色丹島から出航して国後島の東海域で大きな白長須鯨を獲り、これを曳いて、敵潜水艦の攻撃を避けるために一時根室半島に向けて航行、志発島沖でＵターンして色丹島の穴澗湾を通って斜古丹に寄港

しました。

終戦を知らせる玉音放送を聞いたのは、この寄港の途中色丹島の穴澗湾の沖合いで船内のラジオからでした（注、ラジオはおそらく択捉島の捕鯨船と同様、短波受信機でしょう）。（中略）終戦を知ったこれらの各捕鯨船は、斜古丹に引き返して捕鯨場長と今後の相談をしました。（中略）結局、捕鯨船側は、船の安全を守るという船長の判断で、捕鯨船は根室と霧多布に一時的に引き揚げることにし、二手に分かれての引き揚げとなりました」とあります。

しかし、当時この捕鯨場からは、玉音放送はもちろん、捕鯨船の行動などは斜古丹村民で話を聞いた人は一人もいなかったようです。

すなわち、択捉島だけでなく色丹島でも、当時短波受信機を設備しているところからの情報は何らかの監視下にあったものと思われます。


ここで話を戻して、どうしても納得できないことがあるので記載します。それは択捉島の日本捕鯨場が軍から九〇〇万円相当の代金をもらって函館に引き揚げる指示が、どのようなルートで伝達され、さらに九〇〇万円ほどの大金を現地の第八師団司令部単独で決済できたことです。

このような最も肝心なことが、『元島民が語る　われらの北方四島』では何一つ検証されていないのです。ついでに同書P.82に、

「当時、日本軍特警隊の隊長だった能戸定次郎さん（当時中尉・根室市在住）は、択捉島での模様を

次のように証言しています。『ソ連軍の北千島進攻の噂（注、a）も軍部内部にあり、千島への進駐はアメリカかソ連のどちらかとわれわれは、話し合っていました。八月二十六日頃、留別の特警隊から、天寧の師団司令部に問い合わせたところ、「どちらが進駐するか分からない（注、b）」という見解でした』」とあります。

ここで、注、a、bについての私見を記載してみます。

a項では、ソ連軍は八月十八日午前二時頃占守島《しむしゅとう》に上陸を開始し、日本軍と激戦の結果、八月二十三日午後二時に片岡湾に入港したソ連軍の駆逐艦上で第九十一師団司令部と武装解除の調印がなされ、この間の状況は北海道に本部を置く第五方面軍と常時無線電信で交信していたことは、『北方領土悲しみの島々』P.15～49に記載されています。

したがって、この状況は択捉島の日本海軍の通信部隊がすべての交信状況を傍受していることは確実であるのに、海軍の傍受した内容はおそらく憲兵隊の許可がなく、第八十九師団司令部に北千島の状況は何一つ伝わっていなかったから、「噂」と話したのでしょう。

b項は、二十六日時点で第八十九師団司令部が、択捉島へのアメリカ軍の上陸を念頭に入れていたかです。この点についても『元島民が語る　われらの北方四島』の執筆者の一人の北大の教授は、何一つ検証していないのです。私に言わせれば、嘘の話を言い続ける島民の話を、何一つ検証することなく書く記者と何ら変わらないと感じています。

ここまで記載した以上、私はアメリカ軍の上陸を第八十九師団司令部が意識していた理由を十分検証しなければなりません。

それには、すでに記載済みの『千島占領　一九四五年 夏』と、アメリカ人弁護士の著者が二〇一五年（平成二十七年）六月に出版した『まだGHQの洗脳に縛られている日本人』、また『北方領土悲しみの島々』、さらにソ連憲兵隊ニコライ大佐から私が実際に聞いた話などを参考に、私見を第六章で説明します。

話を戻して、上記の『忍従の海　北方領土の28年』と『元島民が語る　われらの北方四島』の記載文を比較して私見を記載してみます。

一つは終戦のことは、軍部は十四日の午後三時過ぎ頃に択捉島の第八十九師団司令部の森田参謀長が、松本郵便局長に十五日に来るように話したのですが、その内容は終戦のことで、玉音放送の話ではなかったのは確かなのです。それは『暗闘　スターリン、トルーマンと日本降伏』を読むと明らかなことです。それゆえに、『元島民が語る　われらの北方四島』から引用されて、『北方領土　思い出のわが故郷』P.177に記載の得能幸男さんのデタラメ文がこのように次から次に引用されることは、まことに困ったものです。

また話がそれましたが、私が十五日午後三時頃、将棋を指しに兵舎に行きましたら、兵隊さん達は皆大騒ぎ状態で、私と将棋を指そうという兵隊さんは一人もいないのです。

一時間ほどして帰ろうとすると、兵隊さんの一人が、「坊や、夕食は赤飯だから食べて行きなさい」

と言うのです。

私が耳をそばだてて聞いていると、「海軍の兵隊が今度は満州と樺太でソ連軍と戦争していると話していたから、ちょっとしたら満州か樺太に転属させられるかもしれないぞ」という話が聞こえました（注、ソ連軍は八月十一日、樺太で国境線を越えて侵入）。

また、「将校の一人が自害したようだ。憲兵隊のあの男だろう。多分、我々に袋だたきにされると思ったのだろう」など、今まで聞いたこともない話をしていました。

私が五時頃まで兵舎の周りをうろついたりしていると、テーブルの上にコップなどが置かれたのを見て、どうもこれから酒盛りでも始まるのだなと思ったので、私は黙って家に帰って来ました。

翌日からは今までと違い、兵舎へ行っても将棋を指す兵隊さんはいなくなったので、松崎さんのところで将棋を指したり、天気の日は海辺で皆と遊んだりしていました。

私が思うに、兵隊さん達は終戦を知って、誰もが家族の元へ帰れると思い、自分達の子供か孫のことを思い出して、私と将棋を指す気持ちがなくなったのでしょう。

話が飛びますが、色丹島の日本海軍の通信部隊があったことを島民が知らなかったように、択捉島、国後島でも同じように考えられるのです。

このことは、ソ連憲兵隊の各島への上陸後の状況に関係していると思われます。

それは、通信施設運営管理は日本軍では海軍で、ソ連軍では憲兵隊がしていたので、ソ連軍の憲兵隊は上陸後、択捉島では無線設備のあった場所に駐屯したと思います。

したがって、島民はソ連軍の憲兵隊と顔を合わせることはないことになります。

その結果、択捉島でソ連憲兵隊と接触と、話し合ったという話は、どの書物にも書かれていません。

また、国後島には日本海軍通信設備がなかったようで、第六章で記載しますが、ソ連軍は択捉島に上陸後の九月上旬、紗那郵便局の電気設備を国後島に移設しているのです。しかし国後島の島民は、誰一人電気設備が設置された話はしていませんので、島民の知らない場所に設置し、その場所にソ連憲兵隊が常駐したと思われます。

一方、色丹島では、日本海軍通信設備は日本軍によって完全に破壊されましたが、郵便局の通信を可能にする電気設備は日本軍からの破壊命令がなかったのです。

したがって、色丹島に上陸したソ連軍の憲兵隊は郵便局に居座ることになったのです。


話を戻して、八月二十九日を迎えるのですが、三時頃に家の近くで遊んでいると、ミサが「水路部の所長さんから来るように、小野寺巡査さんから連絡があったので行く」と言われ一緒に赴きました。

水路部に着くなり、いつもとは違う発電機室に連れて行かれ、話をされました。

「今日、師団司令部より連絡があり、昨日の早朝ソ連軍が択捉島に上陸し、色丹島に九月一日赴き日本軍を全員武装解除後、ソ連軍は速やかに色丹島から撤退する（注、「離れる」と言われたかも）と連絡があった。このことはすでに憲兵隊に連絡済みなので、いずれ小野寺巡査に連絡され、巡査から役場、その後島民に知らされるので、それまでは絶対誰にも話さないように」

と言われました。同時に、

「通信設備は午前十一時をもって破壊せよとの命令なので、我々には時間がないので一つお願いがある。なお、現在色丹島には五千数百名の日本軍が駐屯しているので、当然ソ連軍もそれ以上の軍隊で上陸して来ると思われる。そのような、敵味方の大軍がこの狭いところに集まれば、何が起こるか分からないから、子供達は実家に帰した方が良いのではないか」

と話した後、私に外へ出るよう言われましたので、局舎の裏側へ行くと、兵隊さん達三十人ほどが、アンテナの撤去、鉄塔の解体作業をしていました。

三十分ほどして、ミサに呼ばれて帰宅したのです。私達兄弟は、翌日は早くアナマに帰るので、いつもより早く床に入りました。

ところが、八時過ぎ頃ミサに突然起こされて、

「間もなく憲兵さんが来て、書類を持って憲兵さんと一緒にあるところに行くので、そこで指示された人に渡しなさい。書類は履いて行く左のズックに敷き皮を二枚重ねてあるから、下の敷き皮を取り出して、慌てずに指示された人に渡しなさい」と言われたのです。私は突然、これから重要な任務をするのかなと思い、身震いしました。

水筒を肩に掛けて裏玄関口で待っていると、憲兵隊二人（一人は顔なじみの人）と小野寺巡査が現れて、すぐに若い方の隊員が私を背負って三人で木戸口を出ました。私は寝た振りをしてどこに行く

のかと見ていると、郵便局の前を通り石森さんの家の前の橋を渡ったので、ああ、これからアナマに行くのかなと思った途端、眠ってしまいました。

どのくらい時間が経ったか分かりませんが、兵隊の背中から六畳ほどの部屋に下ろされると、目の前に年配の人と二人の若い人が立っていて（軍服は着ていない）、年配同士がこそこそと五分ほど話をしてから、年配の一人が私について来るように言いました。

十メートルほどの壁にロウソクを立てた廊下を歩いて行くと、右に曲がる廊下のところで、兵隊はやはり十メートルほどの廊下の奥の方を指差し、奥から二番目の部屋のドアをノックして、中から「入れ」と言われてから入るように言われました。

私もこの時点ではある程度度胸なるものが出来ていたので、落ち着いているなと思っていました。「入れ」の声でドアを開けた途端、私は腰を抜かすほどの光景を目の当たりにして、一瞬どうしてよいか呆然《ぼうぜん》と立っていました。

その光景とは、部屋の大きさは十畳ほどで、部屋の二隅には長さ六十センチほどの大きなロウソクがあって部屋は明るく、その部屋の真ん中辺りに、背中を向けて腰の辺りに真っ白な布を被せて横たわっている大柄な人がいるのです。

その周りに、まだ見るからに若い男の人が、生まれたまんまの姿で三人立っているのです。私がただ呆然と立っていると、一人が私のそばに近寄ったので敷き皮を差し出すと、彼はそれを横になっている人に手渡しました。即座に「ハサミ」と言ったので、若い一人がハサミを持って来て手渡すと、敷き皮の縁を切り、中から手紙を取り出して読んだ後で、「坊やに飴をあげなさい」と言うのです（私を一度も見ないで「坊や」です）。

私が両手で飴を受け取り部屋を出ますと、曲がり角に立っている兵隊が手招きしたので、歩き出して最初の部屋に戻り、すぐにまた同じ兵隊に背負われて外に出ました。

あまりの異常さに眠気は飛び去り興奮状態だったのですが、寝た振りをして辺りを見ると、松林の中を山に沿って十分ほど歩いたところで右に曲がり、山腹を下るのです。

山腹の両側は松の木が立ち並んでいて、どうも見たことがある場所だと思っていると、三十分ほど経った時に道路に上がったので左側を見ると、目の前に見た山は、冬になると我々子供達がスキー滑りをしている山でした。そして下って来た山腹は、狐を追っかけて遊んだところだったのでした。

そこから二十分ほどで家に着き、すぐ床に入りましたがなかなか眠れませんでした。

翌朝、ミサからは、昨夜のことは誰にも話さないように念を押されました。

朝食をすませると、ミサは私達兄弟を連れてアナマの私の実家に向かったのです。

この話が私の作り話だと思う人達は、以後の事象を読むことで話の真実性と密書の目的が何であったかを理解できると思います（注、ニコライ大佐にこの場所を話した後、褒美のつもりか映画を見せたこと）。

一つは、当時斜古丹には日本海軍の暁部隊と通信部隊が駐屯していたことは事実です。

ところが、ソ連軍が斜古丹島に上陸する前に、ハリスト正教会に駐屯していた暁部隊十二名の兵士を残して、全員が斜古丹を脱島しているのです。

上記の十二名の一人で、ソ連兵がハリスト正教会に突然入って来て連れ出されて行き着いたところに、今まで見たこともない多くの日本兵がいて、その後、ソ連船に乗せられてシベリア生活をされた元日本兵の話されたメモが私の手元にあり、この兵士のことは後述します。

一方、海軍のことは、捕虜になった陸軍兵がソ連憲兵隊のニコライ大佐に「海軍が所有していた船がないのであれば島を撤退したのだろう」と話したそうです（注、この状況も後述します）。

ところが、一人の憲兵が島に残されていたことが考えられる記述が残っています。『元島民が語るわれらの北方四島』P.168で、斜古丹町長がソ連軍が斜古丹郵便局に突入する前に根室支庁宛に打った暗号電信文（注、この暗号電文のコピーが私の手元にあります。同時にこの暗号電報は今でも開示されていません）に、「地方警備は憲兵が行なう」とあるのです。また道立公文書館の書類（注、コピーが手元にあります）に、「アナマの天幕内に小野寺巡査と一緒に中島憲兵（？）長が居る」という文があります。

すなわち憲兵隊の中の一人だけが残されて、他の憲兵隊将兵はすべて海軍部隊と一緒に島を離れていたことを暗示しています。

さらに、色丹島ではソ連軍が昭和二十年十月五日に命令を出し、『北方領土　悲しみの島々』P.154に、「二、村役場、警察、憲兵隊の解散を命ずる」と記載があるように、この時点でソ連軍は日本軍の憲兵隊将兵を捕虜にしていないことを認めているのです。

この日本憲兵隊に関係するソ連軍の状況については、後に詳細に記載します。すなわち、日本軍の憲兵隊が、ソ連軍が島に上陸する前に、海軍部隊と一緒に色丹島から撤退していることは明確です。

話が飛びますが、軍隊の情報機関が敵国に渡るとどのような状況になるかを示す記事が、二〇一四年（平成二十六年）の読売新聞にあり、「中国外務省が憲兵隊の資料も記憶遺産に申請」と記載されています。

また、「ユネスコの世界記憶遺産に登録申請しているいわゆる従軍慰安婦に関する資料について、当時、中国東北地方を統治していた日本の憲兵隊や旧満州国政権に関する文書が含まれていることを明らかにした」という記載もあります。

その結果、日韓政府間で合意した従軍慰安婦について、国連女子差別撤廃委員会の「四項目の遺憾の意を表す」の声明に対して、管官房長官が「極めて遺憾で受け入れられない」と話しています（読売新聞、平成二十八年三月八日）。私見ですが、相手は日本憲兵隊の資料と比較して話している可能性があるのに、日本政府が戦争中の正確な情報を何一つ確認することなく反論しても、世界の人々がどちらの話を信じるかは明白だと思います。

記載した如く憲兵隊が敵国に束縛された場合の結果を考えて、千島列島に駐屯していた憲兵隊はソ連軍の上陸前後に全島から撤退した可能性が考えられます。

ところが憲兵隊は船舶を保有していませんから、海軍と行動を共にしなければ実行できません。このような状況を、色丹島の憲兵隊と海軍の行動から理解できると思います。

以上の状況から考えられることは、ソ連軍によってシベリアに連れて行かれた日本将兵は、第八十九師団司令部指揮下にあった陸軍将兵だけであったかもしれないのです。

このような不明な状況を検証した書物が、戦後七十年以上経過しても一度も出版されていないのは不思議に思います。

また、色丹島で海軍の暁部隊の十二名が本隊から取り残されて、結果的にシベリアで捕虜生活を余儀なくされた日本兵のメモのことを記載しましたが、最終結果は大いに違うものの択捉島でも同様のことがあり、『北方領土　悲しみの島々』P.170、171に、

「船を奪って脱島するという事件が、択捉ではただ一度だけ昭和二十一年六月に起きた」と記載されていますので、年月が飛びますが転載します。

「ソ連軍の命令で、紗那から天寧まで、物資を取りにゆくことになったとき、程度のいい十トンほどの漁船が選ばれ、日本人の船長、機関長、甲板長の若者、それに監視のソ連兵がひとり乗り組んだ。

船は国後水道をまわって、天寧に着いた。桟橋に横着けにし、二日ほど停泊した。

この間に、旧陸軍の保有米、かんづめ、衣料のたぐいをたっぷり積み込んだ。燃料もドラムカンを二本積み込んだ。三人の乗組員は、暇にまかせて、機関の整備も念入にやった。

なまじ沖荷役の能力があるばかりに残された暁部隊（船舶工兵隊）の兵達が、これを見ていた（注、色丹島の同様に残された部隊と同じです）。

『ほう、まだ新しい漁船じゃねえか。何を積んだんだい？』

『食い物に、衣料、それに漁船の燃料だ！』

兵隊達の頭には、ひらめくものがあった。

『おあつらえ向きの船じゃないか――』

明ければ紗那へもどることになっていた夜だった。三人の漁船員は、ソ連兵が、船には泊まらせないので、陸の知人の家で眠っている。

兵士達は、翌日、湾にはいってくる予定のソ連の大型輸送船の荷役をさせられることになっていた。

（中略）島抜けを決めこんだ兵が、十三人いた。（中略）

午前三時ころ、いざ決行というときには、（中略）三人が脱落し、十人になった。

問題は歩哨だった。七十二連発の〝マンドリン〟を抱えているソ連兵をどうするか？（中略）

港についていたのはこの船一隻。（中略）歩哨は、だから、この漁船一隻だけを見張っていればいいつもりで、ぴったりそばにはりついたままだった。（中略）

ひとりが、監視兵に近づいていった。

『このあとで輸送船が沖がかりするのは知っているだろう。こいつは、その荷役に使うんだ。だから、エンジンの調子をみにきた』

ところが、監視兵は答えた。
『よろしい。しかし、つないだままでやれ』
ここで、がっくりきたふたりが、さらに脱落した。（中略）
向こう気の強い八人だけが乗りこみ、もやい綱を解かぬままで、エンジンをかけてみた。（中略）
『エンジンの調子が不良みたいだが、ちょっと走らせてみないことには、つかめない。ほんのいっときだけ、もやい綱をはずさせてくれないか』（中略）
監視兵は譲歩した。
『ちょっとだけだぞ。それに、おれの目の届く範囲内でまわってくるんだ』（中略）
ソ連兵の目の前で一周してみせた。それから、やおら、闇と霧にまぎれて、一直線に逃げ出した。（中略）
沖がかりしていた船に、終戦前は根室との定期航路を走っていた七十トンほどの水戸丸があった。ソ連軍ではこの水戸丸に武装した兵を乗せて、追いかけさせた。
ところが、この船を操作しているのも同じ日本人だ。（中略）さっぱりスピードをあげなかった。（中略）
五時間ほども南へ走ると、それでも七十トンと十トンの差であった。逃亡の船が見えてきた。（中略）
ソ連兵達は、三十分ほど機関砲による砲撃や銃撃をくり返したのち、（中略）引き返すことを命じた。

寄港すると、司令官は怒った。

『爆撃機を飛ばせ！』

漁船が島を逃げ出してからおよそ十三時間後に、爆撃機があとを追った。

このころ、十トンの小船は、時化のなかをあえいでいた。大波に翻弄されて、スクリューがからまわりする。船からは飛来する機影が見えた。だがしかし、飛行機からは遂に発見できなかったらしい。

彼らは、いいかげんなところに爆弾を落とすと、引き揚げていった。（中略）

八人の男達は助かった。船は北海道の標津に近い野付岬に着けた。（中略）

彼らはここで、地元の漁師に、船を積荷ぐるみ、ひとまとめに当時の金三十万円で売り払った。これを八人で山分けして帰郷したということだ」

長い話を記載した理由は、『北方領土　悲しみの島々』の作者が知り得ない事象を私が知っていることから、その話の疑問点を私なりに二、三検証してみたいからです。

一つは、「残された暁部隊（船舶工兵隊）の兵」とありますが、すでに記載済みですが、色丹島の斜古丹村のハリスト正教会に駐屯していた暁部隊十二名が本隊から残された状況は、全く同一のように思われます。

すなわち、択捉島の島民誰ひとり、日本海軍と憲兵隊のソ連軍上陸前後の行動を話している人はいませんし、もちろん第八十九師団司令部指揮下の将兵もソ連軍も、これらの将兵のことは一言も話していません。

すでに記載しましたが、秘密情報、暗号を扱う部隊などは色丹島と同様にソ連軍上陸と同時に島を離れたと思いますので、この長文を記載したのです。

二つは、十三名の数は分隊数で、色丹島ではソ連軍が上陸する以前でも本隊から離れた場所に駐屯して、危険な岩盤のトーチカ掘りか、アメリカ軍が島に上陸するため近づいた際に高速艇、すなわち「震洋」でアメリカ艦船に体当たりする隊員達であったと思われます。

しかし、この高速艇のことは色丹島の島民でも私以外に話をしている人はひとりもいませんが、択捉島の島民でも一人も話していません。でも色丹島に高速艇が配備されていたことは、元日本兵の朴さんの話で証明されています。

したがって、択捉島に「震洋」が配置されていなかったとは考えられません。しかも十三名の兵士数は、「震洋」二隻分の乗員数にほぼ一致します。

三つは、十三名の日本兵が「ソ連の大型輸送船の荷役をさせられることになっていた」ということは、本来ならば、当然ソ連軍の捕虜になっていると考えるのが当然でしょう。ところが、この兵士達を島民の誰ひとり、捕虜の日本兵だったとは話していません。

また、もし「震洋」の乗組員であったとしたら、多くの兵士は朝鮮人であったとも考えられます。もし朴さんが存命ならば、余市での朝鮮人の員数を確認する考えです。

話を戻して、私は八月三十日に斜古丹村を離れ、九月二十九日までアナマの実家に戻っていましたので、九月一日早朝にソ連軍が斜古丹湾に入り上陸したという斜古丹村のほぼ全村民の話と、ソ連赤軍の報告（注、『千島占領　一九四五年 夏』P.１５１に記載あり）の状況は見ていません。

ところが、この九月一日の斜古丹村へのソ連軍上陸の話はすべてが嘘だということは、九月三日に斜古丹郵便局から落石無線局に電信された暗号電報が存在していることからも明らかです。すなわち三日の午前十時の固定通信時間まで、斜古丹郵便局は正常な状態にあったのです。戦後六十年経過後にも、斜古丹村民の嘘の話を聞き取り続けて四十五人の記者達が編集した『戦禍の記憶　戦後六十年百人の証言』なる書物を出版した北海道新聞社には、是非意見を聞きたいところです。

『忍従の海　北方領土の28年』P.１４６では、二人の郵便局職員、得能幸男さんと本川昭夫さんが、「九月一日午前八時前にソ連軍が斜古丹村に上陸して、斜古丹郵便局は九時にソ連軍に占領された」と嘘を話していて、ましてや本川さんは「郵便局の屋根に鉄塔があり」と話すなど、島民の誰が聞いても分かる嘘を平然とついています。二人の話が本当ならば、三日の午前十時の固定通信で、落石無線局に電信など送信できるはずはあり得ないでしょう。

すなわち斜古丹郵便局には、三日の午前十一時四十分頃まではソ連兵は入れていないのです。

その理由は、以降の章でも後述しますが、ソ連兵は電気室に三日の十一時三十五分に入って来て、電気室の廊下から郵便局に入ったからです。

なお、色丹島へのソ連軍の上陸については別章で詳述しますが、その一端を記載します。

『元島民が語る　われらの北方四島』P.168で、色丹村村長より根室市長宛、八月三十一日にソ連軍が色丹島に「一両日中には訪う旨」の暗号電文を落石無線局に電信したことになっていますが、この日付は根室支庁の作為によるものです（注、当時の根室支庁は国の出先機関）。

色丹村村長は暗号電報に、「八月三十一日十七時帰庁せり」としています。ところが斜古丹郵便局と落石無線局の電信可能時間帯は、毎日の午前十時の一回の固定通信しかないのですから、三十一日には落石無線局への電信は不可能です。

しかし暗号電文は、根室支庁で三十一日付けの丸印のスタンプが押されて本庁へ送付されています。その暗号電文のコピーが私の手元にあるのです。

もちろん、この暗号電文のことは今日まで、道庁の一部の職員しか知っていないと思いますし、一般国民はもとよりマスコミにも知らされていないものと思います。

では、この暗号電報が私の手元にあることを皆さんは不思議に思うことでしょう。それは話が飛びますが、私が引き揚げ後に遠藤家の養子になったことで、戦前落石無線局の通信士であった林茂が義兄になり、「暗号電文を九月三日の十時に落石無線局で受信していた」という話を聞いていたことがきっかけです。もちろん、この暗号電報が当時の根室支庁から本庁（注、いずれも当時は国の機関）へ送付された書面を、平成二十六年に道庁で写真に撮る許可を得たため私の手元にあるのです。

すなわち斜古丹郵便局には、九月三日の午前十時から十一時四十分までは、ソ連兵は入って来ていないのです。そこで、暗号公電文の内容の一部を記載します。

まず、色丹村村長は「根室から八月三十一日の十七時に帰庁せり」（『元島民が語る　われらの北方四島』P.１６８に記載）と打電したその時点で、ソ連軍が九月の一両日中に色丹島に上陸してくることを初めて知ったのですが、そのソ連軍の上陸のことは、その日のうちに斜古丹村の島民誰ひとり村長から聞いていないのです（注『忍従の海　北方領土の28年』『北方領土　悲しみの島々』『元島民が語る　われらの北方四島』の各書に記載なし）。

しかし二〇〇五年（平成十七年）九月出版の『戦禍の記憶　戦後六十年百人の証言』P.３０６に、当時の西田先生が鈴木としさん名で、

「役場から『ソ連兵が来ても逃げては絶対だめだ。普通に授業をするように』と言われていたので、算数をはじめました」と話しています（注、西田先生には私も四年間授業を受けましたが、残念なことに西田先生の話すべてに信憑性は全くないのです。ただ、一度だけ本当の話をされています。それは平成五年に出版された『根室色丹会30周年記念誌』の教え子達の座談会で、「授業中に突然ソ連兵が教室に入って来た」と話しただけです）。

さらにこの話を確認するため、平成二十六年六月三十日出版の『返せわれらが故郷』二三一号に、元斜古丹村村民の小田島梶子さん（注、終戦時十四歳）が、

「先生（注、佐藤校長先生）が『皆さん授業を始めましょう』と言ったとき、いきなり教室のドアがガラガラと開き、そして見たこともない外国人達が四～五人入ってきました。それがソ連兵でした」と記載しています（注、西田先生の聞いたソ連軍の上陸の話は事前に聞いていましたと）。

また補足説明をしますと、彼女の家は斜古丹湾の最も岬に近いところにあって、通学時間は三十分以上は考えられますから、村民が話しているようにソ連軍の上陸時間と通学時間は全く一致していることになります〔梶子さんの弟、得能宏君の話、「実際は六〇〇人のソ連兵が上陸し……私は三・五キロの道のりを毎日歩いて学校に通っていましたが、その学校に行く途中にソ連兵が上陸してきたのです」（「返せしわれらが故郷」232号）とあります〕。したがって一方が嘘を話していることは明らかです。

ところが、終戦後七十年経過した後になっても嘘の話が固定化されているのです。この固定化の一因は、国自体が文書を作為的に偽造して国民に公開しているからです。

また、梅原村長は、色丹島の日本軍の憲兵隊からソ連の上陸を「一両日中には訪う旨」と三十一日の十七時に知らされていながら、なぜその日のうちに島民に知らせなかったか、特に元島民の方々は真剣に考えてみる必要があるのではないでしょうか。

同時に北方領土の全島には、日本軍将兵約三万人の三年分の食料があったことを、ソ連軍の捕虜にされる前後に日本軍隊から誰一人聴いていないことと合わせてです。

私見ですが、理由はソ連軍から「東京ダモイ」（注、他項で説明）というソ連軍の魔術と、さらに武装解除後は島から撤退する（注、記載済みですが、私は八月二十九日に日本海軍の通信部隊の所長から、「第八十九師団司令部からソ連軍は武装解除後に島を離れるという連絡があった」と聞いていました）という話で、日本軍は兵器、弾薬などを引き渡した後は何事もなかったような状況を考えていたと思います。

そのような憶測の話が、『北方領土　悲しみの島々』P.23に、

「十六日にはいると（中略）兵隊にしてみれば、武装解除を受けてしまえば、あとは故郷へ帰れるんだ、という思いが自然に湧いてくる。堤不爽貴師団長の布告も出た。

『遠からず、全員内地に帰還する。しかし、内地は物資が不足しているから、各員は手拭い一本でも大切にして、一品でも多く持ち帰るように』」という記載がありますが、この十六日時点で樺太では十一日にソ連軍が侵攻して日本軍と戦闘状況にあっても、北千島の日本陸軍将兵には何らの情報も知らされていなかったのでしょうか（注、記載済みですが、斜古丹に駐屯していた陸軍兵の会話で「海軍の兵の話で樺太でソ連軍と交戦中なので、転戦の話があるかも」と話しているのを私は兵舎で聞いていました）。

一方、『シベリア抑留全史』P.110に、

「大本営陸部が八月十八日に『詔書渙発以降敵軍ノ勢力下ニ入リタル帝国陸軍軍人軍属ヲ（注、海軍将兵、憲兵隊は記載なし）俘虜ト認メズ（中略）天皇の命令で降伏した日本将兵は捕虜ではない』というのである」という記述があり、それを現地の陸軍将兵が聞いていて、そこへソ連軍から「東京ダモイ」が加われば、千島列島に駐屯していた陸軍将兵は捕虜はもちろんのこと、手拭い一本でも持って故郷へ帰れると思うのは当然で、三年分の米俵の存在など島民に話せるはずがないことは確かでしょう。

話が飛びますが、別項で色丹島と歯舞諸島の陸軍兵達が、「船が利尻島を左手に通過して初めて捕虜になったことに気づいた」と話しています。

すなわち、千島列島に駐屯していた日本陸軍将兵すべてに言えることと私は思っています。

最後に、皆さんが信じるか信じないかは別にして、ソ連軍の憲兵大佐のニコライが遠藤ミサに言ったという言葉を掲載しておきます。

「日本の女性は世界でも一番賢いが、男は一番バカである。

その最たることは、戦争をするということは勝つためにしなければならない。そして勝つということは、対戦国の首都を陥落させて初めて言えることで、日本軍は一度もアメリカの首都陥落を話していないし、また戦争に負けた時点での対処を何一つ持っていなかった。

おかげで北方四島では、お互いに戦いで一人も犠牲者を出さずに我々は占領ができた」

第三章　アナマ湾・アナマ村村民の生活

八月二十九日の不思議な出来事などを見聞した翌日の三十日の朝八時頃、ミサは我々兄弟を連れてアナマの平野の家に向け出発しました。

したがって、「九月一日の早朝九時頃に斜古丹村にソ連軍が上陸した」という元島民とソ連軍の話が書物に書かれて七十数年後の今でも定説になっていますが、この状況を私は見ていないのです。

しかし、これらの話がすべて嘘であることは記載済みです。それは九月三日午前十時の固定通信時間に、斜古丹郵便局から落石無線局に送信された暗号電報のコピーが私の手元にあることで、十分に証明できるからです。

話を二十九日の状況に戻して、斜古丹村からアナマ村への街道のちょうど中間地点（街道とマタコタン湾に流れ込む小川の交差した場所）に日本兵常駐の炭焼き小屋があり、私達は街道を行き来する時は必ずここで食事をしながらミサは兵隊さん達と会話をし、我々子供は釣り道具を借りて小魚釣りをするのです。

この日の兵隊さん達は、数日前に子供達が母親に連れられてアナマから斜古丹に行っているのを見ているので、「平野さん宅で何かあったの?」と聞かれました。兵隊さん達は、平野の家に八十歳を過ぎたヤスお祖母ちゃんがいることを知っていたのです。

我々兄弟はいつもの通り釣り竿を借りて小魚を釣り、それを炭火で焼いて食事をして炭小屋を後にするわけですが、この日の別れ際に兵隊さんの一人がポツンと、「もう坊や達とも会えなくなるのか」と言ったことを覚えています。

ミサは帰る際に、両親に九月一日のソ連軍上陸のことは、役場か日本軍から話があるまで、絶対に村の人に話さないよう念を押して帰って行きました。このことは、海軍の通信所の所長（注、当時そう呼んでいたが、実際は尉官クラスの兵隊）との約束です。

ここでソ連軍上陸後の記事を書く前に、アナマ村と私のアナマ村の年度ごとの春、夏、冬休みの生活、さらに平野家の家族について話す必要があるので記載します（写真、地形図）。

アナマ湾については第一章でも一部記載しましたが、他に『北方領土の神社』P.１２０に、

「穴澗といふ處に寄港す細長く陸地に入りたる湾にして山紫水明なり阿寒湖の風景と似たり海の様な感じがせぬ湖の如し浪又淡水の如し、両岸に蟹缶詰工場の附属建物點々し殊に工場背後丘陵上トヾ、エゾの林を社叢として神社あり道路を通して鳥居見ゆ　風景絶佳なり又工場桟橋には鳥と鴎が白黒取り交ぜて飛翔しモンペ姿の女工参々濶歩するなど頗る平和な景色なり寳正丸乗客此処處に上陸して見学し約時間碇泊せり――」とあり、記述日は昭和十六年九月十日です。

また、アナマ湾は沖合から湾の奥まで約三・五キロメートル、幅は広いところで六〇〇メートル、狭いところで二五〇メートルあり、しかも一〇〇〇トンほどの船でも一番奥まで入港できる入江なのです。

湾の奥まったところに川が流れ込んでいて、この川は真冬でも凍らないのです。

このような入江の両海岸に十一軒ほどの家がある漁村の集落です。

それでは皆さん、このような入江がなぜ阿寒湖の水面のように見えたのでしょうか？

弟達と桑の実を採って食べたり、ソ連軍上陸前に村の娘さん達を隠したりした森
平野の家がこの場所付近の下にあった
戦前日本兵のみが通った道

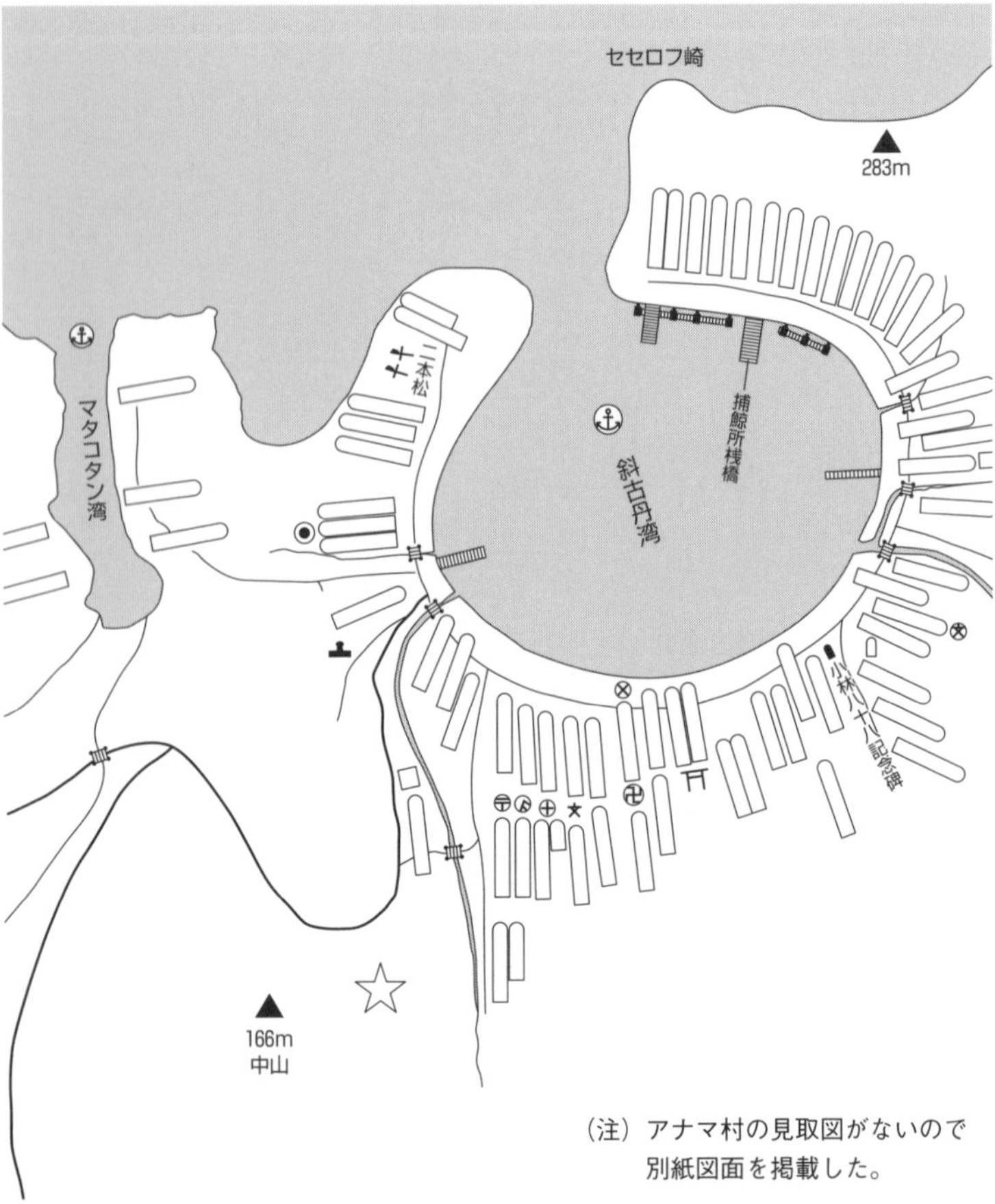

（注）アナマ村の見取図がないので
別紙図面を掲載した。

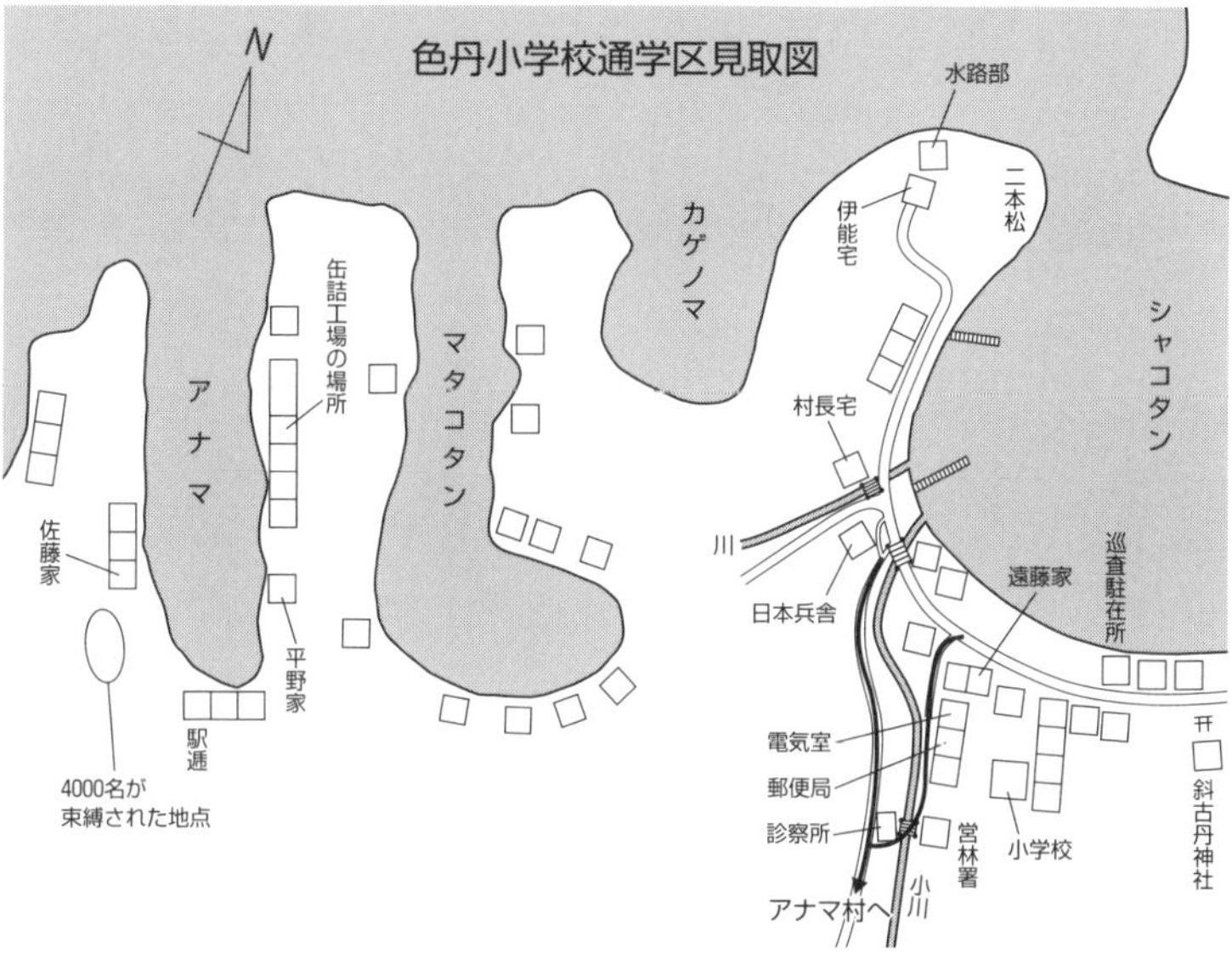

そこで、私なりに説明してみます。駅逓《えきてい》以外の各家の飲み水は各家の裏山に湧き水が湧き出ていて、村民はそのまま飲料水として使用していたのです。

後で詳細に記載しますが、漁夫・佐藤家付近の山肌からの湧き水の水量は、約二十日間の捕虜の日本陸軍将兵（陸軍と指定した理由は後に説明）約四〇〇〇名と、ソ連軍数千名の生活できる水を確保できる量だったのです。

また、村民としては、この湾内は季節ごとに常時カレイ、カジカ、コマイ、アブラコなどが取れるし、イワシ、ニシンの回遊魚で湾内の海面は真っ黒になるという自然の生け簀《す》のようなものなので、汚水など流さない努力をしていたと思うのです。

また、十二月から三月末頃までは湾内は流氷で埋まり、対岸まで徒歩で往来できます。

三月になって流氷が緩み出すと、後藤さんと平野の間の三〇〇メートルの海岸でアザラシ（島民は「トッカリ」と呼んでいた）の親子が日向ぼっこをしているのです。

でも、大人の誰かでアザラシを獲る人がいたのでしょう。一、二度食べたことがあります。

平野家は、私が小学校入学時はホロベツ村にあり、私が小学校入学後、初めて実家に帰った二年生修了の時は昭和十九年三月二十五日頃で、実家はアナマ村に移住していました。

ミサは一泊して、翌日斜古丹村に帰って行きました。

ただ、私は実家に帰った気分は一つもなかったのです。それと言うのも、私は二年前に初めて親兄弟に会って、翌年の春には親元を離れていますし、弟に鉈を振り回された恐怖心も覚えていました。

また、食事時はホロベツ村の時と同じで、私はヤスお祖母ちゃんの隣に座りお膳で食べ、親、兄弟は居間のテーブルで食べるのでした。

そして相変わらずヤスお祖母ちゃんは、私の姿が見えなくなると一日中私の名を呼んで捜しますので、皆は困ったようでした。

この時の実家での思い出は、私が覚え持参していた剣玉、パッチなどで弟達と遊んだこと、弟達に誘われて、家から約一〇〇メートル先の突き出た岩を通り抜け、小石の海岸にアザラシの親子が昼寝しているのを、棒を持って追っかけ回して遊んだことです。

しかし、私にとって突き出た岩を通り抜けるのが怖くて、すぐには弟達について行けなかったのです。

なにしろ、岩にしがみついて通り抜けるのですが、時々大きな波が岩場にぶつかると、岩に乗せた足を波が洗うのです。ですから、左足が岩場にあるときは海に引きずり込まれるようになり、本当に恐怖を感じたことを覚えています。

斜古丹村では友達も出来、多種多様な遊びで毎日過ごしていましたので、私は一日も早く下宿先の遠藤の家に戻ることを親に言いますので、四月早々に、この春から小学校に入学する弟の仁郎と、かあやんと私の三人は父とは別行動で、徒歩で斜古丹村へ、とうやんは駅逓から馬を借り、弟の夜具類を運んだのです。

昭和十九年の夏休みに実家に戻った時は、私は一生のうちでも一番多様な経験をしているのです。ミサは、アナマ村に着いた翌日に私を連れて、アナマ湾の同じ海岸沿いの湾の出口の小柳さんの家を訪ねたのです。

私の小柳宅の記憶は、私より大きな男の子供が一人いたことを覚えています。

この子供のことは、斜古丹村小学校の校長に発令された佐藤俊三先生の記事が『千島教育回想録』P.１４９に、

「(昭和十九年)十二月三十日斜古丹行きの小さな船に便乗し、(中略)今晩は穴澗に碇泊して、明日斜古丹に(中略)、本船に近づいた伝馬船に移って上陸し、船頭に案内されたのが小柳さん宅だった。(中略)男の子が一人いる三人家族で、この子、芳男君は色丹校の五年生で(昭和十九年時)斜古丹

の知人宅から通学していた。

同家の納屋を借り、近くの岩場に陣地構築作業をやっている兵士が十名いるということで、その長の下士官が、校長の安着だというので挨拶にきた。朴訥な漁師らしい黒い顔で逞しい腕をした小柳さんは『私達色丹島民は島の兵隊さん達と力を合わせて日本を守るためにこの島で玉砕するんだ』と、真剣な眼差しで語っていたが、この玉砕は、島民の合言葉で、終戦まで折にふれ口にし、耳にした熟語であった」とありますが、芳男さんとは、訪ねた時も、学校でも一度も話したことはなく、また学校で見かけた覚えもないのです。

また、「兵士が岩場に陣地構築」とは、奥行き十メートル、高さ約五メートルほどのトーチカなのです。このトーチカの詳細は、二十年の春休みの実家に帰った時の話で説明します。


話が横道にそれましたが、ミサがこの小柳さん宅を訪ねた時、途中の大川さん宅でお茶を頂いたのですが、その会話から数年ぶりの再会で、その際、年頃の娘さん二人も顔を出し、挨拶してくれたのです。話が飛びますが、平成二十四年に釧路市で、六十七年ぶりに長女の雅子さんにお会いしました。また、大川さんの家の前の道路は数十メートルほどコンクリートで舗装され、高さ一メートルほどの堤防で高波から防御されていたのを覚えています。

すでに缶詰工場は閉鎖されていて、工場跡には陸軍の大島中隊一五〇名ほどが駐屯していると聞いていました。

平野の家に、野崎スナお祖母さんの夫の野崎定吉祖父が、北海道の釧路から来島していました。もちろん祖父とは初めて会ったのです。

この祖父は、今で言う「フーテンの寅さん」そっくりな生活をしていたように、かあやんから聞きました。

そのようなわけで、厳格な祖母のヤスお祖母ちゃんには近寄ることができないのでした。

しかし、背に腹はかえられぬの如く、数年に一度、スナお祖母さんとかあやんが内緒で貯めたホタテ貝の黒真珠を取りに来ていたのです。

ここで皆さん、「ホタテ貝の黒真珠」と言われても、見たことも聞いたこともないと思います。この黒真珠のことは、とうやんの仕事を話す時に記載します。

たまたま、八月の海の穏やかな、とうやんが漁に出ない日に、祖父は磯舟に私（八歳）と弟（六歳、四歳）を乗せて、アナマ湾の外海に蛸《たこ》を蛸壺で捕りに連れて行ってくれました。

とにかく初めての経験なので、行く前から興奮していたのを覚えています。

十個ほどの蛸壺を五〜六メートル海中に下ろして、二時間ほどで蛸壺を海中から引き揚げ、壺から蛸を取り出すのです。私は蛸壺の一個をそろりそろり引き揚げ、海面すれすれのところで蛸壺を眺めていると、蛸が壺から出て来てギョロ目で私を見て、その瞬間、私に向けて墨を放ったのです。墨は私には届きませんでしたが、海面が真っ黒になり、蛸は蛸壺から出て海に逃げて行きました。

もちろん祖父に、早く引き揚げないから蛸に逃げられる、蛸壺をすばやく船に引き揚げるように言われました。蛸の大きさは直径が二十センチほどで、五、六匹捕れたと思います。

それにしても、海中から蛸に墨をかけられるような状況は誰にも経験できないでしょうね。

蛸壷を引き揚げるまでの数時間に祖父がした話は、

「お前達、このようなのんびりした生活をいつまでもせず、大人になったら早く島を出ること。そして北海道ではなく、東京に出て仕事に就くこと。東京は数年後には焼け野原になるから、お前達が大人になった頃は再建で景気が良くなっている」という話でした。

当時でも寅さんのような生活をしている人間の方が、全国あちこちを歩き、何人かの人々の会話から日本の敗戦と戦後の話などを聞いていて、祖父は自分なりの考えを子供達に話したのだと思います。

また、私が東京の叔父さん（祖父の長男の常一）のことを聞いたら、今は釧路に住んでいると話していました。

すでに記載しましたが、ヤスお祖母ちゃんが昭和十六年の春に、東京は将来敵の爆弾で焼け野原になるから東京を離れることを常一叔父さんに話し、本人も私を連れて斜古丹に移住しています。

皆さんもご存じの如く、定吉祖父が来島して話した約七カ月後の昭和二十年三月に、アメリカのB29からの爆弾投下で東京は焼け野原になってしまったのですからね。

でも、当時口には出さなくとも祖父と同じ考えの人々が、多くはなくとも日本中にいたことは確かだと思います。

この夏には弟達とも打ち解けて、家の裏山で桑やマタタビ、山葡萄などの実を採ったり、家の近くの砂浜で砂遊びをしたりして一日中遊びました。

特に砂浜の海辺から十メートルほどの場所に海草が多く茂ったところがあり、そこに多くの海老がいて、子供の我々は自分の首まで入ってタモ網で捕るのですが、海老は素っ裸の我々の体に目がけてその腰を打ちつけるのです。その痛いこと、海老に打たれたところは真っ赤になり膨れるのです。

それでも自分達で捕った海老を砂浜で焼いて食べたのが美味しかったこと。楽しかった思い出は今でも忘れません。

色丹島には熊も蛇もいないので（注、青大将はいたという話は聞いたことがあります）、子供達は安心してどこにでも出かけ、遊ぶことができたのです。この年の夏は私の一生でも、一番自然と共に遊んだ夏でした。

この年の冬休みには、自分には大変「おっかない」経験をしたのです。

それは数年に一度の冬期には林務所の許可をもらい、家の裏山の大木（直径約六十センチ）を長さ約五メートルほどに切り、この丸太を家の沢に落とし、砂浜まで滑り落とすという仕事です。

沢の丸太が滑り落ちるところは、数日前から雪を踏み込んで水を撒いて氷状にしてあります。この丸太を山上から沢に落とし、沢上から砂浜まで丸太がすんなり滑るように、ロープを丸太の二カ所に縛って、そのロープをかあやん、スナお祖母さん、我々子供（私九歳、弟七歳）が引っ張ってコントロールするのですが、沢は坂で雪が積もって足下が不安定なので、時には体が丸太と一緒に沢に落とされるのです。その恐ろしかったこと。

また一方では、切り出した丸太を直接アナマ湾に切り落として、海から回収することもありました。

この丸太は数年後にとうやんが、カスベ（エイ）のような形をしたノコ（ノコの呼び名が不明）で、板や角材などに製材するのです。もちろん、大木から丸太を切り取った残りは乾燥させて薪にします。

ただ、この年の冬は、平野の家には四十歳ぐらいの鈴木さんという男性一人が住み込んでいたように記憶しております。

雇用の理由は、上記の丸太を沢の近くまで運んで来るには、馬で引くか大人二人で移動させるかでしたので、その人夫としてか、またはある危険な事象があって、再び同じことを避けるため十九年の夏頃から雇用したことが考えられます。「危険な事象」の詳細は、とうやんの仕事の項で説明します。

相変わらず弟には、ヤスお祖母ちゃんや両親のいないところでは「ビッコ」と言われるし、一方で一日も早く帰ってスキーで遊びたいので、いろいろと理屈をつけて一月の五日頃、スナお祖母さんに連れられて遠藤家に戻りました。

昭和二十年の春休みの帰郷時のことはすでに記載しましたが、小柳さん近くのトーチカに大砲が据えられて、砲台の竣工式で餅播きがあるというので弟達と参加しました。

家を出る時、たくさんの餅を拾えると考えて来たところ、なんと私と弟達ぐらいの子供達が二十人近く来ているのにはびっくりすると同時に、餅はあんまり拾えないと思いました（実際は三個のみ）。

私はアナマ村には小学校の春と夏休み、冬休み以外は帰りませんし、帰っても家の近くで遊ぶだけでした。

それにしても、アナマの村にこれほど多くの子供がいるとは聞いていませんでしたし、村を歩いていてもあまり見たことがなかったので、よけい驚いたことを覚えております。

このトーチカ内と外側にレールが設置されて、大きな大砲が車台に載せられレール上をトーチカから出たり入ったり、長さが五メートルほどの砲筒を上下左右に振ってデモンストレーションをするだけなので、島民の誰かが「祝砲の一発ぐらいドーンと打ってみせてもらいたい」と言うと、将校らしい兵隊が「アメリカ兵が来た時に撃ち殺す砲弾を一発も無駄にすることはできない」と話しました。

後記で詳細に説明しますが、ソ連軍の憲兵大佐から、兵士の員数に比べて武器弾薬は全くなかったと聞かされました。

後日、ソ連軍がアナマ村に上陸した時、ソ連兵の一人に手榴弾などが入った小箱を持たされて付き合った時には、この付近の土地勘があって大変気持ちの上で余裕がありました。

この頃には親達の目から見て、私の足の状態もしっかりしたように見えたのでしょう。スナお祖母さんが私を布海苔採りに連れて行くことになり、風もなく海の穏やかな日、ホタテ貝を獲る両親の小舟に乗ってアナマ湾の突端の海岸に下り、五時間ほどで布海苔を大きな竹籠に三個ほど採集しました。

時には大きな岩に乗り採集するのですが、海苔は岩一面に張り付いているので、海中に滑り落ちないかと恐ろしかったことを覚えています。

漁を終えた両親の船に乗って帰るのですが、長さ七、八メートル、舟幅七十～八十センチほどの小舟に漁具、ホタテ貝と海苔の籠、それに大人三人と子供一人が乗ります。とうやんが櫓を漕ぐ揺れで、今にも海水が入り込む状態になるので怖かったです。ですから私は一回で行くことをやめました。

ですので、北方領土渡航でアナマ湾への入港時には、右手の突端の海岸線を眺めては当時を思い出しています。

この頃になると、砂浜で焚き火をしながら妹達（養女四歳、長女二歳）も一緒に海老を捕って食べたものです。海老捕りは春は海水は冷たく、素足では海に入れないので、スナお祖母さんが海苔を加工するのに使っていた木箱を引っぱり出し、海に浮かべてその木箱に弟達と一緒に乗って海老捕りをしたものです。木箱は畳一枚ほどの大きさで深さ三十センチほど。この木箱に採集した布海苔と真水を入れて、丁度畳一畳ほどの葦で作ったすだれですくいあげて、このすだれを天日干しして海苔を作っていたのです。

時には木箱がひっくり返り、海に転げ落ちて焚き火で体を温めて遊んだものです。この遊びは親達に内緒でしていました。

島民の多くは、布海苔取りと昆布採集だけで生活をしていた人もいたと親から聞いていました。

当時、家から一〇〇メートルほど先の突き出た岩場に、日本軍が一年ほど前から発破を使用してトーチカを掘っていたのですが、昭和十九年の秋頃になりますと兵隊さん達の人数も増え、それに比例して発破による怪我人も増えて、手足などが吹っ飛んでしまったという話を親から聞いていました。そういう話は村民などには話さないように軍から言われていたのです。

私も昼時には、スナお祖母さんと一緒に焼き魚を持ってトーチカへ数回行きましたが、二人の指揮官らしき兵隊だけが私達と話をして、他の兵隊さん達はただニコニコして手を振るだけでした。また一日に何度も水をもらいに平野の家に来る兵隊さんは、指揮官の兵隊さんだけだったと親達は話していました。不思議に思いました。

いくらか横道にそれますが、この疑問の答えは平成二十二年十月に知り得たように思います。その証拠は私の手元にある手紙で、そこに記載されている元朝鮮人の日本兵で、昭和二十年四月に暁部隊の兵士として色丹島に配属された朴道興（パク・ドフン）さんの記事と、本人の手紙の内容からです（二〇〇五年、朴さんからの聞き取り）。

色丹島には海軍の通信部隊約三十名と、暁部隊の兵士達が駐屯していましたが、ソ連軍上陸時、朴さんの小隊十名ほどが斜古丹村のハリスト正教会に駐屯していたのです。

また、すでに記載しましたが、小柳さんの納屋を借り、そこに兵士が十名ほどいて、下士官一人が佐藤先生に挨拶に来たのです。でも皆さん、作業場のトーチカから約二〇〇メートルのところに日本軍の大島部隊約一五〇名が駐屯している兵舎があるのに、なぜわざわざ民家の納屋を借りて寝泊まりしなければならなかったのでしょうか。

そこには、意図的に他の部隊と接触させない意図が考えられませんか？

さらに、朴さんの話の中に興味深い話があります。

「教会の近くの浜に船が一隻あったんです。小さい船で、名前が『コウソクテイ（高速艇）』、速いもんね、小さいです、五、六名乗って。機関銃が一台あって、私は機関銃の射手、機関銃の撃ち手だったですよ」

「震洋」というモーターボート（船体はベニヤ板、動力は自動車エンジン搭載、船首に二五〇キロ爆薬装備）が日本軍の武器などの中にあったことは前述しましたが、その「震洋」は三〇〇〇隻作られています。

すなわち、この「震洋」は海軍の各部隊に配属されていて、沖縄戦では実際に出撃していることが、「震洋」の記載文に記載されています。

今日まで、人間魚雷「回天」のことは新聞、テレビで報道されていますが、「震洋」とその所属部隊のことは、平成二十八年に初めてＮＨＫで詳細に放送されました。

さらに、日本人以外の人間が色丹島に日本軍の兵士として駐屯していたことなど、島民の誰からも聞いたことがありませんでした。

話が飛びましたが、夏休みになり、いつものように兄弟二人はミサに連れられ実家に帰郷しましたが、一週間ほど前の七月十五日に、根室の町がアメリカ軍の爆撃で焼き尽くされたことで、アナマ村の日本兵にも島民にも、緊張感と不安が生じていることを聞きました。

でも、私達子供達はいつもと変わらない生活をしています。

この頃には次男は八歳、三男は六歳、養女は五歳、長女は二歳になっていたので、皆一緒になって裏山へ入って桑の実、山葡萄、マタタビなどを採って食べたりしていました。特に桑の実は、実をつぶして体中に塗って遊んだりしながら食べていました。

一方砂浜では、皆で焚き火をしながら丸裸になって、砂遊びや泳ぎ、そして例の海老を痛い痛いと言いながらタモ網で捕って食べていました。

これまで記載したように、アナマ村での生活や遊びもすべて自然相手の、のんびりしたものでした。私も十歳近くになり、斜古丹村での遊びとは全く違い、勝ち負けにこだわる遊び方になっていたのです。

勝負のスリルを覚えると、のんびりした遊びでは飽き足らないようになり、実家でお盆を過ごすことなく、八月の十日頃には街道の途中の炭焼き小屋の兵隊さん達に、挨拶として幾らかの海産物を持って行き、母親に送ってもらい斜古丹村へ戻りました。

この夏休みで家の近くの出来事で覚えているのは、トーチカの作業は終わっていましたが、大砲は設置されていませんでした。

しかし、記載済みの沢の奥の方に、平野家の誰も知らないうちに大きな青色のテントの山が出来ていたので、このテントの中にトーチカに設置される大砲と弾薬などがあるものと親達は思っていました（このテントのことは後記で詳細に説明します）。

また、雇用人の鈴木さんはすでにいませんでした。根室町の空襲で、一時はアメリカ軍が数日以内に色丹島に上陸して来るのではないかとみて日本軍が集結したという噂で、島に出稼ぎに来ていた人の中には離島した人もいるのです。

では、最後にアナマ村での平野家の家族について話してみます。

ヤスお祖母ちゃんは八十二歳になっていても一家を取りまとめて、時には小さい子供達の面倒を見ていました。スナお祖母さんは数千枚の海苔作りと、家族が一年間食べる野菜作りをしながら、魚類などの粕《かす》作りもしていました。この粕作り作業は皆ですることもあって、私も帰郷の時は手伝ったものです。

父と母は、一緒に櫓漕ぎの小舟でアナマ湾の外洋でホタテ貝の漁業をして子供五人（うち一人は斜古丹村で下宿）を養い、家族九人の生計を維持していたのです。

したがって、米、味噌、醤油、砂糖、酒以外はすべて家族で賄いしていたのです。

獲ったホタテ貝は貝柱だけを塩漬けにし、樽詰めにして漁業組合に出荷していました。

ここで皆さんに信じてもらえるかどうかわかりませんが、ホタテ貝の話をします。

獲るホタテ貝の大きさは、直径が二十五センチ以上のものだけです。

このくらいの大きさのホタテ貝にはすべて真珠が入っていました。色は白と黒で、白はただの石ころみたいなもので、我々子供はこれで遊んでいました。

黒の真珠はホタテ貝数百個に一個ほど入っていて、これが高値で売れたようで、すでに記載しましたが「寅さん」なる貞吉お祖父ちゃんが数年に一度来島し、持って行って生活の糧にしていたようです。

このホタテの漁法は、『忍従の海　北方領土の28年』P.258に、

「漁具は資源保護の立場から使用禁止されているホタテけた網。通称『八尺』と呼ばれ、袋状の金網の先にパワーショベルのような八本の鉄のツメがついたもので、海底のホタテを根こそぎさらうものである」と記載されていますが、とうやんの漁具はツメは四本ほどで、ツメの間隔は二十五センチぐらいだったと記憶しています。

同書で言う「八尺」で海底を引き回すのは、焼き玉動力の付いた漁船ですが、とうやんの船の動力は櫓のため、海底を引きずるには負荷を小さくするためにツメとツメの間隔を大きくし、同時に大きいホタテしか獲れないようにしたのでしょう。揚がった小さいホタテはすべて海に戻していたのです。

この二十五センチほどの大きさの、真珠の入ったホタテ貝が海底のどこにいるかというと、獲れる場所はただ一カ所で、自分以外は誰も知らないと話していたのを記憶しています。

この場所へは、櫓漕ぎで二時間ほどかかったそうで、家の前からアナマ湾を出るまで約一時間、湾を出てから右に行ったか左に行ったかは話しませんでした。七、八メートルの小舟で外洋に出て（波のうねりは湾内とは比べようもない大きさ）、夫婦で「八尺」を引き回した後、ホタテの入った「八尺」を二人で引き揚げていたのですから、同じホタテ漁業でも資源保護などとは無縁な話です。

詳細は後記しますが、とうやんは二十数年後にソ連に拿捕されているのですが、この場所だけはソ連人に話さなかったと聞いております。

私にも思い当たる経験があるのですが、引き揚げ後の小学校六年生（一年留年）～中学二年生の時、春から秋の終わり頃まで釧路川でアサリを採って食べていたのですが、川岸と、川の中央のアサリの大きさは倍ほども違うのです。ですので川の中央のアサリを採るため、幣舞橋と根室本線の鉄橋の中央から飛び込んで採っていたのです。

川の中央まで泳いで行って、そこで潜って採ったアサリを両手に持ち、足のキックだけで川岸まで戻るのは大変でした。これができない子は、異臭のある小さいアサリを川岸で採って食べていたのです。

左足の弱い私にとっては大変な苦労でした。時には途中でアサリを投げて川岸までたどり着いたこともあります。

ここで何を言いたかったかと言えば、貝類には縄張りがあり、一番環境の良いところで大きい貝が小さい貝を噴射力で蹴散らして、そこに住みついていると思われるのです。

今日、「さかなクン」と言われる大学の先生もおられるので、是非ロシアと協力して学術調査で真珠の入ったホタテ貝を採集し、私の話が本当であることを証明してほしいのです。

なお、家でのホタテ貝の調理方法は、貝ごとストーブの上か七輪に載せて、貝の上が開いたところで野菜と調味料を入れ、皆でそれを箸で取り出して食べたものです。

タラバ蟹を時々獲って来るのですが、鰊釜《にしんがま》に三匹しか入らない大きさで、私は蟹の足一本で満腹になったものです。

蟹は竿先に大きな釣り針を付け、これで引っ掛けて獲ってくると聞いたことがあります。

平成になって、テレビでメキシコ湾の海底を大きな蟹が一列になって数十キロメートルを移動しているのを見て、とうやんも船上から、蟹の行列の中から大きいのを引き揚げていたのかと思いました。

すでに記載しましたが、昭和の初期から十年ほどホロベツ村に近代的な蟹の缶詰工場があり、アナマ村にも昭和十七年頃まで缶詰工場が稼働していたことからも、アナマ湾の外洋付近にはタラバ蟹が多く生息していたものと思われます。

また、昭和十九年の春にアナマ村を訪れた時には、焼き玉エンジンを取り付けた漁船を所有している漁民は一人もいませんでしたし、また島以外でもエンジン付きの漁船は見ませんでした。このことが、アナマ湾の水が澄んでいた一因かもしれません。

平野家は、当初ホロベツ村で生活していた頃にはタラバ蟹漁をしていたと考えられますので、とうやんはタラバ蟹をいとも簡単に獲って来ていたのでしょう。

花咲蟹は、春先と秋から氷がアナマ湾に入るまで獲っていました。真冬の凍った花咲蟹は美味しかったことを覚えています。

アナマ湾に氷が張り詰めると、湾に流れ込んでいる川は真冬でも凍らないので、とうやんはソリに刺し網を載せて氷上を行き、川で鴨を捕っていました。

ここで、私の記憶で腑に落ちないことがひとつあるのです。

それは色丹島で毛蟹を食べた記憶がないことです。しかし、毛蟹はアナマ湾に網を入れると必ず網に掛かりました。親達は毛蟹はすぐ海に戻していたように思います。

話は飛びますが、斜古丹村の遠藤家でも魚介類はいつも漁師の人からもらっていましたが、毛蟹をもらったのを見たことがないし、食べたことも記憶にないのです。

ですから、北海道に来て毛蟹を食べているのにはびっくりしたものです。


さて、このような平野家の生活の中で、信じられないことが起きるのです。

その年月ははっきりしないのですが、多分昭和十九年の春から夏の期間と思われます。

何しろ本件について、当時は日本軍から絶対に村民はもとより他にも漏らしてはならないと言われていました。

とうやん、かあやんの夫婦二人で、アナマ湾の沖合でホタテ貝を獲っていた時、船の近くに得体の知れない浮遊物が流れて来たのです。

ここが無知の恐ろしいところで、二人はこれはひょっとしたら金になるのではないかと思い、物体にロープを括り付けて、磯伝いに大島部隊が駐屯している旧缶詰工場の桟橋まで引っ張って来て、部隊に報告したのです。

物体を見た兵隊さん達はびっくり仰天して、とうやん、かあやんをすぐ遠ざけ、このことは絶対、誰にも話さないように念を押されて陸路を家に帰されたのです。物体は言うまでもなく、機雷だったのです。

ここで、機雷とはどのような物かを一応説明します（とうやんと同じように、どのような危険性があるか分からない人もいるかもしれませんので）。

大きさはいろいろあると思いますが、例えば直径一メートルのまん丸い物体に火薬を詰め込み、その表面には長さ二十～三十センチほどの突起が数十本取り付けてあり、この突起に触れると爆発するのです。

したがってロープを掛けた時に触ったり、船で引いて来た時に岩などに接触したり、桟橋に縛り付けた時に波に揺られて接触したら爆発するのです。

また、日本軍から他言を禁止された理由は、

平野家のあった場所。写真は平成５年墓参りのときのもの。ゆえに川上の建物は終戦時にはなかった

一介の漁師が機雷を発見し、しかも危険を顧みず回収して軍隊に届けたことが知れたならば、軍の面目にかかわるからでしょう。

機雷の爆破処理は海軍でないとできないので、数日後、斜古丹村から海軍の処理班が来て、アナマ湾の沖合で処理されたのです。

この機雷のことは、北方領土関係の書物に「アナマ湾の沖合で機雷が回収されて、アナマ湾の沖合で爆破した」と記載されているのを読んだことがあります。

数日後、隊長と数人の将校が酒、タバコ、砂糖などを持って平野家の裏山から挨拶に来たのです。

ここでわざわざ「裏山」と書いたのは、当時旧缶詰工場に駐屯していた兵隊さん達は、他村への移動には村民の家の前は通行せず、工場の裏山を直接登り、山上の道を通行していたのです。一方、村民はそこを通行できませんでした。

したがって、村民が他村へ行くには海岸を通るのですが、必ず平野の家の前を通るようになっていて、砂浜からすでに記載した沢の手前の六十度に近い山肌を登って山道に通じているのです。

これは、前頁の「平野家のあった場所」の写真に示してあります。

話が飛んでしまいますが、私が北方領土を訪れた際に、何度も「この山肌を降りて旧平野の家の跡地に行く」と話しても、「ここは危険で人は通れない」と言われるだけでした。

このような危険な道を、当時は村民全員が通っていたのです。

丸太出しで話した鈴木さん（人夫らしき人）は、この機雷のことがあって夫婦の危険を避けるためにヤスお祖母ちゃんが雇用したとも考えられるのです。

私がこの鈴木さんについて鮮明に覚えていることは、冬休みの帰郷の際の正月に、かあやんと私が隣の後藤さんへ新年の挨拶に行く途中で、海岸でお酒に酔った鈴木さんが寝ているのを見つけ、大騒ぎになったことです。

話が横道にそれましたが、平野家ではこの頃、トーチカで作業しながら始終水をもらいに来ていた兵隊さんが、発破の誤作動で片手が吹っ飛び、大変な重傷で入院したことを聞きましたので、見舞いのお願いを大島部隊にしていたのですが、許可されずにいたのです。

そこで平野家の知恵者（多分ヤスお祖母ちゃん）が、偉い将校さん達と話ができたので再度見舞いの許可をお願いしたら、今度は病院の在り処《か》を話さないことを条件に許可されたので、スナお祖母さんが病院を訪れていたのです。

私はこの病院のことはソ連軍上陸後に分かったのですが、そのことは詳細に後記します。

また、色丹島にはもう一カ所、日本軍の病院が斜古丹村からチボイ村への街道の斜古丹村の近くにあったと、平成二十年に札幌市南区に住む得能さんから聞きました。

また、後ほどの章にもこの病院のことを記載します。得能さんの話の病院と同一と思います。

ついでに、診療所は斜古丹村の石森さん宅の前の小さな橋を渡った右手にあって、ここには村民の人達も常時薬をもらいに行ったり簡単な治療に行ったりしていました。

さて、八月三十日に帰郷して翌日の昼頃になっても、役場からも軍隊からも九月一日に色丹島にソ連軍が来るという話はないのです。

そこで、両親はミサの話を無視して、年頃の娘さんのいる家を訪ねて、娘さん達（六人）を平野の家の裏山に夕方までに隠していたのです。このことは私達子供は全く知らないでいました（注、平野の家のあった場所の写真を添付してあります）。

この平野の家の裏山は、添付の写真のように家の裏から樹木の茂った山まではある程度広い土地があり、この土地でスナお祖母さんは家族が一年ほど食べる野菜類を作っていました。

後で詳しく記載しますが、ソ連軍が上陸し、平野の家の対岸の丘に日本陸軍兵四〇〇〇名近くを捕獲していましたが（ここでは、あえて捕虜とは書かない）、見張っていたソ連軍を欺くには程良いトウモロコシが一メートル以上の背丈に生い茂っていたので、これを隠れ通路にして娘さん達に食料などを運びました。

この裏山に隠れた娘さん（大川雅子さん、終戦当時二十二歳）に、平成二十四年、釧路で六十七年ぶりにお会いし、当時のことを確認しましたら、平野さんの家にソ連軍上陸前に顔に墨などを塗って隠れていたと話されました。

しかし、平野の家はアナマ村の十軒ほどの集落から約三〇〇メートル離れたところにあって、家は居間十畳一間、寝床部屋八畳二部屋、台所には、流し台、風呂桶、物置が一緒で、床板はなく一つの建物の中にありました。便所は外にあったので、夜中に用をする時は台所に置かれた五十センチメートルほどの棒の付いた醤油樽にしていました。このような家に夫婦、おばあちゃん二人、子供五人が住んでおり、当然年頃の娘さん六人を隠すことなどできなかったのです。

しかし大川雅子さんは、恐怖のあまりか山に隠れていたことは覚えていませんでしたが、弟の仁郎に確認したら、山に食事を運んだと話しています。

また、別棟に三十坪ほどの物置がありましたが、そこには常時三十俵ほどの塩俵と漁具類があって、人が隠れるような場所はなかったと思います。

一方、大川さんの家は平野の家に比べ、木造二階建、家族はご夫婦、娘さん二人ですので、隠れ場所は多くあったはずです。

また、後藤さんの家も二階造りの家でした。第一章で紹介した『色丹島記』の著者が昭和十七年九月にアナマ村の駅逓付近に来た時に、「村に旅館がある」と記載しています。

なにしろ、村には当時大きな蟹缶詰工場があったのですから、村に来て宿泊する人も大勢いたと思われます。

話が横道にそれましたが、娘さんの親達と、とうやんは、家に隠すよりも適当な山中に隠した方が安全と考えて、平野の家の裏山を選んだと思われます。

ここで確認しておきますが、北方四島の島々で、ソ連軍が上陸する前に村の若い娘さん達を隠したという話は一切聞いていません。ましてや斜古丹村の梅原村長のごときは、ソ連軍の上陸を事前に知りながら婦女子の対策は何もせず、あげくの果てに小学校の閉校の対策すらもしていないのです。このような人間が村長をしていたのです。

話が大変横道にそれますが、ここでどうしても書かなければならないことで、平成二十二年の春に分かったことがあるのです。四日市市に住む次男の仁郎から、祖母ヤスお祖母ちゃんの遺骨をこの裏山に埋葬してあると聞いたのです。

ヤスお祖母ちゃんは、ソ連軍上陸後の昭和二十年十二月十七日に八十二歳で亡くなりました（しかし、平野家の死亡者五人の氏名と法名、死亡年月日が記載された書類があり、ヤスお祖母ちゃんの死亡年月日が昭和二十一年十二月十七日と記載されており、戸籍謄本の記載と一年の差があるのです。ただし戸籍謄本の記載が「二十年」として読み取れるし、一方「二十一年」にも見えるのです。よって今後確認するこ

祖母の墓所へお参り

とを考えています）。

私はヤスお祖母ちゃんの死に際は今でもはっきり覚えていますが、死亡した年の記憶がないのです。火葬をしたことは覚えており（火葬場所が弟は家の裏山の丘、私はソ連の旧小学校があった付近の松林の中と覚えていました）、戦後色丹島のアナマ村に上陸しソ連の小学校に連れられて行った時は、少々時間をもらい付近の大木の根元でお線香を上げ、お参りしていました（写真）。


時期ははっきり覚えていませんが、親達が「アナマの墓地の付近にソ連軍が兵舎を建てるので、日本人は立ち入り禁止になっている。墓を斜古丹村に移す話があるが、墓の遺族はアナマ村には誰もいないので、誰が移すのか」と話していましたので、私はヤスお祖母ちゃんの墓は斜古丹村にあるものと今まで思っていました。

ただ、残念なのは、色丹島へ行けるようになった時には平野の両親はすでに他界しており、また生前に墓のことを聞いていなかったのです。

でも、弟の話で遺骨の在り処が分かりましたので、私の生きている間にヤスお祖母ちゃんの遺骨収集を実現することを考えております。


さて話がそれましたが、三十一日の午後七時頃、突然、かあやんが「一郎、これを持って三人で裏山へ行って、お前は今晩そこで寝ることになるよ」と言うのです。でも私はとっさに状況を飲み込み、自分が使う毛布などを背負ってスナお祖母さんと三人で林の中へ入って行くと、そこには五、六人の年頃の娘さんが、ゴザの上に座っていたり、毛布に包まって寝ているのを見ました。その娘さん達で覚えていたのは、大川さんの娘さんと、後藤花子さんだけでした。

私は一日の夜も親に言われて夕食をスナお祖母さんと娘さん達のところへ持って行き、異常時の連絡のため、私も一緒に寝泊まりしました。

また九月一日は、早朝からソ連軍が上陸して来るかと一日中アナマ湾を眺めておりましたが、現れませんでした。とうやんは午前十時頃、娘さんを匿《かくま》った手前、後藤さん、大川さん宅へ行って来ると出かけて行きました。

帰って来てからとうやんが言うには、途中、旧缶詰工場に駐屯している知り合いの兵隊より、

「平野さん、ここ二、三日凪《なぎ》なのに沖に出ていないね」と言われたそうです。

すなわち、この時点でアナマの陸軍の駐屯部隊は、ソ連軍

平野の家の対岸の丘。平成５年の写真

上陸のことは知らないか、知らされていないのです。しかも、九月二日の昼頃まで。

そんな馬鹿なことがあるかと皆さんが思うのは当然でしょう。

しかし、そのような状況を考えられる事象があったのです。詳細は後記しますが、九月の中頃（十五日か十六日）、私がかあやんとスナお祖母さんと三人で、平野の家の裏山の谷の日本軍の病院へ行った時、部屋の中央にドラム缶で作ったストーブの上に大きな鍋が乗っかっていたので、蓋を取ってみると中には真っ黒焦げになったカレーライスが入っていました。

すなわち、おそらく二日の昼頃に伝令が来て、平野の家の対岸の丘（写真）に「至急集合せよ」で、ストーブの火を消す余裕もなく、病人、負傷兵などを担架に乗せたり背負ったりして約二キロメートル離れた丘に移動したと考えられるからです。

また、父は一日になってもソ連兵が現れないので、「ミサの話は嘘だったか」と話したので、私は猛然と「冗談でない、私も一緒に海軍の通信所長から話を聞いていた」と話すと、「では明日の朝頃、どこかにソ連兵が現れるかもしれない」ということでこの日は終わりました。

第四章　アナマ湾にソ連軍上陸～九月二十九日まで

第二章で記載済みですが、八月二十九日に日本海軍の通信部隊の所長（注、当時そう呼んでいた。多分尉官クラスの軍人）から「九月一日、色丹島にソ連軍が上陸し、武装解除後は島を離れるという伝令が師団司令部から連絡があった――」という話を聞いて、私は下宿先の遠藤家から実家のあるアナマ村に三十日に戻っていました。

私が九月二日も家の窓からアナマ湾を眺めていると、午後二時頃、一隻のエンジン付き小型ボートが三人のソ連兵を乗せて、後藤さんの家の前の方から我が家の前まで来て、約九十度右に曲がって対岸の佐藤さん宅の桟橋に接岸しました。と同時に日本兵の将校二人（軍刀を提げていた。この理由を理解している読者はまずいないと思う。詳細は後記）と兵隊一人（銃は持っていない）の三人が現れ、桟橋上でソ連兵三人の計六人が互いに敬礼をしました。そして佐藤さん宅とは反対側の海岸を歩いて約二〇〇メートルのところで、山の麓から平原の丘に登って行きました。ボートには下船せず操縦士一名が残っていました。

およそ十分～二十分が経過した頃、山裾から日本兵が銃剣を持たずに、続々と丘のところに集まって来るのです（その丘の写真は第三章に貼付）。

と同時に、あらゆる方面の草むらから銃を持ったソ連兵が現れて日本兵を取り囲み、今度は山上の林の中からスコップ、ツルハシ、四メートルほどの長さの丸太棒、バラ線などを持ったソ連兵が現れて、三十分ほどで日本将兵を一網打尽に捕獲しました。

本当に一瞬の出来事でした。それにしても、このような状況を経て「ソ連軍が日本兵を武装解除した」と言えますか。しかも重要なことは、武装解除されたと思われる時間は九月二日の午後三時頃です。すなわち終戦後に行われたのです。

ところで、終戦後七十数年過ぎた日本人の九十九パーセントは、終戦記念日は「八月十五日」と答えます。その理由は、『戦後史の正体』P.25に、

「九月二日を記念日にした場合、けっして『終戦』記念日とはならないからです。あきらかに『降伏』というきびしい現実から目をそらしつづけているのです。（中略）しかし『降伏』ではなく『終戦』という言葉を使うことで、戦争に負けた日本のきびしい状況について、目をつぶりつづけてきた」

とあり、一方、『検証　大東亜戦争史　下巻』P.162に、

「次いで午前九時八分、連合国最高司令官・マッカーサー受諾の署名を行った。かくして、永きに亘る大東亜戦争の幕は閉じた」

とあるように、正確には終戦は「九月二日の午前九時八分以降」になるのです。

したがって、色丹島の陸軍将兵約四〇〇〇名に対するソ連軍の確保は、「捕虜」にはならないのです。

すなわち、『シベリア抑留全史』P.110に、

「一九二九年のジュネーヴ条約第一条では上記に加えて『交戦当事者の軍に属し、海戦又は空中戦において敵に捕らえられたすべての者』、として戦時中に捕らえられた者を『捕虜』としている」とあ

ります。

したがって、色丹島の陸軍将兵約四〇〇〇名は、「拉致」されてソ連に連れて行かれたという話になるのです。また、歯舞諸島の日本将兵約六〇〇名にも同じことが言えるので、詳細は後で記載します。

同様に、色丹島と歯舞諸島のソ連軍の確保は終戦後に行われていますから、「占領」ではなく「不法占領」、もしくは「略奪された色丹島」と言うべきでしょう。

ところでソ連が色丹島の武装解除をどのように処理しているかは、『千島占領　一九四五年 夏』P.151に、

「九月一日九時、ヴォストリコフ海軍少佐は色丹島の斜古丹湾にはいる。（中略）桟橋に横付けし、部隊の揚陸に取りかかった。先進部隊の上陸後、日本軍将校の軍使がやって来た」と。

すなわちソ連は、九月二日の「ミズーリ」艦上の降伏調印前に色丹島の武装解除を行ったことを作為的に話しているのです。

ソ連軍が色丹島に来た当初の目的は、第八九師団司令部指導下の日本将兵を捕虜にして島から連れ出すことでした（注、日本軍の通信部隊が話している）。だが、色丹島はソ連に占領されているのではないかと言う人々に、それが間違いである理由の話を本書に記載しているのです。

択捉島での二十八日の日本軍との会談で、色丹島に四八〇〇人の日本将兵のいることを初めて知っても、直ちにソ連軍は色丹島へ赴くことはできなかったのです。

すなわち、ソ連軍も日本将兵四八〇〇人（歯舞諸島に駐屯の約六〇〇名を含む）を捕虜にするには、それ相当のソ連軍の兵力を色丹島に送り込まなければならないことは必然なことです。

ところが、それを知ったときには、色丹島に行かせるソ連兵は、択捉島とその近海にはいませんでした。したがってソ連は急遽、北千島と中千島各島に上陸していたカムチャッカの部隊と、刑務所を出されて日本兵の軍服を着せられたソ連兵の一団、フリゲート艦三隻約六〇〇×三の約一八〇〇名、輸送船二、三隻と思われる一〇〇〇〜一五〇〇名を、九月一日に送り込んだのでした。この状況は後述します。

ここでソ連は、九月一日までに四〇〇〇名以上の日本将兵を捕虜にすることはできない、ということは悟ったと思います。

一方ソ連は、色丹島の元島民の話を日本政府は基礎にしていることを知っていますから、戦後四十八年近くに出版された本の著者はもっけの幸いと、「色丹島ソ連軍進駐状況」を見て追従し、ヴォストリコフ海軍少佐の話として、色丹島の上陸と軍使による武装解除、で終わらせているのです。

一方日本政府の認識では色丹島でのソ連軍の様子を、『根室色丹会30周年記念誌』P.8の根室支庁保管の「色丹島ソ連軍進駐状況」で、

「九月一日、午前六時五十五分、六〇〇名上陸（中略）九月一日（中略）上陸と同時に武装解除」という話で終わらせているのです。

すなわち、どの話も嘘であるのです。真実の証拠は以降の章に記載して証拠書類も添付します。証

拠書類とは、九月三日の午前十時の固定通信で、斜古丹村郵便局から落石無線局に送信された電報のことです。すなわち、ソ連軍は九月三日の午前十一時三十分頃（注、以降の章で詳述します）までは斜古丹村には入って来ていなかったことが明らかなのです。

ところで、元斜古丹村の村民が、現在でも新聞やテレビなどで「ソ連軍は斜古丹村に九月一日早朝に入って来た」と話していることは、ソ連の嘘の話を助長していることになります。

しかも国も、斜古丹村村民の嘘に上塗りをして、九月三日の電報を作為的に三十一日付けに偽造してソ連の嘘を助長しているのです。

また、皆さん考えてみてください。斜古丹村の地形図を添付していますが、道路は斜古丹湾に沿って一本しかなく、根室支庁保管文書によると、「九月一日、午前六時五十五分、六〇〇名のソ連軍が上陸している」わけですから、道路上はソ連軍で溢《あふ》れている状況です。

ところが小学校は従来通り九時に授業を始めているわけですから、子供の親達はソ連兵が道路上に溢れている状況を見ながら子供を小学校に送り出し、子供達はソ連兵の中を登校していることになります。こんな馬鹿げたことが、今日まで誰一人疑問を持たずに語り継がれているのです。

また、斜古丹村にソ連軍が上陸した時の様子を数人の村民が話していますが、一致した話の箇所は一つもありません。

すなわち、すべてが嘘から始まっていますから、辻褄《つじつま》が合わないのは当然なのです。

このように嘘を話している斜古丹村の村民の中に、私の親しくしている知人が二人おり、誠に残念で悲しいことです。

でもソ連の嘘を助長するような内容の話を七十数年も言い続けていては、色丹島の返還運動をしても島は戻ってくるはずがないので、今後二人と疎遠になっても記載しないわけにはいかないと思うのです。

すなわち、択捉島、国後島の二島は戦争状態時の占領ですが、色丹島、歯舞諸島はソ連が確保しているのは終戦後ですから、「占領」ではなく「掠奪」されたと言うべきでしょう。

ところが日本政府が「終戦は八月十五日」とすることで、北方四島は不法占領になるのです。

ところで皆さん、終戦日が八月十五日ならば、ソ連兵に連行されシベリアに連れて行かれた日本軍の将兵達は、捕虜ではなく拉致されたと言うべきでしょう。

味噌文化の国の国民が、味噌と糞の区別もできないのでしょうか。すなわちこのような状況では、戻る島も永遠に戻ってくるはずはないのです。

九月二日午前九時十五分頃、戦艦ミズーリ号で降伏文書に日本側が調印し、その日が終戦日です。

したがって、択捉島、国後島の二島は戦争状態にある中でのソ連軍が島に上陸し、島に駐屯していた日本将兵を捕虜にし島を占領したわけですから、国際法上、何一つソ連は違反していません。

ところが、日本政府が八月十五日に終戦記念日行事を行っていることで、国民はソ連軍の二島の占領は戦争が終わった後であるから違法行為だと、返還運動をさせているのです。

しかし、これは日本政府のひとつの奇策で、このような方法で択捉、国後の二島の返還運動をしないと、アメリカ軍の逆鱗に触れるからです。その理由をのちに詳細に記載します。

ですから、安倍総理が択捉島と国後島に金をつぎ込んで返還運動をすることは、どぶに金をつぎ込むような行為です。

参考までに、日本は日露戦争で勝利して（実際は一九〇五年のポーツマス条約で、アメリカ大統領の斡旋で日本が勝利したことになっているのですが）、樺太の北緯五〇度以南の南樺太を、約四十年間日本領土として統治しています。

その間、ソ連は一度も日本に、違反だから南樺太を返せとは言っていません。

そして四十年後に日本は戦争に負けて、ソ連は自国領土としたのです。

この事象を、択捉島と国後島の元島民はどのように説明できますでしょうか。

中には、ソ連は日ソ中立条約を一方的に破って日本に攻め込んできた、と言う人もいます。また、色丹島の島民は、正確なソ連軍の上陸状況と、約四〇〇〇名の日本将兵の束縛状況を全く知らずに返還運動をしているのです。


話を日本将兵の捕獲された日に戻し、その状況を見ながら進めます。

二日は、いつ家にソ連兵が現れるかと話しながら平野家では不安な生活をしていました。

なお、五十人ほどのソ連兵は、この日の正午頃、日本兵が駐屯していた元の缶詰工場に駐屯しています（注、後日、付近の住民から聞いた）。

我が家は隣の後藤さん宅とは三〇〇メートル以上離れていて、しかも大きな岩陰にありますので何も分かりませんでした。

二日の夜の八時頃に、突然丘の上が焚き火の火で真っ赤になり、海面上の火の明かりが我が家の海辺まで達して来ました。もちろん日本の兵隊さん達が軽装でいることは分かっていますので、寒さしのぎの焚き火と、日本兵の逃亡防止のための明かりであることはすぐに分かりました。

その様子を眺めていると、午後十一時頃からバン、バンと、時には連続発射の機関銃のような音も聞こえるようになりました。

この音は、親達の話ですと明け方まで聞こえていたそうです。いずれにせよ脱走を試みて銃撃されているのか、威嚇射撃の銃声なのかは、私達には分かりませんでした。この状態が一週間ほど続いたことを覚えております。

翌日（三日）の朝八時過ぎ、起きて対岸の海岸を眺めると、大勢の日本兵がソ連兵の監視のもとで、佐藤さん宅の水源から水を汲んで運んでいるのです。親達の話では朝の六時頃から始めていたそうです。

また、車輪の付いた大きな水タンクが、大勢の日本兵に引かれて移動していました。

一方、山の中腹あたり一帯で、日本兵がいろいろな物を動かし、テントの設営や、材木で何かを作っているように見えました。

また、上陸用舟艇一隻が佐藤さんの桟橋に横付けされ、物資などがソ連軍のテントへ運び込まれるのを見ました。

十時半頃、駅逓のところ（注、アナマ村の）を、ソ連兵一〇〇名ほどを先頭に日本兵五、六名を連れた数隊が、斜古丹村の方向に移動しているのが確認できました。ですから私達は、「斜古丹村には十一時半頃到着するな」と話していました。

このことは、三日の朝からソ連兵が数人の捕虜の日本兵を案内役にして、色丹島の数カ所の日本軍の兵舎にある武器、弾薬などの確保を開始したと思われます。

案内役の日本兵の将校は軍刀を提げていましたが、兵隊は銃剣を持っていませんでした。

九月二日にアナマ村にソ連軍が現れてから三日間の行動パターンは、紛れもない武装解除のセオリー通りであると私は思います。

話は飛びますが、私は後日、捕虜になっている日本兵の副旅団長が「兵隊全員がここに捕虜として収監されて、ソ連軍との間で確認していますので、兵隊狩りはない旨島民皆さんに伝えてください」と話しているのを聞きました。その話からも分かるように、民家への捜索ではないのです。

一方、ソ連軍の将校の軍服の色は草色と青の混色で、兵隊達の軍服の色とは違って見え、背丈もひと首高く、兵隊は銃を肩から吊るしていたのが家からでも識別できました。

この三日について話している一人の島民がおります。『根室色丹会30周年記念誌』P.42で司会者の中田さんが、「色丹にソ連軍が入って来たのは、二十年の九月一日でしたか」と言ったのに対して、新田さんが、「いや、色丹には九月の三日でなかったですか」と答えています。

それに対して座談会の出席者の誰一人、「違う」でもなし「そうだ」とも答えていないのです。それは当然で、皆の頭の中では、斜古丹村へのソ連軍上陸は「九月一日」になっているのですから。

当時（九月一日）、新田さんは「ケッキョワン」という村に住んでおりましたから、九月二日、約四〇〇〇名の日本軍を捕虜にした翌日、ソ連軍の小隊に案内役として二、三人の日本将兵を連れた一隊が村に現れた日を話したのです。すなわち上陸ではないのです。

また、私は平成二十七年に「元第四旅団所属の野砲隊・田中小隊（注、六十名）がイネモシリ村の神社近くに駐屯していたところに、九月三日にソ連兵が現れた」と部隊所属の兵士・永塚さんから聞いているのです。

では、ソ連軍はどのように考え、どのような状況で色丹島に上陸したかを考えてみます。

ソ連軍には、師団司令部からの色丹島へのソ連上陸の電信は知らぬこと。ただ、二十九日に色丹島に四八〇〇名の日本兵が駐屯し、旅団司令部がノトロ付近にあることを知り、四八〇〇名の日本兵を九月一日までに捕虜にするという大変な状況になったのです。

と同時に、その困難な状況を解決するには、二十九日の会談直後に師団司令部の将校を乗せた高速艇で色丹島の旅団司令部のあるノトロ村に来て、会談をしたと思います。

このように想像できるのは、佐藤さんの桟橋に現れた日本将校二人が帯刀し、兵士が銃を持っていなかったからです。すなわち、当時ジュネーヴ条約を脱退していた日本の兵士は、将校の帯刀の意味は知るはずがなかったのに帯刀していたからです。

すなわち、話が飛びますが、英・米合作映画『戦場にかける橋』で、現地の日本軍の隊長と捕虜のイギリス軍将校の話で、イギリス軍将校は「将校のピストル保持は、部下の反乱、脱獄などを取り締まるために必要とジュネーヴ条約で定められている」と要求しますが認められないのです。ところがソ連軍は知っていて、それを認めたのだと思います。

なお、参考になる話で、ソ連は北千島を占領後、中千島列島の武装解除には第九十一師団司令部の参謀を艦艇に乗せて、上陸時に一緒に上陸して武装解除をしています（注、『千島占領　一九四五年夏』P.130に記載あり）。

一方、色丹島へのソ連軍の上陸に関する話は、『元島民が語る　われらの北方四島』P.169に、「二十年九月一日未明、択捉島と国後島の間のアトイヤ水道沖から、三隻の艦船が（中略）色丹島に向かって行くのが望見されました。

午前七時頃に、二〇〇〇トン級の大型上陸用舟艇らしい船が三隻、斜古丹湾に入り、斜古丹港の軍事施設に横付けしたり、（中略）ソ連兵約四〇〇名が上陸してきました（駆逐艦二、輸送船一隻の説もあり）。ソ連兵は四散して無線鉄塔や高台にソ連国旗を掲げ、役場、郵便局（中略）と占拠、歩哨をたてました。役場には、自動小銃を（中略）ソ連兵五、六名が入って占領、ソ連軍首脳部が使用することになります」と記載されています。

この話には、真実と嘘が一緒に書かれているのです。しかも真実は重要な話なのです。私はこの話の「大型上陸用舟艇らしい船が三隻」を実際に見ていて、同時に話も聞いているからです。

まず、真実の話から。

その一、「アトイヤ水道沖から、三隻の艦船が（中略）色丹島に向かって行く」です。話しているのは択捉島か国後島のどちらかの島民です。ところがソ連の海軍中央公文書館の資料には三隻の船の色丹島へのことが記載されていなかったからか、『千島占領　一九四五年夏』には一切記載がないのです。

その二、「二〇〇〇トン級の大型上陸用舟艇らしい船が三隻」です。「上陸用舟艇らしい」ですが、この船の船首が、当時の日本人皆が知っていた上陸用舟艇と同じに見えたからだと思います（写真）。

また、「駆逐艦二、輸送船一隻の説もあり」です。なお「駆逐艦二」は間違いで掃海艇です。その証は、歯舞諸島のソ連軍の上陸時にあるのです。すなわち、ソ連軍は各島に上陸する時には、必ず掃海艇で上陸付近の海域の機雷の有無を調べているからです。すなわち私見ですが、「説もあり」ですが、「上陸用舟艇らしき船が三隻」とは別行動で、ソ連軍は旅団司令部のあるノトロ湾に同時刻頃に間違いなく来ている

上陸用舟艇（注・フリゲート艦）

のです。

ソ連軍の目的の一つは、四八〇〇〇名の将兵を捕虜にする以外に、旅団長の幽閉です。

なお、元兵士の永塚さんが「九月一日にノトロ村の小学校付近で作業中に、ノトロ湾にソ連軍が入ってくるのを見ていた後イネモシリ村に帰った」、また「部隊は九月十二、十三日頃にアナマ村に移動した」と話されましたので、帰宅後、確認のために話の内容を文書で依頼したのですが、未だに返事は届いておりません。

次に「嘘」の話ですが、「斜古丹湾に入り、（中略）上陸してきました。（中略）ソ連軍首脳部が使用することになります」の話はすべて嘘です。

すなわち、「無線鉄塔や高台にソ連国旗を掲げ」たとか「役場には、（中略）占領、（注、ここは後に）ソ連軍首脳部が使用する」などはすべて嘘。終始嘘を話している斜古丹村長と同じ話をしている村民は一人もいません。

ここで、日本将兵約四〇〇〇名が捕獲された場所は、ホロベツ村とアナマ村の間にある丘です。さらにホロベツ村の海岸は砂浜で遠浅の海になっていますから（注、私が六歳の時にホロベツ村に住んだ時に弟達とよく遊んでよく知っている）、上陸用舟艇が乗り上げる場所としては最適な砂浜です。しかも付近には民家は一軒もありませんから。また、上陸用舟艇らしき艦船には約六〇〇〇名の将兵が乗船できます（注、実際、歯舞諸島の日本将兵約六〇〇〇名が一隻に乗せられている）。

さらに付け加えると、この上陸用舟艇らしき艦船に乗っていたソ連兵は、多分八割近くは日本兵の軍服を着た兵士であったのです。もちろん後で証明してみます。

これらの兵士は九月一日にホロベツ村に上陸後、ホロベツ村とアナマ村の境の山中に潜んで、二日の日を待っていたと思われます。

一方、ノトロ湾から上陸したソ連軍の目的は、旅団司令部と会見して「東京ダモイ（帰京）」なる話をすることと、旅団長の土井少将を幽閉することでしょう。

実際に私が鉄条網の中にいた日本兵に会いに行った時、鏡副旅団長が「旅団長はソ連軍と会見中なので、私が面会します」と話し、その時、一人の日本兵が「あの野郎、フリゲートでソ連兵と酒でも呷《あお》っている」と発言しています。

すなわち、四〇〇〇名以上の日本将兵の確保がいとも簡単になされ、六〇〇〇名ほどの敵味方の将兵に一人の死傷者も出さずに済んだと思います。

しかし、束縛された後は、夜になると一週間ほど鉄条網方面から銃声が聞こえていましたが、この時死傷者があったかは不明です。

すなわち、以上のように日本将兵約四〇〇〇名が束縛された状況で、三日の昼頃、平野の家の玄関前で弟達と遊んでいると、ソ連兵が大声で歌を歌いながら岩場を伝わって来て、トーチカの前に来た時にその一人が銃を乱射したのです。

私達子供はびっくりして、家の中に入って親達のそばに座っていましたら、ソ連兵三人が同時に玄関から入って来て、一番若い兵隊は丸い物の付いた銃を我々に向けて身構えているし、一番年配らしき兵隊は鉄砲を振り回しながら柱時計を指して叫んでいるし、中年の兵隊はズボンをずり下げて何か叫んでいるのです。

するとと前述したように、当時八十二歳のヤスお祖母ちゃんが下半身丸出しの兵隊の前まで行って、自分の着物の裾をまくり上げたのです。

皆が呆気《あっけ》に取られていると、丸出しの兵隊は両手を上げて叫びながら、ズボンを引き上げました。と同時にヤスお祖母ちゃんが、とうやんに「柱時計を渡しなさい」と言いましたので、言うとおりに渡したら、今度は左手を叩きながら叫ぶので、ヤスお祖母ちゃんが自らタンスの中から腕時計を取り出して差し出すと、その年配の兵隊は大声で何か言いました。多分「ハラショー（けっこう）」と叫んだのでしょう。

この時渡した腕時計は当然男物と思いますので、ひょっとすると亡夫政吉さんの形見の腕時計だったのかもしれません。

だとすると、相当良い時計だったのでしょう。と申しますのは、時計を受け取った兵隊が駐屯地に帰ってからの様子が、後記しますが変わった行動をしたのです。

腕時計を受け取ると、その兵隊はとうやんを指差して「我々について来い」と手招きで合図をするので、とうやんが外へ出て、私達子供もヤスお祖母ちゃんに言われてとうやんの後に続き外に出ました。

このことも前述していますが、皆さん不思議に思いませんか。一般的に突然銃剣を持って家に入って来て時計を要求したソ連兵に、十歳、八歳、六歳の子供達について行かせるようなことは考えないでしょう。ましてや、可愛い孫達にです。

あとでその理由を聞いたら、「ソ連兵の誰一人として玄関から居間に上がらなかったから」とのことでした。

日本軍が支那での戦場であまりにも酷い行為をしていたので訓令が出て、その訓令の解釈が変じて、日本将兵は戦場では捕虜にされることは禁じられたのでした。その結果、日本軍は戦場では玉砕戦法しかできなくなったのでした。

そして私も社会人になって、出張で、元支那で戦った人と同行したとき、宿で酒を呑み始めると、よく支那の戦場で戦った話を聞かされましたが、とてもここでは記載できない内容のものが多くありました。

また、既に記載しましたが、祖母が東京に住んでいたときに、よく支那で戦って負傷した人と話していて、ある程度の日本兵の悪事を知って、三人のソ連兵が、約五十センチ上の居間に上がらなかったのだと思います。

それに比べ『北方領土　思い出のわが故郷』P.１０２に、

「ソビエト軍が来るという日、村では子供を戸外に出さないように通達がだされ、家の戸は締め切り状態」とあります。

さて、外に出たソ連兵は、玄関横にあるリヤカーを引いて「我々の後について来い」と合図するので、とうやんはリヤカーを引いて歩き出しました。

私はとっさに、あの岩場を、リヤカーをどうやって回すのかと思いながらついて行くと、あのズボンをずり下ろした兵隊が岩場まで来た時、海の中に飛び込んで胸まで浸かりながらリヤカーを肩に乗せて岩場をかわし、向こう側の海岸まで運んだのでした。

私達もすぐ岩場をいつものようにしがみつきながら向こう側に降りて、約三〇〇メートルもある石ころだらけの海辺を、リヤカーを引いて後藤さんの家の前まで来ました。

あとは道路（馬車が通れるほどの道）があり、ソ連軍が駐屯しているであろう旧缶詰工場までソ連兵について行きました。途中、後藤さんと松井さんの家の前を通りましたが、誰も姿を見せませんでした。ソ連兵はずっと大声で歌を歌いながら歩いていました。

松井さんの家を過ぎた付近で、缶詰工場前の海岸にある桟橋の横に上陸用舟艇がつながれ、見たところ捕虜になった日本兵が缶詰工場から物資を船に運んでいるように見えました。しかし近づくにつれ、それはソ連兵であることを確認しました（注、日本兵に見えた理由は後記します）。

兵隊について缶詰工場の中へ入ると、その大きさに驚くと同時に、その中は日本軍が保管してあった物資で埋まっていました。工場の中ではソ連兵が三グループほどに分かれて、多くは上半身裸で一升瓶をそばに置いて歌い踊り狂っているのです。

私達は工場の中ほどにいるよう指示され、一番年配のソ連兵が工場の奥まった事務所へ向かいました。そこには一段と背が高くて鼻の高いソ連兵が十人ほどいて、一升瓶を机の上に数本置いて肩を組んで歌を歌っているのでした。ヤスお祖母ちゃんから腕時計を受け取った年配の兵隊は、そのうちの一人に時計を差し出し、我々の方を指差して何か話しているように見えました。

多分、「あそこにいる島の者が隊長に渡すようにとこの時計をくれました」などと言ったかもしれません。

ヤスお祖母ちゃんから時計を受け取った兵隊は、自分の立場（理由は後記で詳細に説明します）を考えて、一種のゴマすりをしたのかもしれません。

なぜこんな当てずっぽうな言い方をするかと言いますと、この日以降、アナマ駐屯のソ連赤軍がとうやんに対してしたことが、皆さんが信じられないようなことが続いたからです。

また、翌日からのとうやんの行動も、ソ連軍に対しては強烈な印象を与えたのかもしれません。これらの信じがたい事象について順次記載します。

まもなくこちらを指差した兵隊が我々の前まで来て、とうやんにリヤカーと山のような物資を指差して、腕の動作で「積んだら出ていくように」というような仕草をしたので、とうやんはとっさに米俵三表と醤油の入った一樽を載せて工場を出ました。

またソ連兵は、我々子供達に日本軍の金平糖の入った乾パンを一袋ずつくれました。

ソ連兵達も、自分達が上陸して二日目に、小さい子供を三人も連れて五十人ほどいるソ連軍の中に恐れもせず立ち入って、キョロキョロと辺りを見ている様子は不思議に思ったことと思います。

択捉島、国後島はもちろん、斜古丹村の島民も皆、ソ連軍が現れると恐れて隠れたりしているのです。

工場内で見た一番奥にいた二十人ほどのソ連兵の服装は、我が家に来た兵隊や物資などを運搬する兵隊、上陸用舟艇の兵隊達とは明らかに違っていることが印象に残りました。

子供心に、とうやんは三俵の米をどうやってあの海岸を越えて運ぶのかと思ってリヤカーを押して進んでいると、まず松井さんの家と後藤さんの家にそれぞれ一俵置きながら、被害の状況などを聞いていました。その後、我々子供達三人はとうやんに怒鳴られながら家にたどり着きました。

とうやんは、理由は不明ですが、いつもちょっとしたことで子供達を怒鳴っていたのでした。

その日の夕食の話題は、ソ連兵にもいろいろな人間がいるんだということと、軍服も日本兵と同じなんだという話でしたが、突然とうやんが、

「俺は明日、上陸用舟艇の荷物運びを手伝いに行く。そうしたらまた物がもらえるかもしれない」

と話し出し、ヤスお祖母ちゃんもかあやんも皆反対しましたが、とうやんが言うには、

「子供達に乾パンまでくれたではないか。そんなに心配することはない」

ということで、行くことになりました。

でも皆さん、いつもの年ですと、島民は十月末~十二月中頃までには年越しと来春までの食糧を根室から取り寄せるのに、この時はその見通しがまったく立たなかったのです。とうやんは今後のことを考えて、大変に不安な気持ちで悩んでいたのだと思います。

その夜から、対岸の日本兵の焚き火の火は前日より幾らか小さくなり、四、五日後には、焚き火の火はバラ線の網の中ほど数カ所だけにしか見られないようになりました。

おかげで、この夜は山に隠れている女の人達の食事を、スナお祖母さんとかあやんと私三人で持ち運び、私はその夜は山で寝て、翌朝薄暗いうちに家に帰りました。

四日の朝八時頃に、とうやんと我々子供三人は家を出て、ソ連兵の駐屯しているところに八時半頃着きました。そしてとうやんが付近にいたソ連兵に荷物運びを手真似ですると、そこにいるように合図して工場の中に入って行きました。

また、兵隊達は我々の昨日のことを知っているのか、笑って手を振っていました。

それからかなりの時間が経った後、二人の兵隊が現れて、一人が「何しに来た」となまりのある日本語で話しかけましたので、とうやんがとっさに「昨日たくさんの物をもらったから、お礼に荷物運びの手伝いに来た」と話すと、日本語を話した兵隊（もちろん通訳でしょう）はとうやんの肩を二、三回叩きながら「よく来た」と言って、近くのソ連兵に何か話して立ち去りました。

それにしても、親父はうまいことを話すもんだなあと感心して聞いていたことを、子供心に覚えています。また皆さん、この日から一週間後に、信じられないようなことが実際に起きるのです。ですから、下手な文ですが最後まで読んでみてください。

ソ連兵と一緒に待っていると、沖の方から二隻の上陸用舟艇が入って来て、一隻は佐藤さん宅の桟橋に、一隻は目の前の桟橋に着きました。

するとと我々親子に古びたリヤカーが一台与えられたので、建物の中から手当たり次第に物を桟橋の手前まで運び、それから船までは手で抱えて船のソ連兵（三人乗船していた）に手渡しました。

最初、受け取るソ連兵は不思議そうな顔をしていましたが、他のソ連兵から話を聞いたのでしょう、あとは皆仲よく手を振り振り荷を運びました。

また、なぜ荷をリヤカーで桟橋の手前までしか運べないのかというと、桟橋の板がほとんど取れていてないからです。

ソ連兵のことよりも、桟橋の上を荷物を持って歩く方が怖かったような気がします。そして、日本人なら先に桟橋を修理するのにと思いました。

積み荷が船の七割程度になったら、船は沖へ出て行きます。これで午前中の作業は終わるのです。あとで分かるのですが、これが午前中のノルマです。

一人のソ連兵が地面に時計の絵を描いて、一時から二時までに丸印をしました。

午後の作業時間を知って、とうやんと一緒に大川さんの家に行き、とうやんは大川さんと何やら話をしながら握り飯を食べました。また、奥さんは我々にお茶を出してくれました。

午後の作業は四時頃終わり、案の定、とうやんは味噌樽を一個背負い、子供達は金平糖の入った乾パンを十袋ほど抱えて帰途に就きました。途中、松井さん宅に立ち寄ってとうやんは「明日から松井さんも一緒に行かないか」と相談して帰宅しました。

この時、私は松井さんの子供に初めて会ったのです。弟の仁郎はすでに知り合っていて、遊んでいた様子を話していました。

五日は松井さん親子も加わり、ソ連兵と一緒に声を出しながら作業をしました。

この頃になると、我々子供達は半分遊びながら荷を運んでいました。

ここでソ連兵の様子を書きますが、桟橋の手前には年取った番兵が一人椅子に座っていて、横に一升瓶を置いて飲みながら、昼頃になると銃を抱えて眠っているのです。

他の兵隊達はそんな様子を見ていても、何の注意もせず知らん顔しているだけなのです。私は、戦争に勝てば軍隊の規律はなくなるのかと思って見ていました。

六日目には見知らぬ大人が一名増えて、三人の日本人だけで物資を運びました。上陸用舟艇の兵隊も建物の中で酒を飲むようになりましたので、船の積み込みも三人でしていました。

それでもソ連のノルマを終えてしまうので、日本人三人に任せきりにしたのでしょう。

その日の昼過ぎ、作業が始まった頃、今まで見たこともない兵隊が来て、私に「来い」と手招きしました。その兵隊の体格は日本人と変わらず、襟章に勲章がついていました。

そして、みかん箱程度の大きさの、紐の付いたがっちりした箱を持ってついて来るように指図されましたので、箱を受け取って後について歩くと、大川家の前まで来たとき、兵隊は防波堤の壁に体をあずけ、海に向かって鉄砲を構えました。そして十メートルほど先の岩の上の三羽のカモメを撃つのですが当たりません。

二羽はすぐ飛び立ちましたが、一羽はどうしたことか飛び立ちません。兵隊は鉄砲を撃ちまくっています。

そのうちにカモメは海に落ちて、泳いで遠くへ去りました。その時、子供心に感じたのは、カモメもびっくりすると腰を抜かすのだということ。また、射撃の下手な兵隊だなと思ったことです。

そこを離れて小柳さんの家の方に歩き出しました。そうして思い出のある大きな岩場の前に来ましたが、トーチカの前はシートで見えなくなっていました。

その前を数十メートルほど過ぎると、あとは堤防もなくなり砂と石ころのある海辺になっています。

ソ連兵はその岩場の辺りでやっと一羽のカモメを撃ち取って、浜辺に下りて箱の蓋を開けました。中には手榴弾が五、六個入っているのが目に入りました。

私は手榴弾を目にするのは初めてでしたし、これから何をするのか一瞬不安を覚えましたが、ソ連兵は一個を取り出してリングを引く抜くと、その手榴弾を四、五メートル先の海に投げました。

途端に水柱が三メートルほど立ち上がり、同時に魚が真っ白な横腹を見せて浮き上がってきました。死んでいるものや、横になりながら泳ぎ回っている魚の様子が目に入りました。

するとソ連兵は、自分の靴を脱ぎながら私にも同じようにするよう指示して、ズボンをまくり上げ、帽子で魚をすくうことをさせられました。

ソ連兵が持って来た袋にある程度入ったところで、やめて靴を履くのを見ていましたら、なんと靴下ではなく、穴のあいたぼろ切れを足に巻いて靴を履くのです。戦争に負けた国の子供が軍足を履いて靴を履くのですから、子供心に優越感を持ったことを記憶しております。

そんな経験をして皆のいるところに戻ると、仕事はすでに終わっていて、私の帰りを心配して待っていたとのことでした。

帰りは皆いろいろな物をもらって帰りましたが、我々子供達は相変わらず乾パンをもらって帰りました。

家に帰って今日の話をしたら、明日行く時はザルを持って行った方が良いという話になり、そうすることにしました。

七日目は、午後になると昨日の兵隊が現れ、ザルを見せると頭を撫でてくれました。手榴弾の入った箱は持って来ていませんでしたが、ついて来るように手招きしたので後をついて行くと、砂利道からすぐ砂浜に下りて行き、砂浜に人の絵を描き始めました。その股のところにマルを描いて真ん中に棒を引き、その真ん中に小丸を描くのです。私達子供も同じような遊びをしていましたから、ソ連人も同じように描くのかと思って見ていましたら、絵の方に矢印を描いて「20」の数字を書き、描いた絵を突っついて「エビ、エビ」と叫ぶのです。私はとっさに「20」を消して確か「1」の数字を書いたら、ソ連兵は「オー」と声を出して手を広げ、すぐに歩き出して砂浜から上がり、私と別れて駐屯地の方へ帰って行きました。

帰宅後、スナお祖母さん達に今日の話をしたら、「人数じゃなく年頃の娘さんがいるか聞いたのでは」という話でした。

考えてみれば、ソ連兵は一応アナマの民家十二、三軒には踏み込んで、時計や金品などを要求済みであり、同時に家庭内の人間の様子も見て歩いていることは当たり前のことであります。

しかし、若い年頃の娘さんは誰一人見ていないのですから、どこかに隠していると考えるのは当然かもしれません。

そこで、子供である私から何らかの情報を得ようとしたのかもしれません。

我々子供達は乾パンも十分溜まったし、物資の運搬は四人の大人で行っているとのことを聞きましたので、翌日からは缶詰工場に行きませんでした。

確か翌日、とうやんが酔って六時頃帰宅したので、「誰と酒を飲んで来たか」とかあやんから聞かれ、ソ連兵がとうやん一人に残るように言って一緒に酒を飲んで来たと話していました。

ヤスお祖母ちゃんやかあやんからは、「毒でも入っていたらどうするの」と怒られていましたが、とうやんはとうやんで「ソ連人と同じ酒を飲んでて毒など入っているはずがないではないか」と言って、その後二日間、酔って帰って来ました。

日にちは覚えていませんが、かあやんに山に隠れた女の人はどうなったか聞きましたら、五日の日に大川さんと後藤さんの父親が来て、山道からそれぞれの家の沢道を通って連れて帰ったと話し、対岸の娘さん二人は、対岸に行けるようになるまで後藤さんの家に住むようになっているということでした。

とうやんが言うには、今日（十一日）で作業は終わったので明日からは来なくて良いと言われたので、酒を飲み終わった帰り際にソ連兵の通訳に「捕虜になっている日本兵に会わせてくれないか」と頼んだら「ちょっと待っていろ」と言われ、待っていると「明日の三時、五時に来い」と言われた、という話なのです。

そして、「三時、五時と聞いたが何時に行ったらいいのかな」と話すので、皆が「三時から五時の間に来いと言ったのを聞き間違えたのだから、四時に行けばいい」ということになり、翌日、とうやんは通訳のソ連兵を四時に訪ねました。すると「三十分遅刻した」と言われたので、とうやんもとうやんで「三時、五時に来いと言われたから、間を取って四時に来た」と言うと、通訳のソ連人は何も言わなかったそうです。

「明日（十三日）、捕虜の日本兵に会わせるから、八時までに来るように」と言われたので、とうやんが「子供と松井さん親子も一緒でいいか」と尋ねたら、「いい」と言われたとのこと。とうやんはどんな外交交渉をしたのでしょうね。

許可したソ連軍もソ連軍ですが、とうやんは村長でも村民代表で選ばれたのでもなく、ただ、この五日間ほどの酒飲みの人間関係による信頼関係だけで物事が決められたような気がします。後で説明しますが、最初の上陸部隊には全く命令系統がなかったのです（注、その後「この面会はスパイ行為とみなされて、十から十五年以上のシベリア送りになってもおかしくない」とソ連憲兵隊の大佐ニコライに言われました)。

忘れもしない九月十三日の朝、とうやんと我々子供達三人(十歳、八歳、六歳)は、二食分のおにぎりと乾パンなどをリュック二つに分けて、水筒三個を持って松井さん宅に立ち寄り、松井さん親子と合流してソ連軍の駐屯する缶詰工場に赴きました。

待つこと一時間半、ソ連兵七、八人が現れて(隊長と思える人がいるように感じました。もちろん通訳もいます)、リュックの中、皆のポケットの中のチェックをされ、「日本兵との書き物のやり取り、物の受け渡しは一切禁止。体に触ってもだめ、面会時間は十五分」、さらに「途中で日本人に会っても話をしてはだめ」と言われました。

最後に、「同行するソ連兵は二人にする」と言って、そばに立っているソ連兵を紹介されました。

二人とも、今まで一緒に物資を運んでいた兵隊達とは違い、背も高く鼻も高く、見るからに子供心に外国人と思われました。着ている軍服も色は薄緑で胸ポケットも二個あり、一人は若くマンドリン銃を持ち、一人は中年で腰にピストルを提げていて、いかにも将校らしく見えました。

二人とも我々のことは知っていたようで、年配の兵隊はとうやんの肩を笑いながら二、三度叩いて握手をして出発しました。

私は頭の中が不安でいっぱいでした。先にも記載したように左足が悪いので、ミサに連れられて歩く時も時々途中で歩けなくなり、負ぶってもらったものです。

そのようなことは誰一人知らないし、また一緒の顔ぶれがどう見てもアンバランスに見えるのです。ソ連の兵隊は最後まで一緒に行動するのかと考えていました。

歩き出してすぐ、傾斜六十度ほどの草むらの山肌を一〇〇メートルほどよじ登るのです。登り終わった時、ソ連兵から一休みの指示が出て休み、その後も三十分ごとに休んで、十一時半頃アナマの駅逓で昼食をとりました（ソ連兵は我々子供のことを考えていた）。

食事の間、駅逓の人が二人いて我々をじっと見つめていますし、我々も会話は禁止されていますので、何とも不自然なことでありました。

私は食事を終えると水筒を逆さにして、ソ連兵に見せて水の補充を催促したら、駅逓の一人が指差して家の裏へ歩き出したので、私と弟と松井さんの弟に続いて、若いソ連兵も同時に裏手に回りました。

その裏手には、駅逓の奥さんが可愛い女の子二人を抱え、不安そうな顔で立っているのが目に入りました。その様子は今でも目に浮かぶことがあります。

我々は思い思いに水筒に水を入れて、早々と駅逓を立ち去りました。

歩き出してすぐアナマ湾の沖の方を眺めると、今まで見たこともない船がいました。舳先《へさき》にブルドーザーのシャベルを持ち上げた部分が付いたような船で、船体の三分の一ほどが目に入りました。

この時、上陸用舟艇が物資を運んでいる場所が分かったのを覚えています。

日本兵のいるところに着いたのは、二時頃でした。鉄条網の周りには大勢の日本兵がしがみつくようにして我々を見つめているのが目に入りました。

我々はソ連軍のテントの方へ連れて行かれ、そこで一時間以上待たされました。

同時にテントの中からは、ソ連兵の大きな怒鳴る声が時々聞こえました。

同行の若い兵隊は、テントに駐屯している数人の若い兵隊と話し合っていました。

私はその間、できるだけアナマ湾の沖を眺めるために小便をする要求をして、よく見えるところを探して沖の方を見ると、今度は同じ船が一隻と、ほかの一隻の船の舳先を見ることができました（注、艦船二隻の確認）。

それにしても、テントの中では長々と話しているというより、大声で怒鳴っているようでした。

そうするうちに駐屯しているところの兵隊が四人出て来て、我々に手真似で出発時に注意されたことと同じ動作をしました。

とうやんは、それに首をいちいち振って答えていました。この時、ここに通訳がいないことが分かりました。

その兵隊達は、我々と一緒に日本兵の入っているバラ線網の中に入り、一人の兵隊が山の上の方へ登って行くと、あとは我々を見張っていました。

私はその間、辺りを観察していました。目の前には六十センチほど高くなった、縦横十メートル四方の土台の上にテント屋根が付けられていて、そこには病兵や怪我をした兵が二、三十人ほどいました。立つ者、座る者、寝ている者、日本の兵隊さん達が我々をじっと見つめており、その中の一人が

「アナマの平野さんだ」と叫んだ声が聞こえました。

また、近くの兵隊さんの一人が三男を抱き上げて声を出して泣き出したのですが、同時に一人のソ連兵に鉄砲で腰を叩かれ、子供を下ろすよう指示されました。

そのうちに山の上の方から、先ほどのソ連兵に連れられて軍刀を提げた日本兵三人が下りて来て、私達の前に来ると、そのうちの一人が、

「よく来られましたね。師団長はここから見えるフリゲート艦に収監されていますので、副官の○○（注、平成二十七年、根室市で元兵士の永塚さんから鏡氏であったと聞く）ですが、代わってお話をします」と言いました。言い終わると同時にどこからともなく大声で、「あの野郎、我々をこんな惨めにして、今頃ソ連兵と酒でも飲んでいやがるんだ」と叫びますと、あちこちから一斉に「そうだ、そうだ」と声がしました。

と同時に付き添いの将校の一人が大声で、

「わけの分からないことを大声で話すな、ここに来ている人達が戻れなくなったらどうするんだ」

と言ったので静かになりました。

副官に「島民の方々で死者や怪我人は出ていませんか」と聞かれましたので、とうやんが、

「他の村のことは知りませんが、アナマの村では一人の死傷者も出ていません」と答えると、「それは良かった」と副官は答えて、

「この島には約五〇〇〇名の日本兵三年分の食料が保管されてます。一刻も早く島民に知らせて自由

に処分するよう伝えてください。また、兵隊全員がここに捕虜として収監されて、ソ連軍との間で確認していますので、兵隊狩りはない旨、島民皆さんに伝えてください。

我々は数日後、あのフリゲート艦に乗せられて、樺太経由で日本へ送還されることになっていますので、島民の皆さんにもよろしくお伝えください」と言いました。

私はそこで、弟達の水筒を三個集めて一個を逆さにし、前方に流し台のようなものが見える方を指差して、ソ連兵に「水を入れたい」という仕草をすると、「行って良い」との仕草なので、約二十メートル先の流し台まで行きました。

そこで辺りを見ますと、流し台の長さは二十メートルほどあり、高いところに結構大きな四角い木の水槽があって、流し台には蛇口が二十個ほど付いていました。反対側の方には鰊釜が三個並んでいて、周りには薪などが山と積まれてあり、また、近くには調理台があってテントも張ってありました。あまり長居をしていると怪しまれるので、水筒に水を入れて急いで皆の方に戻ると、すでに親達は出口の方で私を待っていました。

私が出口の方へ急ぐと、副官が駆け寄って来て私の手を握ってくれました。

我々はそこを離れて、来る時に同行して来たソ連兵に引き渡されて帰路に就きました。

心配したように、やはり私は途中で歩けなくなりましたが、靴を脱ぎ足をこすっている私の足を見て、若いソ連兵が坂を上るところで私を背負ってくれたことを話しておきます（場所は現在のアナマのソ連文化会館付近から旧アナマソ連小学校への坂）。

この時すでに、とうやんは弟を背負って歩いていました。

家に着いたのは夜の九時頃でした。家の者は、五時半頃に駅逓の付近を我々が歩いているのを確認していたとのこと。それにしてもあまりにも遅いので皆心配していたと。

横道にそれますが、平成二十二年の春に、四日市市に住む弟の仁郎に電話で日本兵の捕虜に会った時のことを聞きましたら、会ったことは覚えていないが、家に遅く帰って来たので皆が心配していたことは覚えている、と話していました。

翌日の朝八時頃に起きると、大人達が騒がしく動き回っているので聞いてみると、とうやんが朝の三時頃に大砲とその弾薬と思っていた沢のシートを見に行ったら、米俵が三〇〇俵ほどあったのでその相談と、ソ連軍のところに昨日のお礼に持って行くための海産物の品定めをしているとのこと。

すなわち、昨日の日本軍の副師団長の話を聞き、もしかしてシートの山は何かの食糧なのかもしれないと思い行ったわけです。

そこで、これほどの米俵を処分するには、松井さん、後藤さんに相談することと同時に、とうやんはすでにこの米俵の処分の方法と、また処分の際、何か問題が起きた時のことを考え、お礼と同時に何かを持って行く品物の選別で騒いでいたのだと今になって思います。

何しろ、松井さん、後藤さん宅に米俵を運ぶには車や馬車があるわけでもなし、そうかと言って米俵を担いで海岸を歩くわけにもいきません。

すなわち、船で運ぶしか方法がないのです。

この時点でアナマ湾に船を出すことは禁じられていますし、我が家の真向かいには日本兵を夜通し監視しているソ連兵がいて、おそらく同時に湾内を見張ったり、物音に気を配っていることは当然考えないわけにはいかないのです。

でも、何とかしてソ連兵に勘づかれないうちに米俵の処分をしてしまわないと、すべてが一巻の終わりです。

そして、最終的に松井さん、後藤さん宅に各五十俵、我が家に一〇〇俵を配りました。残りが一〇〇俵あったのですが、我が家が一番多く米を保管したので、責任上、平野家が家の前のアナマ湾の海に捨てたのです。

平野家でこれらの作業を行ったのは、とうやん（三十四歳）、かあやん（三十歳）、スナお祖母さん（四十一歳）の三人です。しかも子供達は誰一人、これらのことは全く知りませんでした。

ここで、平野家の米俵の保管の状況をお話ししますと、まず物置の漁具類はすべて外に出して、そこに米俵を積み上げ、その周りを塩が詰まった叺《かます》で囲い、物置に入れられない米俵は家の裏の家壁に積み上げて、これを外部から板で囲って米俵を壁の一部にして隠したのです。

それでも一〇〇俵を隠す場所がなく、松井、後藤両家に運搬する時間もないなどの理由で海に捨てたのでしょう。

なお、武藤さん、高橋さん、大川さんの各家へはソ連軍が駐屯する前を通過するので、あまりにも危険なため相談しなかったのだと思います。

いずれにせよ、とうやんはソ連軍に船をアナマ湾の海に出す許可をもらって、魚を獲るには夜になってから網を入れ、朝早く網を引き揚げるような話をしたか、米俵を載せた船を胴付き長靴を履いて海に入り、音を立てずに動かして運んだかのいずれかと考えられます。

もちろん、いくらかの魚をソ連軍の駐屯地に船で持って行ったことを考えると、船を動かすことの許可はもらっていたと考えられます。なにしろソ連軍上陸以後は、村民は一度も魚を獲っていませんから、魚を獲りたいという話はできたと思います。

さて、十五日の朝頃より、対岸の佐藤さんの桟橋に上陸用舟艇三隻が交互に接岸して、日本兵を追い立てるように一隻に五十人ほど乗せ、一日中ピストン輸送で沖合に出て行くのを見ていました。また同時に、佐藤さんの水源地から大きな缶などに水を入れて運び、積み込んでいました。この様子を裏付ける話を記載します。

『検証　大東亜戦争史　下巻』P.191に、田中耕治氏（陸士五十五期）の手記があります。

「私は南千島の色丹島で（注、色丹島は南千島列島には属していない）、独立歩兵四二三大隊長として終戦を迎えた。ソ連軍から日本に帰す、横浜に帰すと言われて、他の大隊とともに約二〇〇〇名が貨物船に乗った。しかし舟は北上して、翌朝シベリアの沿海州ソフガワニー港に着く」と。

また、以降の章でも詳細に記載しますが、ソ連軍が斜古丹村に侵入した時に、ハリスト正教会に駐屯していた暁部隊十二名の兵士のうちの一人（注、韓国人の朴さん。二〇一六年、九十二歳でご逝去）に、私が平成二十二年九月に知人のKさんを通して「色丹島を離島した日」を聞いたところ、「最初に収容所に着いた日が九月十八日、沿海州」（注、書類は手元にある）と。

さらに、平成二十三年三月十日の読売新聞の「証言北方領土」の記事で、「終戦時、色丹島ノトロの旅団本部で（中略）軍馬の飼育管理係を任されていた永塚良さん（取材時八十六歳）」は、「『東京で武装解除するので船に乗ってほしい』と言われ、将校を除く（注、大変注目する話。後で説明）日本兵が、指示された貨物船に乗りました。下船したのは（中略）、ウラジオストク。『話が違う』と文句を言うと、それまで穏やかだったソ連兵は銃を突き付け、威嚇し始めたのです」と。

以上三名の話で、ソ連領に着いた日付を話しているのは一人で、しかも韓国人の同僚ですが、「九月十八日」と話しているだけです。しかし日本兵二〇〇〇名の乗船は十五日で終えていますから、貨物船がアナマ湾の沖合いを十六日の早朝離れたとすると、朴氏が翌朝シベリアの沿海州に着いたという話とほぼ一致します。

話を戻して、永塚良さんが「将校を除く」と話していますが、では将校達はどのような状況になったかです。

まず言えることは、十三日に鏡副官は「旅団長はフリゲート艦に収艦されていますので、代わって――」と話したし、また「我々は数日後、フリゲート艦に乗せられて、樺太経由で日本へ送還されることになっています」と話していますから、将校達は言うまでもなくフリゲート艦に乗せられて樺太経由でソ連国内に連れて行かれたかです。しかし将校達が捕虜として扱われ、シベリアで労働に従事したという話を記載した書物を私は見ていません。もしあるなら見たいものです。

また、念のために、将校はそれまで帯刀を許されていましたが、日本の尉官クラス以下の兵と切り離された時点で取り上げられたと思います。

このような経過を知っている日本人が何人いるでしょうか。前述しましたが、私は英・米合作の映画『戦場にかける橋』で、「将校のピストル保持は、部下の反乱、脱獄などを取り締まるために必要とジュネーヴ条約で定められている」と、書物を出して収容所の日本人の隊長に拳銃の保持を訴えるのですが、受け入れられない場面を見ていたからです。

したがって、兵隊達と切り離された日本の将校達の帯刀はなくなったと思います。

さて、昭和二十年九月のアナマ村の状況について書いておきたいと思います。

ある日の午前十時頃、スナお祖母さんが、水飴が入った一斗缶を背負って帰って来ました。私達子供は大喜びで、夢中で舐めたことを覚えています。また翌日もスナお祖母さんは一斗缶を背負って来ましたので、子供達は初めてどこから運んで来るのかを聞いたのです。

そこで、家の裏山に病院があることを子供達は初めて知ったのです。

翌日、スナお祖母さん、かあやん、私の三人で朝の八時頃病院に出かけたのですが、山頂で私が一番驚いたのは、沢一面に、家の沢にあったような大きさの青、草色などのテントが三十個ほどあったことです。

最初はスナお祖母さんが山頂で見張り役をしましたが、病院に行って最初に私の目に入ったのは、すでに記載しました大鍋の中の真っ黒に焦げたカレーライスなのです。

また、ネズミが部屋中を動き回っていました。私が一番奥の部屋に入って行くと、一番先に目に入ったのはキラキラ光った銀色の手術道具類でした。

私が長さ四十センチ、幅二十五センチ、高さ十センチほどの銀色の箱の蓋を開けると、中には、かんな、ノミ、のこぎりなどがあったので、私は急いで近くにあった白い布で包み、背負って「スナお祖母さんと交代する」と言って病院を出て、山頂で二人の登って来るのを待っていたのです。

その待っている間、テントの山を見ながら、副官から「この色丹島には日本兵五〇〇〇名の食料三年分がある」と聞いていましたので、このようなテントの山があちこちにあるのだなと考えていました。

同時に、すでに記載済みですが、遠藤家と役場のちょうど中間の日本陸軍の部隊三〇〇名が駐屯していた付近に、二階建ての三軒長屋ほどの大きさの草色のテントが五個ほどあったのを思い、あのテントも米なのかと考えていました。

実際、『千島教育回想録』P.155に、当時の斜古丹村小学校の佐藤俊三校長さんの話で、「学校から村役場に行く途中、露天積みにされた米俵の山があった。四万俵あると聞いた」とあったのです。

また、日本兵に面会に行った時に多くの傷病兵がいたので、当然、日本兵を案内役にして病院を捜索するのは当然と考えた瞬間、時間的に今にもソ連兵が現れるのでないかと恐ろしくなりながら、二人の登って来るのを待っていました。

話が横道にそれますが、色丹島には他に一カ所、日本軍の病院があったのです。

平成二十二年に札幌市南区のTさんから、斜古丹村からチボイ村に行く街道沿いに日本軍の病院があったことを聞きました。

おそらくこの病院のことでしょう。『千島教育回想録』P.155に佐藤校長さんが、「陸軍は（中略）、各部隊とも防空壕や陣地構築と突貫工事で大変な劇務のようだ。陸軍野戦病院分院の麻生国雄隊長が、やったこともない土方仕事をこんなに毎日やらされるのではメスを取っても手がふるえてよい治療ができないので、上部機関に上申してあるんだと話していたことがあった」と分院の話をしています。

したがいまして、私が思うには、日本軍に面会に来た平野家は島民の中でアナマの病院の在り処を知っていて、テントの山も見ているので、三年分の食料の存在も話し、ソ連軍に気づかれないうちに確保するように話したので、そのことはソ連軍に最後まで話さなかったと思われます。

すなわち、十月の末頃にスナお祖母さんがキノコ採集のふりをして山頂に行った時でも、テントはそのままの状態であったと後日話しています。

すでに記載したように、十五日以降にはまだ二〇〇〇名近くの日本軍が鉄条網の中にいることになるわけですが、その将兵達がいつアナマを離れたかは私には覚えがないのです。

この頃になると平野の家の裏山には桑の実、山葡萄、マタタビの実が熟していて、我々子供は一日中山に入っていたのですから、日本兵のことには関心がなくなっていたのです。

ただし、日本軍を監視していたソ連軍の天幕は、二個から一個になっていました。

ソ連軍が上陸して二十日以上経過しているのに、村役場からは一言の話もないし、島民の移動が禁止されていたかは不明ですが、誰一人他の村からはアナマ村に来ていませんし、また村民も他村に行ったという話は聞いていませんでした。

そのような状況下で、旅団司令部は最後まで平野家の裏山の病院の在り処を教えなかったと思われます。すなわち平野の人間が会いに行ったことで、アナマに駐屯していた部隊から「平野家は病院の在り処を知っている唯一の村民」と聞いたかもしれません。

したがって、平野家から村民に話が伝われば、村民達が何らかのことができるだろうと考えたかもしれません。

でも、島には電話はありませんから連絡の方法がないのは明白でした。たとえあっても、どうにもならなかったでしょう。

北方領土関係の書物には、ソ連軍上陸直後の択捉、国後、色丹各島の村長達が、越冬用の食料で大変困惑したことが記載されていますが、各島には日本陸軍駐屯兵員の三年分の食料があったはずなのに、なぜ困惑したのでしょう。

択捉島はともかく、国後、色丹島の日本軍においては、ソ連軍上陸を知らされてから三日はあったことは確かだと思います。特に色丹島ではすでに記載しましたが、私は八月二十九日の午後に、ソ連軍の九月一日上陸を日本海軍の通信部隊から知らされているのです。

ソ連軍上陸まで三日間もあったのです。なぜその間に島民に物資などを確保させなかったのでしょうか。

それは、当時の日本軍は武装解除ということが本質的に何も分かっていなかったことと、ソ連軍上陸以前に、日本軍のある部隊の脱島によって、すべての通達が閉ざされたからだと私は思っております。二件とも後記で説明します。

話が大変横道にそれましたが、もちろん、私は病院から家に帰ってから親達に大変怒られましたが、私なりに山頂で考えたことを話して、とっさに近くにある物を背負ってスナお祖母さんと交代したと話して、もう病院には行かない方がいいということでとうやんの怒りも収まりました。

しかし、当時は長さ六十センチほどの丸太で船を造っていましたので、私にはその道具にうってつけに見え、必然的な行動だったと思います。

また、私が運んだ手術道具が入っていた箱は、引き揚げ後は平野の家でお鉢代わりにしていたと思っていましたが、平成二十二年の仁郎の話では、ヤスお祖母ちゃんの遺骨を埋める時に、このようなアルミ製の箱がソ連軍に見つかったらヤバイことになるからと、遺骨と一緒に埋めたと話しています。

もしかすると、後日誰かもう一個持って来たか、兄弟のどちらかの勘違いか、今後弟達に聞いてみるつもりです。

話は変わりますが、九月の中頃に海が荒れて、アナマ湾も大荒れになった数日後、我が家の横の砂浜に、米が一帯に打ち上げられたのです。

親達はびっくりして、とうやんは「ソ連軍が上陸する前に日本の兵隊が大砲の弾を海に捨てた時、米俵も一緒に捨てていたと話す」と言ってソ連軍の駐屯地へ出かけて行きました。

我々子供達は、砂浜で米と砂を混ぜて「コンクリート」などと言って数日遊びました。

ところが、異臭が発生し出して一時困惑しましたが、最終的にカラスやカモメがきれいにしてくれました。

話が飛びますが、十八日頃から、二頭の馬にそれぞれソ連軍と日本軍の隊長と思われる人が乗馬し、それに日本兵の将校二、三人と兵隊数人、あとはソ連兵の将校と兵隊の一隊が、駅逓のところから斜古丹村の方へ行くのを毎日目撃していました。

その馬上の日本兵の隊長さんと思われる人が、私が以前、捕虜の日本兵に面会に行った時に、帰り際に私の手を握ってくれた人に見えました。数日後、朝早く駅逓の近くで遊んでいると、一隊がそばに来た時馬上の日本兵が、「坊やの住まいはこの辺か」と聞きましたので、手で我が家の方を指しました。すると「坊や、明後日もここに来れるか」と聞きましたので「来れる」と答えると一隊は過ぎ去りました。

もちろん馬上の日本兵は、私が思った副官でした。

するとニ日後に信じられないことが起きたのです。皆さんは私の作り話として受け止めるかもしれませんが、それでも記載せずにはいられません。

それは、一隊に会った直後に同行の日本兵の一人の将校が、布で包んだ中から、長さ六十センチほどの手製の鉄砲を出して私に渡したのです。私は何が何だか分からぬまま鉄砲を受け取りました。

この情景を同行のソ連兵皆が見ているのです。特に馬上のソ連兵の隊長が笑っていたのを覚えています。

私は家に持ち帰ってからその鉄砲で遊んでいましたが、二十九日にアナマ村を離れる時、家に置いてきて、斜古丹村に赴いた後の十二月に帰郷した時には、鉄砲は家にはありませんでした。おそらくソ連兵に見つかった時のことを考えて親が処分したのでしょう。

しかし、大人になってから、今も鉄砲には何かメッセージが隠されていたのではと思っているのです。


砂浜の異臭がなくなった頃に、我々子供が砂浜で遊んでいると、とうやんがソ連兵六、七人を連れて来て、「これから引き網を始める」と言うのです。

なにしろ、この頃はアナマ湾の海岸ぶちにまで小魚が泳いでいるので、我々子供でも船着き場の岩に上がってタモですくって来て、毎日の食卓を満たしていました。

ソ連軍上陸前は、引き網を入れる時は村民の数家に手伝ってもらっていましたが、ソ連兵とは驚きました。とうやんは完全にソ連軍をコントロールしていたようです。

ヤスお祖母ちゃんは、そんな状況を見て、日本兵に比べればソ連兵はおとなしいもんだと話していました。

ヤスお祖母ちゃんがそんなことを言ったのは、東京に住んでいた当時、近所にいた中国で負傷して帰還した兵隊さんが時々家に来て、お茶を飲みながら話をしていたからだと私は思っています。

話がそれましたが、引き網を入れて引き始めて、すぐに網が動かせなくなりました。

それは網全体が魚で埋まったためでした。そこで引き網の袋のところにガラス玉の大きいのを数個取り付け、網袋を開けて、魚をタモですくい上げたのです。

もちろん、船に多くの魚とソ連兵一人を乗せて、とうやんはソ連軍の駐屯地に行きました。

引き網は数日そのままの状態にして、魚を村民に配ったり自分の家で食べたりしたのですが、数日後、引き網から魚を海に放出し網を陸揚げしました。魚は圧迫されたのでしょう、多くの死んだ魚が砂浜に打ち上げられましたが、この時もカラスとカモメですぐに砂浜は奇麗になったのです。

この時、私は子供心に鳥達の魚の食べ方を見ていて、一つの遊びを思い立ったのです。釣り針に紐を結び、イワシを付けて十メートルほど離れた大きな石の上に置いて、カモメが食いつくのを期待したのですが、最初にイワシを食べに来たのはカラスで、その一羽があり得ないイワシの食い方をしたのです。カモメと同じでイワシを丸呑みにしたのです。

突然近くのカラス達がカー、カーと騒ぎ出すし、同時に山の方からもカラスが飛んで来て、我々子供達目がけて襲いかかってきたのです。

私と弟達はともかく、何も知らずに付近で遊んでいた妹達の驚きようは大変でした。

もちろん、親達には大変怒られましたが、とうやんの怒りは格別で、

「漁師の子供がカモメを生け捕りにする考えがけしからん。漁師はカモメのおかげで魚をたくさん獲れるのだ」と言ったのです。

今ではテレビで海上でカモメが騒ぐ様子を見てこの話を思い出したり、ヒッチコックの『鳥』なる映画を見るたびに当時の恐怖を思い出しています。


このように、アナマ村にソ連軍が上陸してからこの二十日頃までの事象は、皆さんに素直に信じてもらえないことばかりでしょう。

ところが、九月二十二日頃からソ連赤軍の状況が一変したのです。とうやんに言わせると、「この日辺りからは、酒を一緒に飲むことはなくなり、今まで自由に出入りできた駐屯地内に入れてくれなくなった」のです。

しかし、村民が待ちに待っていたことが訪れました。すなわち、アナマ湾内に午前六時から午後六時の間は船を出して魚を獲れるようになり、対岸の村民との交流も自由になったのでした。

ただし、捕虜の日本兵とソ連軍の監視兵がいなくなった九月末日以降、バラ線網の設備は以後刑務所として活用されることになり、したがって佐藤さんの桟橋は、佐藤さんの家族しか使用できなくな

りました。他の村民が佐藤さんの家に行く時は、他の家の桟橋に着けてから海辺を歩いて往来したと、とうやんが話しています。

刑務所の話は、平成二十七年十一月二十四日付の元斜古丹村の村民、手嶋繁則さんからの手紙に、「昭和二十一年十二月頃には我々復員軍人が約二十人ぐらいはいたかな？　アナマに連行されて旧陸軍の三角兵舎に収容されたのです」と記されていますが、この「三角兵舎」とは、紛れもなく私が訪れた鉄条網の中の日本将校（注、佐官以上の将校）が滞在していた建物で、私は実際に、私達に会われた鏡副官長がこの兵舎からソ連兵に呼び出されて出て来たのを見ていました。

そして、この手嶋さんの手紙で全く新たなことを知るのです。それは約二十人の中に、すでに十月の中頃からソ連憲兵隊のいる郵便局に出入りしていた片野精さんがいたことです。

以降の章で詳細に記載しますが、当時ソ連軍は、日本軍の憲兵隊が島のどこかに隠れていると考えて、躍起になって捜索していたのです。

したがって片野さんが刑務所にいた理由は、手嶋さん達二十名と一緒にして日本憲兵の情報を探索するために送り込まれたのだと思います。

さらに片野さんは、手嶋さん達二十名と一緒に昭和二十一年五月に国後島に送られているのです。

当時、ソ連軍の北海道へのスパイ活動の拠点は、国後島の憲兵隊が行っていました。

すなわち片野さんは、自らスパイ活動のためソ連の指示で北海道に潜入したことを話していて、潜入時期を『忍従の海　北方領土の28年』P.１６２に、「二十二年の秋でした」と話していますが、これは全くの嘘です。

また、片野さんの嘘は他にもあるので、以降の章で理由を詳細に記載します。

また、二十年十月に色丹島を脱出した宇部正雄さんの『色丹島の現状』の記載文で、「アナマ天幕内に大浜少佐、小野寺巡査、中島憲兵長（以降略）」とあるように、バラ線網の中の日本兵が使用していたテントを使用していたことが分かります。

いずれにせよ、手嶋さん、宇部さんは、バラ線網と中の施設の作られた状況、すなわち四〇〇〇名近い日本軍将兵の束縛（注、私見ですが野鹿が捕らえられる様子と私が見たから）を、アナマ村の村民の数人しか見ていないから、鉄条網と施設の作られたのを手嶋さんのように「旧陸軍の三角兵舎」、つまりアナマ村に駐屯していた日本軍の施設だと話しているのです。

一方、九月二十二日頃に、ソ連軍の各駐屯地に憲兵隊が配属されたのです。

それにより、それまでの赤軍の状況は一八〇度変化しました。すなわち、最初に上陸したソ連赤軍には全く命令系統がなく、駐屯地の一将校の考えで何事もできたのです。その結果、とうやんと我々子供が、束縛されていた日本兵に会うことができたのです。

このことについては以降の章で記載しますが、上陸直後には、多くのソ連兵は日本兵の軍服を着た兵隊達だったのです。

なお、『北方領土　思い出のわが故郷』P.１８８に記載のソ連兵が話したように、赤軍自身が憲兵隊を恐れていたことを暗示しているではありませんか。

もう一つ話をすれば、赤軍と憲兵隊が毎日食べる主食のパンが違うのです。これほどの特権を持っている集団はただの軍隊ではないでしょう。

それはまさしく、NHKで坂本龍馬のことを放送した場面で、「武士は米を食べて、龍馬は下士なので米飯を食べられない」と放送していたのを見て、私は色丹島でのソ連軍のことを思い浮かべていました。

それにしても、私がこの自叙伝を書くにあたり、北方領土関係の本はもとより、ソ連人が書いた『私はスターリンの通訳だった』『千島占領　一九四五年 夏』にも、「ソ連憲兵隊」と「NKVD」(内務人民委員部。今の「KGB」＝国家保安委員会に相当。当時の秘密警察)という言葉がないのです。

ここで、私が「憲兵隊」と書いていますが(注、遠藤ミサにソ連のニコライが「自分は憲兵隊である」と話したからです)、引き揚げ後、数十年経過後には、あれは今で言う「KGB」であったのだと思いました。

話がちょっと飛び過ぎますが、「KGB」は現在のロシア大統領、プーチンの出身母体です。ですから、私は現在のロシアは紛れもなく軍人支配の軍事国家だと思うのですが。

このような言葉を発する世界の報道機関は現在全くありません。

なにしろ、一九三〇年当初、スターリンが赤軍の司令官はもとより、専門家、学者、作家など数百万人を処刑したことを、『私はスターリンの通訳だった』の著者が記載していますが、その陰で動いた人間達のことは一言も書いていません。書いたら自分の命はないわけですから。

その憲兵隊のニコライ大佐と、遠藤家と私と弟達の、皆さんの誰もが信じられないような関係が、色丹島上陸後の九月二十九日から昭和二十二年秋の引き揚げ近くまで続くのです。

なお、元島民の中で、ソ連憲兵隊のことを話している人は誰一人いないのが不思議です。

ところが、二〇一七年（平成二十九年）十二月十六日にＮＨＫが放送した「北海道クローズアップ・北方領土写真が語る〝空白の時代〟」の写真の中に、斜古丹村でソ連の憲兵隊の少尉が、日本人の島民の女性から何かを聞き取っている写真を見たのです。

しかも、この少尉は私も十分知っている少尉で、ニコライ大佐とこの少尉が日本語で話ができたのです。本当に私にしてみれば懐かしい写真です。この少尉は、当時斜古丹村のハリスト教会堂をソ連軍が上陸後映画館として使用していたので、そこへ連れて行ってくれているのです。その辺の経緯は以降の章で詳述します。

なお、話を戻して、昭和二十年の十一月の末頃には、とうやんと赤軍の対応は元の状態に戻ったとのことでしたが、朝から酒を飲んでいる赤軍の兵士はいなくなり、歩哨も数カ所に立つようになったと話していました。

したがって、九月一日のソ連赤軍上陸からソ連憲兵隊上陸の二十日間までが、とうやんと平野家に奇跡的な事象を与えてくれたと考えられるのです。

しかし、この状況は北方領土全島に言えることで、とうやんのように、一人の村長が捕虜の日本兵に会うことを試みて、もし会えたならば日本軍の三年分の食糧の多くは島民が確保できたと考えられるでしょう。

特に色丹島の梅原村長に至っては、八月三十一日にソ連軍が色丹島に上陸することを知っていたと話していながら、一日の日には小学校は朝から授業はさせているわ（注、この話は西田先生が話した言葉ですが嘘です）、村の娘さん達の避難も考えないわで、こんな村長、世界のどこの国にいますかね。

すなわち、このような状況をカムフラージュするために、梅原村長と小泉警防団長が四日の午前中に役場で話し合い、ソ連軍が斜古丹村に九月一日の早朝六時五十五分に上陸したことにして、脱島して来た小泉さんが根室でそう話したので、以後、この話を斜古丹村の村民がすることになったのです。

話がそれましたが、アナマ湾へのソ連赤軍上陸、二十一年春頃から入って来たソ連の民間人との生活は、平野家が二十二年秋頃引き揚げのため斜古丹村へ集結するまでの期間、平穏そのもののようでした。

しかし、集結のためアナマ村から斜古丹村に引っ越しする前日の夜中に、一歩間違えば平野家は一家皆殺しになっていた可能性があったのです。詳細は、以降の民間人との生活の中で記載します。

二十五日前後に、ソ連軍上陸後初めて、アナマ村から我が家の前を通って見知らぬ中年の男性と後藤さんの花子さんらしい二人が、斜古丹村の方へ行かれたのを覚えています。

この記事を書くのには、上記しましたが色丹島の朝鮮人に対して村内間の移動を許可しているので、記載済みの大川雅子さんから「後藤花子さんは朝鮮人と結婚しました」と聞きましたので、上記の女性は後藤花子さんだったのかもしれません。

詳細は後記しますが、私はこの花子さんには二十二年の夏頃、ソ連軍の軍用犬に顔に飛びつかれた怪我の治療を二カ月ほど、毎日してもらっているのです。

この頃の我々兄弟は、砂浜でエビを捕りながら泳いだり、裏山の完熟した山葡萄、マタタビ、桑の実などを食べるのに忙しい生活を一日中楽しんでいました。

したがいまして、捕虜の日本兵は十六日以降、鏡副官長以下約二〇〇〇名の将兵がまだ我が家の対岸の丘にいたのですが、いつ頃にいなくなったか知りませんでした。

九月二十九日の昼頃、山葡萄を抱えながら口の周りを桑の実の汁で汚して戻ってくると、遠藤ミサが家にいて、今まで見たこともない青色の軍服を着た若い二名のソ連兵に護衛されて、十月から学校が始まるので我々兄弟を迎えに来た、と待っていたのでした（注、『元島民が語る　われらの北方四島』P.350に、「昭和二十年九月下旬に、地区民警署長から小学校の開校命令が、各村長や部落長あてに口頭で行なわれた」とあり）。

話が飛びますが、ソ連軍の憲兵隊のニコライ大佐が、「北方四島の自治は、自分と同じ大佐三人で仕切っている」と話しています。

すでに皆は食事を済ませて、大きな背嚢《はいのう》には白米が一俵分ほど詰められ、数個の風呂敷包みが用意してあったのです。我々兄弟も食事を済ませ、ミサ、スナお祖母さん、とうやんと我々兄弟は、ソ連兵に護衛されてアナマ村を出発しました。

街道の途中で二回ほど休息したのですが、斜古丹村に近い休息の時、赤軍の十人ほどの一隊が通った時、赤軍の将校がこちらの若い兵隊に向かって敬礼をして、会話後アナマ村に向かって行きました。また、兵隊達は皆、怪訝《けげん》な顔で我々を見ていたのですが、後日とうやんが言うには、赤軍のソ連兵はアナマの駐屯兵で、皆知っていたのです。

したがって、後日アナマの駐屯部隊から、憲兵隊と一緒にいた理由を聞かれたそうです。

斜古丹村に入ってから遠藤の家まで、一人の日本人にも、またソ連の軍人にも会うことなく家に着きました。付近の様子も、一カ月前と変わった様子はありませんでした。

私は家に入るなり午後六時頃まで寝てしまい、その間のことは何も覚えていませんが、とうやんとスナお祖母さんは、憲兵隊から通行許可書をもらって、午後三時過ぎにアナマ村に帰って行ったのです。

それからの私の生活は、ソ連軍上陸後の斜古丹村での学校生活と、さらに全く考えてもいなかったソ連憲兵隊との関係が始まるので、ここで一つの区切りとします。

第五章　歯舞諸島のソ連軍の略奪

まず、本章の題名に「占領」ではなく「略奪」と記載したのは、歯舞諸島にソ連軍が上陸して各島に駐屯していた日本将兵がソ連軍に確保されたのは、紛れもない昭和二十年九月二日の日本の降伏調印式後、すなわち終戦後の三日ですから、「占領」という話にしないで、あえて「略奪」と記載したのです。

すなわち、『シベリア抑留全史』P.110に、

「一九二九年のジュネーヴ条約第一条では（中略）、戦時中に捕らえられた者を『捕虜』としている」

とあるからです。

さらに決定的な話は、ソ連が違法行為を当初から認めて行動していることです。

それは、ソ連軍が歯舞諸島占領後に「何らかの政治的困難をもたらさなかった」と、すなわち当事国の日本かGHQから何らの異議もなかったからと話しているのです。

このことから、日本将兵は捕虜ではなく「拉致」ということになることから考えても、歯舞諸島を「占領された」という話は適当ではないと思うからです。

では、念のためにソ連軍は、いつの時点で歯舞諸島に日本将兵約六〇〇名が駐屯していることを知り、何日に日本将兵をどのような状態で確保したかです。

そこで、最も真実を話している、終戦当時歯舞諸島の志発島に駐屯していた旧陸軍独立歩兵四二一大隊（注、『忍従の海　北方領土の28年』P.276に記載あり）のとある兵士（注、当時二十七歳）が、喜寿に書いた文書が私の手元にあるので、その話を記載します（一部読みやすく改変してありま

す)。

「終戦後の昭和二十年九月二日、北方四島の志発島に於いて『マッカーサーの指令により兵器、銃器を一か所に集めるように連絡があった』との伝達により、兵器、銃器を集めたところ、翌日にソ連軍が上陸して来たが(中略)銃器もなく無抵抗の上陸であった。

そして『只今からこの船は東京に行くから乗れ』(注、ソ連が言い出した「東京ダモイ」は『シベリア抑留全史』P.93、94に記載あり)と云われ中隊長が『只今から東京に向かって前進する』と号令され、ソ連の船に乗った。

翌朝(注、四日)或る兵士が『この船は東京に向かっていない、樺太に向かっている、あそこに見えるのが礼文島である』と云われた。(中略)矢張り到着したのは樺太であった。そこで下船させられ、再び乗船したところ、シベリアで下船させられた」

と話していますが、提供者の了解を得られなかったので、書面の添付はしません。

また、秋勇留島の島民の話が『元島民が語る　われらの北方四島』P.189にあり、

「秋勇留島の税庫(注、水晶島の地名)に九月三日の正午頃、ソ連兵十二人が上陸用舟艇と五〇〇トンくらいの砲艦一隻(注、この艦艇はフリゲート艦。記載済みですが、択捉島か国後島の島民は二〇〇〇トン級の大型上陸用舟艇らしき船と)とで上陸してきました」と話しています。

では、その兵士の話にある、「九月二日、(中略)マッカーサーの指令により」という話を、私見ですが説明してみます。

そこで話を戻しますが、八月二十九日の午前に択捉島での第八十九師団司令部とソ連軍の会談で、色丹島に日本将兵が四八〇〇人駐屯していることをソ連軍は初めて知ったこととなっているのです。ところが師団司令部は、歯舞諸島に駐屯する日本将兵のことは直接の指揮下にないので一言も話していません。

したがって、ソ連軍が色丹島のアナマ村で九月二日の午後三時頃に日本将兵を確保点呼の結果、約六〇〇〇名の将兵が歯舞諸島に駐屯していることを初めて知ったのです。

そこで、『北方領土　悲しみの島々』P.138に、

「志発島に九月三日、色丹島から日本軍将校が高速艇で連絡に走り、翌四日、色丹島に集結させた上で武装解除している。その他の島に小隊規模の守備隊はいたが、駐屯部隊はいなかった。ソ連軍が多楽島に上陸、一個小隊を武装解除したのは九月六日のことだ」

と記載がありますが、「色丹島から日本軍将校が高速艇で連絡に走り」は真実ですが、それ以外の記載文はすべて嘘であることはその兵士の文書を読めば確認できます。

当時、歯舞諸島のどの島にも他島との連絡手段はなく、色丹島の混成第四旅団との連絡は、色丹島からの高速艇による一方通行の連絡手段だけであったと考えられるのです。

したがって、その兵士の話で「二日、北方四島の志発島に於いてマッカーサーの指令により」ということは、色丹島からの連絡将校は、『北方領土　悲しみの島々』に記載の「三日」ではなく「二日」が本当と思います。

一方このことは、色丹島のアナマ村で日本将兵約四〇〇〇名が束縛された日が、二日の午後三時頃になされた証でもあります（注、すでに記載済みですが、私が自宅から見ていました）。

その点呼で歯舞諸島の日本将兵のことを知り、急遽高速艇に日本将校と一緒に数名のソ連兵も乗って歯舞諸島に向かったと思われます。

「ソ連兵も一緒」と記載したのは、すでに日本将兵はソ連軍に捕らえられた状態ですし、今後のことを考えるとソ連軍は歯舞諸島のことは一切知っていませんから、現地視察をすることを考えるのは当然です。

ここで話が本題よりそれますが、高速艇と言えばすでに記載済みの海軍の「震洋」で、船首に爆薬を詰め込んでいましたが、陸軍の保有していた高速艇は船尾に爆薬を詰め込んでいた、とあります。

すなわち、高速艇には六名の人間が乗船できますから、ソ連兵の乗船は十分考えられます。

すでに九月二日の九時頃に戦争は終わっていますから、歯舞諸島に上陸して駐屯する日本将兵を捕虜としてシベリアに連行することは違法行為であることを、ソ連軍もとっさに知ったのです。

ソ連はジュネーヴ条約に加入していますから、三日にソ連が歯舞諸島に上陸して日本将兵をシベリアに連行したら、後にアメリカ、日本から異論が出る可能性があることを考えて奇策を考えたのです。

奇策とは、ソ連は『千島占領　一九四五年 夏』P.154に、

「九月三日に行動計画を提出するよう命令した。レオーノフ海軍大佐は無線で直ちにこの命令をチェリンに伝えた。レオーノフは、（中略）次のような追伸を書く。

『チェチェリンとの連絡は不良。フリゲート艦第六号の無線士は訓練されていない。その結果、チェチェリンに対して一九四五年九月三日に必要なのは行動ではなくて、計画であることを説明することができなかった』」と記載している、この話です。

しかし、この話は、ソ連赤軍の歯舞諸島占領の正式文書の後に「追伸」として書かれているのです。では、正式文書は、『千島占領　一九四五年 夏』P.155に、

「九月三日十一時○○分、チェチェリン海軍少佐指揮下の（中略）部隊は目的地を目指して古釜布湾《ふるかまっぷ》（国後島）を出航し、九月四日三時五十分、歯舞諸島地域に到着した。

同日十三時○○分、上陸部隊の二グループは歯舞諸島の偵察を完了した。これらの島々の日本軍は抵抗せず、一帯に機雷の危険性はなかった。以上について（中略）少佐は大泊海軍基地司令部に無線で報告し、部隊の揚陸に取りかかった。九月四日十九時三十分、第一一三歩兵旅団の諸部隊の揚陸は完了する。

（中略）志発島には四二○名の将兵からなる日本守備隊がいた。日本軍守備隊は降伏の用意をしていた。日本軍は武装解除され、保護される。多楽島では九十二名の将兵が武装解除された。春刈島には軍隊も住民もいなかった。水晶島、勇留島、秋勇留島では少数の日本軍が武装解除され、保護された。

九月五日十九時○○分、歯舞諸島における捕虜と武器の引き取りは完了する。チェチェリン海軍少佐の艦船は、日本軍捕虜と武器を上陸用舟艇と掃海艇に積み込むと、古釜布湾（国後島）に向かい、九月五日二十三時三十五分、同湾に到着した。

歯舞諸島を占領するためにチェチェリン海軍少佐が率先して取った断固たる行動は北太平洋艦隊司令部によって高く評価され、太平洋艦隊参謀部に報告された。

太平洋艦隊参謀部も、何らかの政治的困難をもたらさなかったチェチェリンの行動結果を承認した」と。

日本人の皆さん、ソ連軍が歯舞諸島地域に到着した九月四日の朝は、日本将兵はソ連軍の船に乗せられて礼文島を左に見ているのです。

すなわち、ソ連軍は島に一人もいない日本将兵を捕虜にして古釜布湾（国後島）に連れて来たと。

このように、ソ連赤軍の話には全く真実性がないのです。

話が飛びますが、『千島占領　一九四五年 夏』P.151に記載の、

「九月一日九時、ヴィストリコフ海軍少佐は色丹島の斜古丹湾に入る」

という話も嘘を証明しているような話です。もちろん村民の誰一人この状況を話していない話をフリゲート艦に戻して、すなわちソ連赤軍はいかさま正式文書の報告後に、フリゲート艦の話を「追伸」として記載していると話しているのです。

「追伸」とは手紙の「追って書き」のはじめにつけることば。さらに「追って書き」は、「書き終わった手紙の文書のあとに、つけたして書く文書」と日本の国語辞典にあります。

以上のことからソ連赤軍は、実際に歯舞諸島の上陸と日本将兵を捕獲しシベリアに輸送した一団を記載し、理由を一人の無能な無線士を登場させて、いかにも突発的に偶然行われたこととしたのです。

ところが、偶然にもさきほどの兵士の手紙で、二日の日に色丹島から日本軍の連絡将校が来て、その日のうちに兵器、銃器を一か所に集めさせ、その翌日にソ連軍が上陸して来て、中隊長が「只今から東京に向かって前進する」と記載していることは、いわゆる「東京ダモイ」で乗船しているわけですから、事前に、すなわち二日の日にソ連軍が歯舞諸島の占領と日本政府の武装解除を指導していることは明白で、一無線士の不適切な対応で「突発的に偶然行われた」状況ではないのです。

ところで、訓練されていない無線士が乗船したフリゲート艦がどこから来たとは、ソ連は一切記載していません。それどころかこのフリゲート艦は、実際に実戦行動をして色丹島の約四〇〇〇名の日本将兵を捕獲した後にアナマ湾沖に停泊していたうちの一隻なのです。

すでに記載済みですが、私は九月十三日に捕らわれの状態にある日本将兵に会いに行った時に、アナマ湾の沖に二隻のフリゲート艦を見ています。

しかもこのフリゲート艦について、ソ連公文書館の資料館の資料には、色丹島に来るまでの記載は一切ないのです。

話が横道にそれますが、このフリゲート艦は実戦配備の時は戦車三台と三個中隊の将兵四五〇名（注、一個中隊一五〇名）を乗せて敵国の海岸に上陸する時の艦船ですから、戦車を乗せていないとちょうど一隻に歯舞諸島に駐屯していた約六〇〇名の日本将兵を乗船させてシベリアに連行できたのです。

すなわち、ソ連赤軍は国際法に違反していることを承知で行動するわけですから、正規軍は九月四日以降にしか行動できない状態から、今まで秘密にしていたアナマ湾沖に停泊中のフリゲート艦と乗船した人間を、一刻も早く歯舞諸島に送り込むことで、以後日本かGHQから異論が出た時に対処する思惑だったのです。それを考えてのフリゲート艦の「訓練されていない無線士」であり、すなわちカムチャッカ防衛区の諸部隊（注、『千島占領　一九四五年夏』P.86に記載）の兵士にはカムチャッカの刑務所から急遽出された人間達が充てられていたと考えられます（注『北方領土　悲しみの島々』P.30に、「竹田浜を死守する二個小隊は、敵兵が接近したとき、狙撃はかなり正確だが、なんともおかしななりの兵隊を見た。服装がまちまちだ。冬用のオーバー・コートを着ている者、毛皮をまとっている者、軍の夏シャツだけの者。シベリア無宿の集団か、流刑囚でも上陸したのか、と彼らは最初思った」のがフリゲート艦の人間達の内容なのです。参考までに、

占守島にソ連軍が上陸した時に参戦したフリゲート艦

占守島にソ連軍が上陸した時にフリゲート艦が参戦した写真を貼付しました）。

すなわち、刑務所から急遽出されて日本軍との戦場に参加させられた人間を登場させたことは間違いありません。後日、日本軍の軍服を着たソ連赤軍を実際に私は見ています。

『元島民が語る　われらの北方四島』Ｐ.１８７に、

「勇留島に（中略）、上陸してきたソ連兵の服装はまちまちで、きちんとした軍服をきている者は少なく、銃も四、五人に一丁程度というみすぼらしい軍隊でした」とあります。

繰り返しますが、ソ連軍はこのような内容のソ連軍を日本人にさらけ出してでも、日本とＧＨＱからのクレームが出た時のことも考えて、一刻も早く歯舞諸島の日本将兵を確保し、シベリアに連行することを考えたのです。

話を色丹島に戻しますが、日本将兵の武装解除が九月一日、すなわち終戦前に行われていたならば、ソ連軍はその日のうちに日本将校と一緒に歯舞諸島を訪れた時以後の数時間後にアナマ湾沖に停泊中のフリゲート艦を歯舞諸島に急行させて、その日のうちに日本将兵を捕虜としてシベリアに連行できたわけです。

しかし、日本政府からもＧＨＱからも「何らかの政治的困難ももたらさなかった」結果、『千島占領　一九四五年 夏』Ｐ.１５５の、

「歯舞諸島を占領するためにチェチェリン海軍少佐が率先して取った断固たる行動は北太平洋艦隊司

令部によって高く評価され」となるわけです。

一方、訓練されていなかった無線士についてのその後は、『千島占領　一九四五年夏』には一切記載がありません。

ところが、平成二十八年十二月八日にNHKが放送した「戦争証言スペシャル　運命の二十一日間▽千島・サハリン（樺太）はこうして占領された」は、ソ連兵の話に基づいており、訓練されていなかった無線士が英雄になったという内容でした。これでは日本兵の話とは全く異なるので、私は十二月二十一日にNHK札幌放送局、広報事業部チーフディレクターに会って来て、今後の対応を考えています。

以上で歯舞諸島の話は終わりますが、色丹島で六年ほど生活した元島民の一人として訴えたいことは、色丹島の日本軍の武装解除は終戦後の九月二日であることを、ソ連も示唆していることになるということです。

すなわち、北方四島のソ連軍の占領は、択捉島、国後島は戦争時の占領と武装解除ですが、一方の色丹島と歯舞諸島のソ連軍の行動は終戦後ですから、「占領」ではなく「略奪」で、日本将兵の扱いは「捕虜」ではなく「拉致」されてシベリアに連行されたとすべきです。つまり、この二島は国際法に違反して事を成し遂げたということになるのです。

ここで、色丹島の元住民で昭和二十二年にソ連軍に引き揚げを強制された人間の一人として、北方四島のソ連からの返還要求について意見を記載します。

私見ですが、北方四島の返還は、ソ連と話す前にアメリカと事実に基づいた話し合いをして、色丹島と歯舞諸島のソ連軍の占領は終戦後の九月二日であったことを確認し合い、情報を共有して再出発すべきであると考えています。

さらに、話は飛びますが、『安藤石典と北方領土』P.41に、

「二月十日（注、一九五一年（昭和二十六年））に帝国ホテルでダレス特使主催のパーティーが催される」とあり、このパーティーに忍び込んだ当時の北海道の田中知事が、

「ダレス氏と握手のあと、さっそく簡潔に全千島、歯舞諸島、色丹島の領土返還の住民運動を語り、その返還のご協力を強くお願いした。これに対し、ダレス氏から、歯舞諸島と色丹島の返還実現の可能性が大きいこととの回答をいただいた」との記載があります。もちろん公式声明ではありませんが、当時のアメリカの国務長官の話ですから、一般のアメリカ人の話とは比較にならない談話です。

ところがこのダレス氏について『日ソ国交回復秘録』P.124～126に、

「八月十九日（一九五五年）に重光外相は米国大使館にダレス国務長官を訪問して、日ソ交渉の経過を説明した。

その際、領土問題に関するソ連案を示して説明を加えた。ところが、ダレス長官は千島列島（注、択捉島、国後島）をソ連に帰属せしめるということは、サン・フランシスコ条約以上のことを認めることとなる次第である。かかる場合は同条約第二十六条（注）が作用して、米国も沖縄の併合を主張

しうる地位にたつわけである。（中略）

しかもモスクワで交渉が妥結しなかったのであるから、まさかダレス長官自身が重光外相にこのようなことをいうことは、重光氏としても予想しなかったところであったらしい。重光氏もダレスが何故にこの段階において日本の態度を牽制するようなことをいい、ことに米国も琉球諸島の併合を主張しうる地位に立つというがごとき、まことに、おどしともとれるようなことをいったのか、重光外相のみならず、私自身（注、著者の佐藤優氏と思います）も非常に了解に苦しんだ」とあります。

ところが、ダレスが「脅かした」と記載していますが、脅かしではなく正論を間抜けな日本の全権に突きつけたのです。

それは、右記の「同条約第二十六条」の（注）は、同書P.127に、

「この条約の最初の効力発生の後三年で満了する。日本国が、いずれかの国との間で、この条約で定めるところよりも大きな利益をその国に与える平和処理又は戦争請求権処理を行なった時は、これと同一の利益は、この条約の当事国にも及ばさなければならない」

と記載されていますから、択捉、国後両島の帰属を明記せずに色丹島、歯舞諸島の二島の返還で合意することは条約に該当しますから、異議を唱えたと思います。ただし、すでに記載しましたが、

「この条約の効力発生後の三年で満了する」を考えると、私見ですがダレスの脅かしの真意は他にあったと考えられるのです。

その「他の考え」とは、ホワイトハウス（注、アメリカ軍が正しいかも）に事前に何一つ相談なし

に、独立国の総理大臣としてソ連政府と交渉し、平和条約を締結しようとするようなことをしたからでしょう。

しかし、ダレス長官の脅かし以降、日本政府は北方領土の返還は四島一括返還しか話ができなくなって、小細工的に北方四島は北海道と同じ色でテレビに日ごと映し出して、アメリカの機嫌取りをしているのだと思います。

私がここまで言い切れるのは、元島民が北方四島へ何らかの形で訪れていますが、石ころ一つ自由に持って来られないからです。「自国領土」と国民に話していながら。

また、私事ですが、私を育ててくれたヤス祖母ちゃんが、色丹島にソ連軍が進駐した昭和二十年十二月に死去し、翌年の春にアナマ村の墓地に遺骨を納めようとした時、墓地のところに、その年の五月頃から先に上陸した赤軍の陸軍に代わって赤軍の海軍部隊が駐屯する兵舎を建てるからと言われ、墓地に遺骨を納めることができず、引き揚げ時にアナマ村の平野家の裏山に仮に埋めて来たのです。

最近その場所が正確に分かったので遺骨収集の嘆願書を提出しましたが、ソ連政府の許可がないとできないと提出先の事務員から言われているのです。これが「自国領土」と言って毎日テレビで北海道と同じ緑色で国民に見せていることとの実態なのです。

しかし、アメリカが北方四島の返還は、四島一括でないとできないと途中から言い出した理由を、日本政府は国民に一言も話していません。

すなわち、安倍総理のような、アメリカに対する機嫌取り外交では、色丹島、歯舞諸島の返還はもとより、北朝鮮に拉致されている人々を日本国の指導者（私見ですが日本は現在アメリカの「属国」ですから、「総理」とは言えない）として連れ戻すことは不可能です。そのことを知ってか、安倍総理はアメリカに、北朝鮮に拉致問題の解決の話をしているのです。

ここからは、歯舞諸島のソ連軍の占領状況について、『元島民が語る　われらの北方四島』に基づいて検証していきたいと思います。

その前に、既述していますが、重要な証言となる元日本兵の文書の他に「元島民が語る……」のP.192の記載内容を再度掲載しておきます。これは終戦時、歯舞諸島の志発島に駐屯していた陸軍独立歩兵四二一大隊所属のとある兵士が七十七歳の喜寿に書いた文書で、そのコピーが私の手元にあります。この文書を読んでから以降をお読みいただければ分かりやすいと思います。

『元島民が語る　われらの北方四島』の記載内容。

1．P.181「九月三日、全島に上陸する」

2．P.181「九月七日、志発島（注、日本軍の主力部隊が駐屯していた。『千島占領　一九四五年夏』P.155に『四二〇名駐屯』とあり）の西岡巡査より、根室支庁が聴取した離島の状況（中略）我が軍は武装解除され、ソ連船に乗船を命ぜられ国後方面向かう。目下離島に駐屯せず」

私見ですが、日本将兵を乗せた船は、国後水道を通って宗谷海峡に向かったと思います。

3. P.187「上陸してきたソ連兵の服装はまちまちで、きちんとした軍服をきている者は少なく、銃も四、五人に一丁程度というみすぼらしい軍隊でした」

4. P.188「ソ連兵が勇留島に上陸したのは、九月三日の昼間でした。（中略）日本兵を武装解除すると同時に、どこかへ連行して行きました」

5. P.189「秋勇留島の税庫に九月三日の正午頃、ソ連兵十二人が上陸用舟艇と五〇〇トンくらいの砲艦一隻（注、この艦艇こそがフリゲートです）とで上陸してきました」

6. P.192、193、島に戻った復員者（志発島）の話。「ソ連兵は九月三日に上陸してきました」

一方、嘘の話。

1. P.184「九月三日、色丹島から、旧日本軍の高速艇で、日本将校が各島に連絡に行きました」とある兵士の文書の内容から、これは九月二日であると考えられます。

2. P.186「日本兵は、八月十五日の終戦時には、すでに一人も島にはいませんでした」この嘘を記載しておいて、歯舞群島の日本兵がシベリアに連れて行かれた説明ができるでしょうか。

3. P.184「歯舞群島各島の日本軍は、すべて色丹島に集結の指示」すでに第八十九師団との連絡はとれなくなっていました。兵士の文書の内容から嘘と分かります。

4. P.184「九月四日、歯舞群島の各部隊は、色丹島に集結した上で武装解除されました」これも兵士の文書の内容から嘘と分かります。また、

「ソ連兵が、多楽島のカンバライソ付近に来たのは九月二日でした。（中略）上陸用の舟艇でソ連兵が、まずカンバライソに上陸」は、上陸用舟艇が歯舞群島に現れたのは三日であることは、兵士の文書に示されています。
5．P.191「ソ連兵が志発島に上陸したのは九月一日の午前中で、上陸用舟艇でカフェノッ海岸に揚がって来ました」
兵士の文書から、明らかな嘘と分かります。


ここで、兵士の文面の「マッカーサーの指令」について、私見ですが色丹島の混成第四旅団とソ連軍とで話し合っての奇策で、高速艇には数名のソ連兵も乗船していたことは確かです。

すでに記載済みですが、「震洋」の定員は六人ですから、日本兵も数人同乗して人質として船内にいたと思われます。そこで、島民が「ソ連軍が二日に島に現れた」と話しているのは、この高速艇のことと考えられます。

また、ここからは絶対私以外にできない話を記載しますが、詳細は以降の章にも記載します。

●『千島占領　一九四五年 夏』の話の中で、「フリゲート艦第六号の無線士は訓練されていない」とあり、その結果、NHKは真実のように放送しているのです。
放送したチーフディレクターは平佐秀和氏で、私は平成二十八年十二月二十一日に面会して名刺をもらいました。その時は私が色丹島の元島民であることを話して面会しただけです。
●嘘で固まっている斜古丹村の村民と同様に、歯舞群島の島々の島民も嘘を話しているのです。
すなわち『元島民が語る　われらの北方四島』P.187に、

「勇留島には九月一日に、ソ連軍が上陸用舟艇で砂浜という所に上陸して来ました」とあり、一方、
P.188には、
「ソ連兵が勇留島に上陸したのは、九月三日の昼間でした」

と記載があるように、色丹島と同様に島民の話は二通りあるのです。

また、P.189に、

「秋勇留島の税庫に九月三日の正午頃、ソ連兵十二人が上陸用舟艇と五〇〇トンくらいの砲艦一隻とで上陸してきました」とあり、「多楽島が九月二日、秋勇留島、志発島が九月三日」と各島の島民が話しているのです。特に一日は嘘です。

ここで、注目したい話は「五〇〇トンくらいの砲艦」で、この艦の呼び名と行動についてですが、この話をするには色丹島の日本将兵の束縛の話と、平成二十九年十二月九日放送のNHK番組の話も合わせてからしなければならないので、後で記載します。
●『忍従の海　北方領土の28年』P.185に、
「翌月（注、一九四六年三月）の三月五日に」と。
●また、『北方領土　悲しみの島々』P.138に、

「志発島には九月三日、色丹島から日本将校が高速艇で連絡に走り、翌四日、色丹島に集結させた上武装解除している」と。

ただし「三日」と「色丹島に集結」は嘘です（注、日本兵の文書と違うので）。

第六章　昭和二十年九月二十九日〜函館上陸までの事象

昭和二十年九月二十九日、アナマ村の実家から斜古丹村の下宿先の遠藤家に着いて、すぐ寝込んでから目を覚ましたのは、午後の五時頃でした。

私達兄弟の日課は、無線局エンジン室（注、写真は第二章に添付）にあるポンプ室から水を汲んで、流し台の横にある大きな水瓶と風呂桶に運ぶことでした。

ポンプ室で水を汲み上げていると、廊下を大きな人間、すなわちソ連の軍人が通って行ったのですが、その姿、格好は今まで見たことのないものでした。

簡単に説明すると、表現は悪いかもしれませんが、あの「ハイル、ヒトラー」と叫んで片手を水平に上げているドイツ兵そっくりに見えたのです。

もちろんこの時、私がドイツ兵の姿、格好は知らないことは言うまでもありません。後になって分かったイメージです。

水の入ったバケツを持って裏玄関に入った時、そのソ連兵はミサと日本語で会話していて、紙に包んだ物を渡していました。

そのソ連兵が後ろ向きになって私を見た瞬間、「可愛い坊やだね」と言って出て行きました。

私は呆気にとられ、ミサに「今のは誰?」と聞くと、「ソ連軍の憲兵大佐のニコライよ」と言いました。私は、日本語の上手なソ連兵もいるんだと思いました。

七時頃、ミサが食卓を用意したのですが、どう見ても一人分の茶碗が多いので、誰か来るのかと聞くと、ミサは先ほどのニコライが来て食事すると言うのでした。

また、主人の若松は、ソ連上陸前は五時を過ぎた頃帰宅していたのですが、六時になっても帰宅しないので、聞くとソ連軍上陸後は九時近くまで仕事をすることになっていて、田村さんと交代で夕食をするようになっていると言うのです。

六時半頃、若松とニコライが二人一緒に裏口から入って来て食事が始まったのですが、先に渡された紙包みからは真っ白いパンが出て来て、そのパンを我々兄弟が食べて、ニコライ大佐はミサの作った日本食を食べたのです。

話が飛びますが、この様子を描いた私の絵が、平成三十年八月に北海道のNHKで午後六時に五分ほど放送されました。

アナマ村にいた時には、とうやんが赤軍から茶色のパンを数回もらってきて、その焼き上がりから数日経ったと思われる酸味のあるパンを食べていたので、余計美味しく思えました。

食事後、ニコライはミサから、街道の様子、アナマ村の状況、ソ連軍と村民のトラブルの有無などを細かに聞いていました。

若松は食事後はまた仕事場に行きました。ソ連憲兵隊が郵便局に駐屯するようになってから、時には二十四時間仕事をしていることもあるので、その日は二十二時頃まで発電（注、若松の仕事）していると言いました。

また、遠藤家の各部屋の電球は二十ワット減灯されていました。我々兄弟は、風呂に入ってすぐに床に入りました。

翌朝、一カ月ぶりに学校へ行きましたが、生徒は数人しか登校していませんでした。なにしろ一ヶ月前までは、学校に貼ってあった「ルーズベルト」と「チャーチル」の顔絵（注、なぜかスターリンの顔絵がなく、似顔絵を描いた記憶はありませんでした）を描いた紙に穴をあけたり、棒を地面に立て、筵《むしろ》を巻いて張り付けて、これを棒で突いていた状況が突然なくなったので、子供心に違和感があり不思議に思いました。

しかも、ソ連が敵国という話は日本軍の憲兵隊はもちろんのこと、他の日本兵からも一度も聞いたことがなかったので、島がソ連兵に占領されていることを不思議に思うと同時に、このことについて話す大人達がいないのも何となく不思議に思っていました。

私は相変わらず勉強には身が入りませんでしたが、ただ図工の授業だけは真剣に絵を描いていたように思います。特に斜古丹湾の海に向かって右側の、切り立った岸の風景です。

一方、日常の生活では、私はこの頃には何か他の子供達が経験しそうもないことをしているように思い、大人達の会話を聞くことに興味を持っていました。

特に下宿のおばさん、ミサの話を詳細に聞いているのです。すなわち斜古丹村のソ連軍の上陸状況と、ソ連憲兵隊のニコライ大佐との経緯を聞いたのは当然です。

ミサが言うには、それまで毎日のように来ていた小野寺巡査が、三十一日のお昼過ぎに来て、「日本憲兵隊からは三十日までは外出しないように言われていたので、今日村内を見回りしたら、日本兵の暁部隊の分隊十二人〈注意、この時いた日本兵〈当時二十歳〉の文が手元にあります。しかも、今は韓国人です）以外は村には日本兵が一人もいないようで、暁部隊の船舶も湾内には見えない」と話したそうです。

そこで初めてミサが通信所長からの話をしたら、巡査は「憲兵隊からはそのような話は一言も聞いていない」と話したので、二人は「武装解除のためどこかの場所に島民に分からないように移動したのだろう」ということになり、九月一日のソ連上陸のことは、今日中に憲兵隊から連絡があるかもしれないので、それまで島民には話さないことにしたと。

しかし、二〇〇五年北海道新聞出版の書物には、当時の西田先生が「村長がソ連兵が来ても（中略）授業をするようにと言われたので、算数を始めた」と話しています。

私見ですが、残念ですが先生は、話すたびに平然と嘘を言っているのです。証明は以後に記載します。

ミサは翌朝五時頃から、また昼頃からは巡査と一緒に一日中斜古丹湾を眺めていましたが、ソ連軍らしき船舶は現れないので、通信所長の話で「武装解除後はすぐにソ連軍は色丹島を離れる」と言っていたので、おそらく日本軍は島民に混乱が起きないように考えて事を進めているかもしれないので様子を見ることにしたと聞かされました。

ですから、三日のお昼頃までは斜古丹村には全く異状はなく、すなわち小学校、郵便局、巡査も従来通りに活動していたのです。証拠として、三日の午前十時に来た斜古丹郵便局からの電信電報が私の手元にあるからです。詳細は後で説明します。

ミサが、「今日（三日）の田村さんとの昼食の交代時間が過ぎても来ないので、裏玄関を開けたら無線室の裏玄関付近にソ連兵が数人立っていたので、腰を抜かすほどビックリした」と。

家に入り、待つこと三十分ほど過ぎた頃、若松が来て話したのは、

「午前十一時三十分に田村さんが昼食に無線室を出た。十一時三十五分に突然七、八人のソ連兵が無線室の事務所に入って来て、日本語で『開閉器はどこだ』と言うので、壁を指差すとソ連兵の一人が開閉器を切って、エンジンは止めずに、椅子に座っているように指示された。同時に『ここには何人勤務しているのか』と聞かれたので、『自分と他に田村という人の二人で、今昼食の交代時間で自宅に食事に行った』と話すと『分かった』と言った。その後、田村さんが来たので引き継ぎして来た」

ということでした。また、

「開閉器を切ってただちに三人が廊下を通って階段から郵便局に入って行って、十分ほどで一人の兵士が戻って来て、すぐに通訳と二人で出て行った。ソ連軍の衣服は二種類で、一つは日本軍の服装と同じに見えた。通訳ともう一人は顔に墨を塗っていた。また、通訳の話は十分聞くことができた」

と話しています。

私見ですが、今思うと通訳の人間は日本兵と思われます。

昼食後、二人で家の窓から村内を見ると、数カ所でソ連人の兵隊十人前後の数隊が銃剣を構えながら動き回っているのを見ています。もちろん小学校を見ると、特に変わった様子は見られなかったそうです。

ここで、九月一日の斜古丹村の様子で、遠藤夫婦と全く違う話を記載します。

その一つは『根室色丹会30周年記念誌』P.8の「資料」（根室支庁保管・千島及離島ソ連進駐状況（中略）二）より、「九月一日、午前六時五十五分、六〇〇名上陸」と。

ところで斜古丹村は一〇〇ページの斜古丹湾の地形図で分かるように、ほぼ円形状になっていて、役場から捕鯨所までの約二キロメートルの間に、海岸に沿って幅四メートルほどの砂利道が一本通っていました。

そのようなところにソ連兵が六〇〇名も上陸したわけですから、道路上にはソ連兵が至るところにいたことは間違いないと思います。

ところが小学校は通常通り九時から授業を始めています。すなわち親達は、道路上にソ連兵がいる状況で自分の子供を小学校に送り出し、しかも送り出された児童で学校まで来る途中でソ連兵に出会ったと話している児童は一人もいないのです。

確認のため、ソ連兵との遭遇のことをまともに話している話を記載します。「返せわれらが故郷」の二三一号のP.7で、「北方領土の語り部」（注、ソ連軍上陸後一カ月前後に脱島していた人間が何を語れるのかと思う）の小田島さんが、

「先生が『皆さん授業をはじめましょう』と言ったとき、いきなり教室のドアがガラガラと開き、そして見たこともない外国人達が四〜五人入ってきました。それがソ連兵でした」と。

参考までに、話すたびに嘘を話している得能宏さんは、彼女の弟なのです。

ここまで記載した以上は、その嘘の数例を記載しなければならないでしょう。

一例は（注、数の多い中の）「返せわれらが故郷」の二三二号のP.7に、

「実際は六〇〇人のソ連兵が島に上陸し、不法に占領したわけです。私は三・五キロメートルの道のりを毎日歩いて学校に行っていましたが、その学校に行く途中にソ連兵が上陸してきたのです」と。

一方、『根室色丹会30周年記念誌』P.43に、

「あの時、確か学校にハト小屋があったんだけど、そこの掃除をしてたんだよね。そしたら先生が（注、鈴木さん）絶対上を向くなって、下を向いていなさいって言うんだよね。ところがね、軍用犬は連れて来る、腰革にピストルは着けてる、それにこんな丸いのが付いた自動小銃は持ってるで、恐ろしくて、見れって言われても見れるような状態じゃないのさ」と。

すなわち一般的な常識では、ソ連兵が上陸して来ているのを見て（注、道路上で六〇〇名のソ連兵に遭遇していないのが不思議です）、学校に来てのんびりとハト小屋の掃除ができますか？

しかも、ソ連兵が小学校に入って来た時は、すでに本人が授業を受ける高学年の教室では皆席に着いていて、佐藤校長先生を待っていたのにです。

当時宏さんは五年生で、十四歳の高学年の姉とは一緒の教室で佐藤校長先生の授業を受けていたのですが、二人の話は自宅を出てからソ連兵が学校に入って来た時まで、状況が一致するところが一つもありません。すなわち一方が嘘を話していることになります。

また、宏さんの嘘は、「返せわれらが故郷」の二三二号のP.7に、

「当時色丹島には三〇〇〇人の日本兵がいたが、（後略）」の内容の話、引き揚げの際に「大時化《しけ》に遭い死ぬ思いをした」という話。

もちろんこの時は私も乗船していて、朝から無風の晴天で一万トンほどの貨物船に人間が一〇〇〇名ほどしか乗っていませんから、船体は海面からスクリューを半分以上出して海面をザックザックと打ち砕いて、幅五メートルほどの真っ白な航跡を残して航行している状況を、船尾にいて一日中眺めていたのです。

さらに極め付きの嘘は、

「真岡に着くまでに亡くなった多くの子供・幼児が海に捨てられました」です。

実際は、色丹島の島民は貨物船に乗せられて真岡に約一カ月留め置かれ、迎えの日本船に乗る間際に幼児が一人死亡しただけなのです。私がこの話ができるのは、幼児が死亡した時、すぐそばにいて状況を見ていたからです。

以上の話を確認するには、「北方領土島民名簿」の書面の「死亡年月日」を見れば明らかです。

私が二〇一〇年（平成二十二年）の第一回目の自由訪問の際（注、団長・木根繁君）、得能宏さんに私が「アナマの実家の跡地に一度も行っていない」と話したところ、「繁ではだめだ。西田か俺に話さないと」と。さらに昨年大阪の親類が初めて参加したので数十人で家の跡地に行って来ていると。その時そばにいた通訳として同行している若い女性も「一緒に跡地に行って来た」と話しています。

「嘘つき」の話から、九月一日の斜古丹村の状況に戻して、当時の低学年の担任の西田先生（注、結婚後、鈴木氏名）が『戦禍の記憶　戦後六十年百人の証言』P.３０６に、「四十五年九月一日朝、子供達と登校途中、斜古丹湾のすぐ外に黒いソ連船が見えた。子供達は『軍艦が湾に入っている』『大砲がこっちをむいている』と大騒ぎ。役場から『ソ連兵が来ても逃げ隠れしては絶対だめだ。普通に授業をするように』と言われていたので、算数をはじめた」と。

また、『根室色丹会30周年記念誌』P.43に、「私の場合は教師をしてたもんで、学校にいた時にソ連軍が来たんですよ。その時は、逃げたり隠れたりしてはかえってだめだと言うんで、（中略）授業をやったんです」と話しています。

すなわち、「逃げ隠れをしては絶対だめ」と役場から言われたとは、梅原色丹村長以外には考えられません。ところが村長は『元島民が語る　われらの北方四島』P.１６８に、「八月三十一日十七時帰庁せり（注、根室町から）」と話していますから、西田先生が話を聞いた時刻は三十一日の午後六時前後と思われ、聞いた場所は学校でしょうか？　もし学校だとしたら、すでに記載しました高学年の授業の始まる時に、佐藤校長先生は生徒達にソ連軍の上陸のことを話すのが当然と思いますが、一言も話していません。すなわち佐藤校長先生は三十一日に役場、すなわち村長から九月一日のソ連軍の上陸のことは聞いていないことになります。

さらに他の村民も誰一人、九月一日のソ連軍の上陸の話を三十一日に役場から聞いたと話している人はいません。

参考のために、九月一日のソ連軍の上陸の話をしている二名の記述を記載します。

一人は村長で、『北方領土　悲しみの島々』P.１３６に、

「午前八時ころ、ソ連兵が入港し（注、根室支庁保管の資料と一致していない）、自動小銃を抱えてたちまち戦闘隊形に散開したとき、街路に立っていたのは、肚を据えたこの村長ただひとり」と。あとは嘘の羅列と思うので省略します。

二人目は、『忍従の海　北方領土の28年』P.１４６に、

「その進駐の模様は、色丹郵便局から根室落石無線局に打電された。しかし、惜しくも受信されなかったが、当時の局員で電鍵をたたいた本川昭夫さん（根室市、四十六歳）はそのときの模様を語る。（中略）。ソ連軍の上陸地点は、郵便局から一〇〇メートルほどしか離れていなかった（注、遠藤の家の北玄関から約六十メートルの砂浜）。上陸の状況が局から手に取るようにわかるんです。艦船三隻が小さな港に着き、ソ連兵が吐き出されてきた。手には自動小銃を持っていた。港にいた島民は棒立ちになって見ているだけだった。

それから一時間ほどして、三、四人ほどのソ連兵が局舎に入ってきた。局を占領したのは、局舎の屋根に高い鉄塔があり、無線設備があることがわかったからでしょう」と話しています。

この話の間違いの一つは「局舎の屋根に高い鉄塔があり」ですが、この郵便局付近の写真は第二章に添付してありますが、ていのよい犬小屋にしか見えない建物（注、隣の無線局エンジン室と比較して）の屋根に鉄塔など建てられますか？　もちろん二本の鉄塔は地上に建てられていて、その写真も第二章に添付済みです。

二つ目は、「色丹郵便局から根室落石無線局に打電された。しかし、惜しくも受信されなかったが」と話していますが、落石無線局との通信時間は午前十時の固定通信で、それ以外の時間帯は落石無線局では傍受できないようになっていたのです。ましてや九月一日は土曜日で、落石無線局とは電信通信ができない日なのです。

すなわち、ソ連軍上陸時、本川さんは十八歳です。『忍従の海　北方領土の28年』の記載は昭和四十八年ですので、ソ連軍上陸から二十八年後に話しています。すなわち二十八年後に自分の職務システムを知らないし、ましてや自分が勤務していた局舎の状況も知っていないのです。まして鉄塔の状況などは、後日嘘と分かる話を何の躊躇をすることもなく話しているのです。

ただ、彼は「港にいた島民は棒立ちになって見ているだけだった」と話しています。すなわち、幾人かの村民はソ連軍の上陸を見ていたと。でも、外にいたのは村長ただ一人なのに、本川さんは数人の村民が見ていたと言うのです。もちろん、見ていたとしたらその中には子供を小学校へ送り出す親達もいたでしょうが、その親達はソ連軍が斜古丹湾から上陸している最中に、自分の子供を小学校に送り出していることになります。一般的に考えてそんな親が世界のどこにいますかね。

このようなあり得ないような状況は、昭和四十八年に読売新聞社が出版した『忍従の海　北方領土の28年』、同じ年に出版した講談社『北方領土　悲しみの島々』にも一切記載されていません。ましてや、二〇一五年（平成二十七年）九月十八日の北海道新聞は、「『ソ連軍上陸緊迫の日々』色丹、歯舞住民の心境記す」と、戦後七十年後もおかしな記事を書いているのです。

すなわち、小学校へ子供達が登校している状況を、どうして緊迫した状況と言えますか。

また、北海道新聞の紙面に、

「同年九月一日の根室支庁長（注、当時は国の出先）から本庁への電文は『ソ連船三隻色丹村斜古丹港に入港す』。欄外には、『港湾施設及道路破壊しつつあり』」と。

この内容記事は『元島民が語る　われらの北方四島』P.170に、

「『一日午前六時五十五分、ソ連船三隻、色丹島斜古丹に入港』と電信」を掲載したのですが、すでに記載したように本川通信士も話していますが、「電信は根室落石無線局に打電された。しかし、惜しくも受信されなかったが」と。もちろん午前十時の固定通信以外は落石無線局では受信状況にありませんから、「電信」で「ソ連船三隻」なる電信の内容は、脱島者から聞いた話を根室支庁が作文したものです。異議があるならば、落石無線局が受信した電報用紙が私の手元にありますので、それを見てから異議を申し出てください。

すなわち北海道新聞社は、ソ連軍の上陸から七十年過ぎた今日でも何一つ真実を知ることなく、斜古丹村村民と根室支庁の嘘の記事を掲載し続けているのです。

一方、ソ連軍が色丹島の上陸をどのように話しているかを記載します。

『千島占領　一九四五年 夏』P.151に、

「九月一日九時、ヴォストリコフ海軍少佐は色丹島の斜古丹湾に入る。敵の抵抗はなかった。桟橋に横付けし、部隊の揚陸に取りかかった。先進部隊の上陸後、日本軍将校の軍使がやって来た」と。

すなわち、第四章で記載したソ連軍の状況とは全く違う話です。

以上、斜古丹村にソ連軍が上陸した時の様子を数例記載しましたが、その数例で一カ所でも話が一致するところはありません。すなわち、すべてが嘘を話しているのですから当然のことでしょう。

ではここで、三日の午前十一時三十五分近くに、村民でただ一人ソ連兵が現れた話をしている人間がいるのでお話しします。

それは遠藤若松で、先生が「皆さん授業をはじめましょう」と言ったときの時刻ですが、当時小学校の四時間目の授業は午前十一時四十分からで、ソ連兵が無線局のエンジン室に入って来たのは十一時三十五分と若松は話していますから、時間帯がほぼ一致しています。

すなわち第四章で記載済みですが、十時半頃駅逓（注、アナマ村）のところを、先頭に日本兵五、六名を連れたソ連兵約一〇〇名ほどの数隊が、斜古丹村の方向に移動しているのが確認できました。ですから私達（注、平野家）は、「斜古丹村には十一時半頃到着するな」と話していました。

以上のように、ソ連軍は九月二日に日本将兵約四〇〇〇名を捕獲し、その翌日の三日から日本将兵を案内役にして、各村の日本軍の駐屯地の武器引き渡しを始めたのです。

一方、上記のソ連兵とは別に行動したソ連兵達がいました。その兵が三日の午後に平野の家に来て時計の要求をした三人で、二人は日本兵の軍服を着た兵隊なのです。

ところで話が飛びますが、私の実母の妹が中央大学を卒業後、北海道新聞社に記者として入ったのですが、定年近く、釧路の支社長で退職した森田つねきち（多分「常吉」だと思うが確証はない）叔父に、昭和五十三年に読売新聞社が出版した『忍従の海　北方領土の28年』の斜古丹村にソ連軍が上陸した話はすべて間違いであると話したところ、

「本が出版されてから五年も経過しているのに、内容が嘘であると言う人が一人もいない状況で、当時小学四年生の子供の話が真実と話しても、おのずと一郎君の話を信じる人はいない」

という話でした。

以後、私が引き揚げ後に義兄となった元落石無線局の通信士の林茂から聞いていた電文が手元に入るまで無言でいましたが、奇跡的に数年前（平成二十八年）に、一九四五年九月三日の午前十時の固定通信時間に、斜古丹郵便局から落石無線局に電信された電報用紙（注、保管場所で写真を撮る）が私の手に入ったのです。

電報の内容は『元島民が語る　われらの北方四島』P.168にある、

「八月三十一日十七時帰庁せり。連合軍ソ連軍使人員不明なるも一両日中には訪う旨、部隊へ申入れあり、会見場所は役場なるも（注、梅原村長の最初の嘘）（中略）。地方警備は憲兵が行なう（注、日本軍の憲兵隊は島にソ連軍が上陸する前に一名の憲兵隊を残して離島している）。進駐の目的は武装解除の為なり」の電報です。

ところが、こともあろうに当時の国の出先の根室支庁の振興局が、電報用紙に記載されている日付の箇所を意識的に隠して、丸い印の「31」だけ分かる数字を押した電報用紙のコピーを本庁に送付しているのです。

なお、私が電報用紙を写真に撮る時「この電報は外部には出していない」と話されました。

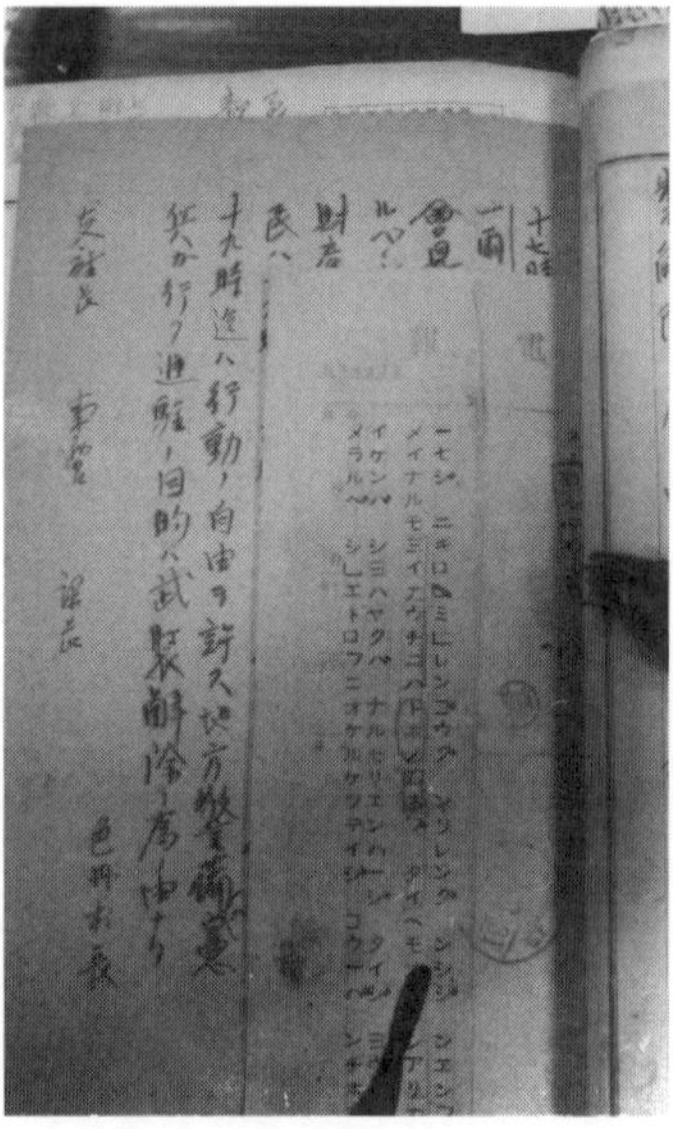

ここで、ソ連兵が小学校からいなくなった後の状況の話を記載します。

『根室色丹会30周年記念誌』P.43に、鈴木さん（注、西田先生）が、「その日は結局、役場の女の人なんかも学校へ集めて、校長先生や役場の人が、女の職員を皆それぞれの家へ送り届けたんです」と話していますが、教え子の子供達の帰宅のことは一切話していません。

ところが、札幌の西野に住む当時私と同学年の女性が、「学校からは友達と一緒に帰宅した」と話し、「途中でソ連兵から日本軍の乾パンをもらった」と話しています。

ただし、名前を出さないことを条件にです。理由は「兄弟に迷惑が及ぶから」と。

その理由は、私が『根室色丹会30周年記念誌』を彼女に渡した際に、「斜古丹村の村民は嘘ばかり書面で話している」と話したからでしょう。すなわち、書面には兄の文もあり、嘘の箇所が記載されていたからだと思います。

その結果かどうか知りませんが、『根室色丹会30周年記念誌』から二十年後に出版された『根室色丹会50周年記念誌』に、再びその兄の記載文がありますが、前回の嘘の箇所の話は一切ありません。

すなわち、児童の下校には、先生はもちろん大人の男達も送り届けたわけでもなく、また親達が子供を迎えには行っていないのです。

このことは、何を意味するかです。すなわち児童の親達はソ連軍の上陸はもちろんのこと、ソ連軍の村の侵入時にも見ていないことを暗示しているのです。

それは、ソ連軍の進んだ道は三日の午前十一時三十分頃に、アナマ村の街道から斜古丹村の診療所のところに来て、日本兵が駐屯していた場所と役場方面に行く道と、一方は診療所の前にある橋を渡って、林務署の前から郵便局と無線局エンジン室の横を通って斜古丹湾に沿った道路に出る二か所だからです（注、P.99の図面に●●で示した）。すなわち郵便局の前を通った一隊の数人が無線局エンジン室から侵入して郵便局に入り、他の兵は途中で小学校などに立ち寄った後に、斜古丹川沿いのチボイ村へ行く道沿いにある陸軍野戦病院分院（注『千島教育回想録』P.１５５に記載）に向かったと思います。

ここで私見ですが、案内役の日本将校がハリスト正教会に立ち寄って、海軍の暁部隊の十二名の日本兵を確保したかです。「当時教会内にいて、突然ソ連兵が入って来て捕虜になった」という日本兵から聞き取った手紙が私の手元にあるからです。ただし現在は韓国人です。

この韓国人の話が、『広報よいち　２００７　11月号』（№６７９）に、「二十一歳の新米二等兵の朴さんは、昭和十九年八月、暁部隊に入隊するために余市に到着しました。翌二十年四月には千島列島の色丹島へ配属され、捕虜としてロシアのハバロフスクで終戦を（以下略）」と記載がありますが、終戦日を勘違いしているのでしょう。

また、ミサが小学校を見た時は、すでに児童は友達と家に帰宅した後かもしれません。「数時間ほど村内を見ていたが、歩いている村民の姿は一人もいないし、また、無線室の裏玄関付近にはソ連兵数人の歩哨が立っていたので、隣の家にも行けなかった」と話しています。

横道にそれますが、歩哨はこの日からソ連憲兵隊が郵便局に入った十五日までの間、朝七時から午後九時まで立っていたのです（これ以外の時間は、ソ連兵は発電室の事務所に仮のベッドを持ち込んで監視していたそうです）。

前述しましたが、午後五時頃、若松が家に来て、「今日から九時頃まで仕事をするので、交代で夕食をするから六時に食べられるように」と話して、再度仕事をして九時頃に帰宅したそうです。

また、明日は八時から勤務するよう言われたそうです。このような状況で三日の日は終わったと話し、その夜の家の電灯はいつもと同じように夜中も使用できたと。

ところが、四日の正午過ぎ頃、隣の小泉秀吉さんが突然来られて、これから色丹島を脱出するから一緒に逃げないかと話されたそうです。でもミサは若松が一日中、ソ連兵の監視下で仕事をしているので逃げることはできないこと、さらに、郵便局の職員は前日の三時頃追い出され、ソ連軍が居座って、多分樺太のソ連軍と通信しているようなこと、また日本軍の通信所長から、武装解除後にはソ連軍は島を離れると聞いたことなどを話したそうです。

そこで小泉さんが遠藤ミサに会って聞いたと思われる話が、『根室色丹会30周年記念誌』P.8に「ソ連軍樺太と連絡中」とあり、『忍従の海　北方領土の28年』P.150の、「そのうちに撤退するとのうわさもながれたが（注、小泉さんが脱島する時）」の記事で証明できます。

すなわち、この内容の話を脱島後にできたのは、遠藤ミサから聞いた人以外にはいません。

「九月一日、午前六時五十五分、六〇〇名上陸」なる話は、全くのデタラメの一言です。添付した電信電報が三日の十時の固定通信で、斜古丹郵便局から落石無線局で受信されたことは、この時点で斜古丹郵便局はソ連軍に占領されていないことを証明しています。

したがって、「斜古丹村に九月一日の早朝にソ連軍が上陸して来た」と話している村民の方々は嘘を話しているのです。どうぞ皆さん、私を名誉毀損で訴えてみては？　ただし訴える前に、私の手元にある電信電報を見てからにしてはいかがでしょうか。

しかしながら約七十年間、「ソ連軍は九月一日早朝に斜古丹湾に入って来て上陸し、武装解除した」という定説は、小泉氏はじめ多くの島民とソ連赤軍の報告が元になっているのです。

また、記載済みの「31」の丸印を押した九月三日の電報の原本の開示の請求を、平成二十八年八月に根室支庁に送付しましたが、「適用しない」という文書が届きました。原本の写しが私の手元にあって、そのコピーを送付しているのにもかかわらずですよ。

色丹島のアナマ村にソ連軍が現れて上陸してからのことは第四章で詳細に記載しましたが、ここからは私がアナマ村に帰ってからの約一カ月間と、下宿屋の遠藤の家に戻ってからのソ連軍の憲兵隊との交流、二十一年の春頃から入島した海軍と民間人達と我々島民が、色丹島を去る二十二年十月までの間の生活状況を記載します。

九月十日頃になると、村民もソ連兵達が取り立てて危害を加えることがないと分かったので、今まで遠藤の家に遊びに来ていた川端郵便局長ご夫婦、石森さん、小野寺巡査さん（注、私服で）達が来て、「ソ連軍は本当に島から撤退するのか」「我々の今後の生活、特に食料の調達はどうなるのか」という話を毎日していたそうです。もちろん役場から村民には、一言の話もなかったそうです。

ただ、小野寺巡査は「大変に不安で困っている」と話しているのです。奥さんは病気がちの方で、私も小学校入学当時よりミサに連れられて、月に数回は食べ物などを持って行きましたからよく覚えていました。

ところがソ連軍上陸後は、斜古丹にあった診療所はソ連軍に管理され、薬をもらうことができそうもないと話したそうです。ただ、この時点で小野寺巡査にまだソ連軍の取り調べはなく、身の危険も感じていなかったようです。

そのような状況下で、九月十五日にソ連憲兵隊が斜古丹村に上陸して、それまで郵便局に居座っていた赤軍と交代したそうです。

同時に、郵便局と棟続きの家に住んでいた川端郵便局長さんの家族は追い出されてソ連軍の憲兵隊が住むようになり、電灯設備も設置したそうです。

この設備により、遠藤家の住む官舎の電灯は二十ワット減灯されたそうです。

話がそれますが、『北方領土　思い出のわが故郷』P.188に、色丹島の役場の職員がソ連赤軍の軍曹から聞かされたという話が掲載されています。

「近いうちにソ連軍の憲兵隊がやってくる。そうなれば君達は身動きもできなくなる。もし北海道に行く気があるのなら、今のうちに行け」

この話からも、ソ連軍の憲兵隊は赤軍の上陸の後に色丹に上陸したことが分かるでしょう。

また、憲兵隊上陸後の赤軍の生活態度は一八〇度変わっているのです。

また、私見ですが「北海道へ行く気があるなら行け」と話したソ連兵は、正規軍（注、別項で説明あり）の兵士ではなかったと思われます。このことについて、今まで日本人で話している人はいません。そのことは以降に記載します。

一方、遠藤若松達の勤務が朝八時から夜十時までとなり、憲兵隊達は二十四時間交代で仕事をするようになり、無線室の裏玄関の歩哨もいなくなりました。なにしろ、遠藤、田村両家の飲み水などは、すべて無線室のポンプ室からバケツに汲んで持ち運んでいるのですから、そのたびに、特に田村さんの奥さんなどは当時三十三歳の若さでしたので、いつも悪戯《いたずら》をされていたようです。

もちろん、発電室に出入りできたのは、遠藤夫婦と田村夫婦だけです。ですから、赤軍の歩哨が裏玄関からいなくなったことで、両家はいろいろな面で安堵したと話しています。

先にも触れましたが、二十日の昼過ぎ、格好の良い憲兵隊の一人が遠藤ミサのところに来て、日本語で「この島の日本人の現在の生活状況を知りたいので、日本の夕食を食べさせてくれるように」と言われたそうです。

もちろん西洋人の食事など今まで作ったことがないので、最初は戸惑いましたが、田村さんの奥さんと相談して、白米のご飯に、エンドウ豆の入った塩で味付けしたスープ、それに外国人はあまり魚を食べないと聞いていたので、遠藤家にあった鯨の塩漬肉の焼き物と、明治のコンビーフがあったので出したそうです。

もちろん、兵隊は「自分はソ連憲兵隊の大佐である」と告げてから食事をして、すぐに「村民はこのような内容の食事を今もしているのか」と聞かれたそうです。

ミサが、「西洋人は魚を食べないと聞いていたので、鯨肉は若松が時々捕鯨会社の電気設備の修理に行った際のお礼品、コンビーフは日本海軍の通信設備の電気設備の修理と部品作りをさせられていたので、その際の代金代わりに海軍が持って来たもの」と話すと、「よく分かった」と言い、「ところで今困っているものは何か」と聞かれたので、「今一番の不安は、日本人の主食の米が役場から配給の話はないし、噂では日本兵が残して行った多くの米を一部の村民は確保しているという話も聞いているが、実際のところは知らない。だから、食事は毎日、芋とカボチャで過ごしている。それに、日本人は毎日生魚を食べる習慣があるが、ソ連軍の上陸後は二十日間食べていないので、島の各集落の湾内だけでも船を出す許可を出してほしい。湾内では網を入れると多くの魚が捕れるので、早く何とかしてほしい」と話したそうです。

さらに、「島民の中には病気がちな人もいるので、ソ連軍の上陸前に診療所からもらっていた薬をもらえるようにしてほしい」とも話したそうです。

第三章で記載しましたが、アナマ村では二十二日に、村民はアナマ湾に船を出して魚を獲れるようになったし、対岸の村民とも行き来することができるようになりました（ただし、この時点ではまだ日本陸軍の捕虜、約二〇〇〇名以上が囚われの身で生活しており、ソ連兵達はアナマ湾沖に停泊中の艦船との往来に佐藤さんの桟橋を使用していたため、佐藤さんの家は除かれました）。

すなわち、憲兵大佐ニコライはミサの話を聞いて、ただちに各村に憲兵隊を派遣し、島民に湾内の小船による漁業を許可することを赤軍に通達していたのです。

ここで、話をアナマ村で捕獲された日本将兵のことに移しますが、その員数を記載した記事が『忍従の海　北方領土の28年』P.１４８にあり、

「色丹島は、（中略）終戦当時の人口は一六七世帯、九二〇人で（注、「北方領土島民名簿」では九八〇人前後）、武装解除された日本将兵を合わせると四六〇〇人がいた」

ゆえに捕虜の数は、四六〇〇マイナス九二〇で三六八〇人と分かります。

一方、ソ連軍が第八十九師団司令部から聞いた色丹島の陸軍将兵の数は四八〇〇人。ただし、この数の中には歯舞諸島に駐屯する約六二〇名（注、ソ連軍が捕虜とした数）が含まれています。よって二十日頃のアナマ村の捕虜の数は四八〇〇マイナス六二〇で四一八〇人となり、『忍従の海　北方領土の28年』の数とは五〇〇人ほど違います。さらに海軍と憲兵隊の将兵を加えるとさらに多くなり、信憑性はソ連軍の話の方があると思います。

すなわち、日本海軍と憲兵隊の将兵は第八十九司令部の指揮下にないので、数には含まれていないと思います。このことについて記載された書物は七十年間見ていません。

各島で、ソ連軍の上陸直前か上陸後に海軍と憲兵隊の将兵は島を離れていますが、軍部からも国からも一切の報告がありません。

次にソ連軍のことについて記します。

『忍従の海　北方領土の28年』P.１６８に、

「占領軍は、肩に赤い肩章をつけていたため『赤軍』、国境警備隊（注、島民が勝手に呼んだ呼び名。後で説明する）は青だったため『青軍』と、島民らは呼んでいた」

一方、『北方領土　悲しみの島々』のP.１５９には、

「最初に上陸、進駐してきたのは、帽子に赤い線のはいった兵隊達で、村の人達は、これを『赤帽』と略称していた。紗那には、五、六十人が駐屯していた。そこへ今度は、青い線のはいった『青帽』が、一〇〇人くらいはいってくる」

青色の軍服を着たソ連軍の兵士（テレビ画面を撮影）

と記載されていますが、軍服の色については一言も書いていません。

そして前述したように、今日まで色丹島の島民の誰一人として話していない兵士達の一団が上陸していたのです。すなわち日本兵の軍服を着た集団で、数人の正規軍の将兵が加わった集団がいたのです。実際に私はアナマ村に進駐したソ連軍を見ていました。

参考までに、国後島の島民が『北方領土　悲しみの島々』P.131に、「日本軍の服を着たヘンな兵隊が四、五十人、こっちへ向かってくる」と書いています。それ以外の軍服を着たソ連軍の話は、島民の誰一人話していません。

第四章で、遠藤ミサが青色の軍服を着た二名の兵士と私達兄弟を迎えに来たことを記載しましたが、今日まで北方四島の島民で、青色の軍服を着た兵士のことを話している人はいません。

ところが、前述したNHKの番組「北海道クローズアップ・北方領土写真が語る〝空白の時代〟」の映像に、青色の軍服を着た兵士が映っているのを見て、懐かしく思いました（写真）。

理由は、兵士のいる場所が斜古丹村であることは、海辺の山を見れば一目で分かりますが、同時に兵士の肩章の色が、赤でもなく青でもない階級章（横の一本線）の憲兵隊の少尉で、私も知っていた人物だったからです。すなわちニコライ大佐の部下ですが、北方四島の島民で遠藤夫婦と私達兄弟以外に、ソ連軍の憲兵隊の話をしている人は一人もいません。全く不思議なことです。

またソ連軍の「赤軍」とは、肩章が赤の陸軍兵と、肩章が青の海軍兵の集合体です。

その証として、『私はスターリンの通訳だった』の著者、M・ベレズホフ氏が本文P.286に、

「『参謀長同志、命令により、赤軍海軍水兵ベレズホフ出頭いたしました！』。私は海兵帽に手を当て海軍式敬礼をしながら、元気よく叫んだ」とあるからです。

ここでベレズホフ氏は、わざわざ「海兵帽」と指定して書いています。陸軍と海軍を帽子の線の色で区別していたのは明らかです。

そして、占領地区だけの特権であったかどうかは不明ですが、当時、憲兵隊と赤軍の日常生活には決定的な身分格差があったのです。それは、毎日の主食が根本的に違っていたことからも分かります。皆さんはおそらく、ソ連人の日常食べている主食のパンが、いくらか酸味のある茶褐色のパンであることは知っているでしょう。このパンを、赤軍と一般のソ連国民は主食としているのです。

ところが当時、ソ連の憲兵隊は、真っ白い出来立てのパンを毎日食べていたのです。

このことから、ニコライ大佐が遠藤ミサに「自分は憲兵隊」と話していますが、私は今では「ＮＫＶＤ」（秘密警察。今の「ＫＧＢ」に相当）であったと思っています。これほどの特権で日常生活をしていたからです。

世界のジャーナリストは是非、現在のロシア本国で真っ白いパンを食べている人間がいるか確認してください。ただし、生きて帰れるかは保証できませんが。

『美しきペテンの島国』Ｐ.１７３に、

「秘密諜報活動組織のＫＧＢがまさにあの国の原理であり、あの国を象徴するカラクリそのものだからです」とあります。

すなわち、遠藤夫妻と私は昭和二十二年十月頃まで、ソ連の秘密警察の大佐と、皆さんが信じられないような交流をしており、その内容を以降に記載することになります。

さらにソ連憲兵隊について書くと、通信機関をすべてコントロールする権限を一手に握っていたと考えています。

また、ソ連の憲兵隊は、赤軍やソ連国民の私生活までも常時監視していたのです。もちろん日本国民は当然です。

その数例をお話しします。

遠藤家に週に数回、日本食を食べに来ていたニコライ大佐に、ある時ソ連のニシン漬けを食卓に出したのです。そうしたら、「これは誰にもらったのか」と聞いたので、ミサは「この子供の親がアナマのソ連兵からもらい、あまり美味しかったので数本持って来てくれた物だ」と話したのです。その時は何事もなく終わりました。

その後数カ月経った頃、とうやんの話で、最近ソ連軍と酒を飲んでも、俺にはニシン漬けを出してくれなくなった。そこで漬け方を教えてくれとお願いしても、これは国の秘密だから教えられないと言われたそうです。そこでとうやんは、自分で一年ほどニシン漬けを試みたそうなのですが、ソ連軍のニシン漬けのような物は出来なかったそうです。

ちょっと横道にそれましたが、これは大佐からアナマの赤軍に何らかの指示があったものと思われます。実はソ連には塩漬けのニシンは二種類あって、国民と島民や日本兵の捕虜が食べたものと、ソ連兵の将兵達が食べたものは全く違ったのです。

それを裏付ける話として、『忍従の海　北方領土の28年』P.１６２に、ソ連軍のスパイとして北海道に渡った片野氏の話が記載されています。

「テーブルの上は白パンとニシンづけと果実がならべられていた。当時の食品として一級品で、（以下略）」というように、日本流に言えば、白米にマグロのトロ、と言えます。と同時に、片野氏はすでに同様の食事をソ連憲兵隊としていたことを証明しているのです。

憲兵隊（秘密警察）が、上記のようなことにまで神経を使い目配りしていたことを疑問に思う日本人にお伝えしたいのは、二〇一七年十二月三十日のＨＴＢテレビの、ソ連兵に救われた七十二歳の日本人女性についての番組で、「ＫＧＢがこの放送の停止を指示した」と放送していることです。今日のロシアは民主化されたようですが、ＫＧＢが存在している限り、ロシア国民の日常生活は監視されていると思われます。

話を片野氏の話に戻して、『忍従の海　北方領土の28年』P.１６２に、

「二十二年の秋でした。色丹島で馬を飼っていた私は、『国後島に去勢したい馬がいるのできて欲しい』とソ連軍に呼び出され、十トンぐらいの監視船（注、同書P.31の船）に乗せられた。案内された船室には、少尉の船長と通訳、テーブルの上は白パンと（注、記載済みなので以下略）」と。

ここで私が記載したいことは、片野氏はすでにスパイ活動をしていたために国後島へ送り込まれたのです。当時、ソ連による北海道へのスパイ活動は、国後の憲兵隊が担当していたのです。

話が飛びますが、この本を出版した読売新聞社はP.170~171に、「国境警備隊が入島したが、北海道へのスパイ工作は、この青軍の主要任務の一つであった。今なお続く、捕獲も青軍の担当だ」と記載していますが、スパイ活動は情報を管理、監督する部隊が行うことは常識で、「国境警備隊」とは当時、島民が海軍のことを勝手にそう話していましたので記載したのでしょう。

すなわち世界の国で、海軍または陸軍がスパイ活動をしている国がどこにありますか。もちろん国境警備隊は海軍ですから、捕獲は任務の重要な任務のひとつです。

よって片野さんが「テーブルの上に白パン」があったと話していますから、白パンを扱えたのは憲兵隊であることの証です。

ここで、片野さんが「二十二年の秋」と話していますが、それが嘘であることが証明できるのです。

『根室色丹会50周年記念誌』P.55で元島民の手嶋繁則さんが、

「ソ連軍に捕虜にされ、収容所に送られたのである。アナマの収容所を出たのは、二十一年の五月の末、流氷が去る頃である。

斜古丹に着いたら、国後の古釜布行きの二十トンの漁船が捕鯨場桟橋で待っていた。

穴居湾の新田久作さん（中略）、斜古丹の下村正義さん・市川栄吉さん、幌別の藤林幸造さん・片野精さん（中略）。合わせて十数名が乗船」と話しています。

すなわち片野精さんが、二十一年の六月には国後島にいたことは間違いないのです。

ここで私見ですが、私は二十年の十月の中頃に、片野さんがエンジン室の廊下からソ連憲兵隊が滞在している郵便局に出入りしているのを見ていましたから、ここ数年、手嶋さんの文書を読んで、なぜ片野さんがアナマの収容所に入れられたかを不思議に思っていました。

しかし、その疑問は次のように考えると納得することができたのです。

『北方領土　悲しみの島々』P.154に、

「色丹島では、十月五日に命令が出されている。（中略）

1. 今日より日本行政を廃止し、ソ連軍政を布く。（中略）
2. 村役場、警察、憲兵隊の解散を命ずる。
3. 住民の生命財産は保証する。
4. 婦女子の名誉は重んずる。

さらに南千島全島で、ほぼ同じような命令が出されていたはずであった」

と記載がありますが、ニコライ大佐が後日、「占領地区のことは自分と同じ大佐三人の合意で進めている」と遠藤ミサに話しています。

すなわち、当時ソ連軍は、日本軍の憲兵隊が島のどこかに隠れていると躍起になって探していたのです。

ところが島民からは何一つ情報が得られなかったので、とりあえず一種の人質として数十人の島民を束縛したのです。

先ほど元島民の手嶋繁則さんが、「ソ連軍に捕虜にされ、収容所に送られたのである」と記していることをお話ししましたが、捕虜にされた日付が書いてありませんが、遠藤ミサが「小野寺巡査は十月二十日頃にソ連軍に束縛されアナマに送られた」ことを奥さんから聞いています。

また、十一月の初め頃に下村さんが来て、「息子が十月にソ連軍にアナマに連れて行かれたようだ」と話しています。参考までに下村さん一家は、この年の十一月三十日に脱島しています（注、「北方領土島民名簿」P.7に記載）。

すなわち、第四章で手嶋さんが十二月にアナマに収容されたと手紙に書いていますが、十月の勘違いでしょう。

また、道庁の文書館の、昭和二十年十月十四日に島を脱島した当時アイミサキに住んでいた宇部正雄さんが記載した『色丹島の現状』なる文書

『色丹島の現状』の文書

（注、下記書面）で、昭和二十年十月（？）十日まで、なる書面を読むと、当時の色丹島の状況を正確に話していないのです。

当時すでに、島は憲兵隊のニコライ大佐によって統治されているのに、憲兵隊の「け」の字もありませんし、皇軍の状況の記載で「九月十日護送セラレ（？）皇軍はウラジオ方面に運ばれ」と。すなわち皇軍の第一次離島日は十五日で、私が実際に目の前で見ていました。

「アナマの天幕内に大浜少佐、小野寺巡査、中島憲兵兵長服役中」との記載がありますが、天幕内にはソ連軍の許可がないと入れませんから、束縛された名前を島民から聞いて、想像で記載したものと思われます。すなわち、最初の二〇〇〇名の将兵（注、記載済み）のあとに残された鏡副旅団長以下約二〇〇〇名の日本将兵のことは記載していませんから、すでにアナマから連れ出されていたようです。

また、宇部さんは島民の脱島のことを詳細に記載していますが、その数は五〇〇名ほどになると思います（注、「北方領土島民名簿」のこの年の脱島者を見ると、約五〇〇名です）。

そこで、前述したように、ソ連軍は片野さんを拘束した島民達と一緒にすることで、日本憲兵隊の情報を得ようとしたのかもしれません。

このような考え方ができるのは、手嶋さん達が漁船に乗せられ国後に連れて行かれた理由は一切ソ連軍からは話がありませんが、片野さんの場合は馬の去勢の話をもっともらしく話して、すでにスパイ活動の拠点としていた国後島に送り込んだのです。

すなわち、一つの見方として、片野さんはすでにスパイとして活動していたからと考えても間違いないと思います。

スパイ活動をさせるとき、その人間の適性を多様な方法で見るのは当然のことで、『忍従の海　北方領土の28年』P.165に、片野さんが「スパイとして適性があると見たのかもしれない」とする記載があります。


話を国後行きの状況に戻すと、『忍従の海　北方領土の28年』P.162に、「ソ連軍に呼び出され、十トンぐらいの監視艇に乗せられた（同書P.31の写真の監視艇。当時二十一年の五月末頃に海軍が入島した時には同書P.43の監視艇が配属された）。案内された船室には、少尉の船長と通訳、テーブルの上は白パンとニシンづけと果実が並べられていた。当時の食品として一級品で、待遇のよいのに驚いていると、船長が『根室にいる兄弟に会いたくないか』とやんわりもちかけてきた」と。

この片野さんの話で、「ソ連軍に呼び出され、十トンぐらいの監視艇に乗せられた」は国後島の憲兵隊です。それは色丹島からは手嶋さん達と一緒に漁船で国後に来ていますから、乗せられた監視艇は国後島所管の船で、対応した少尉も通訳も国後島に進駐した憲兵隊なのです。前述したように、「白パン」の記述からもそのことが分かります。

さらに、同書に「与えられた期間は、五日間。親類で、当時根室町長をしていた安藤石典には会うなと命令された」と。

ここで一旦片野さんの話はやめます。以降でも記載していますが、昭和二十年九月の中頃から「国後と北海道間にはスパイの定期便が出来ていた」とニコライ大佐は話しているのです。

それを証明できる話が『忍従の海　北方領土の28年』P.166、167に、「北海道へ送り込まれたスパイの中には、校長もいた。（中略）『夫は（注、妻のマサさんの話）、二十一年、六月初め（注、片野さんの渡航の日付はこの頃なのです。このことは後で記載します）、（中略）泊村の向かい側にある尾岱沼に潜入しましたが、命令に従わず、（中略）指定された七月三日に、別海町床丹から船に乗って島へ帰りました』」とあるように、一カ月後のスケジュールが出来ていることで、指定された日に北海道の地で国後島行きの船に乗れたことからも証明できます。

話が飛びますが、このソ連憲兵隊が食べていた白パンを食べた島民が現在、私達二兄弟と釧路市に在住の女性二名がいるのです。私は平成二十二年の春に直接会って聞いております。氏名は、大川雅子さんとKさんです（注、平成二十九年現在もご健在かは不明）。特にKさんは、ソ連軍上陸直後から毎日食べていたと話されました（注、Kさんの場合は特別な理由があって、それがあまりにも衝撃的な話なので、お会いした時は私の自叙伝に記載して良いか確認をしましたが、その後了解の書面の送付をお願いしたものの、今日まで了解の話はありません）。

なお、色丹島の数人の日本人のスパイ活動については、後記で詳述します。

それにしても、前述したようにＮＨＫの「北海道クローズアップ――」に青色の軍服を着た兵士が出てきますが、これはおそらく世界で初めてではないでしょうか。もし同様の兵士の写真がある書物があるならば是非見たいです。

しかし、秘密警察が存在したことを知らない人達がこの写真を見ても、何の反応も示しません。またテレビ放送局も、この青い軍服の兵隊のことは何ひとつ解説していないのです。なにしろ、日本でもソ連の憲兵隊の内容を書いた書物は、私は今まで読んだことがないのですから。

参考までに、前述したように中国では「日本憲兵隊を記憶遺産に申請」と二〇一四年の読売新聞に記載があります。私見ですが、国連の一部機関が旧日本軍のいわゆる「慰安婦問題」で日本政府と異なる見解を出していますが、この日本憲兵隊の資料が関係しているのかもしれません。

なお、千島列島及び色丹島では、島にソ連軍が上陸する以前か直後に、日本の憲兵隊は海軍の一部の将兵と各島を脱出していると思われます。色丹島については詳細に記載してあります。

さて、私が今日、ソ連憲兵隊のニコライ大佐の話をできるのは、昭和二十二年八月の末頃までの約二年間の遠藤ミサとニコライ大佐の話を聞いているからです。ニコライ大佐からは、「これらの話は、今後日本へ帰ってから五十年間は外部に話してはならない」と約束させられていたのです。

参考までに、私が読んだ「北方領土島民名簿」と『千島占領　一九四五年 夏』にも、日本の憲兵隊の活動状況はもとより、北方領土の元島民がソ連軍の憲兵隊と接触したという話はどこにも記載がありません。このことから、遠藤家とソ連憲兵隊（注、秘密警察）との関係は、今思うと異常としか思えません。

『千島教育回想録』P.161に、終戦時斜古丹小学校の校長であった佐藤先生の話で、「ケベウ（注、「ゲペウ」の転訛か聞き間違いと思われる。「ゲーペーウー」つまりソ連の「GPU＝国家政治保安部」の日本における俗称で「秘密警察」のこと）が校長にスパイ活動を強要するという一件があって、これを数回断ったため、報復措置として校長の行動を厳しく制限し、軟禁生活をさせられた。それで外出が自由にできず、（以下略）」とあります。

それにしても、佐藤先生がソ連憲兵隊（秘密警察）からの話を拒否したにもかかわらず、シベリア送りにされなかったのが不思議です。

そのおかげかどうか知りませんが、昭和二十一年二月中頃から、一時間目の授業が終わると、多分西田先生に話したかどうか知りませんが、当時の奥さんが私を呼びに来て、先生の奥の部屋で毎日授業が終わるまで将棋を指していました。私も勉強するよりは楽しいので誰にも話さず、それが昭和二十二年の春頃まで続いていました。

そのこともあってか、先生が石狩町に住むようになってから電話があって、お会いしてから何度か自宅と札幌で食事を奢《おご》ってもらいましたが、話の中で「色丹で一番楽しかったことは、一郎君と将棋を指していたことだった」と話していました。

ところで佐藤校長先生は、『千島教育回想録』でソ連の憲兵隊のことを話しておりますが、私にしてみれば不思議なことが感じられるのです。

なにしろ先生が誰に対しても毅然と意見を言う人であることは、ソ連憲兵隊にスパイ活動を断ったことで分かると思います。

その先生が、ソ連軍が斜古丹村に上陸した状況のことは一切話していません。

私見ですが、他の村民達の話と全く異なる話をしたので、記事にされなかったのではないかと思います。

私事ですが、私も『根室色丹会50周年記念誌』の発刊責任者の木根繁さんから、寄稿文の依頼をされて原稿を送付しましたが、「都合で掲載できず誠に申し訳ありません」と原稿用紙は返送されてきました。証拠として紙面を添付しました。

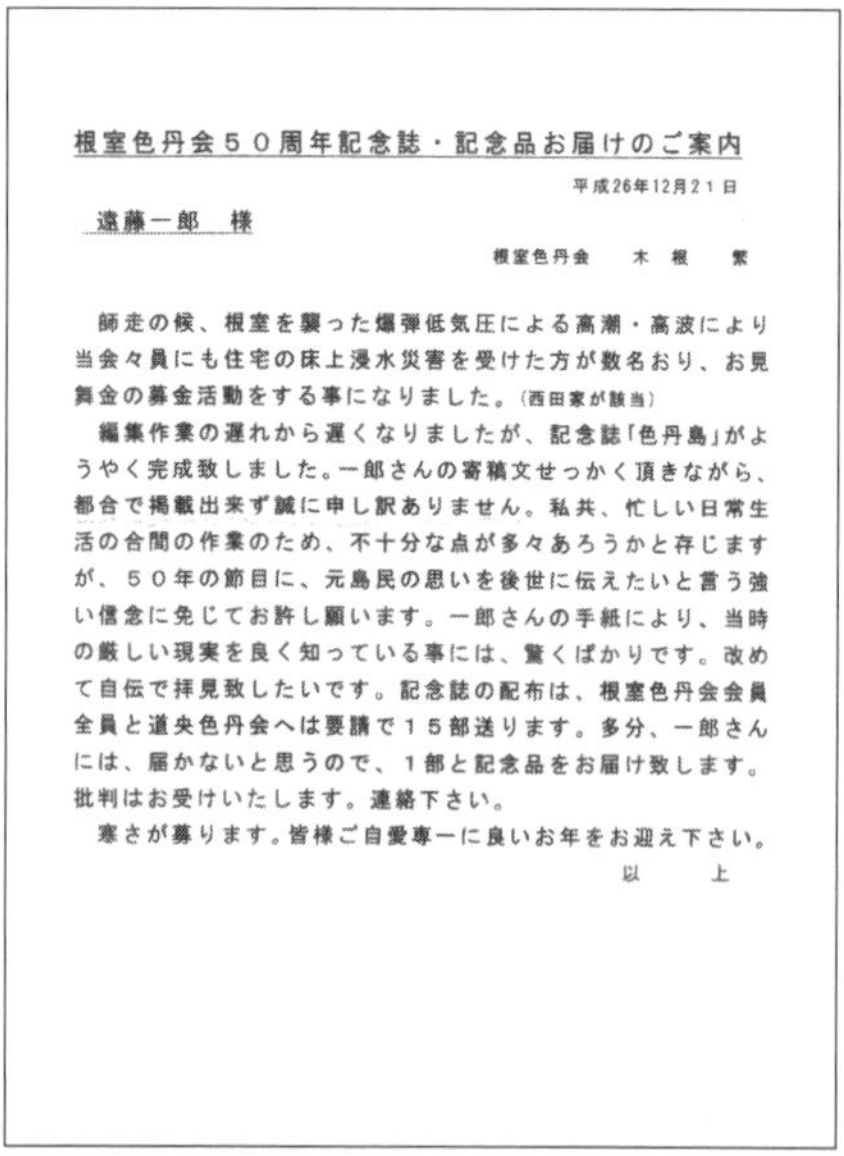

根室色丹会５０周年記念誌・記念品お届けのご案内

平成26年12月21日

遠藤一郎　様

根室色丹会　　木　根　　繁

師走の候、根室を襲った爆弾低気圧による高潮・高波により当会々員にも住宅の床上浸水災害を受けた方が数名おり、お見舞金の募金活動をする事になりました。(西田家が該当)

編集作業の遅れから遅くなりましたが、記念誌「色丹島」がようやく完成致しました。一郎さんの寄稿文せっかく頂きながら、都合で掲載出来ず誠に申し訳ありません。私共、忙しい日常生活の合間の作業のため、不十分な点が多々あろうかと存じますが、５０年の節目に、元島民の思いを後世に伝えたいと言う強い信念に免じてお許し願います。一郎さんの手紙により、当時の厳しい現実を良く知っている事には、驚くばかりです。改めて自伝で拝見致したいです。記念誌の配布は、根室色丹会会員全員と道央色丹会へは要請で１５部送ります。多分、一郎さんには、届かないと思うので、１部と記念品をお届け致します。批判はお受けいたします。連絡下さい。

寒さが募ります。皆様ご自愛専一に良いお年をお迎え下さい。

以　　上

掲載できない旨を伝える紙面

すなわち、すでに私が記載したように、ソ連軍の斜古丹村の上陸状況が他の村民と全く違うので返送されたのです。

日本という国は上も下も嘘を正論とするためには、このように正しい少数意見を抹殺してでも書物を出版しているのです。

ここで、くどいようですが、「KGB」（旧ソ連の秘密警察）について、他書の掲載記事を読んだことを記載します。

言うまでもなく、プーチン大統領は元KGB長官です。すなわち憲兵隊という軍隊の長です。

そのような人物が一国の政権を握っても、誰一人「ロシアは軍事政権」とは呼びません。

軍事政権とは、軍人が自らクーデターを起こして政権を握った時を言うのでしょうか？

皆さんもご存じの如く、プーチンは大統領の座を奪ったのではなく、もらったのです。

誰からかというと、言うまでもなく当時の大統領エリツィンからもらったのです。

もちろんエリツィンは、自身と家族の生命の保証と全資産の保証を条件に、大統領の座を譲ったのです。書物名は覚えていませんが、以上のようなことを記載した書物を読んだことがあります。

なお、エリツィンには一つの逸話があります。平成二十七年三月二十六日、BSの日本テレビで、「一九九一年一月十三日、リトアニアの独立を防止するため、ソ連軍の赤軍が攻め込んで陥落直前の時、最高会議室の建物の中から最高会議議長が、攻め込んでいる国の大統領エリツィンに助けの電話をした様子をリトアニアのテレビ局が放送して、その結果陥落を免れ、半年後に独立した」ことを放送しているのです。

私見ですが、エリツィンが攻撃を止めたのではなく、KGBを動かしたのだと思います。それは大統領の委譲とリンクしていると思うからです。

何が言いたいかと言いますと、差はあると思いますが、KGB（秘密警察）を動かせたソ連の大統領はスターリンとエリツィンの二人だけと思うと同時に、『美しきペテンの島国』に、KGBが「あの国を象徴するカラクリそのものだからです」と記載があるからです。

私見ですが、以上のような話を記載した理由は、現在の大統領がKGB出身であるので、安倍首相はプーチンが大統領でいる期間中に北方四島の返還交渉を解決しようと躍起になって二十回近くも会談を試みていますが、それは無駄なことだと思うからです（理由は後述します）。

話を色丹島に戻しますが、このような憲兵隊（KGB？）の大佐と、遠藤夫婦と私の約二年間の交流は、誰にも信じてもらえそうもないように思います。一方、北方四島の島民で誰一人、ソ連憲兵隊の将兵はじめ当時島を統治していた大佐と接触して話し合いをしたという話は聞いていませんから不思議なことです。重複しますが、あえて書きました。


ここで、「嘘つき」について書きます。『まだGHQの洗脳に縛られている日本人』P.91に、「彼らは『嘘つき』なのではなく、ただ単に、妄想や幻覚と現実の区別がつかなくなり、やがて記憶すら曖昧になっていく、統合失調症や健忘症に罹っているのではないか」と。

話が飛びますが、『元島民が語る　われらの北方四島』の筆者の一人は元北大の教授です。何しろこの筆者のK氏の『北方領土を考える』も嘘（注、明らかに嘘と分かる島民の話）と間抜けな記事、すなわち三流週刊誌の記者のような記事を書いているのです。

皮肉にも、K氏と約二十年近い付き合いのある『千島占領　一九四五年 夏』の著者のソ連人が、同書でK氏をはじめ多くの日本人ジャーナリストの間抜け振りを証明しているのです。

そのことを証明する文が、『北方領土を考える』P.１２４にあります。

「米英ソ、つまり西と東とはヤルタで戦後世界の運営に関してひそかに婚前交渉をもった。米国からみると、この婚前交渉は結婚を前提としていたといえるだろう。

というのも、米国は両アングロサクソン国とソ連との協調を基礎に、つまり戦時大同盟を戦後に持ち越すかたちで世界政治を運営するつもりだったからである。

だが、この期待は裏切られた。正式な婚約が整っていたのかどうかは疑わしいので、どちらがどういう形で婚約を破棄したのかどうかも判然としないが、戦後に米国が結婚意志を失ってしまったことだけは疑いない。

そのため、結果的にみるとヤルタでの婚前交渉は不純異性交遊ということになってしまった」

しかし『千島占領　一九四五年 夏』P.42～43に、

「コールドハーバー（米国アラスカ州）ではソ連太平洋艦隊の約一万五〇〇〇人の水兵が訓練を受けた」と。さらに、「（米国は）合計二五〇隻以上のフリゲート艦、掃海艇、（中略）（注、幾種もの艦艇を記載している）をアメリカから受け取った」と。この内容が「不純異性交遊」になるのでしょうか？

また、「どちらがどういう形で婚約を破棄したのかどうかも判然としないが、戦後に米国が結婚意志を失ってしまったことだけは疑いない」について私見を述べます。

まず「どちらからの破棄」ですが、ルーズベルトが死亡後、国務省が本来の職務を取り戻した結果、アメリカが戦後の日本の政治を行う最も簡単な手段は、天皇を手の内でコントロールすることと考えていたから、スターリンも同じことを考えると思ったからだと思います。

すなわち、ルーズベルトが考えたようにスターリンを日本本土へ上陸させれば、思惑通りの天皇殺害をするはずがないと気づいたのです。すなわちK先生の言う「婚約破棄」はアメリカで、一方「破棄」は戦後と記載していますが、この考えも全く的が外れています。

昭和二十年七月十四日にアメリカ艦隊が北海道の太平洋沿岸の各都市を艦砲射撃と飛行機で各都市を爆撃したのが、アメリカがソ連に対して上げたアドバルーンだと思います。

すなわちこの第三艦隊（注、『千島占領　一九四五年 夏』に記載あり）は、戦後の九月になっても色丹島の東方二〇〇キロメートルの海域に留まって、ソ連に対して準戦闘行動を行っていたのです。

話をK先生が制作委員長の『元島民が語る　われらの北方四島』に向ければ、P.82、「択捉島での模様（中略）『ソ連軍の北千島侵攻の噂も軍隊内部にあり、千島への進駐はアメリカかソ連のどちらかとわれわれは、話し合っていました。八月二十六日頃、留別の特警隊から、天寧の師団司令部に問合わせたところ、「どちらが進駐するか分からない」という見解でした』」という話を吟味すれば、択捉島近くの海域にいたアメリカ艦隊の存在に気づいたかもしれませんので、先生の文書を挿入記載したのです。

ですから、K先生が言う「婚約意志を失った」時期は戦後ではないのです。

すなわち、この艦隊に所属する潜水艦が日本海で行動していたことは記載済みです。

一方、ソ連はスパイ網を通じてアメリカ艦隊を第三艦隊と認識して、その行動を監視していたと思います。

また、「両アングロサクソン国」と記載していますが、もう一方はイギリスでしょう。

私見ですが、フランクリン・ルーズベルトは、「戦後は領土拡大を禁止する」と大西洋会談でチャーチルに話し続けていましたが、ヤルタ会談でルーズベルトはソ連に千島列島を与え、それとリンクしてアメリカは南西諸島を戦後自国領土にしました。ところがルーズベルトがヤルタでソ連に千島列島を与えた時にチャーチルは一言も異論は発していませんし、イギリスは一国で戦後他国の土地を一坪も占領統治していません。

これは「していない」のではなく、ルーズベルトの当初からの考えが反映されただけと思います。

私見ですが、支那事変はアメリカ、ソ連、ドイツなどがあらゆる面で蔣介石を援助し、日本と戦って日本が勝利したのですが、イギリスは何の援助もしていません。これはルーズベルトが意識的にイギリスを除外したものと考えられます。

もし支那事変で日本が負けていた時は、今頃中国大陸はアメリカ、ソ連、ドイツの三国による九十九年間の統治国家にされていたかもしれません。

ルーズベルトは日本と戦争をして、終戦後はイギリスに取って代わり世界をコントロールすることを考えて戦争を始めたとも考えられます。

話をヤルタ会談に戻して、チャーチルはこの会談で初めてルーズベルトに利用されていたことに気づいたと思います。ですから、平成二十年前後のテレビ放送で（注、残念ですが局名も、どなたが言ったのかも覚えていない）「チャーチルはポツダム宣言の書面は一字も見ずにサインしただけ」と話していました。

話を昭和二十年十月頃の色丹島斜古丹村の状況に戻します。

十日頃、梅原村長が村長宅を追い出されたようだという噂がありました。

これを確証する話が、『元島民が語る　われらの北方四島』P.３２４に、終戦時、斜古丹の大工職布川栄吉さんが語った話とした掲載されています。

「梅原衛村長が追われて私の仕事場に来ました。そして私の弟子のような格好で、『助けてくれ』というのです。私は大工として梅原村長を連れて歩き、ソ連軍から頼まれた建物をつくったり、ダンスホールなどを建てました」と。

十月末頃の斜古丹の空き家は十軒近くになっていて、他村で空き家になった家を解体し、木材を船で斜古丹に運んで、空き家を赤軍の家族が住めるようにしていたのです。その一員として、布川さんも同じ大工仕事をさせられたのです。

しかも、娯楽設備のダンスホールに改築された家もあったそうで、それは私も知りませんでした。

私が十月中頃の日曜日に、朝から蒸留水作りをしていた時、電気室の入り口から片野さんが郵便局に入って行くのを見たのです。

なにしろ片野さんは当時の日本人としては大柄で、ニコライ大佐にも見劣りしないのです。

第一章で記載しましたが、私は昭和十七年の正月三日に、新年の挨拶で実父とホロベツ村の自宅に行って顔を見ていたので、すぐ分かりました。

また遠藤若松に十月二十日頃、ニコライ大佐から「択捉島の紗那から国後島に移設した電気設備が正常に動作しないので、行って見てほしい」という話がありました。

もちろん大佐は、択捉島と色丹島の電気設備のすべての設置などに、若松が携わっていたことを聞いていたからです。

そこで若松が、「一緒に設備した自分より優秀な技師が二人もいるから、その人が手に余すようなら行ってもしょうがない」と話すと、大佐は「ソ連兵が電気室に入った時には、すでに設備の一部が破損し、また技師も島にはいないことを確認している」と話したのです。若松は、

「破損の程度が不明だが、行けば十日ほど、ここを留守にすることになると思う。両島の電気設備は二十年以上使用した古い機器を設置している。なにしろ、田村さんはここへ来てまだ二年ほどで、この設備の運転は田村さん一人では無理である」と話して取りやめになったと言っていました。

話が飛びますが、『忍従の海　北方領土の28年』P.１３８の、

「八月二十八日（中略）。電信不通詳細分明ナラズ（紗那村長）」との記載から、ソ連軍が択捉島に上陸する前に、電気設備からの電気は紗那郵便局に供給されていないのです（注、『元島民が語る　われらの北方四島』P.118に「川口通信士打電を続ける」とありますが）。

斜古丹村では十月二十日頃、ソ連軍から米を配るから取りに来るようにと話があって、ミサが玄米一斗をもらって来たと話していました（注、夫婦分のみ）。

また、今まで届けてくれていた漁師の方も、「今後の年越しを考えると、とても他人のことまで考える余裕などあるはずがないから」とのことで、生魚は十月中は食べることができませんでした。なお、白米と干し魚は、実家から二度ほどとうやんとスナお祖母さんが運んで来ていました。

ミサは相変わらず、甘酒と濁酒を作ってソ連憲兵隊と遠藤の家に来る人達に飲ませていましたし、酒を飲めない人には玉露茶を飲ませていました。でも子供心に麹《こうじ》はどこから誰が持って来ているのかと思っていました。

ところがその麹の出所を平成二十三年に知ったのです。それは郵便配達員の実家が麹を作っていたのです。長年の疑問が晴れました。

私の学校生活では、登校して来る生徒は、日によっては二十人ほどの時もありました。

でも私の上級生は、おそらく年越し用の食料確保のため山菜採りと魚捕りの手伝いをしていたのか、高学年の教室にはいつも二、三人しかいませんでした。

また、友達との遊びの方は、戦前とあまり変わったようには思えませんでした。

ただ、ソ連軍上陸後からは、今後の生活状況に備えて各家庭では芋とカボチャばかりを食べたせいか手が黄色になり、お互いに色を自慢し合っていました。

一方、私の遊びは兵隊さんとの将棋ができなくなったことで、また松崎春一さん（注、終戦時二十二歳）と将棋で遊ぶようになりました。

また、戦前は、蒸留水作りは下村直子さん（注、終戦時二十四歳）が来て電気室のポンプ室で作っていて、私が炭の火を見ることとポンプで水汲みの手伝いをしていましたが、ソ連軍上陸後は私一人で月に二日するようになり、仕事が増えました。

十月中頃から、ソ連軍憲兵隊による島民のスパイ活動の指導を始めたようです。

そして末頃には、片野さんはじめ若い男の人、十代の子供達数人、さらに父親に連れられた若い女性が、ソ連憲兵隊のいる元郵便局へ出入りするようになりました。

なぜ私がこのような話ができるのかは、すでに記載していますが、エンジン室と官舎間には三メートルほどの空き地があり、そこへは木戸棒を取り外して入り、空き地を通ってエンジン室の出入り口から廊下を通り、郵便局へ出入りしていたのです。また、空き地は我々子供達の遊び場でしたので、常に出入りする人は見ていました。

もちろん、最初は憲兵隊からの取り調べと遠藤家では考えていたのですが、実父からソ連軍への協力の話を聞いて、スパイ活動に協力していることを十月末頃に知るのです。

ここで、その頃の遠藤家の食料事情を記します。

米がソ連軍から支給されるようになり、また平野の家にも一〇〇俵近くあり、味噌、醤油は日本軍の物資を上陸用舟艇に運び込んだ代金代わりに確保していました。実家ではホタテの貝柱だけを塩漬けにして樽詰めにし、漁業組合に出して生活をしていたのですが、ソ連軍上陸後はそれができなくなったために、貝柱の塩漬け樽と、塩は叺《かます》三十ほどがありました。

また、遠藤の家には日本海軍の通信部隊が置いていった明治のコンビーフと、下村さんがくれた塩漬けにされた鯨肉が三叺ほどあったのです。

ここで、コンビーフについて話をします。コンビーフは通信部隊に加工部品を届けた際の帰りに二十～三十缶ほどもらって食べていました。

ところが、八月三十日の午前五時頃、通信部隊の数人が遠藤の家に来て、隊長から言われてコンビーフを届けに来たと話され、木箱（注、長さ一・五メートル、幅三十五センチ、高さ二十五センチ）を三個置いていったのです。

当初は事情が分からず、もしかするとソ連軍の西洋人は肉が好物だから、ソ連軍に持って行かれる前に一時保管したものと思ったそうです。

ところが、ソ連軍の赤軍も憲兵隊も、このコンビーフに一切手を付けませんでした。結果的に、このコンビーフは遠藤の家のものになるのです。

しかし、このような食料事情でも満足していないのです。遠藤家の食べ物で、ソ連軍上陸前は、時々漁師の方から生魚をもらっていたのが、上陸後は全くなくなりました。食卓に刺身とカジカ汁が現れないのは残念で、子供の私でも時には食べたいと思っていたのです。

そこで若松が十月末頃に、小船と網をどこかの誰かから借りて来たので、一週間に二日ほど夕食後の夜七時頃に湾の役場前の海辺に網を入れて来て、早朝の六時頃に網を上げに行くのですが、私は眠いことに悩まされました。しかし多様な魚が多く獲れました。

また、色丹島は釧路、根室より一年の平均気温が三、四度ほど高いと大人達は話していましたから、作物は米以外はすべて収穫できたのです。

以上から、遠藤の家は特別と思いますが、色丹島の島民の食生活は、当時の日本国内の国民からすれば、考えられない食料事情で生活をしていたことになると思います。


十一月に入って間もなく、三十歳前後のソ連民間人の電気技師と、多分政府関係者と思われる数人のソ連人が斜古丹に来ました。技師は多分、若松の後任にすることを考えて送り込んだと思われます。一方のソ連人は色丹島の各地を見て歩いていたようです。それは二十一年の春頃から赤軍の陸軍に代わって入島して来る赤軍の海軍と、一般国民の定住地などの調査に来ていたのです。

実際その様子は、二十一年の春頃の海軍と一般民の入島で分かるのです。

また、電気の発電はソ連にしてみれば、樺太との通信維持をする心臓部みたいなものですから、いつまでも日本人に頼るわけにはいかないわけです。

ところが電気技師は、一週間経った頃に「こんな見たこともない発動機と設備の維持管理はできない」と憲兵隊に申し出て、一緒に来たソ連人達と本国へ帰ってしまったのです。

また、十一月十日頃、今度は五十歳ぐらいと思われる電気技師が、妻と小学校へ上がる前の二人の娘を連れて来て、若松の指導を受けて働くことになったのです。

前の若い技師も、今度の技師も、住まいは遠藤の家の隣の空き家になった小泉さんの家でした。

ですので、ミサは干魚や野菜などを時々与えていました。何しろ奥さんは愛想の良い人で、いつも私のような子供にも手を振っていました。

ところが十二月になった頃、奥さんにも子供達の顔にも痣《あざ》があるのを見て、ミサがニコライ大佐に話したところ、技師が精神的におかしくなっていることは大佐も知っていて、困っていると話したそうです。

ミサが若松に聞いたら、最近は出て来てもイスに座っているだけで仕事はしていない、このことは憲兵隊も知っていると話したのです。

そんなことで、斜古丹湾に流氷が入る前の十二月二十日頃にモスクワに帰ったのです。

十一月十日頃から、赤軍将兵の家族が相当数、斜古丹村に入って来ました。

すでに記載しましたが、赤軍の軍曹が「憲兵隊が来る前に、今のうちに北海道に行っても良い」と話をしていますが、これは空き家を確保するためにソ連が考えていた事情があったのです。後で記載しますが、翌年の春から入島する海軍将校の家です。

しかし条件があって、米を持って島を離れることは禁じられていたのです。

ですから、米俵がない村の住民と身の回りの物だけを持って島を離れた島民は、北海道に行き着くことができたのです。

なぜ、このような区別をソ連軍ができたのかは、北海道の日本人のスパイ網と、すでにソ連に協力していた島民の情報があったからなのです。

実際、色丹、国後両島からの米の持ち出しで、事件があった話を記載します。

説明の前に、補助員の田村正男さんについて話しますと、すでに記載しましたが、約二年前に一人いた若松の同僚が、日本軍のアッツ島玉砕で今にもアメリカ軍が色丹島にも攻めて来るような噂があったせいか、勝手に北海道に帰ってしまいましたが、北海道からの補充員も来る人がおらず、困った若松が田村正男さんを島の南から連れて来たと私は聞いていました。

色丹島の各村の住民の家の所在地を記した書類を見ると、キリトウシ村に田村正男さんの名前がありますから、このキリトウシ村に住んでいたことは確かで、この村の付近には親戚の方々も住んでいたことは当然考えられます。

したがって、十月に入ってから週末になると、ご夫婦でお米を運んで来ていたのです（注、米をもらい受けていた家の名を、平成二十四年に知るのです。このことについては後記します）。米を運んでいたことは遠藤夫婦に知らされていたようです。

話が飛びますが、その田村さんが、「十一月十九日に目的は不明だが、多分北海道から来た元島民がソ連兵に銃撃されて死亡したようだ」（注、島民は事件後の時点で氏名と生死については知らないのです。すべてを知ったのは十二月十日頃）と、さらに「その様子を幾人かの島民が見ていた」と話したのです。

話によると、二日前からソ連兵が空き家に二十人ほど住み着き、海ばかり眺めていたのを島民は見ていたのです。したがって、島民の間ではアメリカ軍でも上陸してくるのかという噂話をしていたと話しました。

そのような状況の中で、漁船らしき船が桟橋に着き、二人が船の甲板に現れた時、二発の銃声が聞こえたと同時に二人は甲板上に倒れ、同時に多くのソ連兵がマンドリン銃を乱射しながら桟橋に殺到したが、船は素早く桟橋を離れて逃げて行ったと話しました。

ソ連兵が最初に撃った場所から撃たれた人までの距離は一〇〇メートル以上あったことから、相当に腕のいい狙撃兵がいたことになります。

以上の様子を記載した話が『忍従の海　北方領土の28年』P.１６１に、

「稲茂尻に住んでいた岩崎義雄さん、児玉文吾さんらは、島を一度脱出したあと、二十年十一月十九日、家財道具を取り寄せるため、船を仕立てて稲茂尻に向かった。ところが、接岸するやソ連兵のねらい撃ちにあい岩崎さんと児玉さんの二人は即死した。甲板を血で染めた船が根室港に入り、ソ連への怒りが高まった」と記載があります。

また、同じような状況が国後島でもあったのです（注、後で記載します）。

この事件について、遠藤ミサが十二月にニコライ大佐に聞いたところ、興味ある話をしているので、十二月のところで話します。

十一月十日頃に、奇妙な話が一部の島民の中で噂になっていたのです。それはすでに記載しましたが、十月十日頃に村役場が解散され、追放された梅原元村長が、また村長として北海道へ数人の島民と共に行くという奇妙な話です。

この北海道行きの内容を梅原氏（注、話した時点でソ連憲兵隊から村長を解任されている。しかも本人は一度もこの話はしていないし、ましてや大工の布川さんの助手として大工仕事をしたなど一度も話していません）は、『忍従の海　北方領土の28年』P.２０６～２０７に、

「島には、ソ連軍とともに、ソ連民間人の先発隊が入ってきたが、ただちに漁業を営む気配だった。私は選挙で地区会長にも選ばれていたため、島民を代表して、〝島は、北海道への依存なくして漁業はやれない。本土と交易させて欲しい〟と色丹島の守備隊長に要請した。二十年十月のことだった。

（中略）

出港日は十一月二十三日。（中略）島を出るとき、船の修理代として米三十俵をソ連軍からもらった。（中略）残り三十八俵は（注、二十八俵の誤記と思う）は食料営団に一俵二十円、計五六〇円で売った。（中略）

帰島日の十二月五日、島へ戻った。物資調達のはずだったが、北海道も品不足で、酒をわずかばかり持ち帰った」

と話していますが、この話は全くの嘘だということが、二十一年三月三日にニコライ大佐が日本国

内のスパイ集団と国後島、色丹島のスパイについて話していた内容から分かるのです。もちろん後で記載します。

そしてすでに記載しましたが、色丹島のスパイ活動について、この梅原氏の北海道渡航は、「スパイとして適任かどうかの確認をした」と話しています。すなわち、ある種の任務を与えられて渡航していたのです。

ニコライ大佐によると、自分からソ連のスパイだと話している片野氏、ソ連憲兵隊のスパイ活動の依頼を断り小学校校長職を解かれて自宅監禁状態になった佐藤先生と、梅原村長の三人は、いずれも北海道のスパイ達の推薦であったと話しています。

参考までに、片野氏が同書のP.162に、

「親類で、当時根室町長をしていた安藤石典には会うなと命令された（注、「会うな」ではなく「会え」です。実際は会っていますし、そのことはスパイ網を通じていずれ分かります。すなわち、命令違反でシベリア送りになっていたはずです）。

親類関係までよく調べあげたものと、ソ連の諜報活動にまず舌を巻いた」と話しています。

しかし、これはソ連の情報機関が調べたのではなく、日本国内のソ連の日本人スパイ集団からの情報なのです。

話を戻して、梅原村長の話はすべてが嘘で、私にしてみれば、何一つ当時のソ連軍などの状況を把握していないのです。

一つは、「ソ連民間人の先発隊が入ってきた」ですが、「先発隊」とは何を証拠に言えるのでしょうか？　これはおそらく、赤軍の家族が十一月十日頃から十二月中頃までに、十組ほど斜古丹村に住むようになったことを話しているのでしょう。

なぜ私が「赤軍の家族が十組ほど」と話せるかは、遠藤家の北側の出窓から捕鯨場の桟橋を見ていましたから、桟橋に上がる女性、子供達、それを出迎える兵士を見ていたことと、詳細は後記しますが、憲兵に連れて行かれたハリスト教会堂でそのことを確認したのです。

二つ目は、「ただちに漁業を営む気配だった」ですが、入島して来たのはソ連軍の家族で、何を証拠に「漁業を営む気配」なのでしょうか？　いい加減な話です。

三つ目は、「色丹島の守備隊長に要請した」とありますが、「要請した」は嘘で、記載済みですがスパイとして適任かの確認であり、したがって梅原村長の「島は、北海道（中略）本土と交易させて欲しい」という内容の話は、当時の根室では誰一人話を持ちかけられたと言う人がいません。私見ですが、この話は多分、ソ連憲兵隊が同行させる島民を納得させるために考えた話であると思います。

また同行させた七人の村議は人質です。すなわち「渡道の条件は、①全員が連帯責任で帰ってくること」と同書のP.２０６に記載があり、言うまでもなく村長一人の渡道では二度と色丹島には戻ってきません。

さらに渡道の目的を、村長は同書のP.２０７に「物質調達のはずだったが、北海道も品物不足で、酒をわずかばかり持ち帰った」と話していますが、この話の「物質調達」とは全く嘘つきの見本を自ら証明しているよう話なのです。すなわち記載済みですが、役場の二五〇メートルのところに、「露天積みにされた米俵の山があった。四万俵あると聞いた」とありますが、もちろん米俵に対応する味噌、醤油などもあると考えるのが自然で、この状況を村長たる人間が知らないとは誰も信じないでしょう。

では、スパイとして送り込んだ目的は何かです。私見ですが、米俵三十俵の数です。すなわち当時一俵が約一〇〇〇円で取引されており（注『北方領土　悲しみの島々』P.189に、「船のチャーター料は一万円に米十俵（一万円相当）」と記載がある）、このことはソ連憲兵隊も知っていますから、現金化した金の幾らかの用途についてはなんらかの指示があったと思います。

話が飛びますが、同じくスパイとして送り込まれた片野さんが『忍従の海　北方領土の28年』P.164に、

「ソ連軍から渡された新円で使ったのは、根室―釧路間の往復の汽車賃ぐらいだった」

と話していますが、釧路へ赴いた目的は一切話していません。

すなわちスパイ同士は絶対に接触させないことが原則とのことですから、物品の受け渡しは、渡す者が適当な場所に隠して来て、後日、その場所を現地のスパイに知らせて目的が完了です。

ところが、梅原村長は同書のP.207で、「食糧営団に一俵二十円、計五六〇円で売った」と話しています。さらに付け加えると、守備隊長に要請した「北海道（中略）本土と交易させて欲しい」という話を営団と話したとは一言も話していませんし、営団側の人が梅原村長からそのような話があっ

たと言っていることを記載した書物は見たことがありません。

以上のことから、梅原村長の渡航は自分から申し出た話ではなく、ニコライ大佐が人物の信用性を確認するのが目的であったと思われます。

また、村長が「私の談話までのった新聞を突きつけられた」と話しているように、ニコライ大佐が「二十年の九月の中頃から国後と北海道間にはスパイの定期便が出来ていた」と話していますから、北海道の新聞はその日のうちにソ連憲兵隊に届いていたことが考えられます。

すなわち、以上のことが真実ならば、ソ連軍の指示に違反した村長のシベリア送りは当然と考えられます。

ここで私見ですが、ソ連憲兵隊が終戦直後から島民へのスパイ活動を積極的に行った理由は、日本憲兵隊の情報を得ることと、スターリンが日本本土上陸を諦めていなかったことをアメリカ政府も十分考えていたと思われます（注、朝鮮戦争時のアメリカの行動で説明あり）。一方ソ連はもし上陸した際の後のことを考えてのスパイ網の組織作りとも考えられます。

話を色丹島に戻して、当時、色丹島のすべての運用は、ニコライ大佐の指揮下のソ連憲兵隊が赤軍を直接指導、監督していて、島民への伝達は赤軍にさせていたのです。

島民にしてみれば、島には五〇〇〇名分近くの日本軍の米、味噌、醤油などの食糧があることは知られるようになっていましたし、他の食べ物は各自で十分確保できる島であったので、それほどその年の冬を越すことを心配していなかったような話は、遠藤の家に来た人達の話で聞いていました。

ただ、ソ連軍からの話を誰に聞いていいのか、そして村民に話す方法がないことに困っていたようです。もちろん島には電話設備はありませんので、斜古丹村以外の村でソ連軍が駐屯していない村の人は、時々斜古丹村まで来て話を聞いていました。

例えばマタコタンでは、根室から来ていた木根寅次郎さんが遠藤の家に時々海産物を届けながら情報を聞いていました。何しろ春先に色丹島に来て、漁業で獲った海産物を根室へ持って帰る三カ月前にソ連軍が上陸したわけですし、島民でも同じことで、十二月中頃の流氷が来る前に海産物を根室で換金し、越冬の食糧などを確保して生活していたのですから。

ここで、島民の脱島のことを記載してみます。

島民にしてみれば、島を離れるには遅くとも十二月二十日頃までにしないと流氷が色丹島近海に押し寄せて来ますから、それ以前に脱島をしなければなりません。したがって島民の多くはこの期間までに島を離れています。「北方領土島民名簿」の島民名簿を見れば分かります。

一方ソ連側にすれば、来春から入島する一般国民と、赤軍の陸軍の撤退後に進駐する赤軍の海軍とその家族の定住する住まいなどのことを考えていたのです。したがって色丹島の島民の脱島は、ソ連側からすると願ってもないことだったのです。

ただし、米を持っての脱島は、島民のスパイ網で防止していたのです。

実際、ソ連軍の取締船の漁船の機関士をしていて、「時にはエンジンに海水をかけ、エンジンを止めて逃がしたこともあった」と父親が話していたと言う、私の一学年下の女性に、平成二十四年に釧路で会っています（注、内容を自叙伝に記載する許可はもらったのですが、後日書面で許可の依頼をしたところ未着のため、氏名は記載しません）。

しかし、『北方領土　悲しみの島々』P.138に、この人の描写の記載があります。また元の仕事に就いたこの人の記載が、『元島民が語る　われらの北方四島』P.321に「ある郵便局員だった人は、占領と同時に局を追われ、捕鯨船のボイラーマンにされましたが、（以下略）」とあり、さらに私は平成二十四年に札幌市南区の自宅で本人に会って確認しています。

そこで、当時の色丹島島民の脱島の話を記載します。

その前に、二十年十二月中頃に斜古丹村の村民の間で、チボイ村の人々が北海道へ逃げて行った話の中で、彼らは「旨いことをした」と話していたのです。

理由は、終戦前にチボイ村には日本兵が駐屯していて、同時に相当数の米俵が山積みされていたのです。その米俵がすべてなくなっているのを見て来た村民の話からの噂なのです。

ところが、平成二十七年七月十五日に根室市で思いがけない人にお会いして、貴重な話を聞きました。

根室でお会いした二人の方の話では（注、後日、聞いた話の確認を書面で依頼したのですが、未着のため氏名は記載しません）、「正確には覚えていないが、二十年の六月には日本兵は村からいなくなって、同時に米俵の山もすべてなくなっていた」ということでした。

一方、『元島民が語る　われらの北方四島』P.238～239に、

「（中略）十一月某日の昼近い頃、三隻の潜入船団が根室に、金刀比羅神社下の船入澗を出港。（中略）まさに天佑神助と言おうか、幸祐丸にトロイ地区から二世帯、興隆丸にはカンバライソの二世帯、さらに第三船にチボイ地区から二世帯を収容するという成果でした。

折り返し潜入に踏み切って、チボイ燈台付近から十数戸の人々を一挙に二隻の船で収容、間髪を入れず脱兎作戦で避退する――という計画で実行。（中略）

食料はもちろん、乾海苔、煙筒類や自炊用具、畳の表ござまで積み込んで脱島する鮮やかなものでした」

とありますが、お会いした一人の方は、ある事情で乾海苔しか持たずに根室に着いた途端、舟代として船長から皆取られたと話されました。

私はこの話を聞いて、チボイ村に山積みされていた米俵があることを知っていた人物が計画の中心人物で、真の目的は米俵を盗みに行くことであり、島民の脱島を助けることは二の次と思いました。真の目的が島民の脱島ならば、船賃としてこれからのただ一つの生活の糧を巻き上げることはできないでしょう。

すなわち、この地域には米俵のないことはソ連軍も知っていたから、監視もせず脱島を黙認していたと思います。

話が飛びますが、お会いした人の元の島の家は、私が（注、小学校二年生の時）遠藤ミサに連れら

れて行き泊まった家で、お会いした人はそこの息子さんでした。すなわち、前述の欄間の話で確認できたのでした。

話を戻し、国後島では色丹島と全く違い、脱島時に時には米俵を積んだ船を囮《おとり》にし、一方で北海道のスパイ集団に米を運ばせて資金作りをしていたと思われるのです。

それは、二十一年三月三日に、ニコライ大佐の話の内容から察しがついたのです。この辺の話の推移は後記します。

『北方領土　悲しみの島々』P.189に、

「十二トンから二十トンくらいの漁船をチャーターし、中沢武雄さんを船長に、四人ほど乗り組んでもらって、国後島から、一回で十五～二十人くらいずつ乗せて来る。船のチャーター料は、一万円に米十俵（注、一俵一〇〇〇円相当）、つまり計二万円ほどのもの（以下略）」と記載があります。

話が飛びますが、すでに記載しましたが、ニコライ大佐は根室では米一俵が約一〇〇〇円で売られていることを知っていましたから、二十年十一月の梅原氏らの北海道渡航の際に米俵三十俵ほどを与え、売った金の一部の目的も指示していたのです。

関連する話で、『忍従の海　北方領土の28年』P.162～163に、ソ連のスパイとして北海道に渡った片野氏が、

「出発前に軍資金が渡された。手の切れるような札で『十円』と日本文字で書かれていた。（中略）二、三十枚はあった」と話していますが、他に本人が知らない金三万円を持参していて、指定の場所

に埋めてくることを指示していたのです（注『忍従の海　北方領土の28年』P.１６４に、片野氏は「新円で使ったのは、根室―釧路間の往復の汽車賃ぐらいだった」と記載していますが、釧路への目的は何一つ話していません。また姉の家に置いて帰った金は三十円。これはソ連軍から渡された金額。当時の根室‐釧路間の往復の汽車賃は約三円。ＪＲ札幌駅で聞いた金額ですが、当時の料金表はないとのこと）。すなわちスパイの目的は二つでした。詳細は昭和二十一年八月二十八日のニコライ大佐の話で記載してあります（注、P.３２１に「二人の日本人を送って」と記載しています。その二人の行動が記載してあります）。

したがって、国後島では二十一年の春頃には、米は全くなくなり、色丹島から運び込んでいるのです。この持ち出しのことは五月頃の話でします。

十一月の中頃から、斜古丹湾の出入り口近くまで船を出してイカ釣りができる許可が出て、私は船酔をしましたが、イカ針を海に入れるとすぐに何匹も食いつくので、イカの墨で顔を真っ黒にして夢中で四、五日通いました。

ここで横道にそれますが、顔が真っ黒になった理由が、平成二十七年九月のテレビ番組（注、局名と番組名は忘れました）で、イカは海から釣り上げて素早く処理しないと、驚いて墨を吐き出すと放送されていたのを見て、我々子供は釣り上げてから針を外すのに手間取っていたからと知りました。

この時の湾内には多くの島民のイカ釣り船が出ていたのを近くで見ていました。なにしろ、十二月中頃には斜古丹湾には流氷が張り詰めますから、村民達はイカ釣りは一家総出で行って、スルメと塩辛にして、多くは他の海産物と一緒に根室へ運び、越冬用の食糧や衣類に変えたのです。

ところが、根室への海産物の持ち込みができないばかりか、冬期間の衣類の確保ができなくなったのです。

このような状況の中で、私にとって人生で一番悲しい十二月になるのですが、十二月になって間もなく、ニコライ大佐が珍しく昼食を食べに遠藤の家に来て、前述したように、日本人は一カ月に幾らほどの米を食べるかを聞いています。

このように、ソ連憲兵隊が島民からいろいろと話を聞いている状況が、前述の「北海道クローズアップ――」の青色の軍服の兵士の写真からも分かり、このようにＫＧＢ（秘密警察）は、占領下の民間人からも話を聞きながら占領下の運営を進めていたのです。

この頃からソ連憲兵隊は、日本兵が残して行った米がいつ頃になくなるかを調べ始めているのです（注、後で詳細に記載します）。

また、ソ連人はイカを食べる習慣があまりないのですが、日本人が毎日大量のイカを獲っていることを知り、天日干しは見ているが、他にどのような食べ方をしているかを事前にミサに聞いていたのです。ミサは、刺身、煮物、塩辛、天ぷらなどを説明していました。

この日は大佐の休日だったのか、濁酒をコップで四、五杯も飲み、いつもと違った話し振りでした。

「今履いている革長靴もピストルもドイツ製で、港にある監視艇は、ライン川からスエズ運河経由で持って来た」と話しました（注、スエズ運河を使用した理由は、平成二十八年にテレビで伊四〇〇潜水艦について放送されたことで知る)。

監視艇は『忍従の海　北方領土の28年』P.31の写真の船で、当時斜古丹と国後間を週に数度行き来しているのを見ていました。話が飛びますが、海軍が入島したと同時に、『安藤石典と北方領土』P.33の写真の監視艇二隻が追加されています。

「なにしろ、我々はドイツとの四年近くの死闘で、一九四四年の秋頃にはモスクワも市街戦になって、一時は危険な状態になったこともあった。我が国はこの四年間の戦争で、あらゆる面で物資の欠乏に陥っていた」と大佐は話し、帰り際に、

「西洋人は数千年も国取りで殺し合いをしていたが、日本は同じ殺し合いでも、殿様が腹を切れば領地内の人々は死なずに済むような社会で、国民の生活にもある程度の余裕があったから、多方面で文化が栄えたと我々は分析している」と話しました。

この時、遠藤ミサが、十一月末にあった稲茂尻の話を聞いたところ、

「我々は事前に北海道から稲茂尻に米を取りに来ることは知っていたから、接岸したら脅かして逃がす指示をしていたが、狙撃兵の配置は指示していなかった。日本人が死んだかどうかは知らない」と話しました。

大佐の話が参考になるかは不明ですが、国後島での話で、『北方領土　悲しみの島々』P.１８４に、「最後の航海になる一つ前の船だったがね、このときには、さすがにソ連兵も気づいてしまって、船が近づいたらバンバン撃ち出したんだ。それで船は仕方なくて、根室に帰ってしまった。

同じ日本人でも、スパイするやつもいたんだな。今度はあれら逃げるらしいとかロスケ（注、ロシア人の蔑称）に教えるんだ」（注、島民はいつ北海道から米を取りに島に来るかの情報は知ることはできない。それは色丹島の時と同様、北海道のスパイ網からソ連軍に情報があって初めてソ連兵が待ち構えて行動をしていたことが裏付けられた話でしょう）。

ところが、ソ連憲兵隊は一歩も二歩も先を考えて事を進めていたことを後で知ることになります。それゆえに、国後島では二十一年の春頃には米は全くなくなるし、一方、島民の七割が脱島できたのです。すべて、二十一年三月三日に、ある程度のカラクリ（注、遠藤ミサに新札のたばを見せたことで）が分かったのです。

話を戻して、十五日に学校から帰ると、とうやんとスナお祖母さんが、いつものように白米にした米と海産物を持って来ていましたが、同時に八十二歳になるヤスお祖母ちゃんの容態がおかしいので子供達を迎えに来たと話したのです。

したがいまして、その日の昼食後に、とうやん達と我々兄弟も一緒にアナマ村に帰ったのです。

翌日、床に寝ているお祖母ちゃんに会ったのですが、泣きながら喜んでくれました。その日私はそばにいましたが、食事は何も食べられる状態ではありませんでした。

翌日の十七日の正午頃に容態が急変し、それでも体を起こすことを要求して私にそばに来るように求めたのですが、私は体を動かすことができないで足下に座っていたのです。もちろん皆から「一郎、お祖母ちゃんのところへ行きなさい」と言われても行けないでいると、要領のいい弟の仁郎がお祖母ちゃんに抱きつきました。ところがお祖母ちゃんは、弟を除ける仕草をしたので、かあやんが堪りかねて、私を抱きかかえてヤスお祖母ちゃんの腕の中に抱かせたのです。

私はしばらくの間お祖母ちゃんに抱きついて泣いていたようです。私がお祖母ちゃんから離れて、横になって十分ほど経った頃に安らかに眠りについたのです。今思いますと本当に安らかにあの世へ旅立ったのです。

私はその後の通夜と葬儀のことは全く覚えていません。しかし、火葬は家の近くの山の松林の雪の中で執り行われたと思っています（注、「思っています」と記載したのは、後日、弟の仁郎が「火葬は家の裏山でした」と話しているからです）。火葬の際に、当時斜古丹の僧侶の舘行雲さんがお経を唱える姿を見ていました。

話が飛びますが、私の記憶では火葬の場所はアナマのソ連の旧小学校があった近くと思って、戦後に色丹島を訪れ小学校を訪問したときは、二十分ほど時間をもらい、近くの大きな松の木の根元で二度ほど線香とロウソクに火を灯《とも》し、手を合わせてから離島しています。

翌、昭和二十一年一月、私には初めての喪中の正月で、ヤスお祖母ちゃんがいないので、「イチロウ、イチロウ」と言う声がなかったのは何となく寂しい思いでした。

五日頃には、弟ととうやんとスナお祖母さんと一緒に下宿の遠藤の家に戻りました。なにしろ、友達とスキーで遊ぶことばかり考えていたので、早々にアナマを離れたのです。それと、一月の十日頃からは、街道のところどころに三十センチほど雪が積もり始めるからです。

この年のスキー遊びは、私の足も丈夫になったせいか皆の後について行くことができたので、スキーをする山の沢を登って反対側の沢まで行くことができました。

この沢を登りながら、前の年の八月二十九日の夜、日本憲兵隊の将兵に負ぶわれて来た場所でないかと、左側の山肌を見ながら思っていました。

弟はこの冬、遠藤若松にソリを作ってもらい、小さい子供達と遊んでいました。

このような状況で三学期が始まるのですが、登校して来る生徒は以前の半分くらいでした。

また、すでに記載済みですが、二月になった頃から毎日、一時間目が終わると佐藤先生に呼ばれ、授業が終わるまで将棋を指していたのです。

私も勉強するよりは楽しいので、誰にも話さずに楽しんでいました。なにしろ、二十二年の二月頃まで続いていました。もちろん、私も最初は先生が高学年に授業をせずに私と将棋を指すことを不思議には思っていました。その理由を知ったのは平成二十二年でした。

その結果を案じてか佐藤先生は、昭和二十二年の新学期から一カ月半ほどの期間、小林出さんという若い先生を呼んで授業を教えてもらう手配をしました。この小林先生で印象のあることは、先生に連れられて小学校の近くにあったソ連の小学校に行ったことです。

そこで覚えていることは、生徒皆が鉛筆ではなく、インク瓶にペンを入れながら文字を書いていたことです。小林先生が一カ月半でいなくなった理由は後述します。

これは見学には関係のないことですが、すでに昨年上陸していたソ連赤軍（注、陸軍）の家族の、胸の大きい（注、子供の遊びのところで記載します）女の子（注、多分級長をしていた）が、私に向かって手を振りながらウインクしていたことを覚えています。

この見学の話を、自由訪問の際、根室で会食の際に西田貞夫氏（注、平成二十二年逝去）の前で話した時、「そのようなことはあり得ない」と話したので、私は話をやめました。

話が飛びますが、平成二十三年十月二十四日に、札幌市西区に住む元島民で同級生の一人が、「確かに小林さんという若い先生に勉強を教わった」と話しています（注、氏名を出さない理由は記載済み）。

記載済みですが、彼女は「斜古丹村にソ連軍が上陸して小学校に来たのはお昼頃、その後の帰宅は友達同士で帰った。さらに途中でソ連兵から日本兵の乾パンをもらった」と話しています。できれば、彼女が生存中にジャーナリストの一人でも確認してほしいものです。

話を戻して、佐藤校長先生と将棋をしていたことで、私は五年生の勉強はほとんどしていないことになります。そのような状況の原因が、平成二十二年の春に釧路市で元島民の松井和徳さんにお会いして、『千島教育回想録』を渡されて読んで初めて、佐藤校長先生がソ連憲兵隊からのスパイ活動の協力を断ったことが原因であることを知りました。

すなわち、先生はスパイ活動を断ったために自宅監禁になっていたのです。

そのような状況を打開するために佐藤先生は、小林嘉也氏の長男、出さん（注、当時十五歳）に代用教員を依頼したと私は考えております。

そのことと関係があるかは不明ですが、『千島教育回想録』P.161～162に佐藤先生の話で、「この間にあって残留していた人々の善意で細々ながら授業は続けた。その方々の中で特別献身的な協力を頂いた西田国平氏、（中略）小林嘉也氏に深甚な感謝の意を表する」と記載がありますが、西田氏は物品の援助と思われ、小林出さんについては代用教員のこと以外不明です。

話は飛びますが、二十一年の春頃に、進駐して来た赤軍の海軍の将校の住まいとして、村民の家でも良さそうな家の立ち退き、すなわち小林嘉也宅（注、遠藤の家の斜め北側そば）と石森宅（注、営林署官舎）の立ち退きをさせられた結果、小林先生は一カ月半でいなくなったのです。

そして、遠藤家が二十二年の五月頃にマタコタン村に移住させられた時には、すでに両家はマタコタン村に住んでいました。その際には、私だけ遠藤の家に住むようになったのです。

その移住後に、一度小林宅に遊びに行った時、野球という遊びを初めて経験したのです。

当時、北方四島で野球という遊びを知っていて遊ぶ人は、過去に学校生活で野球をして遊んでいたところに住んでいた人だと思います。

それに該当する人は、当時色丹島で小林家の長男の出さんしか考えられないし、同時に学問においても高学年までの授業は終了していたと思います。

当時、十五、六歳頃の少年は軍隊に入隊している少年達もいますから、終戦後の少年よりは大人びていたと思いますので、十五歳の少年でも高学年の学童に授業をできたと思います。

しかし、小林先生の授業は二カ月ほどで終わっていますから、私の学年の一級下以上からの学年は、引き揚げまでの約一年五カ月間は先生の授業は受けていないことになると思います。

しかし、これらのことは佐藤先生も西田先生も、引き揚げ後一言も話されていません。おそらく引き揚げ後の学年編入の際に問題になると考えたから話していなかったと思います。

しかし、私は親に五年生、六年生時には全く授業を受けていないことを話して、釧路市の小学校への入学時には六年生で再入学しました。

そのあおりで、正常な授業を受けていた次男、三男の弟達も留年入学をしています。

話が飛びますが、釧路市の北中では、斜古丹で一級下の波平サダヨさんと同学年で勉強したのです。

さて、話を二十一年二月中頃の日曜日に戻して、ニコライ大佐が遠藤家での昼食時にしていた話で、「島民の数人が山に入って木を切り倒しているので、聞いたところ、春に営林署の許可をもらった木を切っていると話したので、調べたら営林署では間違いなく許可はしているが、その書類はソ連軍によって事務所を荒らされた時に不明になったと話している。ミサが知っているところを話してほしい」

と言うので、ミサが私を指差して、

「この子の親も年に二本の木を切り倒す許可をもらって、家の修理用の製材と冬の燃料の薪にしているという話を聞いている」と話しましたところ、「よく分かった」と言いました。

この木の切り出しに関する話が、『元島民が語る　われらの北方四島』P.324に、大工職・布川栄吉さんの話として掲載されています。

「あまり木材を使いますと、冬に燃料にする薪が不足してしまいます。そこでソ連軍の指示を無視して、山へ薪を切りに行きました。その結果、私は捕えられ、ソ連軍の司令部に連れて行かれました。（中略）穴澗湾の刑務所に入れられました。二十一年三月のことでした」

ここで補足説明として、まず私見で布川さんは、おそらく相当数の木を切ったことを問い詰められて答えに困り、無言を貫いて刑務所へ入れられたのだと思います。

もう一つは、刑務所の話です。皆さんはアナマの刑務所と聞くと、ソ連が設定した捕獲ラインを越えた漁船がソ連監視艇に捕獲された際に、船員が一時入れられて取り調べられる際の刑務所だと思うかもしれませんが、その刑務所ではないのです。

話が飛びますが、『根室色丹会50周年記念誌』P.55で、手島慈教氏が、

「ソ連軍に捕虜にされ、収容所に送られたのである。アナマの収容所を出たのは、二十一年五月の末」と話していますが、その収容所と、布川さんが話している刑務所は全く同じ建物で、この建物は二十年九月二日に日本陸軍将兵約四〇〇〇名が収容された場所に建てられ、おそらく日本陸軍将校用に建てられた建物（注、鉄条網に囲まれ捕虜になっている日本将兵に会いに行った時、山上の建物の方から、案内のソ連兵と共に鏡副旅団長と将校二名が私達のところへ現れたことを考えて話していま す）か、傷病兵用に作られた建物（注、実際目の前で見ている）などの一つと考えられます。

私は実際、二十二年七月末から八月末頃と、島を引き揚げる二十二年の九月頃に実家のアナマ村に住みましたが、漁船員が収容された刑務所の場所には一切の建物は見ていませんでした。

さらに、父の平野政五郎（とうやん）が乗船した漁船が、四、五回ほど捕獲された時の話を聞いていますので、この話ができるのです。

幾らか話がそれましたが、この時ミサがニコライ大佐に「聞きたいことがあるので質問して良いか」と聞くと、「何でも聞いてやる」と話したのです。

そこでミサは、「前にも話したと思うが、日本海軍の通信部隊の大尉が択捉島の師団司令部から、『ソ連軍との話し合いで、色丹島の武装解除が終わればソ連軍は島から離れると連絡があった』と聞いているが、どうして今もいるのか」と話しました。

ところが、これまではミサの話に即座に答える大佐が、しばらくの間無言で、その後に、

「撤退の話は、我が軍の司令官の誰が話したかは聞いていない。

我が軍は今、疑念の状況にある。破壊的状況の敗戦国日本で、この小さな島に四〇〇〇名以上の無傷の日本兵が駐屯し、しかも数年分の食料が確保されていた。

しかし、それに見合う武器弾薬などが全くないに等しい状況であったので、日本軍に聞いたところ（注、日本陸軍の鏡副旅団長と考えられる。その状況に関する話は記載済み）、武器、弾薬などはすべて海に投棄したと話したので、どの付近の海に捨てたかを聞くと、

『我々陸軍は船舶を持っていなかったので、船舶を保有していた海軍が捨てたので、捨てた海域は知

らない』と話したので、海軍は今どこに隠れているのかと聞くと、『船舶が斜古丹湾にないのであれば、ソ連軍が上陸する前に色丹から撤退したのだろう』と話したが、その他にも不明な軍隊の存在を確認中である。

なにしろ、すべての武器弾薬などを海に投棄したとは信じられないし、多くの食料を持って山中に潜んでいることも考えられるから、今、我が軍は全島を捜索中であるので、今は撤退は考えていない。

話は変わるが、今でこそソ連軍は色丹と他の島も占領している状態にあるが、我々は八月二十七日頃までは、これらの島々の占領は全く考えていなかった。

ソ連はアメリカと協同で日本本土へ上陸し、首都東京を陥落する作戦をしていた。

そのために、ソ連は今まで海から敵の国へ攻め込む戦争は考えていなかったので、上陸用の船舶は持っていなかった。そこでアメリカから多くの上陸用の船舶を借りていた。これらのことは、おそらく五十年後には世に出ると思われる（注、まさに、協同作戦のことは『暗闘　スターリン、トルーマンと日本降伏』P.461に、「陸軍省（注、アメリカの）で検討された占領政策を検討する文書のなかには、（中略）ソ連に北海道と東北を占領地区として管轄させる」となっている。一方、借りた艦船のことは、一九九三年に出版された『千島占領　一九四五年 夏』P.49に、「米国は合計二五〇隻以上のフリゲート艦、掃海艇、駆逐艦、水雷艇、上陸用舟艇を送ることを約束した」と。そればかりではなく同書P.48に、「太平洋におけるレンド・リース計画は、アメリカ西海岸からソ連極東に物資を輸送するだけではなかった。一九四五年五月から九月にかけて、コールドハーバー（米国アラスカ州）ではソ連太平洋艦隊の約一万五〇〇〇人の水兵が訓練を受けた。これらの水兵は、その後、レンド・リース協定によってソ連に引き渡された一三八隻の水上艦艇で勤務することになる」という文書が四十八年後に世に出ているのです。なお、ソ連海軍将兵一万五〇〇〇名の以後の状況については後で説明します）。

そこで、自分が今まで話したこと、またこれからも多くのことを話すと思うが、五十年間は特に新聞社、役人などには絶対に話をしないことを約束してほしい」

とミサに話しました。

もちろん私は、当時何となく話を聞いていましたが、よく記憶していました。

私も大佐に「フリゲート艦もアメリカから借りたの？」と聞いたところ、「どうして知っているのか」と聞くので、「アナマのソ連軍の許可をもらい、ソ連兵同行で捕虜になっていた日本兵に会いに行った時に日本兵から聞いた」と話すと、大佐は、「このことを今まで話したことはあるのか」と聞くので、「今日初めて話した」と言うと、「この話は二度と話すな」と言い、「もし多くのソ連兵に知れた時は、スパイ活動として父親は二十年、子供も十五年以上刑務所に送られる。すぐに村に行って口止めするように」と言われたのです。したがって翌朝特別に許可をもらい、遠藤若松は早朝カンジキとスキーを持ってアナマ村に赴いています。

また、大佐から「通信大尉から他に何か話を聞いていないか」と尋ねられたので、ミサが「話は別に聞いていないが、密書らしき書を大尉から預かって来て、一郎が憲兵隊に連れられて子供達がスキー遊びをしている山裾の沢を上奥の部隊に届けた」と話すと、大佐は即座に「大変貴重な話を聞くことができた」と私の手を握ってくれました。

私が言うまでもなく、ニコライ大佐は隠れていると思われる日本兵、すなわち日本軍の憲兵隊は、ソ連軍が上陸する前に日本海軍と一緒に色丹島から脱出したことを知ったのです。

なぜならソ連は『北方領土　悲しみの島々』P.154に、

「色丹島では、十月五日に命令がだされる。（中略）一、（中略）二、村役場、警察、憲兵隊の解散を命ずる。（三、と四、は略します）」と。また、記載済みですが、ニコライ大佐が「不明な軍隊の存在を確認できないでいる」と言った話の軍隊は、紛れもなく日本軍の憲兵隊を指しています。

したがって、私の話を聞いた大佐は、密書を届けた部隊が憲兵隊だと確信したと思います。

話が横道にそれますが、ここで一つ、今まで誰一人話していない重要と思われる話を記載します（注、重要な意味は後で記載します）。

すでに日本海軍部隊がソ連軍上陸前に色丹島を脱出したことは、おそらくソ連憲兵隊が色丹島の混成第四鏡副旅団長の話と、斜古丹湾に常時停泊していた日本海軍所有の三〇〇トンほどの船舶がなくなっていたこと（注、八月三十一日に小野寺巡査が遠藤ミサに話している）を聞いていたことで明白なのです。

ところが、海軍部隊の傘下にあった暁部隊の部隊長・若松氏と、部下の朴さんの十二名が、ソ連軍上陸後に斜古丹のハリスト正教会に駐屯していたのです。

この話ができるのは、平成二十二年度の第一回自由訪問の際、根室グランドホテルで、東京からドキュメンタリーの取材で根室市に来ていたKさんとの会話で、私がこれから色丹島へ行くと話すと、「私の知人で韓国人の朴さんという方が、終戦時色丹島に駐屯していた」と話され、その後Kさんと文通で、他にも元歯舞諸島に駐屯していた日本兵が喜寿に書いた、終戦時にソ連軍の船に乗せられるまでのことを記した貴重な書面も送付されて、私の手元にあります。

また、Kさんが韓国のソウルへ赴いて、テープに録音した朴さんの話を文書にしたものも私の手元にあるのです。

なお、朴さんのことは、すでに記載していますが『広報よいち　2007　11月号』(№679)に詳細の記事があり、この部隊の任務が朴さんの話から想像できるのです。

「教会の近くの浜に船が一隻あったんです。小さい船で、名前が『コウソクテイ(高速艇)』、速いもんね、小さいです、五、六名乗って。機関銃が一台あって、私は機関銃の射手、機関銃の撃ち手だったですよ」

この高速艇についても記載済みですが、さらに詳しくお話ししますと、斜古丹湾には高速艇は二隻あったのです。

この「コウソクテイ」こそが、平成二十七年にNHKで放送された「震洋」なる船で、船体はベニヤ板、動力は自動車のエンジンの、舳体の船先に爆雷を装備したモーターボートで、三〇〇〇隻を建造し、沖縄にはすでに配備されていたと、日本文芸社の『太平洋戦争』に記載されています。言うまでもなく海の特攻隊ですね。

すなわち、一隻に六人の搭乗員として、六×三〇〇〇＝一万八〇〇〇人の人間を全国各地で一般に知られないように、また近隣の国の若者も徴集し、日本兵士として訓練しているのです。

朴さんの部隊は十二名で、隊長は日本人の若松氏。もう一人の日本人兵士は山根さんと記載されています。したがって、二人の日本人の指揮下に、一隻に五名の兵士が乗船したものと考えられます。

すなわち、朴さんが「一隻の乗員は五、六名」と話していることからも、隊は十二名ですから話が合います。斜古丹湾には二隻の「震洋」が配備されていたのです。また、色丹島には歯舞諸島に駐屯する部隊との連絡用に、陸軍が独自に高速艇を一隻保有していたのです。この件については歯舞諸島のところで詳細に説明しています。

今日、日本は韓国との間で、慰安婦問題などでギクシャクしていますが、朝鮮の若い青年を連れて来て海の特攻隊の兵士にしていたことが、私のこの自叙伝で知れることになるのです。

また高速艇、すなわち「震洋」の日本本土の部隊については、平成二十七年にＮＨＫの番組で「終戦（注、日本では八月十五日）の日から一週間に何があったか」という内容で、この「震洋」部隊の行動の様子が詳細に放送されていました。

私はこの高速艇を実際に見ておりますが、月日は正確に覚えていませんが、二十年の五月末頃に、斜古丹湾から出港した三隻の輸送船が色丹の軍艦岬沖で三隻一度に沈没したのです。軍からは「嵐に遭って沈没した」と発表されましたが、島民の間では誰一人信用していませんでした。

私は、将棋を指しに行っていた兵舎の兵隊さんの会話を聴いていましたので、その話から「アメリカの潜水艦が三十メートル近くで浮上して魚雷を発射した」と。おそらく救助された兵士から聞いたのでしょう。

この救助の時に、この高速艇二隻が数日、斜古丹湾を動き回っているのを見ています。

一隻は朴さんが言われたように、教会正面の海辺（注、小野寺巡査宅から斜古丹川の河口まで島民は立ち入り禁止）に停泊していました。

もう一隻の船は、斜古丹湾の海に向かって右側の湾の岬付近に駐屯していた暁部隊の近くの海に三〇〇トンほどの海軍の船舶がいて、その付近に停泊していました。そして時々早朝に、対岸の通信部隊がある岸辺に物資を運んでいたのを、私は遠藤の家の窓から見ていました。

当時日本軍は、物資はもとより武器弾薬などの移動は、村民が寝ている間に行っています。すでに記載済みですが、私の実家のアナマ村の家から約一五〇メートル離れた山沢に三〇〇俵の米俵を積み上げていたのも、平野の家の誰も見ていませんでした。

話が飛びますが、多分色丹島の暁部隊と同様に、本隊から取り残された択捉島の暁部隊について記載します。色丹島の陸軍部隊同様、択捉島も『千島占領　一九四五年 夏』P.147に、「将兵総数一万三五〇〇人の第八九歩兵師団が駐留していることがわかった」と記載されていますが、この内容はソ連軍上陸後に日本軍から聞いた話です。しかし色丹島同様、海軍と憲兵隊のことは一言も記載されていません。

すなわち、海軍と憲兵隊はソ連上陸後、択捉島を脱島しているのですが、『北方領土　悲しみの島々』P.170〜171に、

「船を奪って脱島するという事件が、択捉島ではただ一度だけ昭和二十一年六月に起きた。（中略）残された暁部隊（船舶工兵隊）の兵達が、これを見ていた。（中略）いざ決行というときには、成り行きをあやぶんだ三人が脱落し、十人になった」と記載されています。

すなわち、残された暁部隊といい隊員数は色丹島の暁部隊とほぼ同様ですので、その任務は「震洋」の乗務員と思っても間違いないでしょう。

すなわち「震洋」の部隊は色丹島ばかりではなく、択捉島、国後島にも配属されていたことは当然考えられます。

特殊な任務部隊だけに、部隊長以外に隊員にも本来の任務を話していなかっただけです。偶然にも朴さんのお話で真の目的が分かったのです。

話を戻して、その日の夕方に赤軍の兵士が「憲兵隊大佐から指示された」と白パンを一斤届けてくれたことを覚えています。

後日、ミサが大佐に子供達の刑務所送りのことを聞くと、

「アナマ村のソ連軍を調べたら、確かに平野なる人物達を捕虜になっている日本兵のところへ連れて行ったが、日本兵に会わせて話をさせたかは我々は全く知らない、と話した。

ところが、捕虜を管理していた部隊は日本兵と一緒にシベリアに行った後は解散しているので、調査は不可能になったのでこの話は我々としては打ち切りにした」

と話したそうです。さらに、

「現在モスクワはヨーロッパにおいて西側諸国との話し合いで熾烈な交渉中で、千島のことは私と同格の憲兵大佐三人の話し合いで仕切っている」

とも話したそうです。一例として小学校の授業再開は、択捉島、色丹島も十月からとしたそうです。

そして、二月二十三日土曜日の昼過ぎ、憲兵隊の少尉が遠藤の家に来て、

「大佐からイチロウを今日映画を見せに連れて行くように言われたので、六時頃に迎えに来る」

とミサに話したのです。ここで日本語を話せるソ連兵は、大佐とこの少尉の二人だけでした。

ところが、世の中には偶然と思われることが起きることは時々ありますが、まさに私にとって偶然、平成二十九年に放送された写真集にこの少尉が写されていたのです。

六時頃にその少尉と若い兵士二名が遠藤の家に私を迎えに来たので、私は途中歩きながら映画をどこでしているのかと考えながら、大男のソ連兵士の後をついて歩いていました。

着いた場所は、すでに記載説明していますがハリスト正教会で、もちろん私は初めて教会内に入るのですが、教会内はすでに赤軍の兵士と、その家族十組ほどの総数二〇〇人ほどで満員状態でした。

もちろん、ちっちゃな日本人の子供が憲兵隊の兵士に付き添われて入って来たわけですから、人々の目が一斉に私に向けられたことは言うまでもありません。

教会内には長椅子が横に三列、縦に五列並んでいて、中央の列の前から二列と三列の椅子は憲兵隊専用の椅子で、後日知ったのですが、たとえこれらの椅子が空いていても赤軍の兵士は座れないのです。

私達四人が後列の椅子に座ると同時に、前列の赤軍の尉官クラスと思われる一人が、私の顔を見ながら少尉にいろいろ質問していました。

もちろん、教会内に日本人は私一人で、周りの赤軍の兵士達もざわめきながら私を見ているのですから、私にしてみれば、早く映画が始まらないかとじっと前を眺めていました。

私はこの日まで、五歳の頃東京でトーキー映画を見ていましたが、実写、すなわち記録映画を見るのは初めてでしたから、その夜は興奮して遅くまで眠れませんでした。

その後、映画は毎週土曜日に三月まで見ていました。映画の内容はほとんどがソ連軍とドイツ軍の戦いのシーンでしたが、ソ連国内での市街戦で、女学生と思われる市民も銃を持って戦いに参加している様子と、特にソ連軍がベルリンにアメリカ軍より先に突入して国旗を立てるシーンは、いつも映画の最後に上映されて、その時は全員総立ちになって片手を振って、多分国家を歌うのです。私もその時は椅子の上に立って手を振っていました。

ただ一度、山裾が一帯に黒い帯状で現れた途端に動き出し、間もなく前を敗走する日本の戦車と思われる上をソ連軍の戦車が覆い潰して前進するのを見ました。

また、映画の帰り道で顔見知りの兵士が私を背負ってくれています。

遠藤の家に着くと、ミサが兵隊達に濁酒をコップで二、三杯飲ませていました。

すでに記載しましたが、ソ連軍の赤軍と憲兵隊の兵士に背負ってもらった子供は、日本中に私以外にはいないと思います。これも私の足がビッコであったからなのです。何しろビッコと言われていじめられたのは、弟の仁郎以外には誰もいないことを話しておきます。

この左足は八十歳過ぎた今日でも踝《くるぶし》付近が年に数回、突然痛くなるのでビッコ足で歩いていますが、数日後には全く痛みはなくなり正常に歩けるのです。

この時代の私は、学校では校長先生と毎日将棋を指し、帰って来てからはスキー遊び、一週間に一度は映画を見ていたことになるのです。

この当時、私のような日常生活をしていた者は、子供はもちろんのこと大人でもいなかったでしょう。これも色丹島では食料事情が全く心配なかったからでしょう。

さて、話を戻します。三月三日の十時頃に、ミサが奥間の八畳間に物置から持って来た大きな箱から出した物で祭壇を作り、多くの人形を並べ出したのです。もちろん私は初めて見る物なので、聞くと女の子を祝う飾り物で、かよ（注、遠藤夫妻の一人娘で、当時、落石無線局に勤務する林茂に嫁いでいた）がお嫁に行った際に官舎の都合で家に置いて行ったと話し、ニコライ大佐が何か一つ日本文化のことを知りたいと話していたので、今日これを見せて食事をここですることになっている」と話し、「今日は日曜日なので、大佐の他に二、三人の兵隊達も連れて来るかもしれない」と話しました。

私はミサに言われて無線室から椅子を二個持って来て廊下に置き、一方、二人が座れる仮の椅子を作りました。ミサはちらし寿司を作り待っていますと、十二時頃に大佐、少尉（注、前に掲載した写真の少尉）と若い兵士二人の計四人が来ました。大男が四人も家の中に入ったのですから、家の中は狭く見えました。

ミサは大佐に私に話したようなことを話して、「本来ならば白酒とちらし寿司などを作り、集まった親族達と女の子を祝う行事です」と話した後、皆と食事をしたのです。

その後は大佐が部下達にミサからの話を聞かせていました。そのうちに一人が、おそらく駐屯している郵便局から持って来たのでしょう、ソ連の酒、ウオッカを飲んでいました。

会食は一時間ほどで終わり、最後は大佐一人が残りいろいろな話があったのですが、その内容は今まで聞いたこともない話ばかりでした。

大佐は、胸ポケットから分厚い封筒（注、厚さ約三センチはあった）を取り出して、中から数枚の札を出し、「この札は二月に日本で発行された新札の十円札である」と言うのです。

話が飛びますが、実際に『忍従の海　北方領土の28年』P.162に、スパイとして北海道に渡る際に軍資金を渡された片野氏の様子が記載されています。

「見たこともない日本の新円だった。二、三十枚はあった。『新しいので（中略）もんでシワをつけろ』と、通訳から指示された」と。

話を戻して、ミサが「どこから手に入れて何に使うのか」と聞くと、大佐は「昨年の九月二十日頃からの国後と北海道間のスパイ航路で、米を北海道に持ち込んで売った金である」と話し、「日本国内にはソ連政府に賛同する人間は三〇〇〇名近くいるし、さらに北海道には二〇〇名ほどのスパイ組織があって、多くは大学から小学校の先生達で、その他は公務員である」と話しました。そして、「ソ連はこれらの人々のこともこれから考えなければならないので、金を作る必要がある」と話したのです。

このニコライ大佐の話は全く眉唾的な話ではないと私は思います。

まず、「米を売って作った」を検証してみましょう。

終戦時、国後島の日本将兵の員数は一二五〇人（注、この員数は、ソ連軍が択捉島に上陸後に第八九師団司令部から聞いた直接指令下にある陸軍将兵の数。したがって日本海軍、憲兵隊の将兵の員数は含まれていない。このことを書いた日本人の書物は今まで一冊もない。これは海軍と憲兵隊は海軍の通信部隊と密接な関係にあって、しかも海軍は船舶を所有していたから、ソ連軍が各島に上陸する前後に各島を脱島したため、将兵の員数は全く知ることができないからである。このことは色丹島の話で説明している）で、海軍、憲兵隊の将兵を加えると、少なくとも一五〇〇人ほどの三年分の食料を日本軍が保有していたことになるのです。

もちろん食料の主たるものは米ですが、その米が昭和二十一年の四月末頃には国後島から全くなくなっているのです。しかもその期間は、ソ連軍上陸後の四カ月間です。あとの三カ月間は、国後島の近海は流氷により船の航海は不可能になります。

それは、多くの米俵が国後島から北海道に運搬されるような状況下にあったことを示しているのです。

例えば、『北方領土　悲しみの島々』P.181に、

「島へ渡してくれるという三四〇トンの運搬船を見つけた。（中略）ソ連兵の手薄な西前（オホーツク海側）の古丹消へ着けた」と記載がありますが、この運搬船に乗せてもらった、札幌の師団を除隊した宇野藤一さん（当時二十六歳）は、船の持ち主名も国後島へ行く目的も何一つ話していません。

宇野さんが国後島に渡ってからの、十月頃からの武勇伝のような話が、同書P.182～186に記載されています。

その主な内容は、チカップナイの集落（注、太平洋側の国後島のほぼ中央部の海岸）七十五～七十六戸の希望した脱島者全員を根室へ連絡を出し（注、どのような方法で連絡したか記載なし）、根室から来る船に乗せるために人々の手配をし、根室に上陸させたことです。ただし最後の航海（注、年月日の記載がない。私見だが翌年の四月末頃と考える。二十一年の五月頃からソ連軍は、上陸時の赤軍の占領軍に代わって赤軍の海軍が大型の巡視艇を投入して各島に配置、四島周辺の海域の監視を強化したためと思われる。このことは「色丹島の状況」で記載した）になる一つ前の船が、ソ連兵に銃撃されて船だけ帰った（注、この間の航海回数は六ないし七航海だったと話している）。

またP.185に、

「その脱出が失敗した三日め、根室から船がふたたび、部落の沖へ近づいた。中沢武雄さんが根室にいて、手配してくれたそうなんだが、銃撃できっとけが人も出ているだろうから、（中略）来た船で

七十名ばかり脱出した。

私も乗せてもらって、根室ではそれから二カ月ばかり、私立病院に入院していましたよ」と。

なお、中沢武雄さんについてP.189に、

「私財を投じて、島民の脱出を助けはじめた男がいた。九月二日、ソ連軍の上陸を知らずに、一時疎開のつもりで、ほとんどすれ違いに国後から引き揚げたという内藤輝雄さん（現根室市市議会議員）である。

『当時の金で五万七〇〇〇円ばかりと、米十七俵ほどを、島の人達の救出につぎこんだことになるな』と当の内藤さんは話す。

十二トンから二十トンくらいの漁船をチャーターし、中沢武雄さんを船長に、四人ほど乗り組んでもらって、国後島から、一回で十五〜二十人くらいずつ乗せてくる。

船のチャーター料は、一万円に米十俵（一万円相当）、つまり計二万円ほどのもの。成功すれば、乗せてもらった島の人達が支払う約束であった。

だが、ソ連兵の監視がきびしくて（注、私見だが、斜古丹では二十一年の四月頃に赤軍の海軍隊の入島と大型の監視艇が二隻配備されている。よって国後島も同様な変化があったと考えられる）、『から』で帰ってきたときには、その七割を、彼がたてかえねばならない。（中略）それでも彼は『まだまだ北海道へ渡りたがっている人がいる』と、聞いていた間はやめなかった。『島も落ち着いてきたとおもわれたところで、やめたんだ。しかし、なかには、こんなことを商売でやった人もいたな』」

と記載があります。

ここで、「商売でやった人」もいたとは、ソ連軍に協力した北海道の日本人のスパイ集団達でしょう。

ところで、この話から、四カ月ほどの期間に、根室と国後間を二週間に一度の割合で航海していることになります。これはニコライ大佐が話した定期便と同じです。

もちろん、宇野藤一さんのグループがソ連のスパイ活動に参加していたというのではなく、むしろ囮作戦のためにソ連軍が見逃して利用していたかもしれません。

したがって、国後島では四月の末頃には島民の食べる米がなくなって色丹島から運んでいますし（注、後で説明）、さらにそのような状況下であったから、島民の七割（注、同書P.１８０に記載）が脱島できたのです。

参考までに、色丹島では島民の約五十一パーセントが、昭和二十二年の一回目の引き揚げ前に脱島しています（注、昭和五十五年三月出版の「北方領土島民名簿」から検出した数字）。

ここで、国後島の場合と大きく違うのは、色丹の脱島者のほとんど米を運び出せない状況だったということです。

終戦時、日本軍の駐屯していなかった村には米俵がなかったので、ソ連兵の監視も手薄で、したがって脱島する島民は、そのような村の海岸から北海道へと脱島していたのでした。

また、十一月頃にほぼ出来上がっていた、ソ連軍に協力していた数人の島民のスパイ網で、事前に米俵を持ち出す島民をソ連軍に通知していたからです。

すでに記載済みですが、機関士としてソ連人と一緒に働かされて、その結果、何百俵もの米を積んで脱島しようとする島民を捕まえる仕事をさせられた島民の話もあります。

このことからも、色丹島のソ連軍は、米の持ち出しについては全く国後島とは違う政策をしていたことになります。

ここで、北方四島の「三年分の食糧の有無」について、北大教授（注、現在は退職）のK氏らが書いた文書『元島民が語る　われらの北方四島』P.294（注、私が解説した文書の内容と比較して言うのです。私は米についての当時のソ連軍の思惑を、ソ連憲兵隊のニコライ大佐から聞いているからです）から検証したいと思います。

「三年分くらいの食糧が各島の村役場などに送られて来て、当時はこの保管倉庫の不足に困ったとさえ言われています（注、a）。

しかし、ソ連占領下の島々では、半年くらいで食糧が不足し始め、その後は自給自足的に何とか食いつないでいた（中略）（注、b）。

旧日本軍の貯蔵米は確かにある程度はあることはあったが、それが三年分だったかは疑わしく（注、c）、またソ連軍は各島に上陸すると同時に、それらの食糧を島外へ積み出しています（注、d）」

以上を検証すると、
a　どの島のどこの村役場に三年分の食糧が送られて来たのですか？「保管倉庫の不足に困った」と

ありますが、全島に送られた米はすべて日本軍が保管し、ソ連軍上陸と同時にすべてソ連軍に没収されていることは島民の話で明らかです。色丹島の状況は記載済みですが、択捉島の状況は『忍従の海　北方領土の28年』P.１３８に「年越用諸物資ノ移入ニ関シテハ洵ニ憂慮ニ甚エザルヲ以テ緊急処置ヲ……（藥取村長）」と記載があるように、役場に米が保管されている状況でないことは明白です。

b　すでに記載済みですが、国後島の話は当然の成り行き、すなわちソ連軍のスパイ活動の資金作りでなくなったのです。「その後は自給自足的に」も嘘で、二十一年の春頃から、斜古丹とアナマ村から国後へ米が定期便で輸送されているのです。これについては後で詳細に記載します。

c　後で詳細に記載しますが、私が直接、食糧が三年分あると聞いています。

d　言うまでもなく国後島の話で、島から持ち出して持ち込んだところは北海道です。

話が飛びますが、Kさんの記載文には目に余る多くの間違いがあるのです。しかも常識的に分かることまで、嘘の島民の話をそのまま記載しているのです。その記事を指摘しますので、私の解説が間違っていると思うならば是非答えてほしいです。

『元島民が語る　われらの北方四島』P.61の、

「『終戦の前日に重大な放送ありと無線連絡』で斜古丹郵便局の得能幸男さん（札幌市在住）は、次のように語っています。『終戦の詔勅については、その前日に無線が入り、『明日、重大放送があるから聞くように』との達しがありました』」との記載文です。

すでに記載済みですが、斜古丹郵便局と落石無線局間の通信は固定通信で、月曜日から金曜日の午前十時に、斜古丹郵便局からの呼び出しで通信ができるのです。

参考までに、択捉島では、『元島民が語る　われらの北方四島』に九十九パーセント嘘（注、嘘の証拠は別に解説）を話している郵便局の通信士・川口広一氏も、同書P.１２１で、「紗那局から根室落石局との交信は、毎日午後二時に定期連絡をすることになっていた」と（注、この話は本当）。

話を戻して、「終戦の詔勅については、その前日に無線が入り」の電報は、十四日の午前十時前に落石無線局に届いていないと斜古丹郵便局に送信できないのです。

「重大放送」の中身は、言うまでもなく玉音放送のことでしょう。しかし玉音放送については、『暗闘　スターリン、トルーマンと日本降伏』P.４２２に、

「阿南（注、陸軍大臣）は首相官邸での閣議（注、午後一時）に赴いた。天皇が終戦の勅書を録音盤に吹き込み、これを国民に放送することがこの閣議で決定された」と。さらにP.４２５に、

「天皇の放送を外地の部隊に伝えなければならないから一日延期して十六日にするという阿南の提案を退け、明日十五日の正午とすることに決定した」とあります。すなわち、このような状況下で、どうして十四日の午前十時に落石無線局に「明日、重大放送があるから聞くように」という書面または話が届けられるでしょうか？　すなわち嘘であることは明白です。また、憲兵隊が二十四時間見張る状況下ではそのようなことは不可能です。

私が言いたいのは、八月十四日頃の天皇と日本政府の状況が書かれた書物は、前書以外にも多くあると思います。すなわち北大教授たる人が、これらの書物を読んでいないとは考えられません。もし読んでいないと言うならば、終戦前後の状況を記載する書物の出版などは間抜けのすることです。すなわち書物を読んでいれば、得能幸男さんの話は記載できないはずなのです。

また、『元島民が語る　われらの北方四島』P.75に、

「八月十四日夜になって、師団司令部は各部隊に対し、『明十五日正午のラジオ放送を聞くように』と指示しました」と記載があります。

すなわち、日本将兵達に重大な話を話す前に国民に話すなど、全くあり得ないことは当時の国民の常識でしょう。さらに付け加えると、択捉島の通信士も十四日に「明日、重大放送があるから聞くように」という電信があったとは一言も話していません。

以上のことから、最初に「目に余る多くの間違い」と記載したのです。

また、嘘の数例は、『元島民が語る　われらの北方四島』P.180〜194に、歯舞諸島島民の嘘と本当のことがごっちゃに記載されているので、元日本兵の文書が手元にあるので後で比較して記載します。

ここで、私としては念のために得能幸男さんについて記載しておかなければならないのです。

私は、得能さんが斜古丹村の郵便局で配達員として働いていたことは、斜古丹とアナマ間の街道と斜古丹村で数回見て知っておりました。なにしろ私は郵便局の隣の家に下宿していたわけですから、

時々顔を見ていたのです。

さらに、引き揚げ後、私が札幌白石に住むようになって遠藤ミサを釧路から呼び寄せた時、偶然にミサが近くの郵便局で得能さんに会って、以後付き合いが始まり、得能さんが札幌市南区の郵便局長になってから、私は数回自宅へお伺いして色丹島のこともいろいろ話しています。

しかし、肝心のソ連軍の上陸のことは、私にしてみれば『忍従の海　北方領土の28年』に嘘である話が書かれていたのを読んでいましたから話さないことにしていました。

ただ一度だけ、私から同じく斜古丹郵便局の通信士をしていた本川さんの話をしましたら、「彼の話は嘘である」と言われました。

話を戻して、北方四島で国後以外の各島に最初に上陸したソ連兵は、正規軍ではなかったのです。これらの部隊の様子は『千島占領　一九四五年 夏』には一切記載されていません。ただ、島民の話から分かるのです。第七章を見れば納得できるでしょう。

なにしろ、終戦直後の北方四島の島々の島民の嘘を全く確認もせず、さらに著者達の憶測が加わって書物が書かれているのです。しかもその嘘が、新書に次から次へと転載されるのです。K先生の上記の文は、『思い出のわが故郷』の「北方領土」P.177に、そっくり記載されています。

K先生がかかわった、『元島民が語る　われらの北方四島』『北方領土を考える』には多くの誤りと、これが北大教授の分析内容かと思われるような記事が多くあることを付け加えておきます。

ここでもう一つ、K先生に質問と言いますか、お話をします。

それは教授の知人か友達かは知りませんが、二十年の付き合いのある『千島占領　一九四五年 夏』の著者、ボリス・スラヴィンスキー氏の記載について私見を述べてみたいと思います。

なにしろ、この書は、極論的にはフランクリン・ルーズベルトの悪知恵を暴露しているように思います。しかし、K先生は出版に対して同書P.178に、

「新鮮で驚くべきほどの勇気を必要とする類のものである。氏の研究によってはじめて西側の仮説が正しいと確かめられた例は、枚挙に暇がない」と記載しています。

しかし私に言わせれば、暴露本ですから勇気など必要ないのです。またP.179に、

「論文が発表後、（中略）スラヴィンスキーに対する同公文書館の利用許可を取り消した事実である。グラスノスチ政策を実施中とはいうものの、ロシアの情報管制が依然として厳しいことを窺い知ることができる」と記載していますが、私に言わせれば、暴露後のアメリカから何らかのシグナルがあったか、また予想しての外交上の処置と考えます。

それよりも、論文発表後の二十年間の氏のソ連国内での行動、さらにK教授が一度でも氏と会っているかいないかを知りたいです。

また、教授は「西側の仮説が正しいと確かめられた例は、枚挙に暇がない」と記載していますが、具体的には何一つ記載していません。いい加減な話であります。

さて、『千島占領　一九四五年 夏』を「ルーズベルトの暴露本」と記載しましたが、一方、日本のジャーナリストに対して如何に間抜けな集団であるかを暗示していると思います。

すなわち、この本のP.47に、

「ハリマン大使は『私は直ちにルーズヴェルト大統領に対してスターリンの提案を報告した。その提案はヤルタの討議を行なう基礎となった』と書いている。（中略）ルーズヴェルトは、『スターリンのアジアに対する要求』を知って、その要求の慎ましさに驚いたという。その要求が一九〇四―〇五年の露日戦争に際し日本がロシアから奪った領土権を回復することしか求めていなかったからである」と。

つまりスターリンは、クリル諸島すなわち千島列島の保有の要求を一度も話していなかったということになります。さらにヤルタ会談でも要求していないことになります。

なお、ヤルタ会談で「千島列島はソ連に『引き渡される』」と『暗闘　スターリン、トルーマンと日本降伏』P.59に記載があります。

すなわち、スターリンは要求していない領土を保有したことになるわけですから、スターリンから見れば「引き渡される」という表現で保有することになると思います。

ここで言いたいのは、最初に「ルーズベルトの悪知恵」と記載したのは、戦後にアメリカが南西諸島を占領したことからも明白だということです。

ところがですよ、それは「占領した」ことではないようです。『暗闘　スターリン、トルーマンと日本降伏』P.100に、

「琉球（注、沖縄の旧名）を放棄したように」と、H氏という教授が記載しています。偶然と言うべ

きか、いい加減な記載の多い二人は、共に北海道大学スラブ研究センターに在職しています。

すなわち「放棄」したわけですから、逆説的に言えば「引き渡された」とも言えるのです。

悪知恵に秀でたルーズベルトは、戦後のアメリカを考えて、南西諸島と対比してソ連にも同等に千島列島が「引き渡される」ということにして、ルーズベルトが千島列島をスターリンに「与えた」のだと思います。

当時、ルーズベルトは自分の死期が近いことを感じていて、一方『まだGHQの洗脳に縛られている日本人』P.158に、「もしルーズベルト大統領が生きていたら、昭和天皇を処刑して、日本の皇室制度そのものをなくしただろうとおもいます」。

またP.121に、「ルーズベルトは全世界を、ソ連のスターリンと二人で二分割して自分達のものにするという考えを持っていました」と記載があります。

ここで、著者のケント・ギルバート氏に一言。「天皇の処刑」、「全世界を二分割」についてですが、ルーズベルト自身、アメリカ主導の裁判などでそんなことをするようなまぬけな人間ではありません。また、当時イギリスは地球上の五十パーセント以上の土地を保有していたのですよ。二人で二分割できるはずがありません。

『なぜアメリカは、対日戦争を仕掛けたのか』P.167に、

「私（注、著者であるイギリス人のジャーナリストのH・S・ストークス氏）の学生時代には、地球儀の大部分が誇らしげに、ピンク色に塗られていた。（中略）地図のピンク色の部分は大英帝国だっ

た。アフリカのほぼ全土が、ピンク色だった。日本を除くアジアの大部分が、そうだった」とあるように、すなわち全世界ではなく、日本をアメリカとソ連で二分割統治することということが、『暗闘　スターリン、トルーマンと日本降伏』P.461に、

「陸軍省で検討された占領政策を検討する文書のなかには、日本を占領地区に分割する案が存在した。ある提案ではソ連に北海道を与えること、また他の提案では、ソ連に北海道と東北を占領地区として管轄させるとなっている。しかし、この案は軍事計画者の机上の計画にのみとどまった」と記載されています。

ところが『千島占領　一九四五年 夏』に記載の、レンドリース協定でアメリカからソ連に与えられた物資、主に上陸艦船二五〇隻と、アラスカ州でのソ連海軍将兵一万五〇〇〇名の海兵隊の育成を実行しているわけですから、「机上の計画」でないことは明白です。

それなのに『暗闘　スターリン、トルーマンと日本降伏』の著者、H氏は、この本を読んでいるにもかかわらず、「机上の計画」と記載して終えています。

同書P.154の「フリゲート艦第六号の無線士は訓練されていない、その結果、(中略)」の部分が、『暗闘　スターリン、トルーマンと日本降伏』P.492に「フリゲートの無線士は無能である」と、ほぼ一致した記載があります。この書を読まないと記載できないはずなのです。

話を戻して、すなわち当時ルーズベルトは、天皇の殺害と日本分割をソ連軍の日本本土上陸で成し遂げられることを考えて、スターリンが日本本土上陸を成し遂げるための手形として、先に千島列島

をスターリンに与えたのだと思います。

いずれにせよ今日まで、千島列島をスターリンがいかにして保有したかについて、日本のジャーナリスト達の書物が出版されています。と同時に『千島占領　一九四五年 夏』は、出版されてすでに二十年以上になりますが、日本人のジャーナリストはもとより『まだGHQの洗脳に縛られている日本人』『戦争犯罪国はアメリカだった！』などの著者達の誰も、この本のレンドリースの論評はしていないことが不思議です。

私見ですが、日本のジャーナリストにすれば、レンドリースの内容を記載することは、「プレスコード」に抵触すると思っているのかもしれません。

さて、既述のように、「日本国内にはソ連政府に賛同する人間は三〇〇〇名近くいる」とニコライ大佐が話しましたが、『暗闘　スターリン、トルーマンと日本降伏』P.62、63に、

「一九四五年二月十四日に、近衛は天皇に拝謁して上奏を行った。（中略）いきなり冒頭で、『敗戦は遺憾ながら最早必至なりと存候』と指摘し（中略）『国体の護持の建前より最も憂ふるべきは敗戦よりも敗戦に伴ふて起ることあるべき共産革命に御座候』（中略）。『ソ連はやがて日本の再生に干渉し来る危険十分あり』と論じ、左翼分子と軍内部の革新運動が結合する恐れがあると警告した」

とあるように、相当数の左翼、すなわち共産主義を切望した国民がいたことを、当時の為政者達も認識していたのです。

さて、昭和二十一年の春休みになった最初の日曜日（注、三月四日）の出来事、すなわち色丹島でソ連軍による最初で最後の島民の射殺があった日です。私はこの日、八時頃から蒸留水作りを一日中していたのです。

ここで、話がそれますが、どうして蒸留水作りをするのかを記載します。当時、電気室には鉛蓄電池が四十個ほどあり、現在のように密閉されたものではなく、おおよそ幅二十センチ、縦三十センチ、深さ二十五センチの開放されたガラスの容器に、希硫酸を蒸留水で薄めた中に二酸化亜鉛と鉛を入れて電池としていたのです。したがって開放されているので蒸留水が蒸発してしまうので、補充のために作るのです。

この日は、普段は早朝からあまり人の往来もない斜古丹村の湾内沿いの道路を、ソ連兵はもとより島民の何人かが往来しているのを遠藤ミサと隣の田村さんのおばさんが見ていて、私は二人の会話で聞いていました。

十時半頃、ニコライ大佐がミサのところへ来て、

「早朝、弾薬庫（注、すでに記載済みの、私が戦前将棋を指しに行っていた日本陸軍が駐屯していた場所の前の道路の反対側に、日本軍の弾薬、武器を保管してある大きな建物が二棟あった）の近くで日本人を射殺したが、数人の島民に聞いたが全く見たこともない人間だと言うので、ミサにも確認してほしい」と話したので、ミサと田村のおばさん二人で見に行ったのですが、やはり知らない人だと話し、次に田村さんと若松も見ましたが、「知らない」と大佐に話したのです。

ところが、昼食中に若松が突然、「どうも木根さんのところで見たことがあるような気がする」と言い出したのです。もちろん、職場に行ってからニコライ大佐に話した結果、後で聞いたのは次のような話でした。

三時半頃に赤軍二個小隊（注、五十名×二）の一小隊に憲兵隊の少尉、他の小隊に軍曹が伴って、マタコタン村に向かったそうです。

マタコタン村に入る前に六十メートルほどの急な坂を下りるのですが、一隊は坂を下りずに右手の山から山沢の方へ行ったようだと。

若松を連れた一隊は木根さんの家の近くに近づくと、ただちにすべての建物を包囲してから、若松と憲兵隊の少尉（注、日本語ができ、偶然にテレビに写真が映っていた兵士）と赤軍の隊長、そして銃を構えた兵士二人が木根寅次郎さん宅の入り口に立った後、若松一人が家に入って事情を話しました。

すると、即座に寅次郎さんは、「うちで働いている唖《おし》（言葉がしゃべれない人）が早朝から見えないので、今まで付近を探していた」と話されたのです。

そこで寅次郎さんを伴って、朝五時頃に殺されて保管されている人間を見せたところ、木根さんのところで働いている唖の人間と判明しました。

すると赤軍の隊長が、唖であるとの医者の証明書を見せるよう要求したそうです。

もちろん、当時はそこまでの準備はしていませんから、ない旨を話すと、隊長は「それでは寅次郎さんの身柄をこれから束縛する」と言ってどこかへ連れて行ったので、若松は帰って来て以上のことをニコライ大佐に話したと言いました。

夕食を終えた六時半頃、ニコライ大佐が来て、「今夜一晩、遠藤の家の表玄関と裏玄関に歩哨を立てるから」と話し、「何も心配することはない」と言ったのです。

そこでミサが、「木根さんは今後どうなるのか」と聞くと、「今のところ何も分からない」と話すので、「我々夫婦が保証人になるから、束縛を解いてもらうように赤軍の隊長に話してほしい」と話したのです。

大佐は「確約はできないが話してみる」と言って帰って行ったとのことです。我々子供は七時頃には寝ていましたので、夜の九時頃に用便で起きた時に両玄関を見たら、表には赤軍、裏玄関には憲兵隊の兵士が立っていたのを見ました。

翌朝六時頃、裏玄関で「どうもありがとうございました」の声と「その通行証明書であれば心配ない」という話し声を聞いたので、起きてから聞いたところ、昨夜十一時頃に木根さんが憲兵隊に連れられて家に来て、泊まってから早朝にマタコタンに帰ったと聞かされました。

ここで、この射殺について補足説明をしますと、すでに記載済みですが、憲兵隊の指示で赤軍は昨年の九月二十日頃より、日本の憲兵隊がどこかに潜んでいるのではないかと躍起になって捜索していたのです。

すでに記載済みですが、色丹島では『北方領土　悲しみの島々』P.１５４に、

「二十年十月五日にソ連軍の命令で『村役場、警察、憲兵隊の解散を命ずる』」とあるように、日本軍の憲兵隊という言葉がソ連兵から最初に正式に話されています。

当時、私達（注、平野家と遠藤家）は、ソ連軍によって憲兵隊もすでに日本本国に帰って行ったと思っていましたので、その意味を疑問に思っていたのです。

これも記載済みですが、実父の平野政五郎（とうやん）がソ連軍に協力する話の中に、隠れていると思われる日本兵の情報の提供もあったのですが、それが憲兵隊とは言われていません。

話が飛びますが、国後島でも同じような状況にあったと思われるのです。

『千島占領　一九四五年 夏』P.149に「軍使は、総数一二五〇名の将兵からなる国後島の守備隊は降伏する用意がある旨伝えた」とある一方、『北方領土　悲しみの島々』P.152、153の、国後島の九月十六日付「泊守備隊長命令」の全文の中に「守備隊本部は平和人民の日本軍をかくすことを禁ず」とあるように、日本将兵一二五〇名は捕虜にしていますから、「日本軍をかくす」とは憲兵、海軍の将兵を指していることが想像できるのです。

すなわちソ連軍の憲兵隊が上陸して、日本海軍の将兵と憲兵隊の将兵のことを調べ始めたのです。

これは色丹島でも同じように推移しているのをすでに記載しています。

私見ですが、ここで注目することは、色丹島にソ連憲兵隊が上陸して来たのは九月十五日と記載済みですが、遠藤ミサが話した日の翌日に、国後の赤軍の守備隊長が十五日頃に入島したソ連憲兵隊に指摘されて、十六日の日に憲兵隊と海軍将兵を捕虜にしていないことに気づいた赤軍は、「日本軍をかくすことを禁ずる」と話したのだと思います。

不思議なことに、ソ連軍の憲兵隊が上陸した後の島民に対する何らかの伝達と対応は、憲兵隊が直接せずに赤軍の守備隊長を通じて行っているのです。

ただし、島民からの聞き取りなどは、ソ連軍とのトラブルを避けるためか、憲兵隊が島民の日常生活の状況を直接聞き取ったことは、ニコライ大佐とミサの会話で記載しています。

ところが、北方四島の島民でソ連軍の憲兵隊と話し合いをしたという話を記載した書物は見たことがありません。

例えば、北海道庁文書館に、元色丹島島民の宇部正雄氏（注、「北方領土島民名簿」P.33に「アイノミサキ村村民」と記載あり）が「色丹島現状」の見出しで昭和二十一年十月（？）日の日付で書いた文書がありますが、氏は二十年十月十四日に色丹島を脱出していますから「昭和二十一年」の記載は誤りでしょう。

したがって、氏の文書にはソ連軍の憲兵隊の「ケ」の字もありません。ソ連軍の守備隊長のハジェノフ少佐と話していますが、氏の文書に、はっきりと読み取りはできませんが「村長（注、梅原氏）（中略）島民の海産物ヲ北海道ニ運搬シソレニヨリ島民ノ食糧ヲ（中略）」（あとは正確な読み取りが不明なため省略）とあり、すなわちこの文書から、宇部氏は十月初旬頃斜古丹に赴いて村長と会っていたことを記載しているのです。

実際に『忍従の海　北方領土の28年』P.206の、「島民を代表して『北海道への依存なくして漁業はやれない。本土と交易させて欲しい』と色丹島の守備隊長に要請した。二十年十月のことだった」と一致しますから、村長の交渉相手のソ連兵は、赤軍のハジェノフ少佐と聞いたのでしょう（注、渡航はニコライ大佐の差し金なのです。他で説明あり）。

話を射殺に戻して、ソ連憲兵隊が上陸して来て指摘され、赤軍は初めて日本憲兵隊のことを知って島内の捜索を始めていたのです。そのような状況下で元日本兵の兵器、弾薬などを保管してある倉庫に近づいたため、ソ連兵に射殺されたのです。

ソ連憲兵隊が上陸する九月十四日までの赤軍が、まともな軍隊とは感じられない状況であったことはすでに記載してありますが、私の実父（とうやん）はアナマ村に駐屯したソ連軍の非正規軍の隊長の許可で、捕虜になっている四〇〇〇名の日本兵に会わせてもらっていますし、志発島では『元島民が語る　われらの北方四島』P.192、193に、

「私は終戦の年の五月に海兵団に入団し、大湊に行っておりました。除隊になったのは十月中旬、すぐに志発島に戻りました。（中略）父は、ソ連兵に銃撃されて足を負傷し、根室の病院に入っているとのことでした。（中略）ソ連兵は九月三日に上陸してきました。すなわちソ連兵の銃撃で負傷した島民のいることを知り、（中略）『大変だ！　……』ということになり、特に隊長の許可で根室行きが認められたのでした」と記載があるように、非正規軍には命令系統が全くなく、何事も現地の一部隊長の判断で進められていたのです。

話を射殺に戻して、赤軍の非正規軍は、日本軍の何人かが島民の民家に隠れていて、その日本兵が

弾薬などの存在を確認しに現れたと思い込んだのです。

なにしろ、一部の赤軍（注、後で説明あり）が躍起になって日本兵を捜索している状況下で、一人の日本人が弾薬、武器のある建物の近くに現れたということは、赤軍から見れば弾薬、武器の確認に来たと思ったことが後日分かるのです。

射殺の翌日、ミサと我々兄弟は、憲兵隊から特別の通行証をもらい実家のアナマ村に赴いたのですが、二時間ほどの街道の道中で数組のソ連兵の部隊と遭遇しました。しかし赤軍の兵士達はミサと我々兄弟のことは皆知っていますから、笑いながら手を振る兵士もおりました。おそらく、前日に島内の各地の村の村民宅に突入するはずだった兵隊達が斜古丹に帰って来たものと考えられます。

また、街道とマタコタン村に流入する小川が並行している西側の丘の笹藪で、二台のブルドーザー（注、実物を初めて見る）が地面を掘り起こしていたのです。

斜古丹に帰ってから、ニコライ大佐に「飛行場でも作るの」と聞いたところ、「ソ連の民間人が多く島に来るから、今後のことを考えて、この島で麦を栽培できないか軍が開墾をしている」と話しています。

話は飛びますが、私が引き揚げ後に最初の渡航で島に渡り、街道をソ連の車で通った時に見たこの場所には、多くのゴミが山のように捨ててありました。

私はその時、同乗の色丹島の島民に麦畑の話をしたのですが、誰一人知っている人はいませんでした。

話を戻して、翌日、この四月から入学する三男の由久の寝具などを背負ったとうやんとスナお祖母さんと一緒に、ミサも帰って行きました。

その日の夕方、三人は塩漬けの鯨肉をもらって帰って来たのですが、私と仁郎は普段食べていますから何ということはないのですが、他の家族は美味しいと言って食べていたのを覚えています。

ところがとうやんが、鯨肉をソ連兵に持参しているのです。このことは要領がいい人間の業でしょう。

この頃になると我々三人の兄弟は、一日中パッチと剣玉で遊んでおりました。

四月に入っての最初の日曜日（注、四月七日）に、父と三兄弟は春・夏物の衣類と幾らかの海産物、特に海苔を多く持って斜古丹に向かいました。

すでに記載しましたが、下宿先の遠藤の家は役人の官舎ですので、部屋は二部屋しかありませんから、おそらく遠藤夫婦は狭く感じたでしょう。

それにしても、ソ連軍の占領下にある島で小学生の五、三、一年生の男の子供、三人を下宿させていた家は、北方四島の島で探してもなかったと思います。

また、三男の由久は、初めて接する電気生活には嬉々としていました。

ところでその後、三月の唖の射殺の日に、遠藤の両玄関に歩哨が一晩中いた理由を聞いていたのです。

その内容は、ソ連軍の憲兵隊の大佐が話ができるとは信じられない内容で、おそらく皆さんも同じに思うでしょう。

当時、ソ連軍では、最初に上陸した赤軍の占領軍（注、陸軍）が再編成され、多くの部隊は元のところに返し、代わって赤軍の海軍隊（注、島民は「国境警備隊」と呼んでいた）が入島する話が進んでいたのです。

ところが、占領軍の多くは、カムチャッカ半島の刑務所を出された囚人達であると話したのです。刑務所を出される時、戦果をあげたら祖国に返すということだったらしいのです。

ところが、色丹島では何一つ戦果らしきものはなく、しかも元の地に返すということは、また刑務所に入れられるのではないかという噂があったのです。

そのような状況下で、すでに記載したような事件が起きたわけですから、何が何でも日本兵は島民の各家に隠れているということになって、三時頃から全島に部隊を配置して、真夜中に全島民の家に突入する手配ができつつあったとのこと。それを憲兵隊が午後五時頃に知り、翌朝の三時頃までかかって中止することができたと話したそうです。

これはすでに記載しましたが、私がソ連軍上陸前に日本海軍の通信隊の大尉から渡された密書らしき書面を日本軍の憲兵隊に渡したことから、ソ連軍の上陸前に憲兵隊は日本海軍と一緒に脱島していたことを、ニコライ大佐はソ連兵達に話していたと思われますが、赤軍の中でも囚人達は納得していなかったと思われます。

そのような事情からかどうか不明ですが、すでに記載済みですが、前年の九月二十日過ぎ頃から若い島民の数人が赤軍に捕らわれてアナマに連れて行かれたと島民達は話していたのです。これは私見ですが、赤軍が将来、憲兵にでっち上げる担保物件として身柄を確保していたのかもしれません。

話を昭和二十一年四月の斜古丹村に戻して、新学期が始まり、登校して初めて不思議に思ったことは、今まで見たこともない小林さんという若い男の先生が、高学年の授業を教えることになっていたことです（その事情については、すでに述べています）。

私は珍しさもあって、小林先生の国語と算数の時間は、佐藤校長先生と将棋を指すのをやめて授業に出ていました。

そのような事情もあってか、私としては珍しく帰宅後に、当時五年生の国語の本にあった「鎮西八郎為朝」の物語を声に出して読んでいました。

すると、たまたま遠藤の家に来ていたニコライ大佐が聞いていて、「イチロウ、本を見せて」と言われ手渡しました。

およそ三十分が経った頃、「イチロウ、数学の教科書を持ってきて」と言うので、手渡すと五分ほど本を読んでいましたが、それからミサを呼んで、信じられない話をしたのです。

大佐の話は、「日本は戦争に負けて今は悲惨な状況にあるが、日本には二〇〇〇年にも及ぶ優れた文化と武士道がある。いずれは元の状態に戻ると思うが、それにはイチロウ達のような子供がしっかりと勉強しないといけない。現在、学校の勉強は十分にしていない（注、それは憲兵隊が高学年を教える佐藤校長先生を自宅監禁にしたのだから、本人が一番分かっている)。

そこで、自分が六時頃にここへ来て、子供達に数学を教えることにする。ただし自分も調べることがあるので、廊下にある机を十時頃まで使用させてほしい」と。

もちろん、ミサも私達子供も喜んで話はまとまりました。

早速、翌日六時頃に大佐は来て、食事後すぐにテーブルを囲んで勉強を始めました。

弟達二人には、大佐自身が問題を作って来て、各問題を時間内に解くように話し、私には分数を教えると言うのです。

私は初めて聞く話なのでじっとしていると、大佐が持って来たA4ほどの紙を半分に折ってナイフで切って「二分の一」、さらに半分に切って「四分の一」から始まったのです。

その日は三十分ほどで終わりました。話が飛びますが、この様子を描いた私の絵が、平成三十年八月に北海道のNHKの番組で、午後六時から五分ほど紹介されました。

その後、大佐は廊下にある私の座り机に足を投げ出して座って、電気スタンドを使用して、ミサの話では十一時過ぎ頃までいたと話していました。

私達子供は、いつもの通り七時頃には床に入りました。

このような状況が、あらかた毎日、七月の二十日頃(注、約三カ月間で、あとで分かるのですが、大佐が他国語をマスターできる期間と同じなのです)まで続いたのです。

こんな話は、皆さんは私の作り話だと思うでしょうが、二人の弟達に確認したところ、仁郎は「階級は覚えていないがニコライという人で、夜に数学の勉強を教えてもらったことは覚えている」という返事で、そのことを記した手紙が手元にあります。

六月の中頃、私が用足しに廊下に出た時にニコライ大佐がいませんでしたので、机の上の書面を覗くと、○、□、—などの記号のようなものが書いてあるのを見たのです。

もちろん、大佐は憲兵隊ですから、暗号文字で文書を書いていると当時は思っていました。また、そばには分厚い辞書が数冊と、他国語で記載されたアジアの地図も広げてありました。

話が飛びますが、引き揚げ後、小学校六年生の分数の授業で一つの思い出があるのです。

同じクラスにY君という質屋の子供（注、何しろ洋服、靴などすべての持ち物が自分と比較して優れていたので、一度親が何の商売をしているのか聞いたとき、彼が話したのです）がいて、すべての学科で常にクラスで一番でした。

あまり勉強ができるので、家に帰ってからどのくらい勉強をしているかと聞くと、毎日五、六時間はしていると答えました。彼はその後、釧路湖陵高校を卒業後、ストレートで北大の医学部に入って、卒業後は釧路市で病院を開業していましたので一度訪ねたことがあります。

このような人物と、分数の授業の時に一、二を争ったことがあるのです。

これも、世界史上でおそらくあり得ない占領軍、しかもソ連憲兵隊（注、秘密警察）の大佐が、色気に全く関係のない占領地の国の小学生三人に、三カ月間数学を教えていた結果です。今は良い思い出であると同時に感謝しています。

さて、話を戻して、この頃の我々子供の遊び仲間は、小学五、六年生になった悪ガキ連中で、餓鬼大将は一学年上の田村晋君（注、一年前に私と徹夜のパッチをして私に負けた）で、遊びは海辺に残った流氷を海に押し出して乗ったり、カップリングの犬を棒を持って追いかけて、海か川に追い込むとかでした。しかし、足の悪い私は皆について行けず、女の子達と遊ぶことが多くなると、どこに住んでいたかは知りませんが、赤軍の女の子が三人、我々の遊び場に来て一緒に遊ぶようになりました。

ここで私達の遊び場とは、電気室と官舎間の幅三メートルほどの路地と、ポンプ室付近の空き地で、遊びは、石蹴り、縄跳び、かくれんぼうなどを五、六人で遊んでいました。

おそらく、私が憲兵隊に連れられて映画を見ていたことで、ソ連の子供も私を知っていて一種の安心感もあったのでしょう。中でも一人、私より一年年上の子は積極的で行動力があって、体も大きく大きな胸で、時には我々日本人の男の子までリードして遊ぶようなこともありました。

私は足が悪いので、すべての遊びの動作が遅いこともあってか、私の手を引っ張って一緒に隠れて、いろいろなことを教えてくれました。

ソ連の子供が帰る時に、時々手を振りながら「バカー」と言うので、時々「なんだこの野郎」と言って石などを投げたこともありました（注、「ヌ・パカー」すなわち「じゃあまた」を、彼女らは「パカー」としか言わないので「バカ」と聞こえていたのです）。

私は胸の大きい女の子と別れる時は、いつとはなく帰り際にロシア語で「さようなら」の「ダ・スビダーニャ」を「ドスケベ・ダーベヤ」と言うようになり、他の日本人の男の子達もソ連人の子供と別れる時には私の発音で話していました。

ここで話を戻して、記載済みのソ連の小学校に行った時に私に手を振った女の子が、その胸の大きい女の子だったのでした。

そのような状況で生活していた五月の中頃、駅逓の人が実家の平野の家から馬で米を運んで来て、平野の家で相談があるのだが、とうやんは入島して来たソ連の民間人と一緒に船に乗って魚の取り方を教えていて来られないので、ミサに一度来てほしいと話したのです。

その週の土曜日に、ミサは私を連れてアナマ村に行きました。

相談というのは、昨年死去したヤスお祖母ちゃんの遺骨をアナマの墓地に納めようとしたら、ソ連軍から「墓地付近は、ソ連軍海軍の兵舎を建てる準備中なので立ち入り禁止になっている」と言われ、墓地を斜古丹に移すか村の人達と相談したが、現在住んでいる村民の家族のお墓はないので、どうしたらいいか困っている。そこで、平野の家では斜古丹の墓地に墓を作りたいのだが、どうにかならないか役場に相談してほしいというのです。

ところが、すでに役場はソ連軍の命令で解散されているので話はできない、したがって帰って村民と相談してみるということで翌日帰って来ました。

その後、この墓の話を私は一切聞くことなく引き揚げて来ました。

ところが平成二十三年の東日本大震災の日に、四日市に住む弟の仁郎が、「ヤスお祖母ちゃんの遺骨は、住んでいたアナマの平野の家の裏山に埋めて来ている」と話したのです。そしてその時に、

「ソ連軍に見つかると困ることがある物も一緒に埋めて来た」と言うのです。

私としては、その話を聞いて以来、どうにかして色丹島に遺骨収集に行きたいと考えている現在です。

また、島に物を埋めて来たという話は他にもあるので、あとで詳細に説明します。

昭和二十一年五月にアナマ村に赴いた時に聞いたことは、父のとうやんはこの年の五月初め頃にソ連の民間人の二家族が住みつくようになって、ソ連軍から漁業を教えるように言われて、ここ何日か湾内で刺し網で魚を獲っていると話しています。

そのソ連人の一人が、昔近くに日本人が住んでいたので片言の日本語を話せたようで、「自分達は海を見るのは初めて、もちろん魚を獲って食べるのも初めて」と話したそうです。

今思うと、ソ連軍もそれまでの父（注、その頃アナマのソ連兵達は、父を「とうやん」と呼んでいた）の行動から、この日本人ならばソ連の民間人ともうまく行くのではないかと考えて、入島早々から一緒に仕事をさせたのかもしれません。

後で詳細に記載しますが、この民間のソ連人に、昭和二十二年九月に平野家は災難に遭わされるのです。ニコライ大佐に言わせれば、家族全員が生きていたことは奇跡であったと話しています。

また五月初め頃、すでに記載した唖が射殺された場所の海辺に、日本軍が作った四、五メートルほどの長さの簡易な桟橋があって、そこからハシケ舟に多くの米を積み込み、そのハシケ舟を漁船が引いて斜古丹湾を出て行く日があったので、ミサがニコライ大佐にどこに運んでいるのかを聞いたところ、「国後島に運んでいる」と話しています。

もちろん、この米は、佐藤校長先生が色丹島に赴任の挨拶に役場へ行く途中に一万俵の米俵があったと聞いた米俵の山から運び出していたのです。

また、『元島民が語る　われらの北方四島』P.336に、

「昭和二十一年春から、国後島古釜布と色丹島穴澗間に、定期船一往復が開始された」とあり、島民は次のように語っています。

「十トンほどの日本漁船を使ってソ連側の連絡や食糧品の運搬、ソ連軍の許可を受けた者の往来などを行なっていました。ソ連人の管理者と日本人の乗組員が運行していました」と。

私見ですが、島民はおそらくとうやんの平野政五郎でしょう。すなわち『元島民が語る　われらの北方四島』に証言と協力した方々の中に、色丹島のアナマ村からただ一人氏名があるからです。

すでに記載済みですが、アナマ村の私の実家の裏山の谷間には日本軍の病院があって、その近辺の谷間には大きな草色テントが三十個以上もあったのを私は実際に見ていますので、それは当時色丹島に駐屯していた混成第四旅団の将兵四八〇〇人（注、『千島占領　一九四五年 夏』P.151に記載。ただし歯舞諸島の約六〇〇名の将兵も含む）と海軍、憲兵隊の将兵も加えると、五〇〇〇名前後の三年間の食糧が色丹島にあったのです。これもすでに記載済みですが、国後島では二十一年の春には米がなくなっていたので色丹島から運び込んだのです。

また、色丹島からソ連軍が米を持ち出したことを知っていた島民が一人いたのです。その人は当時

キリトウシ村に住んでいた当時十六歳の少年の高橋昭一さんでした。

私は高橋昭一さんを子供の頃からよく知っていたのです。それは昭和二十一年六月中頃の日曜日に、私が蒸留水作りをしていた時のことです。当時、ソ連軍に協力していた日本人がソ連軍の憲兵隊のところに行く時は、電気室の玄関から入って廊下を通り郵便局へ出入りしていたのですが、この日、高橋兄弟が何度となく廊下を走っていたので、若松に「もっと静かにしろ」と怒鳴られたのです。

その時、そばにいた補助員の田村さんに「あのガキはどこのガキか」と聞いたところ、田村さんは「キリトウシの高橋のガキ」と答えたのです。

この話を、平成十四年に得能幸男さんの自宅でしましたら、田村さんと高橋さんの家は親戚関係であると話したのです。

さらに、高橋昭一さんは、平成十六年十一月十六日の「道央色丹会」の二次会で、「食べ物がない根室に急いで引き揚げないで、米が多くある島に残った方がいいと考えて、一年遅れて引き揚げた」と話しています。

「米が多くある」ですが、おそらくキリトウシ村の付近には日本軍が多くの米を保管してあって、その米をソ連軍に確保される前に、高橋昭一さんの家でも多くの米を確保したと考えられるのです。

それは、街道に雪が積もるまでの間、遠藤の家には平野の家から米を運び込んでいますが、隣の田村さんも時々、週末になると夫婦で出かけて米を持って来ていたのです。

なお、高橋さんの引き揚げのことは後で詳細に記載しますが、自分達の希望で「一年遅れて引き揚げた」と話していますが、それは嘘なのです。これも後で説明します。

六月中頃、若松が自宅裏でドラム缶を切って中華鍋を作っているのを、憲兵隊に毎日白パンを持って来る赤軍の兵士（注、後日、私はこの野郎にとんでもない目に遭わされるのです）が見ていたからと思いますが、数日後、憲兵隊を通して「パンを焼く釜（注、一斤の大きさの鉄の箱と考えていい）を五十個ほど作ってほしい」という話が来たのです。

若松は一度は「できない」と断ったのですが、「どうしても作ってほしい」と憲兵隊から言われるので、見本に一個だけでもという話になって、一個作ったのです。すると作ったものを見て、「ハラショー、ハラショー」で、今度はニコライ大佐と赤軍の海軍少佐の二人で、「兵隊五十人を若松に預けるから、釜を五十個作ってほしい」と頼みに来たのです。

それでやむなく作ることになって、兵士達は駐屯地でドラム缶の解体と切断をして、その材料を私達の遊び場とポンプ室の横の空き地に持ち込み、そこを作業場にして、五、六名の兵士が溶接、成形、ヤスリ掛けをしていました。

これらの兵士には元鉄工所で働いていた溶接工もいたようで、若松に言わせると腕の良い兵士が二人いて、この二人がほぼ指導して作ったと話しています。

この中のフィンランド人が、遠藤ミサが昼食時、濁酒を出すので話をするようになり、「元は大学の教授をしていたので幾らか日本語が話せる」と言っていろいろな話を聞きました。彼の話で、「我々は、この時代に何の恐怖を抱くことなくのんびり生活できるところがあるのを不思議に思っている」、さらに「私は小さい頃からソ連の憲兵隊が来たと聞くだけで隠れていたのに、ここの日本人は全く恐れないし、それどころか、ソ連の憲兵隊が我々の話より日本人の話を信じるなど考えられない」と話したそうです。

また、「我々の仲間も二〇〇〇人以上は死んでいる」とも話したそうで、おそらくカムチャッカの刑務所を出て、北千島の戦闘で死んだ囚人の数を話したのだと後日思いました。

『北方領土　悲しみの島々』P.51に、

「一説に、日本軍の戦死と行方不明者七五〇人。または戦死者確認数約三五〇人、未確認三三〇人。ソ連軍は三〇〇〇人以上、あるいは戦死確認約二〇〇〇人、未確認（水死）約一〇〇〇人といわれる」と記載がありますが、ここでソ連軍の数字を誰も疑問に思わないのが私には不思議です。

すなわち、ソ連軍は敵陣に攻め込む軍隊で、一方の日本軍は主に陣地内で守っている軍隊です。すなわちソ連軍の司令官は、自分の将兵死傷者が敵軍の将兵の四倍近い戦死者を出すような命令を出し続けたことになります。

これが本当ならば、スターリンは即座にこの司令官を絞首刑にしたと思います。

私が思うには、ソ連軍の正規軍の死者は、おそらく日本の数字と同じかそれ以下とも考えられます。

そう考えると、三〇〇〇マイナス七五〇は約二二五〇ですから、フィンランド生まれの赤軍兵士の話した「仲間が二〇〇〇人以上死んでいる」という話に符合します。

ただ、ソ連としては、多くのソ連人が死んだことは戦った日本兵が見ているわけですから、正規軍の兵士の死者だけを発表するわけにはいかないので数字だけを発表したと思います。さらに四日間ほどの戦闘で三〇〇〇名ほどの戦死者を出したと発表した以上、『北方領土　悲しみの島々』P.51に記載があるように、「プラウダ紙は、戦闘上陸した十八日を〝ソ連人民喪の日〟と称した」としないわけにはいかなかったのだと思います。

さて、ここで、なぜパン焼き釜を五十個も作ることになったかを説明します。

この頃には、島には多くの民間人と赤軍の家族が入島して来ていたのですが、民間人達には日本の米を食べさせようと考えたものの、彼らの主食はパンで、そのパンは毎日か週に数回まとめてパン屋から買って生活しているわけですから、主食を毎日、日本人のように作って食べるという習慣がないのです。つまり米を毎日煮炊きしないので、パンを作って売ってくれるようにソ連軍に要求していたのです。

したがって、パンを焼く兵隊達は二十四時間、一日中パン焼きをすることになり、それを解消するための対策なのでした。

この頃もニコライ大佐との勉強は続いていて、ミサと大佐の会話を寝床で聞いていたら、「弟達は頭がいいが、イチロウはあまり良くない」なんて聞こえたのです。

この頃、ニコライ大佐は、「数学の勉強で肝心なことは、決められた時間内に問題の解答を出すことである」という指導をしていたので、私は時々、最小公倍数の処理に互いの数を掛け合わせていたので、そのことを指摘していたのだと思います。

なお、五月中頃には小林先生の姿を見ることはありませんでした。その理由は前述しています。春頃から入島して来た多くの海軍兵士は、家族も連れて来ていたのです。また将校達ばかりではなく、若い兵士も妻を連れて来ているのです。そのうちの一組が隣の元小泉さんの家に住み、その兵士の若い妻との思い出は、私の青春の一つです。このことについてはあとで記載します。

『忍従の海　北方領土の28年』P.195には、

「ソ連軍の国境警備隊（青軍）（注、赤軍の海軍）は、家族もちが多く、脱出や引き揚げた島民の空き家を住居として使っていた」と、昭和二十三年に引き揚げたキリトウシ村の高橋昭一氏が話しています。

なお、追い出された村民の家は、小林さんの家のように大きく立派な家か、営林署の官舎から当然明け渡しをしたと思います。また営林署の官舎に住んでいた石森さんもマタコタン村に住んでいましたから、同様な扱いをされたと思います。なにしろ営林署の官舎だけあって立派な造りの家であったことは、よく遊びに行った私が記憶しています。

参考までに、『元島民が語る　われらの北方四島』P.136に、択捉島では「ソ連軍は学校と営林関係の官舎などを、上陸すると同時に押さえてしまったのです」と記載があるように、営林署の官舎はソ連軍にも立派に見えたのでしょう。

また、当時、林務署の官舎に住んでいた石森さんが、『根室色丹会50周年記念誌』P.57に、

「ソ連軍が進駐してきて間もなく、自宅がソ連軍の将校の住居にするということで、接収されてしま

ったのです」と話しています。すなわち、石森さんの話は「ソ連軍が進駐して来て住居を追い出された」という話だけではないのです。

ところが、遠藤の家は逓信省の官舎でそれほど立派ではないことは当然としても、当時北方四島の島でも少ない電気生活をしていた遠藤家と田村さんの家が、追い出されずに済んでいたのです。

しかも二十四時間、三六五日の電気生活です。しかしソ連軍はこの二軒の家の接収はせず、二十二年四月中頃に電気設備が改築されるまで住んでいたのです。

六月末頃に、遠藤若松が夕食後、

「今日、ニコライ大佐が海軍の大佐（注、後日知ったのですが色丹島の海軍の最高幹部）と来て、大佐のピストルの引き金が折れて海に落としたので修理してほしいと頼まれたので修理することにした」と話したのです。

したがって、翌日学校から帰って来て電気室の事務室に行くと、大きな大佐が机の上にピストルを置いて椅子に座っていたのです。

私が最初に驚いたのは、ピストルの大きさです。ニコライ大佐が持っているドイツ製のピストルの大きさは手のひらに入るほどのものですが、机の上にあるピストルは、まさに西部劇に出てくるような二十センチ以上もある大きさでした。

また、引き金がないのもすぐ分かりました。大佐は私を知ってかどうか知りませんが、笑みを見せて手を振ってくれました。

なにしろ、若松は仕事の合間に修理をし、一方、大佐は十時頃来て六時頃にはピストルを持って帰るので、十日ほど（注、大佐は昼食時にはピストルを持って食事に行っています。日曜日は来ていなかった）修理に時間がかかっていました。したがって、私はその間、毎日のようにピストルを見に行っていたので、私の剣玉遊びにも付き合うこともありました。

出来上がった時には、大佐は「ハラショー、ハラショー」と喜んで、その日の午後六時過ぎに赤パン一斤を持って来ました。

後で記載しますが、このようなこともあったことと、ソ連兵が軍用犬の首紐を取ったため犬が私の唇に噛みついて負傷させた埋め合わせかどうか知りませんが、一年後に弟の仁郎が国後のソ連軍の病院で手術を受けることができたとも思われます。

七月中頃からは、いつものように遠藤家の六十メートルほど前の海で海水浴遊びを始めたのですが、子供達の人数は十人ほどで、前年の半数でした。

また、ソ連人の子供達は我々の遊びを見ているだけで、誰一人海に入る子はいませんでした。

胸の大きな女の子に聞いたら、「海を見たのは初めてなので入れなかった」と。

学校が夏休みになり、ニコライ大佐が教えていた数学の勉強も終わることになりました。

それにしても、週に四、五日の勉強が約三カ月間もよく続いたものと今は感じ入っています。

そのような日常生活で、我々兄弟も夏休みになったら実家に帰郷することになっていたので、八月の最後の日曜日に、遠藤ミサは子供達のお礼の会食にニコライ大佐を呼んだのです。

話のきっかけは、ミサが「電気室を建て直すのか」と聞いたのです。大佐が言うには、「日本人の食べる米が来年の秋頃には全くなくなる。しかし日本人は、ソ連人が常食としているパンは全く食べられないので、日本人は今後の食糧のことは考えているのか」、さらに続けて「『もし色丹島と歯舞諸島の返還で良いなら、我々は話す用意はある』と、六月に北海道へ二人の日本人を送って、今は返事待ちの状態だ」と話したのです。

「だから、返事次第で遠藤若松も島を離れた時のことを考えて、電気設備を一新するための調査をしたのだ」と。

また、ミサが大佐に、「ソ連は今後アメリカと戦争をすることがあるのか」とぶしつけな質問をしたところ、「もし実際にあった時は一億人以上の人間が死ぬことになるかもしれないので、そのような戦争はすることはないと思うが、ある地域を限定した戦争はあると考えている」と。

ミサが続けて、「その戦争に日本も巻き込まれることが考えられるのか」と聞き、「そのような戦争にソ連も参加した時は、ソ連は日本に攻めてくるのか」と聞いたところ、

「それは、日本がアメリカにどのように関係したかの内容で決まる」と話し、

「アメリカから、『もしソ連が日本本土へ上陸をする時は、新兵器を使用してでもソ連と戦争する』と脅かされたので、その敵《かたき》をとることを考えている」と話しました。

私見ですが、ソ連が原子爆弾を開発した三年後に、見事当時の分子二国を使って、朝鮮戦争で国連

軍の将兵（注、主にアメリカ兵）を五万人ほど死傷させています（詳細は後述）。

「では、将来日本に帰っても安全とは言えないのか」と言うと、大佐は、

「もしミサが希望するならば、モスクワの高級住宅地に住めるようにできる」と話し、

「それは若松のような技能のある人間は、ソ連では十分な待遇で住めることができるから」と話しました。


では、その「朝鮮戦争」について記載します。

朝鮮戦争は私が中学三年生のときに起きた戦争ですが、私は瞬時に、この戦争はソ連が当時支配下にあった中国と北朝鮮を扇動して始めた戦争だと思ったのです。

その理由は記載済みですが、ニコライ大佐が我々兄弟に数学を教えた後に、大佐は私の座り机に足を投げ出して書いていた文字を暗号記号と思っていましたが、これがハングル文字であったと知ると同時に、新聞で戦争前線では多くのソ連兵が指揮を執っている状況が報道されたからです。

さらに、話が飛びますが、令和元年の八月前後頃のＴＶ放送（仕事中に瞬時に聞こえたことなので、放送日と番組名は不明）で、朝鮮戦争の目的はアメリカ軍を朝鮮半島に留め置くか張り付けておくのが（正確に記憶していないが、それに近い言葉でした）目的であったとスターリンが話した、言っていたのです。

ところが、アメリカ軍は咄嗟に、この戦争のソ連の目的は、同時に北海道上陸を足掛かりにしてい

ることを何らかの情報で知り、戦争期間中の昭和二十七年十月七日と、二十八年二月十六日に、B29の二機、その墜落でアメリカ兵を根室半島で失っているのです。

すなわち、スターリンはこの時点までも北海道の上陸を考えていたのです。

一方、アメリカは安全保障条約締結前から日本を守っていたことにもなります。

すでに記載済みですが、ニコライ大佐は、アメリカ軍が九州上陸後に千葉の海岸へ転戦するのに合わせて、ソ連は北海道の三方向から上陸し、制圧した後に新潟の海岸か富山湾に上陸する考えがあったと話しています。

ですので、大佐は単なる憲兵大佐ではなく、ソ連軍の戦争作戦立案者の軍人であったと思われます。大佐はミサに「後で脅かされた仇を取ってやる」と話しただけでなく、もしかしたら北海道上陸までの作戦を考えていたのかと思うと、今は複雑な気持ちでいます。

ここからは、日本人のスパイ活動について考えてみたいと思います。

ニコライ大佐の話した二人のスパイの北海道の潜入後の行動期間は、片野さんは「五日間」（注、『忍従の海　北方領土の28年』P.162に記載あり）で、松原さんは「約一カ月間」（注、前述済み）と考えると、スパイの目的内容は当然違うことが考えられます。

では、私見ですが、片野さんから考えてみます。

島を出る前に『忍従の海　北方領土の28年』P.162に、

「親類で、当時根室町長をしていた安藤石典には会うなと命令された」と話していますが、これは嘘を話しています。すなわち実際に会って命令違反をして帰島していますが、シベリアに送られていないからです。

ソ連憲兵隊は、すでに『安藤石典と北方領土』P.25に記載の、

「安藤町長がマッカーサー元帥にあてた北海道附属島嶼復帰懇請陳情書（注、同書P.29に記載あり。昭和二十年十二月一日付の第一回陳情書）」はスパイ網を通じて知っていますから、当然色丹島、歯舞諸島の二島だけの返還の打診には、片野さんが最高の適任者であると考えたのは当然のことと思います。

一方の松原さんの場合ですが、期間は約一カ月間で大きな違いがあります。したがって島の返還の打診ではないでしょう。

では、何が考えられるかです。『忍従の海　北方領土の28年』P.167に、

「夫は、二十一年六月初め〝日本の教育は軍隊式でダメだ。樺太へ行ってソ連人教育を学んでこい〟という（以下略）」と記載があり、私見ですが、松原さんの政治思想が関係していると思います。

さらに同書P.176に、「マサさんは、二十三年の強制引き揚げで帰り、（以下略）」と記載があるからです。この「二十三年の島民の引き揚げ」のことは、本文で詳細に記載しています。

これは私見ですが、すでに記載しましたが、ニコライ大佐の話では、「日本には約三〇〇〇名近いスパイがいて、その八割近くは大学教授から小学校の教員達である」と話していたことから、松原さ

んも教員であったことを考えると、色丹島、歯舞諸島二島の返還の打診以外に、別の何らかの任務を与えられていたと思われるのです。

話が飛びますが、戦後アメリカが中南米でアメリカ政府に反する国の反乱分子達を、ＣＩＡが煽動して政府転覆活動をした状況と同じように、ソ連も当時すでに考えて、二島返還を餌にして日本内部からの転覆状況の可能性を調べさせていたのかもしれません。

ところが松原さんは、北海道の各都市を回って活動の振りをしただけで帰国したことで、十年近くの間流刑生活をしたのです。しかし、昭和三十一年の日ソ共同宣言による特赦（注『忍従の海　北方領土の28年』P.１６７に記載）がなければ、もっと長い流刑生活をしたと思われます。

与えられた金銭を、ただ使い込むだけの罪としては重いように思われます。

すなわち、ニコライ大佐の二島返還の打診には、日本人の食糧の問題だけではなく別のことがあったように思われます。これもニコライ大佐が単なる憲兵大佐ではなく、かの有名な秘密警察の人間であったならば、当然活動すべきことになると思います。

では一方の、自らソ連のスパイ活動をしていたと話している色丹島ホロベツ村の片野清さんについて、『忍従の海　北方領土の28年』P.１６２、１６３から検証していきたいと思います。

「二十二年の秋でした（注、このことは全くの嘘であることは記載済み）。（中略）与えられた期間は、五日間。親類で、当時根室町長をしていた安藤石典には会うなと命令された（注、会うなではなく会えです。これも後で再度説明します）。親類関係までよく調べあげたものと、ソ連の諜報活動にまず舌を巻いた（注、ニコライ大佐の話では、三人のスパイを北海道のスパイから推薦されたと話しています。多分ソ連側からの依頼があってでしょう）。（中略）出発前に軍資金が渡された。手の切れるような札で『十円』と日本文字で書かれていた。見たこともない日本の新円だった。二、三十枚はあった。（中略）

税庫（注、水晶島の地名）を出たのは、真夜中の一時半頃（中略）。四時頃、北海道潜入を果たした。（中略）根室北斗小学校裏手にあった安藤の家へ行った。（中略）目的の話をすると、安藤は怒りだした。（中略）安藤の家に一泊した。翌日実家のある釧路の尾幌へ行った。（中略）アメリカの進駐軍がいるかどうかの調査は、軍事スパイに近いと考えた。そこまでやる気はない。実家で二、三日ゴロゴロして厚岸に行かなかった。（中略）

安藤の家から、（中略）姉へ電話した。呼び出し電話で、電話先にたまたま新聞記者がいて、私がスパイ活動できていることがばれてしまった。記者が警察に話し、進駐軍にも分かったという（中略）。私はそんなことは露知らず、帰る約束の日、（中略）上陸地点の温根元へ向かった。途中、歯舞村（中略）役場前に進駐軍のジープが止まっていた。（中略）私をつかまえにきていたのだった」と。

一方、『安藤石典と北方領土』P.31に、

「安藤石典ら東京陳情団は、帰町後の八月二十六日（注、昭和二十一年）、町公会堂で報告会を開いた。（中略）父（安藤）が、東京から帰ってすぐだった。米軍の憲兵隊〔注、アメリカではこのような仕事はOSS（戦略諜報局）、いまで言うCIA〕が札幌からジープを飛ばして父を取り調べにき

た」と記載があります。

ここで、片野さんの話の嘘の数か所と疑問点を、私なりに検証してみます。

1．渡航年月ですが、氏は「二十二年の秋」と話していますが、これはどう考えてもあり得ない年月です。それは改めて言うまでもなく、安藤氏がＯＳＳから取り調べられた時期が二十一年八月二十六日以降であることと、ニコライ大佐が遠藤ミサに話した年月は、二十一年八月末に、「六月に二人の日本人を北海道へ送った」と話していることから明らかです（注、スパイ活動を指導していた国後島に、六月に片野氏がいたことは記載済み）。

2．「安藤石典には会うなと命令された」は、すでに記載していますが、当時は北海道のスパイ網とソ連憲兵隊間には定期便のルートが出来ていて、数日後には片野氏の行動もすべて知ることができるので、もし会うなと言われたのに会っていたならば、間違いなく命令違反で、帰国後はシベリア送りになっていたはずです。

3．「アメリカの進駐軍がいるかどうか」の話も嘘で、ソ連憲兵隊は北海道のスパイ網で知っていて、あらためてスパイを送り込んで調べる必要はないのです。

4．片野氏は安藤氏に「ソ連からの二島返還の話はした」とは一言も話していませんが、私見ですが、私は間違いなく話したと思うのです。しかし二島返還では、安藤氏としては受け入れられず、話として表に出すことはできなかったと思います。

ところが、『安藤石典と北方領土』P.31に、

「そのうちに安藤は戻された。『米国人は案外話が分かる』と言いながら、プレゼントされたという鹿の革の下着を広げて見せた」と記載があるのですが、このアメリカの対応は義弟の片野氏がソ連から送られたスパイと会ったので取り調べているわけですから、当然納得する話でなく、プレゼントなどくれるはずはないと思います。

私見ですが、ソ連は二島返還なら話し合う考えがあるので、その打診の話を持って来たことを話した結果と思います（注、鳩山総理の日ソ交渉前までは、アメリカは二島返還は了解していた）。

5．安藤氏がＣＩＡから取り調べを受けたのは、上記で記載しましたが陳情の年の八月以降ですから、片野氏の北海道の潜入は、ニコライ大佐が話した二十一年六月とほぼ一致するのです。

疑問点ですが、すでに記載したように六月頃、片野さんは国後島に滞在していて、色丹島から一緒に来た人達と働かされているような話ですので、ソ連憲兵隊のスパイ活動の直接の指示は国後島で行っていましたから、一週間ほど皆の前から片野さんを、別行動をさせることは、さほど困難なことではなかったと思います。

ところが片野さんは、手島さんが話している片野さんと同一人物ならば、国後島に滞在したことを一言も話していません。しかも片野さんは、ソ連憲兵隊という言葉も一言も話していません。しかし私は、片野さんが斜古丹のソ連憲兵隊の滞在している元斜古丹郵便局に出入りしているのを幾度も見ていますし、これも記載済みですが、テーブルの上に「白パンがあった」と話しているからには、相手は憲兵隊であるのです。

すなわち、頭の良い片野さんは、帰国後もただの憲兵隊ではなく秘密警察と考えて、憲兵隊からの依頼でスパイ活動をしたとは話していないのだと思います。

話を戻します。八月末に我々兄弟は遠藤ミサに連れられて、アナマの実家に赴いたのですが、春先にブルドーザーで掘り起こしていた丘の一帯には、鮮やかな緑色の麦が生えていました。初めて見る広大な緑の一面でした。

実家での生活は、毎日足踏みの臼で玄米を二時間ほどかけて白米作りをし、あとは勉強を全くすることなく裏山で桑の実を取ったり、海浜で遊んだりする毎日でした。

ただ、とうやんはソ連人を磯舟に乗せて一緒に魚取りをしていたのですが、ソ連人は金曜日頃になると決まって仕事もせずに船に座っているので、とうやんが体調でも悪いのかと聞いたところ、腹が減っていて動けないと話したそうです。

そこで、日本の米も配給されていると聞いていたので、そのことを聞いたら、「日本人の食べている米と全く違っていて、まずくて食べられないし、炊き方もよく分からないから、少ない配給のパンはすぐなくなるので満足に食事をしていない」と話したそうです。

すなわち、配給になる玄米を白米にすることはせずに、また彼らは主食のパンはすべてパン屋（注、当時は色丹島の斜古丹村の赤軍兵だけが作っていた）が作ったものを食べていたので、環境の変化に対応できない生活をしていたのです。

そこで、とうやんは彼らの米を我が家に持って来て白米にし、我が家で煮炊きしておにぎりにして渡していたのです。したがって我々は一部ですが、ソ連人の食糧事情を助けていたのです。

しかも、最初はおにぎりは二個作って渡したのですが、一個しか食べず一個は持ち帰るので聞いたところ、「妻と娘に食わせる」と言うので、私達が帰郷した時は大きめの一個と普通の大きさの二個を作って渡していました。

また「自分達は今日までスターリンに小突き回され続けたが、これからはお前達の番だ」と話したそうです。

話が飛びますが、このようなかつての独立国がソ連に併合された他民族のソ連人達が、一時期色丹島を日本に返して一緒に日本人と住んで良いような話をまともに受け止めて、時の間抜けな政治家と為政者達は多くの金をつぎ込むと、すぐにでも領土問題は解決するような振る舞いをしたのです。

さて、話を戻して、この年はヤスお祖母ちゃんの初盆でしたので、実家では遠藤夫婦はもとより知人達を呼び、斜古丹から住職の舘さんに来てもらってお経を上げてもらっています。

記載しましたが、同時に遺骨を納めるお墓の相談で、遠藤夫婦からニコライ大佐の話の色丹島、歯舞諸島の返還打診をしている旨の話を聞いて、遺骨を一時どこかに保管することにしたようです。

もちろん、結果的には我々は引き揚げることになった際にも、将来色丹島は日本の二つ返事で返還されると思って、家の裏山に埋めて来たようです。

「ようです」と記載したのは、私は遺骨のことは一切聞いていなかったのですが、再三述べてきたように、平成二十三年の東日本大震災の日に四日市に住む弟の仁郎に電話した際に、遺骨をアナマ村の平野の家の裏山に埋めて来たことを初めて知ったからです。

したがって、平成二十八年三月二十五日の読売新聞に、「遺骨収集『国が着実に』」の見出しで「推進法成立」と記載されたので、平成二十八年九月五日に（社）千島歯舞諸島居住者連盟に「色丹島への遺骨収集の嘆願書」を、埋めて来た場所の写真を貼付して提出しましたが、三年後の平成三十一年二月になっても何の話もありません。

以降でも記載しますが、色丹島に物を埋めて引き揚げて来たという家が数軒あるのです。もちろん遠藤家と平野家の付き合いのあった人達です。

その一人、平成二十四年に釧路市に住む元色丹島アナマ村の大川雅子さんにお会いした時、「家の床下に物を埋めて来た」と話しています。あとの三家族の家のことは、マタコタン村に私が住むようになった項で記載します。

話が飛びますが、六月初め頃に一時空き家になっていた小泉さんの家に、赤軍の若い夫婦が一歳未満の子供と住んでいたのです。

若妻は白系露人（注、ロシア人）で肌が色白で、皆さんに分かりやすい表現で話すと、結婚前の松田聖子以上の美人に見えました。

その彼女に遠藤ミサが野菜作りを教えていたので、八月末頃には野菜のやり取りをする仲になっていたのです。ところが夫である赤軍の兵士は、転属になって島からいなくなっていたのです。

後からミサに聞いた話では、転属の理由は軍隊内で、おそらくやっかみからいじめられて体中痣だらけにされていたからのようです。したがって、他の島への転属には妻も一緒に島を離れるのが当然と誰もが思いますが、彼女はこんな住み良いところから動きたくないと言って、赤子と二人で住んでいたのです。

このような状況の日々で、私も時々、トマトやエンドウ豆などを採るときは、彼女も二、三メートルほどの近くになることもあったので自然に手を振ったり、採った野菜のやり取りをするようになっていました。

九月中頃に、彼女から家に誘われて食事をご馳走になったのです。そのご馳走とは、白米にバターとハマナスの実やエンドウ豆などを入れて塩で味付けしたご飯でしたが、何しろ初めて食べたその美味しかったことは今でも時々思い出します。

そのようなことが二、三回あったので、ミサに話したら、憲兵隊の白パンを半斤ほど彼女のところへ持って行けということでそうしたところ、ものすごく喜んで、ブラジャー姿で一方の胸を出したまま私を強く抱きしめてくれたのです。私も一瞬変な抱きつき方をしたかは覚えていませんが、彼女が私の頭を軽く叩いてニコッと笑ったのを、一つの思い出として覚えています。

また、六月中頃に、マタコタン村の木根寅次郎さんが数カ月振りに海産物を持って来て、「ソ連人を乗せて漁業をすることになったので、一度船のエンジンを見てほしい」と話したことを後日ミサから聞いたのです。

若松は憲兵隊に話して、その週の日曜日に隣の田村さんを連れて行き、帰りには多くの海産物をもらって帰宅しています。

当時も、遠藤の家には時々数人の島民が来ては濁酒やお茶（注、人によっては玉露茶を出していた）を飲んでいましたので、いろいろな話を聞くことができました。

その一つに、「ソ連人で、もの凄い美人の若い女性が捕鯨船の船長をしている」という話があって、早速子供たちに話したら、捕鯨船が桟橋に接岸している時に四、五人で見に行こうということになったのです。

もちろん捕鯨会社の桟橋の上を歩くのは皆初めてでしたので、おそるおそる四、五メートル歩いたところで、誰かがおそらく「こんにちは」と叫び、同時に上半身裸で大きな胸を丸出しにした美人が、船長室のデッキに出て手招きしながら何かを話したのです。我々は皆十歳前後のガキどもでしたが、しばらくの間見とれていたことを今でも覚えています。

それにしても捕鯨船という職場は、男にとっても苛酷な職場だと思いますので、そこで働く男達も一般的に考えると気が荒いはずで、そんな男達をソ連では七十年前に若い美女がコントロールして働いていたのです。

話が飛びますが、とうやんは引き揚げ後に花咲の日魯漁業で漁船の船長をしていて、数回拿捕《だほ》されています。チョロマ（収容所）に入れられると同時にアナマの赤軍の兵士が「とうやんが来た」とチョロマに来て、赤軍の兵舎で酒飲みが始まって、数日後には北海道に返されたと話しています。

その結果、根室港に着くと、その日の夜行列車で警察に連れられて札幌の中央警察の牢屋に入れられ三、四日調べられたと、とうやんが札幌に住むようになってから私が車に乗せて中央署の前を通るたびに話していました。

多分理由は、拿捕された船長は少なくとも一カ月以上は取り調べられて帰ってくるのが通常ですので、おそらくスパイ容疑で調べられたのでしょう。

すでに記載済みですが、とうやんはアナマ村にソ連軍の赤軍が進駐した後の四日頃から、ソ連軍の駐屯している元の日本の缶詰工場内で兵士と酒を飲み始め、数日後には捕虜になっている四〇〇〇名近い日本兵に面会させてもらっていますし、二週間後には赤軍兵士六、七人に自宅の浜辺で引き網の手伝いをさせています（注、この時期はまだ湾内であっても島民が舟を出して魚取りが禁じられていた）。もちろんロシア語などまともに話せる状況ではなかったのに、二十二年九月頃まで一緒に酒飲みをしていたようです。

その酒飲み同士の絆が何かは知りませんが、引き揚げ後の数十年経っても、アナマ村の赤軍のソ連軍とは酒飲みが継続していたように思います。

この拿捕後の状況の時は、私はすでに遠藤家の養子になっていて同居していないので詳細は分かりませんので、今後弟達に本当の詳細を聞く予定です。

さて話を当時に戻して、なにしろソ連人の民間人が入島して来てから、あらゆる物がいつの間にかなくなるのに島民は困り果てていたのです。

この、物がなくなる元島民の話は、前述の大川雅子さんからも、「ソ連人の民間人が入島してからは物がなくなり困った」と聞いています。

では、とうやんに「スターリンに小突き回され続けたが、これからはお前達の番だ」と話した人々とはどんな人達だったのでしょうか。

『北方領土　悲しみの島々』P.169に、

「ソ連側の民間人の入居者もふえはじめた。飢饉がつづいたといわれるウクライナから、裸一貫で来島した人達や、タターリン人、マンジュリー人、中国人、朝鮮人など、海を生まれて初めて見るという人達も多かった。

島の人達は、多くは着のみ着のままで来る彼らに、手取り足取り魚の獲り方を教え、ともに漁撈に従事していくようになった」と。

また、『元島民が語る　われらの北方四島』P.305には、

「志発島に来たソ連人の居住者は、どちらかといえば自分の希望で来たわけではなく、政府の命令でやむをえず来た者が多かったようです」とあります。

でも、このようなロシア人でないソ連人と一緒に住む状況下でも、島民はソ連人と大きな問題を起こすことなく、二十二年十月の引き揚げ時まで生活したのです。

一方、我々学童の学校生活ですが、私の知る限りでは登校してくる生徒は半減していたと思います。

はっきり言えないのは、私は相変わらず校長先生と将棋で過ごす毎日でしたから。また遊びの方は戦前と変わらない遊びでした。

一方、私の日々の生活は、蒸留水作りは続いていましたし、玄米を実家に持ち運んで足踏みの杵臼で白米にして、月に一、二度ほどはミサと兄弟三人で斜古丹とアナマ村間を行き来していました。

なにしろ、とうやんは、ソ連人に週に四、五日漁法を教えなければならないし、冬支度の用意もあります。かあやんとスナお祖母さんは、同じく冬支度の海産物の加工などで斜古丹通いはできなくなっていたのです。

また、私達の通いだけでは白米は不足になるのです。それは元巡査の小野寺さん宅ではご主人がソ連軍にアナマ村に収容されたのと、もう一軒の家にも白米を運んでいたので、月に一度は駅逓の馬で運んでいました。

このような状況は二十一年の十二月中頃まで続いていました。

この時の街道で十月初め頃に、麦畑で大きなコンバインのような車が二台動き回っているのを見ています。何しろ初めて見る風景なのでよく覚えています。

記載済みですが、この麦畑はゴミの山でしたので、麦の栽培は思ったほどに収穫がなかったようでした。

そして、二十二年の春を迎えると、四月からは養女の志登美（注、かあやんの妹の私生児）が一年生で遠藤家に下宿するようになったのです。

ソ連の占領下にあって、送り出す方も、受け入れる家のあったことは、今考えるとよくできたことと思います。

二十二年の三月初め頃に、ニコライ大佐から、

「今年の秋頃に島民を北海道に送還することになったので、遠藤夫妻は春頃にどこかへ移住してもらうから、移住場所を考えておくように」と言われていたのです。

よって、五月に遠藤の家に大きな変化が起きたのです。すなわち電気設備の改築が始まり、五月初め頃にマタコタン村の木根寅次郎さんの立派な造りの、床がコンクリートで二階建ての倉庫に移住したのです。

もちろん、ソ連軍の命令での立ち退きですから、「した」のではなく「させられた」と記載すべきなのですが、私が思うには、すでに記載しましたが、これまでの遠藤家と木根寅次郎さんの付き合いから、遠藤の希望で木根さんが住んでいたマタコタン村に移住したと思うからです。

この遠藤家の移住で遠藤の家に一緒に住むようになったのは、私と次男の二人だけで、三男と養女の学校生活の状況について、その後のことは今日まで一切聞いていないのです。

なお、次男も数カ月ほどでマタコタン村からはいなくなっていて、その後の弟達の学校のことは、産みの両親はもとより、後に義父となる遠藤夫妻からも一度も聞いていませんでした。

すなわち、その後は学校に通ったのか、それとも以後アナマ村に帰って学校には行かなかったのか、それともどこかの家に下宿して通ったのかを今後確認予定です。

話を戻して、マタコタン村に移住した遠藤の家に私だけが再び下宿してからの生活は四カ月ほどの期間でしたが、今まで経験したことのない生活と遊びができ、今では良い思い出になっています。

私が最初に不安に感じたことは、毎日の通学で約四キロメートルの街道を、皆と一緒に行動できるかでした。特にマタコタン村の海辺に下りる坂道に、足の悪い私は恐怖を感じました。また街道と記載しましたが、実際の道路はなく、斜古丹村役場の橋のふもとから約五十メートルは幅二メートルほどの砂利道があるだけで、そこからマタコタン村までは、野山を人々が時々歩いた足跡から出来た道なのでした。

マタコタン村と言っても、春先から十一月末までの時期に根室から来た漁業者三家族と、夏場の一時期だけ斜古丹の松崎さんがマタコタン湾を基地にして外洋に出て漁業をしていたところで、冬場は住む人は全くなく、島民が往来するところではなかったのです。

ところが実は数人の人間が住んでいた可能性があるのです。このことについて後で記載します。

話を戻して、最初に知ったことは、斜古丹村で時々家まで行って遊んでいた石森さん一家が、マタコタン湾の向かい側にある浜元さん所有の建物に住んでいたことです。

通学時は二学年上の石森尚さん、同学年の洋子さんの二人が、対岸より船でこちら側の木根さん宅の近くまで来て、私の一学年下の木根繁君と同学年の美代子さんを合わせた五人で通学したのです。

年も近かったことと二人の女の子がいたので、多分皆が私の足のことを考えてくれたのだと思います。皆と一日も休むことなく通学できたのはよかったと思っています。

このような環境の変化から、学校では校長先生と将棋を指すことは少なくなり、教室では五年生以上の生徒を教える先生がいないので自習でしたが、数学の教科書に分数の記載があり、私はニコライ大佐から教わっていたこともあって、自分なりに問題に取り組んでいました。

ただ晴天の日は、外で斜古丹湾の写生ばかりしていたことを記憶しています。

また、学校帰りの途中では、野山には馬の群れがいましたので、二学年上の石森尚さんが、持って来たニンジンでおびき寄せ、首に紐を掛けて乗馬するのを何度か見ていました。

一方木根家は、漁船にソ連人二人も乗船して外洋に出て、延縄《はえなわ》漁で大きさ二メートルほどのオヒョウ、同じく二メートルほどの蛸、鱈などの漁業をしていました。なにしろ初めて見る大きさに驚いたのを覚えています。

また、このソ連人達とは、木根さんの鰊釜の風呂に一緒に入って過ごしたこともたびたびありました。

日常の生活では、夜になると木根寅次郎さんが倉庫に来て、若松と遅くまで話し合っているのを毎晩聞いていました。

その話で聞いたことは、根室から春先にマタコタンに来て漁業をしていた木根、浦島、浜元の三家族が、焼き玉エンジン付きの漁船があったのに、ソ連軍上陸後になぜ色丹島を脱島できなかったのかということです。それはマタコタン湾を出た沖合、すなわち目の前のアナマ湾の沖合にソ連艦艇が数隻停泊していて、上陸用舟艇が動き回っていたのを見ていたからだと話していました。

また、村には日本兵が駐屯していなかったことから、軍用米は保管されていなかったことなどを知りました。

六月の末頃、石森さんの奥さんが遠藤ミサに、対岸の場所から木根さんの近くに移れるようにソ連軍に話してくれないかと相談に来たのです。

当時、島民の一部では、遠藤家とソ連軍の関係はある程度知っていたからです。

そこで、ミサが配給米を取りに斜古丹へ行った時にニコライ大佐に話したところ、後で返事をすると言われ、その一週間後に移り住むことができたのです。

しかも、移り住む家は遠藤家が住んでいる倉庫で、一階に石森さん家族が住み、二階に遠藤の家族が住み、台所は共同で使用する生活になったのです。

小学校六年生といえば、男女ともに異性に関して一番興味を持つ時期でしたから、私の毎日の生活は楽しいものでした。

夜になると木根寅次郎さん、石森さんと若松が、濁酒（注、この時点でもミサは作っていた）とお茶を飲みながら深夜まで話し合っていました。

この頃になると、日常生活で品不足で困っていたのは味噌、醤油で、特に醤油をどうやって作るかを話し合っていました。

さらに、石森さんは職業柄、色丹島の全域の山に入っていたことから、「マタコタン村にも土人（注、当時の島民はアイヌ人とは言わず、土人と話していた）が数人住んでいた」と話していました。

参考までに、「北方領土島民名簿」P.153に、「色丹のクリル族については漠然とした知識しかなかったが、着任早々（注、昭和十九年十二月三十一日に斜古丹小学校に着任した佐藤俊三校長）校下の実態を調べて徐々に判明した（当時色丹土人と呼んでいた）」と記載がある程度です。

このマタコタンの土人と思われる名前が「北方領土島民名簿」P.26に「小倉、飯島、石井」の名前で記載されているように思います。

土人の話は第一章にも記載しましたが、私が最初に色丹島ホロベツ村に住むようになった頃、ホロベツ湾の岩場のところに一人の土人（注、親達がそう話していた）が住んでいて、我々兄弟（注、六歳、四歳、二歳）は対岸の砂浜で遊びながら、幾度となく「探検ごっこ」と言っては土人の住む岩場まで行っていました。そして髪の毛が肩ほどまで伸びた姿で、棒を振り回して追っかけて来たのを記憶しています。

すなわち、色丹島に住んでいた一部の土人は、島民と接触することのない生活をしていたと思われます。例えばマタコタン村の名簿にある「小倉、飯島、石井」の名前については、この人達の記録が一切ありません。

色丹島から島民すべてが引き揚げた状況下で、北海道へ脱島か引き揚げた土人（注、クリル人）は、終戦時約二十三人の名前があり、「北方領土島民名簿」P.3、5、24、26と『根室色丹会50周年記念誌』P.28を検証すると次のようになります。

「北方領土島民名簿」P.3　石井義治　家族　三人　二十二年　引き揚げ
同上養子　徳雄　一人　二十八年　舞鶴
同名簿P.5　大橋米吉　家族　五人　二十年十一月二十日　脱島
同名簿P.13　美馬清　家族　三人　二十年十二月二日　脱島
同名簿P.13　熊沢幸次郎　家族　二人　二十二年十一月　引き揚げ
同名簿P.24　同上養子　重吉　家族　二人　二十二年十一月二十日　脱島
同名簿P.25　鈴木喜三郎　家族　七人　二十年十一月二十四日　脱島
合計　二十三人

小野寺巡査が島民から「土人の熊沢さんに自転車を盗まれた」と依頼があって、「土人部落」と呼ばれる集落の一番奥に住む彼の家に行ったが、とても人間の住めるような家ではなかったという話があります。また、当時島には先住民が約三十三人住んでいると聞いて、私は子供達数人と家を見に行ったのですが、途中でカラスの巣を棒で突っついてカラスの集団の襲撃に遭い、逃げて帰って来た思い出があります。

『根室色丹会50周年記念誌』P.28に、千島アイヌ（注、クリル人）の血を引く遺族の家族の名で「鈴木フユ、大橋タメ、石井徳雄」さんの記載があります。

また、同書P.21には、「一九三三年の調査によると、色丹の千島アイヌは十四戸四十一人（男性十四人、女性二十七人）」と記載されています。

このような状況で、元島民はもとより、色丹島の村役場の職員で土人のことを話している人は一人もいません。

しかも、戦後数度の北方領土渡航がなされていますが、この色丹島に置き去りにされた土人達について一言でも話している人は、政府はもちろん、マスコミ、島民にも誰一人いないのです。

なお、元島民（注、和人）でおそらくただ一人、北海道へ引き揚げできなかった若い女性がいたのです。この女性のことは後で詳細に記載します。

マタコタン村の話に戻して、七月初旬に石森尚さんが、私と木根繁君を連れて山越えして行ったところに、一時小学校で授業を教えていた小林さん一家が住んでいたのです。

そこで遊んだ遊びが、初めて知った野球でした。確か私も木の棒でボールという丸い玉（注、何で作ったかは不明）をたたいて遊んだのを覚えています。

この話を引き揚げ後に繁君に話したら、そんなことは覚えていないと話していました。しかし、ソ連占領下の北方四島で、確かに野球をして遊んだ子供がいたことを記載しておきます。

また数日後に、尚君は営林署の子供だけあって父親と各地の山林を歩いて知っていたからか、小林さんの住んでいた裏山を岬の方へ登って行った野原に六十センチほどの木があって、その木に生っていたブルーベリーと同じような実を初めて食べた思い出があります。

生活面では、私は子供の頃は今で言うアレルギー体質で、特に寝床に入ると咳が止まることなく続いていたのです。

ある時、いつものように大人達の雑談を二階の寝床で聞いていた時、ミサが「一郎のぜんそくを治す薬がないものか」と話した時、誰かが、「昔、人の骨を煎じて飲ませたところ、どんな病気も治ったという話を聞いたことがある。そう言えば、一年前に射殺された唖の墓の土盛りが大雨で流されて、遺骨が出ている」と話し、聞いているうちに眠ってしまいました。

それから数日後、ミサから「一郎、これを飲みなさい」と紙に包まれた薬を手渡された瞬間、寝床で聞いていた話を思い出しましたが、話を聞いていたと言えず、渡されるたびに数日飲んだのです。

その結果かどうか知りませんが、いつの間にかぜんそくはなくなりました。ただ、小児ぜんそくは大人になると治るという話も後日聞かされました（よく考えてみれば、あの話は、やはり大人達の冗談だったのだと思います）。

以上のような経緯もあって、私は唖がソ連兵に射殺された状況をよく覚えているのです。

このような生活下の七月中頃のことです。通学の帰宅途中、赤軍が駐屯していた元日本兵の兵舎（注、小学校と役場の中間点）のところに来た時に、顔見知りの赤軍のパン焼き兵士が、軍用犬をつないでいた紐を取ったとたんに、軍用犬が走り出して一番先を歩いていた私の顔に飛びかかってきたのです。

気がついた時はアナマ村の実家の床の中でした。その傷の治療は、ソ連軍がくれた消毒用液と傷薬だけでした。その治療を隣の家（注、約三〇〇メートルの距離）の後藤さんの花子さん（注、当時二十六歳）にしてもらうために一カ月ほど毎日通っていました。

休まずに通った理由は、治療は南向きの二階の部屋でするのですが、八月の暑い日でしたから、花子さんも、私が子供なので気のゆるみもあってか、シュミーズ姿で体を近づけて治療してくれるのです。十五分ほどの治療が楽しくて、痛さを我慢して毎日通ったのでした。

その時に「犬に噛まれた後は当分あずき物は食べてはダメ」と言われて、お盆中におはぎを食べられなかったことを覚えています。その傷痕は、八十歳過ぎた今でも左唇の付近に残っています。

八月中頃に治療から帰って来ると、かあやんが声を出して泣いているので訳を聞いたところ、弟の仁郎が手術をするために野崎スナお祖母さん（注、かあやんの母で同居、当時五十三歳）を付き添いにして、国後島のソ連軍の病院に連れて行かれたが、元気に戻って来るかは全く分からないので心配していた、と話したのです。

後日、ミサから聞いた話では、斜古丹にあった元日本軍の病院（注、『千島教育回想録』P.155に記載）は、のちにソ連軍も病院として使用していましたが、そこでは手術できないので仁郎を船（注、仁郎の話では高速艇？）に乗せて斜古丹からアナマに立ち寄り、付き添いにスナお祖母さんが着替え類を持って、一緒に国後島のソ連の病院に連れて行かれた、と。

そして、こちらからは何一つ依頼していないのにソ連軍側から話があり、ニコライ大佐はもちろんのこと、海軍、陸軍も一緒になって事を進めたようだとのことでした。すべて後日分かったことですが、その後、治療代もソ連軍からは一切請求されていません。

今私が思うに、二週間前に赤軍の兵士が軍用犬の首ひもを離したために犬に噛まれた子供の弟と知って、その事故の埋め合わせをしようとしたようにも思えます。

それにしても、ソ連軍がそんなことをしたとは、皆さん、素直に信じられないでしょう。

では、弟の平成二十八年の手紙から、当時のことを記載しておきます。

「穴澗からおばあちゃん（スナ）と二人でドロドロという高速艇で国後に行き、知人宅へ寄り、そこから二人で一時間近く歩きソ連の病院に入りましたが、負傷した日本兵が十二、三人おり、毎日のように死亡していた（食事が悪く）ので、我々も三日か四日で逃げ出して、知人宅へ寄り穴澗へ帰った（中略）。

私の病気は水の溜まる助膜でしたので、大きな注射器で椅子に反対向きに座らされ、背中に注射器を刺され水を取り出すだけ、それを三度ほどやられておわりでしたので逃げ出せたわけです」

ここで、「ドロドロという高速艇」とは、日本兵が使用していた「震洋」と思われます。すなわち漁船でもなく巡視艇でもないということです。

私の記憶では、先に記載した如く、私は実家に帰っている間にいて弟達を見ていなかったのです。

それは、遠藤の家が斜古丹からマタコタンに移住した後には、弟達は斜古丹の誰かの家に下宿して小学校に通学していたことになるからです。しかし、この辺の事情は一度も親からも弟達、遠藤ミサからも聞いていないのです。

今思うと間の抜けた話になりますが、これも実話を自叙伝として記載せんがためです。お盆が過ぎた頃に、遠藤ミサが木根繁君を伴って、もう学校が始まるからと私を迎えに来たのです。二日ほどの滞在でははっきり覚えていることは、繁君が家の前の海辺にある大きな岩の上にうつ伏せになって泣いているような姿を見ていたことです。もちろん理由は聞いていませんが。

さらに、三人でマタコタンに戻って来たのですが、途中の街道の状況、すなわち昨年から始めたソ連軍の麦畑の状況の記憶が全くありません。

極論すれば、私のこの一カ月の生活の記憶が全くないのです。平野家での弟、妹達のこと、とうやんのことなど、強いて話すと、毎日杵臼で玄米突きをさせられていたことぐらいです。もしかすると花子さんの治療が影響していたのかも？

マタコタンへ戻ってからの生活は、今まで経験したことのないことばかりが続くのです。

一応、羅列して記載してみます。

最初に倉庫（注、住まいで使用）の前に多くの木の山があるのを見たことです。そして数日後に若松から、山に積んである木を焼いて炭を作るように言われ、作ったことです。

なにしろ夏の真っ盛りでしたので、一〇〇メートルほど離れた海辺に飛び込みながら炭を作り叺《かます》に入れる作業が四、五日続きました。この炭の使いみちは後で記載します。

この炭焼きをしていて思いついたのですが、付近にあった太めの針金を加工し、焼き入れをして槍先にして槍を作ったのです。この槍で後日、人生で一番の楽しい遊びをすることになるのです。

また遠藤夫婦も、日中は木根さんの延縄の整理と餌付けを桟橋上で手伝う毎日でした。私はその桟橋の海辺に幅三十センチ、厚さ三センチ、長さ四メートルの板を浮かべて、毎日夕方遅くまで泳いでいました。

ある日、湾内を小魚が真っ黒になって泳ぎ回っているのを見たので繁君に話したところ、親から「まだ一週間は早い」と言われたのですが、とりあえず網を借りて湾内に入れ、翌朝網を上げたところ、網には魚は一匹もいませんでした。

ところが十日後に漁師さんが網を入れると、網には多くの小魚（注、魚名は確か「チカ」と聞いていた覚えがあります）が捕れていました。

ですから、漁業者が網の目を調整して漁獲調整をしている話を聞くと、当時のことが思い起こされます。

一方、学校生活の方ですが、我々はマタコタンから毎日一時間ほどかけて通っていました。

私の高学年クラスは、授業を教える佐藤校長先生がこの時点でも自宅謹慎中でしたので、教室でのことはあまり覚えていません。

すなわち、私は依然として時々佐藤先生に呼ばれて将棋を指していましたし、時には学校を抜け出して、松崎さんの家で春一さん（注、当時二十三歳）と将棋をしていたのです。

また、昼食を終えるとマタコタン組は帰宅することが常でした。

しかし、親達は皆、子供は学校できちんと勉強しているものと思っていたのです。

それは、佐藤校長先生がソ連憲兵隊からのスパイ活動要請を拒否して自宅謹慎にされ、授業ができない状況を、一部の人以外全く知らなかったか、ソ連憲兵隊に口止めされていたと思われるからです。

さらに学童の誰もが、佐藤先生が勉強を教えていないことを親達に話していなかったと思われます。

ただし、低学年の一年生から四年生は、西田先生が戦前と同じように授業をしていたのです。

したがって西田先生は、時々高学年の教室に来て勉強の指示はしていました。

このような状況下で、毎日朝七時半頃から約四キロメートルもある野山の獣道を足の悪い私が通えたのは、気心の知れた数人の友達と一緒だったことと、、また帰り道では、山で野生化した馬をニンジンなどでおびき寄せるような遊びをしながら帰宅していたからでしょう。

ただ、今思うことは、斜古丹からアナマ間の街道の中ほどの山の斜面には、山葡萄やマタタビの木があって時々採って食べた記憶がありますが、このマタコタンの山道にはそのような木はありませんでした。


確か八月末頃に、いつものように寝床で大人達の話を聞いていたら、すでに十月末頃までに島民の北海道への引き揚げが決定されていて、その話の中で色丹島の返還は今もソ連は考えていることが話され、それでは物をどこに埋めるかということを話し合っていました。

その数日後に、若松がドラム缶を半分に切り、その中に物を入れているのを見ました。すなわち数日前に私が作った炭は、ドラム缶を埋めた際にその場所に一緒に埋めるための炭でした。

そしてそのドラム缶は、いつの間にか住まいの倉庫からなくなっていました。

そこで、そのドラム缶の中に何を入れたかの話を、石森洋子さんが平成二十四年に、父から「由緒ある短刀を入れた」と聞き、平成二十五年に木根正美さんが根室に赴いた際に、「そう言えば姉が火鉢の中に何かを埋めて来たという話を聞いたことがある」と話しています。

一方、遠藤の家は何を埋めたかは聞いていませんが、この話は憶測ですが、若松が斜古丹を去る時、ニコライ大佐に「卓上旋盤機をもらえないか」と話したところ、「この旋盤機を使いこなせるのは若松しかいないと思うから持って行って良い」と言われたという話を聞いていましたから、もしかするとその旋盤機を埋めたかもしれないのです。

しかもその旋盤機は、確かドイツ製と聞いていますから、どうかして私の生きているうちに祖母の遺骨収集の際に、このドラム缶の在り処を探り当てたいのです。

また、記載済みですが、祖母の遺骨をアナマ村の平野の家の裏山に埋めた際に、一緒に何かを埋めているので、それも確認したいです。後で記載しますが、平野の家では引き揚げのためアナマ村から斜古丹に集合するために荷造りして、枕元に十個ほどのリュックサックを置いて眠り込んだ結果、朝起きた時にはすべてなくなっていたので、昔の平野家の写真などは一枚もないからです。

話を遊びに戻しまして、私の人生で初めての経験で、最もスリルに満ちた遊びをしたことについてお話しします。

それはマス突きなのですが、九月の最初の日曜日に、マタコタン湾に注ぐ小川（注、湾には二本の小川が注いでいるが、マス突きは斜古丹とアナマ間の街道沿いの川）で、先に書いた手製の槍を持って、石森さん、木根さんの三人で衣服を着たまま川に入ってマス突きを行ったのです。ところが実際に始めてみると、マスの動きがとても速く、逃げる動作に翻弄されて、一日目は何とか一匹を仕留めましたが、突き上げたマスは身が三分の一ほど切れてなくなっていました。

場所は川の蛇行した淀みのところで、そこに隠れているマスを突くのですが、槍先を川に入れた途端に逃げ出すのです。そんな状況ですから、三人で一匹を追い回した結果が一匹でした。しかし結果よりもそのスリルが何とも言いようのないものでした。

このマス突きは、九月に入って日曜日ごとに四回行ったと記憶しています。

マス突きで記憶にあることは、突き損じたマスは一時川下にも逃げるのですが、必ず再び川上に泳ぎだすのです。

したがって、川は小川で蛇行していますから、一人は突き損じた蛇行場所の一つ先の蛇行の淀みで待ち構えて、上ってきたマスを突き刺すことを我々ガキどもは会得しました。その結果、私が最後に参加した時は、必要以上に槍を振るうことなく四匹を捕ったように覚えています。

こうした状況の中で、今でも鮮明に記憶に残っていることがあるのです。

それは、突き損じた一匹のマスが、川上のたまり場に逃げないで川の途中のU字の中の砂利の上に飛び上がって、その砂利の上を跳ねながら、待ち構えているたまり場を避けて次のたまり場に逃げたのです。それが我々が数回突き損じたマスが学習した結果の行動だったのか不思議ですが、今はそう考えています。

最近、鰹の一本釣りで知ったのですが、私の作った槍先に鈎を付けなかったために、鱒を突き刺して川から揚げるときに鱒が暴れてすぐに逃げられたのを知りました。

九月末頃にとうやんが来て、北海道へ引き揚げのため、平野の家は十月一日に斜古丹村に移動するようソ連軍から言われたので、私を迎えに来たとのこと。私はその日のうちにアナマ村へ赴いたのです。

家に着いて驚いたのは、対岸の佐藤さん達は今回は引き揚げないで、一年後の引き揚げ組になっていることで、母親同士が泣いているのでした。

なにしろ、この時すでに五男の政則を佐藤家に養子に出す約束をするような付き合いをしていたのです。

この佐藤さんの引き揚げ時期については後で記載します。

話が横道にそれますが、五男の政則には戸籍がないのです。それは、生まれた日が昭和二十年十月五日過ぎ頃と思われるからです（注、現在私の手元に生年月日を記載したメモなどがないし、話も聞いていない）。

すなわち、政則が生まれた時には色丹島の役場は、十月五日にソ連軍によって解散命令が出され、なくなっていたから、出生届が出せなかったと思われます。

したがって、「北方領土島民名簿」には記載されていないのです。母親は昭和二十三年一月三日に釧路市で死去し、法名「?・西念」のメモ用紙が手元にあります。

話を戻して、北海道への引き揚げの話は聞いていましたから、親達はすでに準備はしていたようで、八人分の大小のリュックサックと、手荷物も各自一、二個を持つように、包みを枕元に並べて十二日の夜、床に就いたのです。

そして前述したように、朝目をさますと、枕元の荷物は一個もなくなっていたのです。すぐさま両親は八時頃にソ連軍のところへ赴いたのですが、「我々ではどうにもできないので憲兵隊に相談するように」と言われて帰って来たのです。

ところがかあやんの話では、途中でソ連の女の子が、数日前まで着ていた長女のキヨ子（注、当時四歳）の着物を着て遊んでいたので、それを指摘すると、「これはある人からもらった」と話したそうです。しかもその女の子の家族は、おにぎりを作って与えていた家族達だったとかあやんが話していました。

父は私を連れてマタコタンに赴き、午後にミサとニコライ大佐のところへ行って事情を話すと、「斜古丹への移動は都合次第で良い」と言われ、アナマ村のソ連軍に渡す書類を持って帰宅したのです。

大佐は、「ソ連では泥棒は現行犯でないと扱えない」と話し、「したがって一人でも目を覚ましていたならば、皆殺されていたかもしれない」と話したそうです。

そして大佐は片目をつぶって、「三割ほどの国民が泥棒で生活している国もある」と話したということでした。

数日後に学校に行くと、低学年の教室の机、椅子は一個もなく、授業は低学年、高学年一緒になって従来の高学年の教室で授業をすることになっていました。

そしてこの頃には、登校生は二十人ほどになっていたと思います。

私の方は、十月三日に学校の授業で、私としては初めての幅跳びをした際に、悪い方の左足を捻挫して歩けなくなったのです。

その時、誰に連れられて来たか全く覚えがないのですが、当時、斜古丹村の居住地図にある、おそらく大文字さんの空き家になった家に朝鮮人が住んでいて、彼は整骨師で治療ができる人だったのです。

そこに二週間ほど泊まり込んで、毎日治療を受けたのです。

その結果かどうか分かりませんが、北海道へ引き揚げて来てからは、仁郎からも、学校でも住んでいた家の付近の子供達からも、一度もビッコと呼ばれた記憶がないのです。すなわちこの朝鮮人の整骨師の治療のおかげで、私はビッコ状態で歩かなくても良いことになったと今は思っています。

ここでの思い出に、彼の奥さんのことがあります。彼女は日本人で、終戦直後、若い独身の女性はソ連人に強姦される恐れがあるという噂があったことから、当時島外から働きに来ていた若くて身寄りのない女性は、何人かの朝鮮人と結婚しているのです。彼女もそのような女性の一人でした。

彼女の話では、二十歳で津軽の出身と話し、私が治療を終えて去る時に、「坊やは北海道に帰るのね」と言って私に抱きついて泣いていたことが今でも思い出されます。

話がそれますが、朝鮮人と結婚したもう一人の女性に、私の治療をしてくれた後藤花子さんがいたことを、平成二十二年に釧路に住む大川雅子さんから聞きました。後藤花子さんは「北方領土島民名簿」P.16の第一次引き揚げ名簿に記載されていますが、『根室色丹会50周年記念誌』P.86で新田さんが、「後藤さん一家は第二次引き揚げで一緒でした」と話しています。

ところで、分かれて引き揚げることで親同士が泣いていた佐藤さんの家の名前は、新田さんの話にはないのです。そこで私が平成二十六年に釧路で会った大川さんに聞きましたら、「佐藤さんは一次引き揚げで一緒でした」と話されました。もしかしたら遠藤ミサに話をして一次引き揚げになった可能性があるかもしれません。

話を戻して、昼頃に若松が持って来たリヤカーに寝具と衣服類を載せて捕鯨場の桟橋に行ったところ、漁船が桟橋に横付けされ、船上には寅次郎さんが待っていました。三十分後頃に斜古丹を出航する際には、ソ連軍の憲兵隊の少尉（注、顔見知りの兵士）と海軍大佐（注、既述の大佐）の二人が桟橋上に来て、若松に書類のような物を手渡された後に桟橋を離れました。

斜古丹湾はかなりの幅がありますが、船舶の通過できる幅は六十メートル程度で、しかもある程度西寄りに湾曲しているという話を聞いていましたので、船上から海面を眺めていると、船の五メートルほど先の海面下二メートルほどのところに海底から突き出た岩があり、同時に船は西向きに曲がるようにして斜古丹湾を出てマタコタンに向かいました。

船の操縦は寅次郎さんで、焼き玉エンジンは若松が動かしていました。また、軍艦崎が前方に見えた時は、アメリカの潜水艦に撃沈された輸送船を思い出しながら絶壁を眺めていた思い出があります。その後のことは船酔いで寝込み、覚えていませんでした。

翌日学校へ行ったところ、低学年の教室には数組の家族がいて、平野の家族は東南の角に十枚の畳が敷かれ一週間前から生活していたと聞きました（注、引き揚げ準備）。

学童達は隣の教室で低学年、高学年一緒に授業を受けたのですが、生徒数は三十人ほどに増えていて、見たこともない男の先生らしき人が高学年の勉強を見ていたのです。

このような学校の状況は十月中頃まで続いたように思いました。

話を戻して、すなわち私は翌日の十月十八日に遠藤の家を出て、数日ほど学校で平野の家族と一緒の生活をしました。そして二十五日、ソ連が手配した伝馬船で港から出て、沖合で一万トンほどの貨物船のウインチにつながれた畚《ふご》に約二メートル四方に敷かれた板に数十人で乗せられて、そのまま巻き上げられ船底に下ろされたのです。

下ろされた瞬間、上を見上げると、十メートルほどの梯子《はしご》が垂直に取り付けられてあって、用便などをこの梯子を上ってすることを考えた時、本当に不安を感じたことを今でも思い出します。

貨物船に乗船してからの思い出はあまり記憶がないのですが、確か船底には三日か四日ほど寝泊まりしていたと思います。

今でもはっきり記憶にあるのは、何しろ樺太までの移動中は天候は晴天で海も穏やかな小波の状況でしたので、二日間の日中は一日中甲板上に出て船尾の鉄柵にもたれかかり、海を眺めていました。船尾方向は、船のスクリューが三分の一ほど海面から出ていることで海面は帯状に白くなり、時々大きな波が来た時にはスクリューが海面からすべり出て、空回りの状態で船の振動が大きくなるのです。

そんな様子を見ながら、将来色丹島が日本に戻った時には鉄道が敷かれたら機関士になるか、それともお祖父ちゃんが話していたように日本は焼け野原になっているから大工になるか、という考えを巡らしていました。

また、乗船する前に用意して持って来たお握りを二、三回食べたことを覚えています。

そのような状況下で、確か乗船してから三日後の午後三時頃に真岡沖に着き、その時に船上から眺めた機関車の煙と真っ白い蒸気を、本当に懐かしく思ったことは今でも覚えています。最初の方で書きましたが、何しろ私は根室に住んでいた五歳までの頃に、機関車に乗せてもらって汽笛を鳴らすこともさせてもらっていたからです。

船が接岸したのは翌日の午後でしたが、色丹組はすぐに下船させられました。宿泊所の樺太高等女学校まではトラックでの移動との話でしたが、一時間以上の待機でしたので、徒歩で四十分ほどで着くと聞いて平野の家族は徒歩で行くことにしました。その道のりはただうつむいて、前の人の足下を見ながら歩いたことだけを覚えています。

学校に着くなり二段ベッドの中に弟と二人でもぐりこみ、すぐに寝込んでしまいました。

この樺太高等女学校の校舎には、皆さんの話では一カ月ほど据え置かれたのですが、その間の思い出を記載してみます。

引き揚げ時には北海道へは樺太経由で行くことは知っていましたから、子供達には下着を一、二枚多く着せていたと思われるので、滞在期間には寒いと思ったことはありませんでした。しかし、なにしろ約一カ月間は風呂に入れなかったので、ノミとシラミに悩まされたのです。

それと、毎日の食事はソ連人から支給されるソ連パンとスープで、最初はあまり食欲はありませんでしたが、数日後には観念したのか食べられるようになっていました。

また、親達はスルメや干し魚を持って来ていたのですが、火をたくことは禁じられていたのです。しかし、そこはソ連人に分からないように、校舎内の内庭にはすでに前の人達が使用して置いて行った四方に小穴をあけた石油缶が数個あったので、木くずを用意できた人は、たき火で小魚を焼いて食べている人もおりました。

そのようなたき火ができた人は、ソ連軍の命令でどこかへ連れて行かれて何かの仕事をさせられた時に、付近から木くずを持ち帰って来た人達だったのです。とうやんが連れて行かれたところには、すでに前の人達が拾って行ったからか木くずなどなかったからでしょう、とうやんはいつものように我々子供に怒鳴り、木くずを拾うよう命じることが時々ありました。

ある日、私は東京で住んでいた時に見た白壁の修理で、その壁の中に木があったことを思い出したのです。

すなわち、グラウンドの中央に御真影、すなわち天皇皇后両陛下の写真が、ソ連軍が上陸するまで安置されてあった二坪ほどの白壁の建物があるのを見て（注、御真影のことは後日知る）、私は弟二人を連れて、石と釘などを持って建物に入って、壁の内側から木を取り出して得意げに抱えて持って帰ってきました。それでたき火をしてスルメを焼いて食べた時の美味しかったことは今でも覚えています。

そんな生活もあっと言う間に過ぎて、迎えの日本船に乗る前に、宿泊場所でソ連軍に持ち物の検査をされたのですが、私達子供の着衣のポケットがあまりにも大きく膨らんでいるのを見て出すように言われ、調べた後に没収されたのです。

多分、親達が子供のポケットまでは調べないだろうと思って、私の知らないうちに入れたものがあったのでしょう。

さらに、日本船に乗る一歩手前で大騒ぎになり、一時乗船がストップしたのです。

それは、ある母親の背中におんぶされていた子供が死んでいるのを母親が気づき、声を出したので、ソ連人に知られて、死人は乗船させないと言われてソ連人と揉めていたのです。

そのうちに、死人は斜古丹村の館住職の二歳の女の子供であることが知れると同時に、近くの誰かが母親に、黙認するようにできなかったのかと言っていたという話も聞いていました。

もちろん館さん夫婦は、亡くなった子供を乗船させずに日本へ帰国したことになるのです。

すなわち、我々の樺太真岡での日本船の乗船日は、「北方領土島民名簿」P.8に記載の館さんの二女の逝去年月日、昭和二十二年十一月十九日であったのです。

そして、日本船に乗って最初にされたことは体中にDDT（殺虫剤）を浴びせられたことで、それは覚えているのですが以後のことは全く記憶がありません。

誰かが大声で「函館が見えた」と叫ぶ声で目を覚ましたのですが、その時、私ととうやんは三十八度近い熱を出していたため、船の接岸と同時に上陸して目を覚ました時にはベッドの中でした。その建物の場所と建物名は親達からも聞いていないので、未だに知ることはできていません。

北海道帰国後のことは、あらためていつか記したいと思っています。

第七章　北方四島へのソ連軍上陸の真実

終戦から今日までの七十数年間、主題の島々に上陸占領したソ連軍の状況についての島民の話が、曖昧な話と真実と違った話で語り伝えられているので、本章では当時色丹島にソ連軍が侵攻した時十歳であった私の思い出から、北方四島のソ連軍の侵攻状況を、記載済みの文もありますが、再度記載してみます。

しかしその前に、ソ連軍上陸までのアメリカとソ連、両国間の関係状況を明らかにする必要があると思いますので、私見ですがそのことに関してまず記載していきます。

一九九三年（平成五年）七月十日に、ロシア人のボリス・スラヴィンスキー氏による著書『千島占領　一九四五年 夏』が共同通信社から出版されました。この暴露本とも言える記載内容で、従来の日本人ジャーナリスト達がいかに見当違いの記述をしてきたかが分かるのです。

ところが出版されて二十数年経っても、日本人ジャーナリストが、この本の内容を論評した書物は一切見ていません。それどころか二〇〇六年（平成十八年）六月に中央公論新社から出版された『暗闘　スターリン、トルーマンと日本降伏』に至っては、スラヴィンスキー氏の本を読んでいながら全く従来からの嘘を繰り返し、その本の内容の一番肝心な記事の論評をしていないのです。

すなわち、日本人がこの本を論評することは、GHQによって発せられたプレスコード⑤の「アメリカ合衆国への批判」に抵触し、アメリカへの入国などができなくなると思っているからでしょう。

それほど『千島占領　一九四五年 夏』の内容は強烈で、特にアメリカから見れば国民に説明のできない内容が記載されているのです。後述しますが、その結果、日本は永久的にアメリカの一州に留め置かれる運命にあると思われます。

また、こちらも後述しますが、フランクリン・ルーズベルト（注、以後フランクリン省略）の日本に対する本当の考え方を知ることで、アメリカ国民の考えも変わるかもしれません。

したがって、ソ連軍が北方四島へ進攻し占領するまでのルーズベルトとスターリンの考えと行動の経緯を記載する必要があると思うので、その二人の関係から記載します。

話を戻して『千島占領　一九四五年 夏』P.47に、

「ハリマン大使は『私は直ちにルーズヴェルト大統領に対してスターリンの提案を報告した。その提案はヤルタでの討議を行なう基礎となった』と。（中略）ルーズヴェルトは『スターリンのアジアに対する要求』を知って、その要求の慎ましさに驚いたという。その要求が一九〇四—〇五年の日露戦争に際し日本がロシアから奪った領土権を回復することしか求めていなかったからである」と記載があるように、スターリンは主題の千島列島、色丹島、歯舞諸島を自国の領土にする考えは持っていなかったということです。

でも皆さんは、現在ソ連は上記の島々を占領しているではないかとおっしゃるでしょう。

しかし、『暗闘　スターリン、トルーマンと日本降伏』P.57に、

「ヤルタ会談前に参加したグロムイコ（後、ソ連外相）の回想録によると、ルーズヴェルトはこの会談前に、南サハリンとクリル（注、千島列島）をソ連に引き渡すことに同意する覚書をスターリンに送っていた」とあります。

さらに、同書P.456に、

「作戦部の強硬派は政治指導者に、すくなくともいくつかの南クリルの島を占領すべきであると働きかけた。（中略）『バーンズ国務長官にクリルのいくつかの島を占領するよう説得を試みた』が、バーンズは『われわれはすでにロシア人にクリルを与えることを約束し、この約束を破るわけにはいかない』としてこの勧告を（中略）拒否した」と。

私見ですが、ルーズベルトという狡猾さに秀でた人間の行動の一端を、ヤルタ会談の前の状況で説明してみます。

同書のP.57に、

「ルーズヴェルトはこの会談（注、ヤルタ会談）の前に、南サハリンとクリルをソ連に引き渡すことに同意する覚書をスターリンに送っていた。（中略）覚書を（中略）見せると、スターリンは喜びを抑えきれずに部屋のなかを行ったり来たりして、『これはいい。まさにいいことだ』とくり返しつぶやいた。

スターリンはなぜこれだけ大喜びしたのだろうか。（中略）ロシアの大統領文書館のスターリン文書のなかにひとつの重要な文書が含まれている。それは、アメリカが（注、おそらく国務省と思う）ヤルタ会談の直前にルーズベルト大統領のために準備した資料のひとつであるプレイクスリー報告のコピーであったという。（中略）国務省内部のスパイあるいは（中略）イギリス大使館のスパイを通じて手に入れたものと推察することが可能である（注1）。プレイスリー報告は、北千島と中千島はソ連に指導される国際機関の管理下におかれるが、南千島は日本の領土のまま日本に所属されるべきだと論じたものである。スターリンは、ルーズベルトが意外にも、プレイスリー報告の進言に従わずに（注2）、自分の要求（注3）を受け入れたことに大喜びしたに違いない」と。

ここで、私見ですが（注1～3）を解説していきたいと思います。

まず、（注1）ですが、当時ルーズベルトは側近の中にソ連のスパイを置いていたのです。『まだGHQの洗脳に縛られている日本人』P.130に、「ハル・ノートの草案をつくったのは、財務次官のハリー・デクスター・ホワイトですが、この男は後にソ連のスパイであったことが明らかになっていますす」と記載があることで証明できます。

すなわち、ルーズベルトは、お抱えのソ連のスパイを通じて、プレイクスリー報告のコピーをヤルタ会談前にスターリンに送っていたのです。

次に（注2）は、ルーズベルトは国務省から渡された報告書を何の異議もはさまず「分かった、分かった」と受けとって、鞄の中に押し込んでヤルタの地で捨てたと思います。すなわちルーズベルトは自分の思惑と異なる意見に正面から反対するようなことはせずに、「分かった、分かった」と言って泳がせていたのです。

最後の（注3）ですが、「自分の要求」とは、言うまでもなく『暗闘　スターリン、トルーマンと日本降伏』の著者H氏が、南千島列島のことと記載していることから、千島列島を自国領土とすることで間違いないでしょう。

ところが、スターリンは一度も千島列島を自国領土にする要求をしなかったのに、ヤルタ会談でルーズベルトから与えられたわけですから、スターリンに言わせると自分の欲していなかった領土が手に入ったので、「引き渡される」という表現になると思います。

私見ですが、この「引き渡される」なる言葉は、悪知恵に秀でたルーズベルトが考えた言葉だと思います。その理由は後で説明します。

スターリンはルーズベルトが「その要求の慎ましさに驚いたという」というだけの内容で日本に対して考えていたのではないのです。

すなわち、暴露本『千島占領　一九四五年 夏』にあるように、ルーズベルトはドイツと日本という国を分割国家にし、同時に国民を資本主義体制と社会主義体制に分割して、互いに民族の争いをさせるという考えを進めていたと思います。

もちろん、戦後、ドイツはその通りになり、アメリカはルーズベルトの死後、心変わりして、日本はドイツのようにならなかっただけ。参考までに『まだGHQの洗脳に縛られている日本人』P.12２に、「ルーズベルト体制のときにつくった日本分割統治」とあり、このことを証明する記事が、『暗闘　スターリン、トルーマンと日本降伏』P.461に、

「陸軍省（注、アメリカの）で検討された占領政策を検討する文書のなかには、日本を占領地区に分割する案が存在した。ある提案ではソ連に北海道を与えること、また他の提案では、ソ連に北海道と東北を占領地区として管轄させるとなっている」と。

ところが、この本の著者、H氏は、同ページに「この案は軍事計画者の机上の計画にのみとどまった」と記載しています。しかしこの著者は『千島占領　一九四五年 夏』を読んだ後に『暗闘　スターリン、トルーマンと日本降伏』を出版していますから、アメリカがソ連との間に交わしたレンドリース法によって貸し与えた二五〇隻の艦船とソ連軍の海軍将兵一万五〇〇〇人のアラスカでの海兵隊の育成の記事は読んでいたにもかかわらず、「机上の計画」で終わったと記しています。

ここで、H氏がスラヴィンスキー氏の本を読んだ証拠として、次の比較文を記載します。

『千島占領　一九四五年 夏』P.154に、

「チェチェリンとの連絡は不良、フリゲート艦第六号の無線士は訓練されていない。その結果、チェチェリンに対して、一九四五年九月三日に必要なのは行動ではなくて、計画であることを説明することができなかった」と。

一方、『暗闘　スターリン、トルーマンと日本降伏』P.492に、

「チェチェリンとの連絡は不良、フリゲートの無線士は無能である。その結果、彼に一九四五年九月二日に必要なのは行動ではなくて、計画であることを説明できなかった」と。

異なる箇所は日付だけで、すなわち故意に変えたか誤記であり、文章の内容はほとんど同じです。

私見ですが、当時はスターリンから見ると千島列島はソ連の統治の範囲に入るわけですから、あらためて千島列島の占領など考える必要はなく要求をしなかったかです。また、ルーズベルトとチャーチルとの会談のたびに戦後の「領土拡大の否定」を聞かされていますから、スターリンは話をしなか

ったのかもしれません。ところがルーズベルトから千島列島をソ連国の領土にさせられたわけですから、部屋の中を動き回って喜んだわけです（注、チェチェリンの話は赤軍の作り話。第五章の色丹島の話で証明した）。

ところで、ヤルタ会談に同席していて、幾度も「領土拡大の否定」を話していたチャーチルが、ソ連の千島列島の占領に対して一言も意見をしていません。

その理由は、私見ですが、「引き渡される」という言葉の綾なのです。すなわち引き渡されるからには渡す相手がいるわけで、すなわち日本が引き渡すことにしたのです。

話が飛びますが、『暗闘　スターリン、トルーマンと日本降伏』P.１００に、

「琉球（注、沖縄県の旧名）を放棄した」と記載があるように、アメリカは南西諸島を占領したのではなく、放棄した日本から引き渡されたことになっているのです。ですから「領土拡大の否定」の実行にはならず、アメリカ、ソ連はそれぞれを自分の国の領土としたのです。

すなわち、狡猾さに秀でた人間、ルーズベルトは、戦後の処理のひとつに千島列島と南西諸島をリンクして考えて、「引き渡される」という言葉を使用したのだと思います。

ところが、戦後七十数年後の今日でも、クリル諸島はソ連が日本に参戦するためにヤルタ会談で所有したことになっています。日本人の頭が二〇〇〇年遅れているという話の証でしょうか。

『まだＧＨＱの洗脳に縛られている日本人』P.１２２に、

「もし日本の降伏があと半年早いか、ルーズベルトがあと半年長く生きていたら、日本の戦後がもっ

と悲惨なことになったのは確実です」と。さらにP.１５８に、

「もしルーズベルト大統領が生きていたら、昭和天皇を処刑して、日本の皇族制度そのものをなくしただろうと思います」と記載がありますが、私見ですが、ルーズベルトがそんなことを直接実行するような間抜けな人間ではないことは明白です。当時、昭和天皇を殺害できる人間は、言うまでもなくスターリンだけでしょう。なにしろ、自国のロマノフ王朝を皆殺しにしていますし、神仏崇拝は共産主義には禁止されていますから、日本の神様の殺害など何のためらいもなく実行できます。

ルーズベルトは、後日自分が批判されるようなことには一切直接手を出さず、一方のスターリンは、後日の自分の批判などは全く考えるような人間ではなかったと思います。

話を戻して、私見ですが、ヤルタ会談はルーズベルトが自分の死期の近いことを知っていて（注、ヤルタ会談の四十二日後に死亡）、いわばルーズベルトの自国の国務省とスターリンへの遺言を表明するためのようにも考えられます。

しかし、ルーズベルトの死後のアメリカの心変わりと、日本が「戦争はやめました」と宣言したことで、すべてが水泡で終わったのです。

しかし、ルーズベルトの蒔いた種で、アメリカは日本をソ連から守る羽目になったのです。

このことについては前に詳細に記載していますが、再度記載したのは、昭和二十年七月十四、十五日に北海道の太平洋沿岸の各都市を爆撃したアメリカの第三艦隊が、『千島占領　一九四五年 夏』P.94に、

「一九四三年九月から、米国は千島列島をすでにコントロール下においていた。一九四五年八月二日、米国第三艦隊の軽巡洋艦と駆逐艦は松輪島と幌筵島に激しい艦砲射撃を加える。

一九四五年八月十五日付の戦闘指令第一／OPにおいてカムチャッカ参謀部が『米国海軍は、おそらく千島列島の南部諸島に部隊を上陸させる準備をしている』と指摘している」とあるような行動をとっているからです。

すなわちこの内容がモスクワに伝達されたことは間違いないでしょう。後日、トルーマンの一般命令第一号に対して、スターリンは「すべてのクリル諸島を含む」とヤルタ会談で確認をしているからです。

また、『北方領土　悲しみの島々』P.114～119に、中千島のソ連軍の武装解除に第九十一師団の師団参謀の水津満少佐が同行した際の状況が記載されています。

「二十七日に得撫島の沖合いに着いたが、なかなか上陸しない。半日近く、沖に留まったままだ。この日は、濃霧のうえに大嵐で、艦は激しく揺れている。（中略）追尾してきたのか、先に来ていたのか、巡洋艦のほか五、六隻の輸送船が見えた」

ここで念のために記しますが、少佐が乗船している艦船は、レンドリースでアメリカから貸与された警備艦（注、『千島占領　一九四五年 夏』P.130に記載）です。しかし、二〇一八年（平成三十年）一月二十日の読売新聞朝刊には「護衛艦」と。また「巡洋艦」はレンドリースにはないので、ソ連国の艦船でしょう。さらに、

「『どうしたんだ。上がらないのか』と彼はウォルロフ中佐に聞いた。『いやあ、ちょっとその、米軍が来ているかもしれないので、ようすを見ているんだ』そのうちに、（中略）ダダダッ……砲撃は三十分もつづいた。（中略）答えは『米軍機が飛来したので、射撃したんだ』（中略）、裏ではすでに米ソ対立が先鋭化してきているのを感じた」と。

ここで、私見ですが検討します。

まず、「五、六隻の輸送船」ですが、話が飛びますが、後日の北方四島への上陸に大きく関係していると思うので、あえて記載します。すなわち私が実際にアナマ村にソ連軍が上陸した直後から一隊を近くで見て、行動も一緒にしていることと、国後島、歯舞諸島の島民の話から輸送船の内容の話ができるのです。しかし、この輸送船の話は『千島占領　一九四五年 夏』には一切記載がないのです。

しかも、二十七日に樺太の大泊を出航した二隻の掃海艇の将兵が八月二十八日に択捉の留別湾に入る前に、この輸送船の一隻に乗船していた五〇〇名ほどのソ連兵が二十八日の早朝に択捉島に上陸しているのです（注、『北方領土　悲しみの島々』P.123に記載あり）。

しかし、この一隊が択捉島に上陸した目的と理由は一切話されていません。

次に、「米軍が来ているかもしれないので」ですが、言うまでもなく、近くにアメリカの潜水艦がいたからです。

さらにアメリカの飛行機が飛来して来て銃撃戦が始まるのですが、最初の銃撃はアメリカからで、銃撃した艦船は言うまでもなく巡洋艦でしょう。巡洋艦以外の艦船はアメリカがソ連に貸与した艦船ですから、攻撃するはずはないと思います。

では、なぜこの時期にアメリカの飛行機がソ連の巡洋艦を攻撃したかですが、ソ連軍は得撫島の日本軍の様子が全くつかめないので、艦砲射撃をして上陸を考えたと思います。ところが、すでに北千島の戦闘でソ連軍の戦闘行為の中止という、日本からの依頼を受けていたマッカーサーは、それをソ連に通知していたにもかかわらずソ連は戦闘行動に取り掛かったので、千島海域にいた第三艦隊所属の飛行機が、ソ連軍の巡洋艦に警告の威嚇射撃をしたのだと思います。

ところでこの戦闘のことは、『千島占領　一九四五年 夏』には一切記載されていません。

話を戻して、P.118に、

「駆逐艦（注、F型EK警備艦です。『千島占領　一九四五年 夏』P.130に記載）が北へもどりはじめたのに驚いた水津参謀が、また、「いったい、どういうつもりだ?」とたずねると、ウォルロフ中佐からは、こう答えが返ってきた。『択捉から南はアメリカの担任なので、われわれは手を出さないのだ』」とあります。

私見ですが、「手を出さない」のではなく、すでに記載しましたが、カムチャッカ参謀部が「米国海軍は、おそらく千島列島の南部諸島に部隊を上陸させる準備をしている」と話していますから、モスクワは一時、南千島への上陸はアメリカ軍の行動を見極めてから行動をすることを考えたと思います。実際、その後のソ連軍の行動は、択捉島への上陸前に飛行機での偵察行動からスタートしています。

さて、話が飛びますが、どうしても記載したい事象があるのです。それは言うまでもなく、アメリカの第三艦隊の任務はソ連軍の日本本土への上陸阻止と、万一にソ連との話が不調に終わった際にはシベリア沿海州海岸への上陸を考えていることです。

私がここまで記載できるのは、前述したように、ソ連憲兵隊のニコライ大佐が、「もしソ連が日本本土上陸を遂行するならば、アメリカは新兵器を使用してでもソ連と戦争する考えがあると脅かされた」と話したことを聞いていたからです。

したがって、ニコライ大佐の話の真偽、話が真実ならばいつ頃で、どのような状況でアメリカが話したかが今日まで私の宿題でした。

ところが、二〇一八年（平成三十年）二月十七日のSTVのテレビ番組で、「北海道を占領するために、ソ連軍はすでにウラジオストクを出て北海道に向かっていました。しかし司令部は突然、行き先をサハリンに変更し、サハリンから北方領土へ向かうことになったのです」と伝え、一方、音声解説で「『アメリカとの軋轢《あつれき》を避けて』サハリンに向かったのです」との放送がありました（注、ソ連人の郷土史研究家、イーゴリ・サマーリン氏の解説による話）。

ここで私見ですが、普通は「戦争を避けて」という言葉で十分でしょう。ところが「軋轢」という言葉は、「争いがあって、すなわち戦争があってその後（注、終戦後）角が立つ」という言葉です。つまり「角が立つ」は、将来も二国間の関係が穏やかでなくなるということです。すなわち、原爆を投下された日本人は未だにアメリカを恨んでいませんか？

では、ニコライ大佐がアメリカからソ連が日本本土へ上陸するなら新兵器を使用してでもソ連と戦争すると脅かされた時期と場面を考えてみます。

ここで、ソ連の艦船はトルーマンとスターリンの交わした「一般命令書第一号」の第二の修正案を無視して、すなわち日本本土への上陸の実戦行動を開始し、従来からのアメリカとソ連が共同で作成した作戦通りに（注、記載済み）日本海に侵入して、留萌方面に来て上陸しようとしたソ連軍の艦船が、日本海海域を監視していたアメリカ第三艦隊の潜水艦に発見され、侵入防止の行動によりソ連艦船は方向転換し、進路をサハリンに向けたのです。しかも方向転換の指示がソ連の総司令部から出されたからには、見張っていたアメリカの潜水艦が直接ソ連の総司令部に変更命令を出すことはできないでしょう。

すなわち、潜水艦からの報告を受けた第三艦隊の司令官が、アメリカ政府へ連絡した結果、アメリカはソ連がトルーマンの修正案を無視して実戦行動に取りかかったとみて、直接ソ連政府に「新兵器を使用してでもアメリカはソ連と戦争をする」と詰め寄ったことが考えられると思います。

一方、二〇一七年（平成二十九年）十二月九日放送のＮＨＫ番組「戦争証言スペシャル　運命の22日間――」（注、チーフディレクター、平佐秀和氏）で、「北海道に向けて出航していた船は戻ってきた」という写真について、放送の場面で「二十二日の日」と録音されています。ここで、「船」とは貨物船でも輸送船でもないことは明らかだと思いますが、皆さんはどう考えますか？

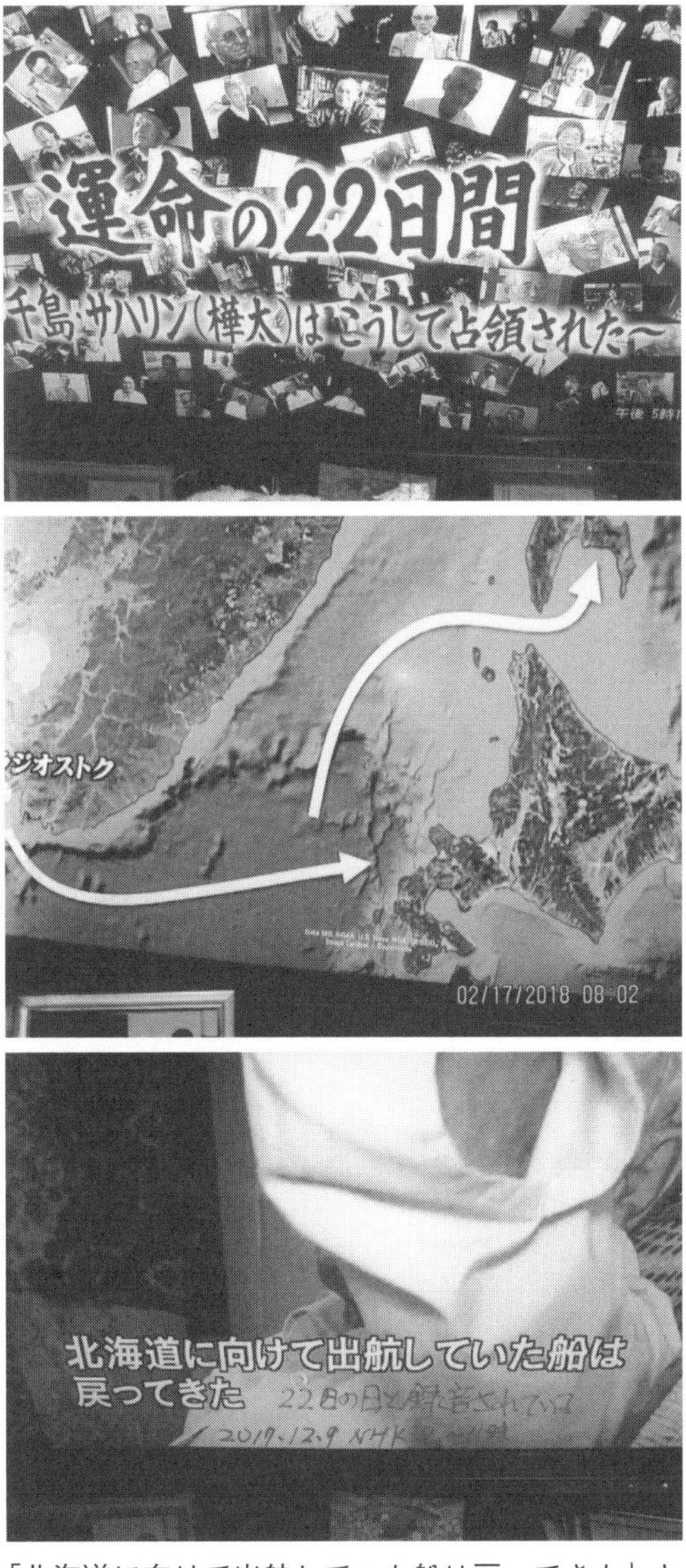

「北海道に向けて出航していた船は戻ってきた」と
証言するテレビ番組の画面

私はこの船がソ連軍の艦船だったので、アメリカの第三艦隊傘下で宗谷海峡海域を監視していたもう一隻の潜水艦に発見されて「戻された」のだと思います。ちなみに、アメリカの二隻の潜水艦は互いに交信して作戦を進めています。

ここで再度説明しますが、昭和二十年七月に根室の町を爆撃した飛行機が所属した第三艦隊が色丹島の東二〇〇キロメートルの海域に留まっていて、アメリカが貸し与えた約二五〇隻の艦船で、ソ連軍が北海道へ上陸して来ることを考えて、とりあえず傘下の潜水艦を千島列島の海域と日本海、宗谷海域に配備していたのです。

ただし、そのように記載した書物は出版されていませんが、千島列島の海域では、その存在は水津少佐からの話で想像できます。

すなわち、一九四五年八月二十一から二十二日の日本海と宗谷海峡の海域で、アメリカの潜水艦二隻がソ連軍の行動を監視していたことは間違いないのです。

ところが、このウラジオストクから出航したソ連艦隊の二十二日の日本海侵入の日に合わせて、ソ連はアメリカの実行行動の真意を確かめるために考えた奇策を実行したのです。

すなわち、ここで私は主題とは全く関係のない事象を記載しなければならないのです。

それは、日本のマスコミ、ジャーナリストが、終戦後七十数年が過ぎた今日でも、「樺太から引き揚げの日本人が乗船した船が、日本海の留萌沖に侵入したソ連の潜水艦に二十二日に撃沈された」と話している事件です。

この事件の報道の根拠と思われる書物と、話している日本人の二例記載します。

その一　『ナショナルジオグラフィック』二〇〇五年五月号のP.29に、

「終戦から七日後の八月二十二日、緊急疎開者を乗せて南樺太から小樽へ向かっていた小笠原丸、第二号新興丸、泰東丸の三隻は北海道留萌沖で魚雷攻撃を相次いで受け、小笠原丸と泰東丸は撃沈、新興丸は大破し、避難民・乗組員が海に投げ出されました。避難民の多くは婦人、子どもでした。ソ連海軍の記録を調べた戦史研究家の北澤法隆さんによると、『潜水艦二隻が留萌沖で魚雷を発射して日本輸送船二隻を撃沈し、一隻に損傷を与えたという戦闘詳報があります』」と記載しています。

樺太引揚三船遺族会会長の水谷保彦さんは、「国の見解は国籍不明の潜水艦による攻撃と曖昧にしたままで、ソ連艦の攻撃と認めようとしません」と残念な思いを抱いているという記載があります。

ところで、北澤法隆氏が「戦闘詳報」と記載しているからには、任務を完全に遂行した潜水艦の艦長名が記載されていると思いますが、その氏名の記載がないのは北澤氏の作文に過ぎないからだと思います。

その二　二〇一五年（平成二十七年）一月七日の読売新聞に、「事実を確認中」の見出しで、

「戦後長らく、疎開船を攻撃した者は分からなかったが、九二年（注、一九九二年と思う）、現代史

家の秦郁彦さん（八十二）の調査でいずれもソ連潜水艦によるものと分かった。

秦さんは、ロシア国防省戦史研究所の幹部に、四十五年八月二十二日前後のソ連海軍の行動について調査を依頼。二隻の潜水艦が魚雷で日本の輸送船を撃沈した、などの回答を得た。秦さんは『攻撃したのはソ連の潜水艦だ』と断言する。

このニュースを知った後、永谷さんは毎年夏、外務省を通じて、ロシア政府に対して疎開船への攻撃を認めた上で謝罪するよう文書で求めている」

と記載がありますが、秦郁彦氏の文面には「幹部」の氏名は記載されていないし、また回答は書面であるならそのコピーを添付するか、電話ならばその証になるものを添付すべきでしょう。すなわち両氏の文は誰でも記載できるものです。

一方私は、この八月二十二日の日本海海域の状況を他章で詳細に記載していますが、「戦争証言スペシャル　運命の22日間」というテレビ番組で、ウラジオストクを出港したソ連海軍の艦隊が日本海に侵入したときに、この海域にいたアメリカの潜水艦に阻止され、樺太に進路を変えた様子が流れました。

私見ですが、同時に樺太からもソ連艦隊が日本海に侵入しましたが、もう一隻のアメリカの潜水艦に阻止され、船は樺太に戻ったのではないかと思うのです。

スターリンの考えた奇策は、アメリカの真意を確認するために、緊急疎開者を乗せた三隻の船を、二十二日に日本海に侵入させたのです。

すなわちアメリカの潜水艦が、宗谷海峡近海から三隻の疎開船上に多くの日本人の姿があることを見ているのは自然なことでしょう。

ところが、日本人の疎開者を乗船させて日本に送り込む船にしては、アメリカの潜水艦からは怪しく考えられる船艇なのです（小笠原丸の写真参照）。

一方、アメリカの潜水艦は、輸送船が宗谷海峡海域に入った時点から監視をしていて、船上には日本民間人の姿を目撃しており、その様子は潜水艦から第三艦隊の指揮官に報告されていたと思います。

「輸送船」と記載しましたが、三隻のうちの一隻の「第二号新興丸」は、「十二センチ砲などで武装していた第二新興丸が応戦すると、潜水艦二隻は海中に消えた」とある新聞に記載があったことから、潜水艦から報告を受けた第三艦隊司令官が、「スターリンは日本人を人質にして多くのソ連兵を三隻に乗り込ませているかもしれな

小笠原丸（ウィキペディアより）

い」と考えるのは当然です。

すなわち、目的以外の怪しげな事象の存在が考えられる時は、戦闘行動に移行するのです。

参考までに、アメリカは沖縄の学童疎開船「対馬丸」を潜水艦で撃沈しています。もちろん内容を調査したわけでもなく、ただ不番と考えたから撃沈行動に移行したのです。

話を戻して、第三艦隊の司令官は、不番と考えても日本船にソ連艦船に行ったように「戻れ」という話ができないことは明白でしょう。すなわち、潜水艦に撃沈命令を出す以外の方法はなかったと思います。

スターリンは、この日本船の撃沈でアメリカの本心を知って、『千島占領　一九四五年 夏』P.78、79に、

「北海道を避けて、(中略) 遅くとも八月二十三日の朝までにこの件についてどう考えるかを本官にお知らせ願いたい。(中略) 連合国との紛争や誤解をさけるため総司令部は『いかなる艦船や航空機も北海道に送ることを絶対に禁止する』という電報を、第一極東方面軍参謀長から太平洋艦隊司令官宛てに打たせた」と記載があるように、スターリンは二十三日をもって日本本土上陸を一時断念したのです (注、「一時断念」と記載した理由はすでに記載しています)。

くどいようですが、二十二日の事象に関連して、もしソ連潜水艦が留萌沖まで侵入したならば、アメリカ潜水艦の艦長二人は軍法裁判にかけられていると思います。誰かアメリカの公文書館で確認してみては?

一方ソ連人の『千島占領　一九四五年 夏』の著者スラヴィンスキー氏が、P.66に、「今日から振り返れば、トルーマンの決定は、朝鮮やつい最近までのドイツのような分裂国家になる悲劇から日本を救ったと言えるだろう」と再度記載したのは、二十二日の出来事でソ連がアメリカから受けたショックを正直に話していると思います。

また、ニコライ大佐が話した「脅かし」が、単なる言葉だけかを検証します。

すなわち、当時アメリカは原子爆弾を保有していたからです。そのヒントは『暗闘　スターリン、トルーマンと日本降伏』P.353に、

「トルーマンは『イエス、リストに載っていた他の二つの都市（新潟と小倉）は破壊される運命にあった』と答えた」をどう考えるかでしょう。

すでに記載済みですが、戦後七十数年経った今日でも間抜けな報道を続けている国とマスコミに対して説明するために、再度記載します。

すなわち、二〇一八年（平成三十年）一月二十日の読売新聞に「北方領土侵攻　米貸与艦で」の見出しで報道されていますが、未だに終戦ボケしている（注、真の終戦日を知らない）マスコミは、ソ連軍が北方領土を占領する際にアメリカが艦船を貸し与えたように報道しているのです。

しかし実際は、下記の目的で貸し与えた艦船で、途中でアメリカの考えが変わった結果、艦船の使用目的が北方領土になっただけです。

しかし、アメリカが貸し与えた二五〇隻の艦船が、いつ頃、どこで引き渡され、ウラジオストクの

北太平洋艦隊に編入されたか、その経緯が書かれた書物は見たことがありません。

そこで、私なりに記載します。記載できるヒントをニコライ大佐から聞いていることと、二つ目は、スターリンがドイツ降伏後の三カ月後に日本に参戦するという話、三つ目は日本の伊号第四〇〇型潜水艦の行動の状況からです。

アメリカ軍を主力とする国連軍がノルマンディー海岸に上陸した日は一九四四年六月六日で、パリが解放された日は八月二十五日。すなわち、上陸作戦に使用されたアメリカ大西洋艦隊の艦船の中から主に上陸艦船を、ソ連軍は秋頃受け取ったと思われます。理由は、ソ連軍のウラジオストクの太平洋艦隊の将兵がノルマンディー海岸まで移動して二五〇隻の艦船を受け取り、その後アメリカ軍の指導を受けて艦船を動かすまでの期間は半年近くかかったはずなので、そのような経緯を考えると、ソ連兵が艦船を動かせる状態になったのは、一九四五年の春頃と考えても間違いないと思うからです。

時に、ドイツは一九四五年五月八日に降伏しました。すなわちスターリンは「ドイツ降伏の三カ月後に日本に参戦する」と早くから言明していました。そして実際その通りになっています。

そこで「三カ月」という数字ですが、受け取った二五〇隻の艦船をウラジオストクまで移動させるには、パナマ運河かスエズ運河の利用が必要ですが、ドイツ降伏後、ソ連はパナマ運河は使用できないことになっていたのです。

その事情が、日本潜水艦の伊号第四〇〇・第四〇一号に関してのテレビ放送（番組名失念）で、「パナマ運河を攻撃しようと出撃したが、アメリカの大西洋艦隊のすべての艦船は一カ月間に太平洋に移動を終えていたので、パナマ運河攻撃は中止になった」と放送されました。

また、ニコライ大佐は、「根室海峡をパトロールするソ連監視艇は、ライン川からスエズ運河経由で三カ月かけて持って来た」と話しました。誰かこの船がライン川で行動していたか確認してほしいです。もちろん、この話が真実ならば、まさか写真の船一隻だけをスエズ運河経由でウラジオストクに運んだとは思わないでしょう。

すなわち、ソ連はドイツ降伏直後から数カ月間、パナマ運河の使用はできなかったのです。

私見ですが、スターリンが「ドイツ降伏後三カ月で日本に参戦する」と言った数字はスターリンの考えではなく、アメリカ軍とソ連軍の共同作戦立案作業で考えた数字とも考えられます。なお、三カ月という数字は、後のソ連軍のニコライ大佐との会話でも、偶然かどうか分かりませんが出てきます。

アメリカがソ連に貸与した艦船の本来の使用目的は、ニコライ大佐が次のように話しています。

「ソ連はアメリカと協同で日本本土上陸を計画していた。アメリカが九州へ三方面から上陸し（注、「オリンピック作戦」とアメリカは名付ける）、鎮圧後、東京湾と千葉の海岸に上陸し（注『暗闘　スターリン、トルーマンと日本降伏』P.171にある「コレネット作戦」）東京へ進撃する。

一方ソ連軍は、アメリカの九州上陸に合わせ、北海道の太平洋、オホーツク、日本海の各海岸に各一個旅団（注、一個旅団が五〇〇〇名なので計一万五〇〇〇名。アラスカでソ連海軍将兵が育成された数字と一致する）が上陸して北海道鎮圧後、富山湾と新潟海岸に上陸して東京に進撃する作戦を進めていた。最後は、東京を流れる川の以北を北海道まで統治管理する作戦をアメリカと進めていた

（注、アメリカは東北以北と）」

この話を聞いた十一歳の私は、本当の話かと思って今日まで過ごしていましたが、すでに記載しましたが、アメリカの公文書館の資料と、『千島占領　一九四五年 夏』を読んで、ニコライ大佐の話の真実性を知ったのです。

ところが、平成三十年二月八日のＳＴＶテレビで、根室振興局が全くデタラメな解説をしているのです。そこでは、「アラスカのコールドベイという情報が漏れにくい地で、ソ連に貸与した一四三隻の船を動かす水兵一万二〇〇〇人の訓練がしやすく、貸与した艦船も運びやすいという地理的メリットがコールドベイが選ばれた理由である」と話しているのです。

そこで、何が「デタラメ」か解説します。まず「貸与した艦船」の貸与した時期が一切記載されていませんが、貸与するには一九四五年五月十二日以前に貸し出しを終了していなければならないのです。

すなわち十二日以後はレンドリース法は停止されているからです（注『暗闘　スターリン、トルーマンと日本降伏』P.１２３に記載）。ですから、貸与する一四〇隻（注、『千島占領　一九四五年 夏』では二五〇隻）の艦船は、一九四五年五月十一日までに貸し出しを完了していないとできないのです。ところで一九四五年五月頃といえば、日本とアメリカが太平洋海域で死闘の最中であり、アメリカ太平洋艦隊が所属の艦船一四〇隻をソ連に貸し出しなどできるわけがないことは明白でしょう。

参考までに、コールドベイからソ連に貸し出された艦船は二隻だけです。

『千島占領　一九四五年 夏』P.49に、

「南千島占領で重要な役割を果たした二隻の掃海艇第589号および第590号（中略）、二隻の掃海艇は、それぞれYM8‐237およびYMS‐75の番号を持って米国海軍船舶に属していた。一九四五年四月十七日（注、二隻の掃海艇）は、レンド・リース協定による供給計画に基づいてコールド・ベイにおいて連合国からソ連使節団に引き渡され、同日末に北太平洋艦隊に編入された」と。

すなわちソ連に貸与する艦船がコールドベイには一隻もないからには、ソ連水兵の艦船を動かす訓練などできるはずはないことは明白でしょう。

そして一万二〇〇〇名（注、『千島占領　一九四五年 夏』では一万五〇〇〇名）の訓練目的は、日本本土上陸時の海兵隊の育成です。それまでソ連には従来、海兵隊という部隊は存在していません。

そのことを証明する話が、『千島占領　一九四五年 夏』P.70に、

「古屯の防御地帯を突破した第五十六狙撃師団の部隊は八月十九日の朝からサハリン南部に進撃を開始する。これを大幅に促進したのは真岡港に上陸した海兵隊であった」。またP.83に、

「海兵隊を補充するために三〇〇人の兵員を北太平洋艦隊司令官の作戦指揮下におくこと」

とある記載から、私見ですが海兵隊という部隊は敵国に上陸する最初の部隊で、少なくとも一個旅団（注、約五〇〇〇名）規模で編制された部隊が存在しているはずですが、その旅団名が記載されていないからです。

ところで、「三〇〇人」の数字ですが、それは一万五〇〇〇名からソ連に戻された員数で、残りの

ソ連将兵は、アメリカの心変わりでコールドベイに一時的に据え置かれたものと考えられます。

ところが、『千島占領　一九四五年 夏』P.48に、

「一九四五年五月から九月にかけて、コールドハーバー（米国アラスカ州）ではソ連太平洋艦隊の約一万五〇〇〇人の水兵が訓練を受けた。これらの水兵はその後、レンド・リース協定によってソ連に引き渡された一三八隻の水上艦艇で勤務することになる」と記載があるように、これはソ連に三個旅団の完全に実戦部隊として組織された海兵隊が出来上がったことを表しているのです。

その結果、終戦ボケと終戦前後のアメリカとソ連の確執を全く知らない日本政府は論外として、アメリカは再びスターリンが北海道上陸の行動に出る可能性を考えて、大変な神経でスターリンを監視していたと思います。

その様子を示す記事が『安藤石典と北方領土』P.27に、

「やっとGHQへの陳情が許され、あいさつに内務省を訪れる。対応に出た次官が、北海道地図を取り出しながら首をかしげた。『根室の先にそんな島があるんですか』、なるほど、地図には歯舞も色丹も見当たらない、戦時中、軍事上の理由で消したのだろうということになったが、それにしても中央の認識不足を思い知らされた」と。

ここで私見ですが、間抜けな人間達が集まって話をする結果のサンプルのような見本です。後で詳細に記載しますが、GHQから日本政府に「千島列島は北海道上陸を阻止するために与えたのだから」と、日本地図から取り除くように話があったと思います。

ところが終戦ボケしている日本政府は、すでに色丹島、歯舞諸島にソ連軍が進駐して占領状態にありましたから、色丹島、歯舞諸島も一緒に地図から削除したのだと思います。

理由は、すでに記載済みですが、アメリカは「千島列島はソ連に引き渡す」と弁明していますが(注、ヤルタ会談で)、色丹島、歯舞諸島については、アメリカは一言もソ連に与えるとは話していないからです。

では、なぜGHQは日本地図から千島列島を消すよう指示したのかと言いますと、考えられるのは、すでに記載しましたが、ルーズベルトが南西諸島とリンクしてソ連に与えたわけですから、日本が今後千島列島(注、択捉島、国後島も含んで)について話を持ち出さないための策と思います。

したがって、GHQは北方領土の返還運動には一切協力をしないどころか、阻止行動に終始していることが『安藤石典と北方領土』のP.26～32に記載されています。特にP.32には、「このように、運動が監視下に置かれ、しかも、GHQのプレスコードで、繰り返し行われた陳情が新聞に報道されることもない。(中略)プレスコードが解かれたのは昭和二十三年十月、北海道新聞が社説で初めて千島問題を取り上げたのは二十四年十二月十五日付だった」とあります。

ここで、なぜ「プレスコードが解かれたのは昭和二十三年十月」なのか、またその理由が記載されていません。

そこで、話が飛びますが、『千島占領　一九四五年 夏』P.49に「その後、われわれ(注、ソ連)は船舶を所有者に返還した」と。私見ですが、言うまでもなくアメリカから貸与された二五〇隻の艦艇でしょう。そこで、上記で記載しました組織された三個旅団の海兵隊の艦船がなくなったわけですから、アメリカはここで一時的にスターリンの北海道上陸はできないと判断して、GHQが定めた三十項目のプレスコード「⑥ロシア（ソ連邦）への批判」を一時的に解除したと思います。ここで「一時的に」と記載したのは、私見ですがまだ続きがあったと思われることを後で記載します。

すなわち、アメリカはルーズベルトの蒔いた種で、日本軍に多くの将兵を殺されているにもかかわらず、結果的に日本をソ連から守る政策を取ることになったと思います。

その結果、アメリカ政府（注、アメリカ軍が正しいと思います）は国民を納得させるためには、日本をアメリカの一州政策にしていると思います。

参考までに、『戦争犯罪国はアメリカだった！』P.264に、

「日本は、未だに占領下に置かれているようだし、日本は真に主権を回復しているとは言えない。アメリカの一部か、保護領のようにも見える」と記載されています。皆さんどう思いますか。意見を聞きたいです。

話を戻して、貸与した艦船は、ルーズベルトがソ連の日本本土上陸作戦を完遂させるために貸し与えた艦船であることは、紛れもない真実でしょう。

それが、アメリカの心変わりでソ連軍の本土上陸が水の泡となった結果、艦船の一部（注、二五〇隻のうち数十隻）が北方領土侵攻に振り向けられたのであって、根室振興局の言うような北方領土占領のためにアメリカが貸し与えた艦船でないことは明白でしょう。

最後に、ルーズベルトとスターリンの関係で、記載しなければならない事象があるのです。

それはケント・ギルバート氏の話とアメリカの公文書館の資料にある日本分割統治案ですが、二人がいつ、どこで話したかは、一言も記載されていません。

ところが、一人のソ連作家がそのヒントと思われる書物を出版しているのです。その書物名は『私はスターリンの通訳だった』（M・ベレズホフ著　同朋舎出版）です。

その書物の内容を記載する前に、狡猾さに秀でたルーズベルトがスターリンと話し合う前の行動を記載します。

『暗闘　スターリン、トルーマンと日本降伏』P.42に、

「一九四三年十一月二十七日、カイロでルーズベルト、チャーチル、蔣介石による会談が開かれた。その結果、領土不拡大の原則を明確に表明し、日本に対して、『武力と貪欲』によって略取した領土から駆逐されるべきであるとする『カイロ宣言』を発表した」とあり、さらにP.43に、

「十一月二十八日にルーズベルト、チャーチル、スターリンの三者が首脳会談に参加するためテヘランに集まった。この会談でルーズベルトとチャーチルは、一九四四年の五月までにヨーロッパで第二戦線（注、アメリカ軍を主体とする連合国軍のヨーロッパ大陸への上陸）を開くことを約束した。この見返りにスターリンは、ドイツ敗戦の後に対日戦争に参加することをはっきりと約束し、そのためにいかなる『要望』を提出するかは、後で明らかにすると言明した」

と記載がありますが、私見ですがこの二つの会談は全く意味のない会談で、西側のジャーナリスト

を惑わすための会談と思われるのです。

その理由を示す書物が、ソ連作家が出版した『私はスターリンの通訳だった』です。ここで、月日は記載されていませんが、ルーズベルトは二度はテヘランに赴いていませんし、十一月十八日にチャーチルらと会談をしていますから、密会の日は十七日の午後であることは間違いないでしょう。

なにしろ、このルーズベルトとスターリンの密会の話し合い（注、公的に話し合いをしていないから「会談」にはならないと思う）を記載した西側ジャーナリストの書物が見当たらないのです。

しかし、私は二十二歳の頃、札幌図書館が時計台にあった頃にこの密会に関する書物を読んでいて、その際、記憶にあるのは、「ルーズベルト大統領はテヘランのソ連大使館に宿泊した」ということです。

それゆえに最近、札幌図書館で探しましたが書物を確認できませんでした。すなわち書物名も著者名も記憶がないからです。誰かそんな書物を読んだ人はいないでしょうか。

話を戻して、『私はスターリンの通訳だった』P.266～270に、

「私は、スターリンとルーズベルトが初めて顔を合わせた会談の通訳に任命された。（中略）翌朝早く、テヘラン行きの飛行機に乗り込んだ。そして、正午ごろまでには何とかソ連大使館にたどり着き、二人の世界の指導者の第一回会談で私が通訳に予定されていることを知らされた。（中略）

『私はここに座ることにする。この端にだ。ルーズベルトは車椅子で遅れてこられるだろう。君の席

となるこの椅子の左手に彼を座らせよう』

『分かりました、スターリン同志』

私はそれまで何度もスターリンの通訳を務めてきたが、彼がこれほど細かい点にまで気を配るのを見たのはその時が初めてだった。

ルーズベルトとの会談を前にして、神経質になっていたのかもしれない（注、私見ですが、『神経質になっている』は嘘。あとで私見として記載します）。（中略）スターリンが席の配置を気にかけているのはそのためか？　おそらく、天然痘の傷痕が見えるほうにあまり光を当てさせたくないからだろう」と記載があります。

ここで、「『神経質になっている』は嘘」と記載したので私見を記載します。普通初めて人に会うか、しばらくぶりに相手に会う時は、手土産などを持参するのが普通と思いますが、ルーズベルトの場合は、ヤルタ会談の時に記載しましたが、会う前にスターリンが部屋の中を動き回って喜んだように、会う前に相手が最も喜ぶ手土産を先に送ってから会っているのです。

このテヘランの密会の時は、当時スターリンが喉から手が出るほど欲していた「第二戦線」の話を、事前にスターリンにしていたと思います。

自国の人間が「身の毛のよだつ」（注、同書P.267に記載あり）と評するようなことをするスターリンという人間が、ルーズベルトの天然痘の傷痕まで考えて、西日が直接当たらないように自らルーズベルトが座る椅子の位置を指図しているのは、うれしさのあまり人間性が変わっての行動と思えるからです。

すなわち、通訳は第二戦線の話は聞いていませんから、スターリンが喜びのあまり人間性が変わった状況を見て「神経質」と感じたのだと思います。

話を戻して、二人の会談の内容は、P.169に、

「『こんな話をするのも、われらの戦友、チャーチルがこの場にいないからです』と大統領は言った。『というのも、彼はこの種の議論を好まんのです。わが国とソ連は植民地国家ではないので（注、白々しい、すでにアメリカはフィリピンを植民地にしている）、こうした問題については気楽に話し合えます。私が思うに、戦争終結後は植民地帝国は長くは続かないでしょう』」と。

ここで、私見ですが一言。上記のルーズベルトの話から、ルーズベルトが日本と戦争を始めた理由をはっきりと話していることが分かるのです。

話が飛びますが、『戦争犯罪国はアメリカだった！』の著者、ヘンリー・S・ストークス氏は、そのP.164に、

「二十世紀で最も驚く展開は、五〇〇年続いた植民地支配、その呪いが終焉を迎えたことにあります。（中略）誰もが全く予想しなかったことです」と記しています。

また『暗闘　スターリン、トルーマンと日本降伏』P.26には、

「猿人の国、日本が白人と同じ行動で、朝鮮、支那に侵攻して、支那事変でアメリカ、ソ連、ドイツを後ろ盾にした蔣介石国民党政府に勝利したことで、ルーズベルト大統領は一九三七年十月シカゴで、

『世界に不法の伝染病を蔓延』させている勢力を『隔離』しなければはならないと演説した」と。

すなわち、このまま日本の行動を阻止しないと、白人が五〇〇年間続けた植民地はなくなるし、白人達が奴隷のように使用していた猿人も、日本と同じ行動を起こすと考えての演説です。

『戦争犯罪国はアメリカだった!』P.166~167に、

「一九四三年十月、自由インド仮政府が樹立されました。(中略)インド国民軍INAの将兵は日本軍とともに、インド・ビルマ国境を越え、インパールを目指し『チャロ・デリー!』と雄叫びをあげ、進撃しました。(中略)自由インド政府は、日本とともに、イギリス、アメリカに対して宣戦布告をしました。

同年(一九四三年)十一月五日より六日間にわたって、東京で大東亜会議が開催されました。これは人類の永い歴史において、有色人種によって行われた最初のサミットとなりました」と。

すなわち、私見ですが、ルーズベルト大統領はこのような状況を見て、もはや日本を戦争で打ち破るだけでは問題は解決しないことを悟り、考えたのが日本の分断と、併せて社会体制の二極化、さらに日本の神である昭和天皇の殺害をこの時点で考えたのでしょう。すでに記載済みですが、ケント・ギルバート氏が指摘していますが、ルーズベルト大統領がいつ頃、これらのことを考えたかは記載していないのです。

天皇の殺害ですが、『暗闘　スターリン、トルーマンと日本降伏』P.389に、

「五月二十九日のギャラップ調査は三十三パーセントが天皇の処刑、十七パーセントが天皇の裁判、

十一パーセントが拘禁、九パーセントが流刑を支持し、たったの三パーセントのみが天皇はたんに操られたに過ぎない、としている」とあるように、ルーズベルトが決断できるような数字をルーズベルトは当然知っていたため殺害を考えたと思われます。

したがって、ルーズベルトは昭和天皇の殺害を考えても、後世に批判されるようなことを自ら実行せず、そこでスターリンに会うことで解決できると考えたと思います。

以上のような状況から、ルーズベルト大統領はスターリンとの密会のために、即座に世界のマスコミを化かすために密会の前後に会談をセットして、密会前に当時スターリンが喉から手の出るほど欲していた情報を与えておいて（注、ヤルタ会談のところで記載しましたが、側近のソ連のスパイから）、天然痘の身であるルーズベルトはテヘランに素っ飛んで赴いたと思います。

密会の翌日のテヘラン会談の一部は記載済みですが、その内容は前日にルーズベルトとスターリンが話した内容と同じで、そのすべてをチャーチルに話したのです。

そのことよりも、ルーズベルトがチャーチルを茶化したような話が『まだGHQの洗脳に縛られている日本人』P.123に記載されています。

「その会議にいたルーズベルトの息子（エリオット）が、『五〇〇〇名どころか、何十万のナチスを皆殺しにすべし！』と言って杯を（中略）。チャーチルはびっくりしていたのですが、（中略）喜んだスターリンが（中略）息子を抱きしめて、『ドイツ人の死を祝福しよう』といったとか」

話を戻して、「いかなる『要望』を提出するかは、後で明らかにする」という文面は、ただ単にソ連が日本に参戦するというだけの話ではないことを暗示しているのです。

その「いかなる『要望』」は、後日のレンドリース協定の内容の、主に上陸艦船二五〇隻の貸与と一万五〇〇〇名の海兵隊の育成などで明らかでしょう。

それにしても、日本分割統治、天皇殺害などを記載しているケント・ギルバート氏が、上記のルーズベルトとスターリンの密会のことは一言も話していないのが不思議です。すでにソ連作家によって二十数年前に書かれているのにです。

ここで私見ですが、レンドリース協定によるソ連への援助内容に対比するアメリカの思惑、それがアメリカの第三艦隊の行動だと思います。

このアメリカの第三艦隊の行動で参考になる記事が、アメリカ人のケント・ギルバート氏の『まだGHQの洗脳に縛られている日本人』P.132に、

「日本海軍が真珠湾に向けて出撃したのは、ハル・ノートが渡される一日前であり、そのことをもって『日本は最初から騙し討ちを計画していた』とする意見もありますが、これは誤りです。国家というのは、外交および軍事においてはあらゆる手段を準備するものです。

つまり、対米交渉がダメになってから初めて軍を動かすのでは、敵に大きな遅れを取ることになり、国家としては二流です。しかも日本から真珠湾までは非常に距離がありますから、早めに手を打っておく必要がありました。もちろん、対米交渉がうまくいけば、機動部隊に秘密暗号を用いて連絡し、いつでも引き返させればよいだけなのですから」

と記載があります。私見を述べれば、日本の機動部隊目標は戦争目的ですが、アメリカの第三機動部隊はソ連と戦争する目的ではありませんでした。結論を先に記すと、日本をソ連から守るための行動と変わらないと思います。

八十過ぎたじいさんが何の証拠があってよくも……、と思う人のために説明します。

日本の機動部隊はアメリカに悟られないようにハワイに近づいていますが（注、実際は『まだGHQの洗脳に縛られている日本人』P.143に「それどころかルーズベルトは『私は決して宣戦はしない。私は戦争をつくるのだ』とさえ語っており、真珠湾の前日に行った家族との食事の席上では、『明日、戦争が起こる』とまで述べているのです」とあり）、一方のアメリカの第三機動部隊はアドバルーンを上げて行動しているのです。すなわち日本本土へ上陸するための行動ではなく、目的はソ連に対しての機動部隊の内容を知らせているのです。すなわち私が言うまでもなく艦隊規模は日本の新聞からソ連のスパイ網でソ連政府に知らされています。

それにしても、機動部隊の規模が『元島民が語る　われらの北方四島』P.26にあるように、「戦艦六隻、空母十三隻、巡洋艦と駆逐艦十三隻など」と、内容を前もって知らされた相手国はどう考えるかです。

ところが、これほどの機動部隊に潜水艦が一隻も記載されていません。それは海の中にいたからでしょう。しかし、この機動部隊に所属していた潜水艦の行動は、すでに中千島と日本海の海域での行動で記載済みです。

このような状況を知らせて相手国と戦争をする国がどこに存在しますか。すなわちアメリカ艦隊の行動は、ソ連に対する戦争行動ではないことは明らかです。

では、第三機動部隊の目的は何かと言うと、私見ですが、一次的には今後のソ連の北海道への上陸を監視することと思われます。すでに記載しましたが、八月二十二日に日本海でソ連軍は行動を起こしましたが、アメリカ軍が阻止しています。二次的にはソ連軍が北海道へ上陸を強行した際には、ソ連軍のニコライ大佐が話したように、アメリカは戦争を覚悟した上での艦隊規模です。

ここで話がそれますが、注目すべきことは七月十四日、十五日は、アメリカが原子爆弾の実験成功の数日前から作戦行動を開始して、二日前に北海道を爆撃していることです。

すなわち、『暗闘　スターリン、トルーマンと日本降伏』P.252に、「スティムソンはトリニティー原爆実験成功のニュースを七月十六日と十七日に受けとったが」、またP.227に、「ニューメキシコのアラモゴルドで最初の原爆実験が成功した。ベルリン時間の午後七時半（ワシントン時間で午後一時半）」で確認できます。

今日まで出版されている日本人の書物には、「アメリカの原爆保有でソ連軍の日本本土上陸の必要性がなくなった」と日本人のジャーナリスト達が記載しています。

その一例として、『暗闘　スターリン、トルーマンと日本降伏』の著者は、同書のP.266に、「原爆保有によって、アメリカはもはやソ連の助力を必要としなくなった」と。

しかし私に言わせれば、視点がずれていることは以下の記載内容で明白でしょう。

すなわち必要ではなくなったのではなく、むしろそれまでのアメリカとソ連両軍の日本本土上陸作戦の考えを変えたばかりか、原爆実験成功前に従来の考えを一八〇度変えていて、アメリカはソ連軍の日本本土上陸を阻止する作戦に転じていることが第三艦隊で証明されているのです。

すなわち逆説的に言えば、アメリカは日本をソ連から守る作戦に転じていると思われます。

この七月十四日、十五日といえば、アメリカ軍と日本軍が血みどろの殺し合いをしている最中です。このアメリカ軍の行動に、「困惑」以外の言葉がありますか? 皆さんの考えを知りたいのです。

しかしアメリカ政府は、終戦後にアメリカ国民を納得させるための政策をしています。私見ですが、その結果、日本は永久的にアメリカの一州として扱われているのです。その辺の説明は第六章で記載してあります。

ところが皆さん、戦後七十数年の経過の間に、このアメリカの第三艦隊が北海道攻撃後どこへ行ったか、さらにその後どのような行動をしたかについて、日本人が記載した書物は一切ありませんし、新聞記事も見たことはありません。

すでに記載しましたが、『千島占領 一九四五年 夏』に記載されているように、この第三艦隊による松輪島と幌筵島への艦砲射撃が八月十二日に加えられているのにですよ。

アメリカとソ連の両国に記載したような確執の経過がある以上、北方領土の返還の話はソ連政府と話す前に、アメリカともじっくりと話す必要があると思います。その理由は、色丹島のソ連軍の武装解除のところで説明します。

大変長い前書きになりましたが、ソ連軍の日本参戦から千島列島が「占領」され、色丹島、歯舞諸島はソ連軍の侵攻で「略奪」されたのです。

北方四島へのソ連軍の進駐から占領と島の違法確保（注、後で詳細に説明する）について記載する前に、私見ですが先に記載しておく事項があるのです。

それにはすでに記載済みですが、『千島占領　一九四五年 夏』P.12に著者は、「記載文の内容は海軍中央公文書館モスクワ支部で、筆者が研究していたすべての文書は、一九六七年にすでに機密扱いが解除されていた」と記載しているように、同書の内容は公文書館の資料として記載されているのに、そこに全く記載されていないソ連軍の一団が北方四島の島に上陸し、日本将兵を捕虜にまたは束縛しているのです。しかもその一団の将兵は数千人規模の一団なのです。

したがって、私見ですが、樺太（注、ソ連ではサハリンと）から出航した部隊を「正規軍」、北千島方面から来た、しかも同書に一切記載されていない部隊を「非正規軍」として記載することにします。

その理由は、国後島以外の島に最初に上陸したのは非正規軍の兵隊達だったからです。

もちろん、『千島占領　一九四五年 夏』と私の記載文で証明してみせます。

では、最初に正規軍が北方四島のうちの択捉島に向かった様子から記載します。

同書P.１４３から１４４に、

「八月二十六日、五時四十分、レオーノフ海軍大佐は「国後島および択捉島を偵察すること。大泊に停泊していた艦船のうち二隻の掃海艇を出すことにした。（中略）、掃海艇第５８９号は（中略）、一七六名（中略）の中隊を乗せ、掃海艇第５９０号は一六六名（中略）の第二中隊を乗せ（中略）十二時五十分（注、二十七日）、二隻の掃海艇は任務遂行のために（注、偵察です。P.１４３に記載あり）大泊港を出航した」

ここで私見ですが一言。スターリンは、二十六日まで千島列島（注、色丹島、歯舞諸島は除く）の上陸占領はすでにルーズベルト大統領から保証済みですから、急ぐ必要はなかったと思います。しかしすでに記載しましたが、カムチャッカ参謀部から「択捉島、国後島にアメリカ軍が上陸している可能性あり」と報告を受けていることと、一方、同書P.１４１に「加うるに部隊の将校達は択捉島と国後島についての十分な情報を持っていなかった」とあるように、択捉島、国後島の二島には日本将兵が何人駐屯しているかも全く知るはずもなく、アメリカ軍の上陸も考えなければならない状況にあったのです。

また、同書P.１４４に、「艦艇による上陸部隊が到着するまでは、『カタリナ』型飛行艇二機で送られた空挺部隊が択捉島を保持する任務を帯びることになる。八月二十六日十一時二十分、（中略）二機はサハリンから目的地に向かって飛び立った。しかし濃霧のため（中略）一機はエンジンが不調になり、（中略）不時着した。（中略）ほかの一機は燃料が切れ、大泊に帰らざるをえなかった」と記載があるように、択捉・国後二島の最初の行動は偵察行動からスタートしているのです。

ここでまた私見ですが、自軍が敵国の領土に上陸する際の最初の行動は、上陸地点を潜水艦で偵察することだと思います。

ところがソ連軍は、潜水艦による偵察行動は一切していないようです。すなわち千島列島海域と日本海海域では、アメリカの潜水艦が数隻、ソ連軍の行動を監視していますから、同じ海域で両国の潜水艦が行動作戦をした場合、万が一の異常事態を考えると、ソ連は潜水艦の出撃行動はできなかったと思います（注、留萌沖のソ連の潜水艦の行動は不可能）。念のため、以上の同書の記事でも分かるように、色丹島、歯舞諸島のことは何も記していません。

ところが、『暗闘　スターリン、トルーマンと日本降伏』のP.480、481に、「モスクワの指導部は、現地軍が南クリル作戦をぐずぐずと遅らせていることに不満であり、この作戦を正式の日本降伏の日までに完了させようとあきらかに急いでいたのである。

さらに注目すべきは、この命令が、南クリル作戦の地域を単に択捉・国後のみならず、色丹と歯舞にも拡大していることである」と。

ここで私見ですが、同書の著者、H氏のいい加減な論証は記載済みですが、右記の文でも「色丹と歯舞にも拡大していることである」という記事は、何の根拠もない著者自身の思い込みの話としか考えられません。

すでに記載済みですが、H氏は『千島占領　一九四五年 夏』を読んだ後に『暗闘　スターリン、トルーマンと日本降伏』を記述していますから、スターリンがヤルタ会談まで一度も千島列島の占領を考えていなかったことと、千島列島はルーズベルト大統領から与えられたことは知っているはずです。その一連の話の中で、色丹島と歯舞諸島のことは一言も話されていません。

したがいまして、元色丹島の島民としてH氏の全くデタラメな記事を否定するために、色丹島のソ連軍の上陸状況のところで記載します。

さて、右記のH氏の文面で、皆さん、何か不思議に思うことはありませんか？

それは、「この作戦を正式の日本降伏の日までに」という文面です。七十数年後の今日でも日本人の九割近くは、日本の終戦は「八月十五日」と答えるのが事実でしょう。

しかし、ソ連軍が日本に戦争を開始したのは八月十五日以降ですから、当然、日本人の多くは終戦後にソ連軍が日本に侵攻したと考え、そのことから北方四島は不法占領ということにするために、日本政府は暗黙のうちに国民の考えを黙認しているのです。

参考までに、アメリカが南西諸島を占領統治したのは不法占領だという話は、北方四島の島民からは聞いたことがありません。

でも、H氏が「正式の日本降伏の日までに」ということは、正式の降伏日を知っているということで、正式の終戦日「九月二日」と記載されれば、択捉島、国後島二島のソ連軍の占領は違法とは言えなくなるわけです。

もちろん、九月二日午前九時の戦艦ミズーリ号の降伏文書調印までは、戦争状態であったから当然でしょう。ところで、八月十五日を終戦日と考えている人々にお聞きしたいのですが、捕虜とはどのような状況下にある時に行われるか知っていますか？

参考までに、『シベリア抑留全史』P.110に、

「一九二九年のジュネーヴ条約第一条では上記に加えて『交戦当事者の軍に属し、海戦又は空中戦において敵に捕らえられたすべての者』として、戦時中に捕らえられた者を『捕虜』としている」という記載があります。

したがって終戦日を八月十五日と考えると、シベリアに連れて行かれた日本軍の将兵は、すべて捕虜ではなく「拉致」されたと言うべきでしょう。

このことはこれまでにも書きましたが、味噌文化の国の国民が「味噌」と「糞」の区別もできず今日に至っていることになるのです。

話を戻して、まず択捉島と国後島のソ連軍の上陸はどのようになされたかを記載します。

最初に、ソ連軍の報告から。『千島占領　一九四五年 夏』P.143～147に、

「八月二十六日、五時四十分、レオーノフ海軍大佐は「国後島および択捉島（一九四一年の地図第一〇五〇）を偵察すること（注、「占領」とは記載していない。また色丹島、歯舞諸島の話は一切なし）（中略）。大泊に停泊していた艦船のうち二隻の掃海艇を出すことにした。（中略）十二時五十分（注、二十七日）、一隻の掃海艇は任務遂行のために大泊港を出航した。（中略）

八月二十八日十三時十五分、掃海艇第589号と第590号は濃霧のなかを留別湾に入り、海岸から一・五キロのところに停泊した。（中略）前進部隊が搭載ボートで上陸した。

（中略）このとき部隊の上陸地点に、択捉島の日本軍守備隊から派遣された軍使が到着する。軍使は、日本守備隊が降伏の用意があることを伝えた。（中略）択捉島には将兵総数一万三五〇〇人の第八十九歩兵師団が駐留していることが分かった。（中略）八月三十日十八時〇〇分、（中略）このときの択捉島の情勢はブルンシテイン海軍中佐の報告によって（中略）。『択捉島では六〇〇〇人を捕虜にした。三〇〇〇人はそれぞれの場所におり、捕虜にすることは難しい』」とあります。

ところで皆さん、六〇〇〇名しか捕虜にできなかった理由を知っていますか？

捕虜とは、敵対する軍隊によって自由に行動ができない状況に置かれた将兵を言い、飛行場の周りには鉄条網が張り巡らされていますので、飛行場の中にいる日本将兵達は自由を束縛された状態にされたのです。もちろん鉄条網の外側はマンドリン銃を持った兵隊達で取り囲まれ監視状態にされ、飛行場内からは出られないのです。

ところがですよ、日本軍の将兵達は誰一人捕虜にされたと思っていないのです。

その理由の一つが、少佐以上は帯刀を許され、銃剣を持たない兵士一名が上記の三〇〇〇人の日本軍のところにも自由に連絡のため往来できたからです。もちろんその際は、ソ連軍の佐官クラスの将校とマンドリン銃の兵士が同行しています。これと同じ状況を私はアナマ村で何度も見ていました（注、ジュネーヴ条約の決定事項）。

さらに、ソ連が三十年かけて開拓した懲罰システム（注、『シベリア抑留全史』P.93に詳細に記載あり）「東京ダモイ」で、ソ連船に乗せられて礼文島の西側を通過するのを見て、初めて捕虜になったことを日本将兵は自覚しているのです。

すなわち、当時の日本軍は敵国に武器を引き渡すことが武装解除と一方的に思い込み、その後は『北方領土　悲しみの島々』P.23に「『手拭い一本でも大切にして、一品でも多く持ち帰るように』と師団長の布告が（以下略）」とあるように、当時ジュネーヴ条約に加盟していなかった結果から生じた不幸な話なのです。

話が飛びますが、その結果、千島列島と色丹島にあった三年分の米と、付帯する味噌、醤油などを日本軍が島民に確保するよう話していないのです。

なお、私見ですが、このような内容の話は、当時は憲兵隊からの指示が陸軍、海軍にあってから島民に話されるのが決まりになっていたと思いますが、その憲兵隊がソ連軍の上陸直前（注、色丹島の場合）か直後に各島を離れていたので、結果的に島民に話がなかったものと思われます。

色丹島のところで記載していますが、私は九月十二日にソ連軍に束縛されていた混成第四旅団の鏡副旅団長から、初めて食糧の確保のことを島民に話すよう聞かされています。ただし、時すでに遅しでしたが。

ここで、話が戻りますが、『千島占領　一九四五年 夏』には一切記載されていない二十七日午後から二十九日の午前中に生じた事象を、私見ですが記載します。しかも重要と思われる話です。

その一つは、『暗闘　スターリン、トルーマンと日本降伏』P.475に、

「八月二十七日にスターリンはハリマンと会見し、アメリカ政府はいつ日本降伏の儀式を行うのかと彼に尋ねた。(中略)そして降伏文書への署名は九月二日になると答えた。スターリンはここで初めて正確な降伏の日時を知ったのである」と。

すなわち知らされた時刻は午前か午後か不明ですが、上記の二隻の掃海艇が大泊を出航した後であることは明白でしょう。何しろ二隻の掃海艇の任務は偵察行動ですから。

したがって、スターリンはとっさに九月一日までに択捉島、国後島の日本将兵を捕虜にしなければならない状況になったのです。

この辺が、ジュネーヴ条約に加盟していなかった日本の指導者と、終戦後の千島列島、色丹島、歯舞諸島の日本将兵と島民の悲劇の根源でしょう。

話を戻して、すなわちレオーノフ海軍大佐からは択捉島の揚陸指揮官(注、『千島占領　一九四五年夏』P.147に記載)に、偵察行動から九月一日までに択捉島、国後島の日本将兵全員を捕虜にすることが命令されたことは間違いないでしょう。

さらに、スターリンは同時にカムチャッカ軍にも、択捉島と国後島に駐屯する日本将兵を九月一までに捕虜にする命令を出したことは間違いないでしょう。

すなわち、そのことは上記の二隻の掃海艇が留別湾に入る前に、別の一隊が『忍従の海　北方領土の28年』P.142に「ソ連軍が択捉島に上陸したのは八月二十八日。五、六〇〇トンの駆逐艦と輸送船一隻が島の北方から別飛の沖合いを経て留別に到着した」と記載があることで分かります。

しかし、この北方から留別に来た軍隊のことは、『千島占領　一九四五年 夏』には一切記載されていません。

さらに付け加えると、後で記載しますが、当初はむしろ北方方面から北方四島に上陸したソ連軍の数が、樺太からのソ連軍より遥かに大勢（注、数千名と思われます）です。

例えば、『元島民が語る　われらの北方四島』P.１４４に、「約五〇〇〇人と言われるソ連兵を上陸させています」とあります。

二つ目は『忍従の海　北方領土の28年』P.１４２に「そして翌二十九日、ソ連軍（注、正規軍）は年萌を経て軍司令部のある天寧へ軍を移動させ、日本の海軍警備隊が使っていた兵舎を本部とした」と記載があることから、この場所の会談で第八十九師団司令部から傘下の将兵が色丹島に四八〇〇名（注、歯舞諸島の将兵約六〇〇名を含む。同時に海軍将兵と憲兵隊将兵は除く）駐屯していることを、ソ連軍は初めて知ったのです。

ここで話が飛びますが、なぜこの話を私ができるかを本書第二章で詳細に説明していますが、この話ができる様子を一部記載します。

八月二十九日に学校から帰って来ると、遠藤ミサが私に、小野寺巡査が来て通信所に来るようにと伝言があったので、一郎も一緒に行くようにと言ったのでした。

なお、私が通信所に赴くのは今回が初めてではなく、小学校入学当時から年に四、五回は赴いていました。そのことはすでに述べています。

通信所に到着すると、いつもとは違う発電室に案内されて、「今日、択捉島の師団司令部から午前中に電信があり、ソ連軍が九月一日に色丹島に赴き、武装解除後は島を離れるということで、午前中で通信は打ち切り、無線設備などは三十日までに完全に破壊するようにと話があった」という話がありました。

その話が終わると、「子供達は実家に帰した方が良いのでは」と話した後、私に外に出るように指示があったので、外に出て局舎の裏に行くと、数人の兵隊さん達がアンテナの撤去作業をしていました。ただ、鉄塔か木柱かははっきり覚えていません。

後日分かったのですが、本来の目的は他にあったのです。

なお、当時色丹島に日本海軍の通信所があったことは、小野寺巡査、遠藤夫婦、私と次男の仁郎以外の島民は全く知らなかったのです。

理由はただの水路部ということで島民に知らせ、秘密にしていたからでしょう。「北方領土島民名簿」、『根室色丹会30周年記念誌』各書に添付の斜古丹湾の家屋の図面にも「水路部」と記載されています。

なお、この斜古丹湾を外洋からソ連が昭和九年に写した次のページの写真に通信所の建物が白く写っています。貴重な写真でしょう。ただしアンテナ柱は写っていませんが（注、『千島占領　一九四五年 夏』P.151にあったので添付しました。なおこの昭和九年には、ソ連が千島列島の数島を外洋から写した写真が同書にあり、その目的と理由は不明です）。

当時の日本軍は、情報管理を全く国民に気づかれないようにしていたと思われます。

なぜ、日本海軍の通信所のことを詳細に記載したかというと、上記に記載の色丹島へのソ連軍の上陸伝達は、旭川の第五方面本部にも電信されたことは当然だと思うからです。

ここで私が話したいことは、「ソ連軍は武装解除後は島を離れる」という話を第五方面本部も受信しているはずだということです。ところが今日まで日本政府からは一切の話は聞かされていません。

そこで、一つの提案ですが、この日本軍の電信を、当時色丹島の東方二〇〇キロメートル付近の海域にいたアメリカの第三艦隊が傍受し、解読した資料がアメリカの公文書館にあるかもしれないので、誰か調べてほしいのです。

そこで、この色丹島のソ連軍の進駐に参考とな

この地点に白く見える建物が
日本海軍の通信所

ソ連が昭和９年に斜古丹湾の外洋から沖方面を写した写真

る記事を記載します。

『北方領土　悲しみの島々』P.139に、

「サンフランシスコ条約で全権吉田茂が、『北海道の一部である歯舞、色丹も、たまたまそこに日本兵舎があったために、ソ連軍に占領されそのままになっている』と演説しているが、『たまたま』ということではなく、択捉島に司令部を置く八十九師団の部隊が、歯舞諸島まで駐屯していたのであったから、ソ連軍の行動としては、やむをえなかったということになる。軍事的には択捉島の指揮下にはいっていたのだ。

『一般命令第一号』の冒頭には、『一切ノ指揮官ニ対シ其ノ指揮下ニ在ル日本軍隊』「ヲシテ敵対行為ヲ直ニ終止シ其ノ武器ヲ措キ現在位置ニ留リ」「無条件降伏ヲ無サシムルコトヲ命ス」とある。つまり、司令官がソ連軍に降伏すれば、末端まで同じソ連軍の武装解除をうけざるをえないのであった」と。

すなわち、ソ連軍は択捉島に上陸して八月二十九日午前の会談で、初めて第八十九師団指揮下の一二〇〇〇名の将兵（注、海軍、憲兵隊は含まず）が国後島に、四八〇〇人の将兵の混成第四旅団（注、歯舞諸島に駐屯する約六〇〇人の将兵を含む。なお海軍、憲兵隊は含まず）が色丹島に駐屯していることを知ったのです。

したがって、ソ連軍としては色丹島の武装解除に赴くことは、「一般命令第一号」の文面から当然の行動でしょう。しかし会談で、「武装解除後は島を離れる」とソ連軍は了解して色丹島に上陸しているのです。

ところが実際は占領されてしまいました。このいきさつは、憲兵大佐ニコライと遠藤ミサの会話と合わせて色丹島のソ連軍の上陸後の項に記載しています。

話を択捉島のソ連軍の上陸状況に戻して、まず、信用性の高い話から、『元島民が語る　われらの北方四島』書P.83に、

「八月二十八日の早朝、染谷中佐が天寧の師団司令部から留別へ、現地責任者として向かったとの連絡が入りました。

その後しばらくして、留別市街の者から特警隊へ電話があり、『留別のはずれのウエンスナイ岬、ハマナス魚場の台地に、大砲など兵器を陸上げしている兵隊達がいるが、霧がひどくてよく見えないので確かめに来てほしい』と通報があったのです。

それは約一・五キロほど離れていましたが、私はすぐに行ってみました。

なんとソ連軍が上陸していて、小さな丘の上に機関銃を据えつけて陣地を築いている最中でした。

私は、早速留別地区に駐屯していた暁部隊の隊長に連絡し、対応について話し合いました。暁部隊の隊長と私、（中略）連れて行き、留別川の河口付近にいたソ連兵達に近づき、ソ連将校と会見しました。ソ連側には通訳もいなければ、（中略）日常会話くらいはしたものの、（中略）肝腎な用件は全く通じませんでした。

留別に上陸したソ連軍は、留別市内の郵便局、巡査駐在所、村役場や、日本軍などを押さえて日本

軍の武装を解除し（注、武装解除とは先に日本軍の将兵を束縛した後に武器を引き渡すこと。すなわち束縛の話はない）、二十八日のうちに主要なところは占領してしまいました。

この間、日本軍側は、武器弾薬、兵員、装備などを整理し占領軍に引き渡すよう指示があったものの、ソ連占領後に関する指示は全くありませんでした」と記載があります。

また『北方領土　悲しみの島々』P.１２３に、

「ソ連軍は、こうして三方から、わずかに一〇〇戸ほどの村を包囲したまま、しばらくは様子をうかがっていた。まるで、包囲殲滅の時をはかっているかのようであり、何かを待っているようにも見えた」と記載があります。

そこで私見ですが、すでに記載した、正規軍と非正規軍の大きな違いは、正規軍はレオーノフ海軍大佐の指揮命令で行動をしているのに、非正規軍には全く命令系統が存在していなかったのです。

ですから上記の「何かを待っているようにも見えた」は正規軍の上陸を待ち、正規軍の指揮官の命令があるまで留別村に留まっていたのです。

ところが、染谷中佐の話には『千島占領　一九四五年 夏』P.１４６に記載の「八月二十八日十三時十五分、掃海艇第５８９号と第５９０号は濃霧のなかを留別湾に入り、（以下略）」の様子の記載は一切ありません。

すなわち中佐は、早々に本部へ連絡のために留別村から出たのでしょうか。

ここで私見ですが、染谷中佐の報告で師団司令部は軍使を留別村に派遣し、村に到着したちょうどの時刻頃に正規軍が上陸していて会見が行われたと考えられます。その内容はすでに記載済みです。すなわち択捉島には樺太方面からの正規軍と、一方『千島占領　一九四五年 夏』には一切記載されていない北方方面からのソ連軍が八月二十八日に上陸したのです。

ところが択捉島の島民によっては、その区別ができないで話しているようです。

一方、国後島へのソ連軍の上陸ですが、『千島占領　一九四五年 夏』P.１４７に、

「揚陸指揮官であるブルンシテイン海軍中佐は、レオーノフの指示に従い、八月二十八日十四時〇〇分、掃海艇第５９０号から一個中隊を国後島に上陸させた。中隊は日本軍から抵抗を受けなかった」

とあります。

ところがこのソ連軍の上陸は、日本軍も島民の誰一人も、話も目撃もしていないのです。

しかし、私見ですが、私は色丹島の日本将兵の捕獲（注、捕虜とは考えられないから）状況を見ていますから、おそらくこのソ連軍の部隊と同時刻頃に非正規軍も上陸して、日本将兵を捕獲したと思われるのです。

私がここまで記載できるのは、色丹島のソ連軍による日本将兵の捕獲（注、色丹島の項で説明している）状況と、歯舞諸島に当時駐屯し、ソ連軍に捕虜にされた状況を記載した兵士の作文が手元にあるからです。もちろん、歯舞諸島の項で記載しています。

すなわち、第八十九師団司令部は、八月二十九日の午前にソ連軍との会談の内容は色丹島へは電信で知らせていますが、国後島には日本海軍の電信設備はなかったと思われますので、師団司令部の将

校が、当時日本軍の大隊本部が置かれていた白糠泊（注、国後島の最東部。『元島民が語る　われらの北方四島』P.144に記載あり）の連隊長（注、一二五〇名の員数は三連隊の規模ですのでそう思います）に報告に赴き、その際「ソ連軍に順応に従えば『東京ダモイ』なるマジックによって我々は日本へ帰れる」旨の話をしたことは間違いないと思います。

もちろん、赴いた日本軍の将校にはソ連軍の将校と数人の兵士が同行し、すでに上陸していたソ連軍（注、二十八日に上陸）と合流して日本将兵の捕獲に取りかかったと思います。

ここで、重要なことで島民の誰一人知らないことがあったのです。このことが言えるのは、私が実際に色丹島で経験しているからです。

その一つは、島の憲兵隊（注、『元島民が語る　われらの北方四島』P.144に記載あり）と海軍将兵（注、国後島にも駐屯していたと思います）は、八月二十九日の午後に択捉島の第八十九師団司令部の伝達将校がソ連軍の上陸を知らせに来た直後に、島を離れたと思うということです。

私は実際に、憲兵隊と海軍の事の成り行きを知っています。

二つ目は、国後島の第八十九師団司令部指揮下の一二五〇名のうち、各村に駐屯していた日本将兵が駐屯地からいなくなった状況を島民の誰一人見ていないことです。

ただ、『北方領土　思い出のわが故郷』P.48に、「当時、十一歳の佐々木さんが乳呑路には高安《たかやす》中隊がいましたが、ソ連軍が来ることを知ってか、急にいなくなりましたと話した」と記載がありますが、見ていたとは話していません。

ところで、ソ連軍は一二五〇名の日本軍の将兵の束縛後は、毎日の食事と飲み水を供給する必要があるのです。

話が飛びますが、アメリカ軍は南方方面で日本軍を捕虜にすると、生活させる手段を考える必要から日本軍を捕虜にせずに、日本軍を日本へ輸送するまで集合地区を遠巻きに見張っていた、とある書物で読んだことがありました。

ところがソ連軍は、上陸後に日本軍から島の食糧状況を聞いて、水の確保さえできれば長期間日本将兵を捕虜にしておくことができることを知ったわけです。

しかも、九月二日の降伏調印式の一日前までに日本将兵を捕虜にしたと報告しておかないと、日本将兵を捕虜としてシベリアに輸送できないわけです。

すなわちスターリンがハリマンとの会談で、いの一番に取るべき行動を全軍に指示したのは、再度記載しますが、九月一日までに日本軍を捕虜にする指示です。

ところがソ連軍が歯舞諸島に上陸し、日本将兵をシベリアに連行した日は九月三日ですから、ソ連も十分違法行為と知って事を進めたのです。『千島占領　一九四五年 夏』P.155に「何らの政治的困難をもたらさなかった」と記載があるように、当時日本政府、GHQからの違法行為の指摘がなかったことを認めているのです。

話を国後島の日本軍の武装解除に戻して、『千島占領　一九四五年 夏』P.149に、

「九月一日五時四十分、古釜布湾（国後島）の入り口でヴィニチェンコ海軍少佐の上陸部隊は、国後

島に部隊を上陸させる任務を帯びてやってきた掃海艇590号と合流した。六時四十分、両艇は一緒に湾に入り、部隊の揚陸を開始した。前進部隊を揚陸した後日本軍の軍使が到着する。軍使は、総数一二五〇名の将兵からなる国後島の守備隊は降伏する用意がある旨伝えた」

と記載がありますが、これはソ連が九月二日の日本降伏調印式で、連合国に提出するために作文した内容を記載したものです。

私がこのように話ができるのは、色丹島の武装解除を、同様に「九月一日斜古丹で九時に上陸後行った」と赤軍が文書化しているからです。もちろんこの話が嘘であることは、色丹島の項で詳細に説明しています。

なにしろ、国後島の日本将兵誰一人、今日までソ連軍による捕虜状況は話していませんし、島民の誰一人にも、日本将兵のソ連軍による捕虜状況を見たという話を聞いたことは一切ありません。

一方、参考までに国後島の島民が語ったソ連軍の国後島への上陸の状況の話を記載します。

その一人は城戸与作さんで、『北方領土　悲しみの島々』P.128、129に、

「当時、古釜布に住み、消防団の団長を務めていた城戸与作さんは、択捉や色丹にソ連軍が来たという情報を耳にして（注、私見ですが、択捉へソ連軍が来たという話は、おそらく択捉島から脱島した島民が国後島に立ち寄った際に聞いたと思いますが、色丹の話は噂の話でしょう）、団員三人とともに高台で見張りに立っていた。二日の午前四時ごろ、望遠鏡に大小数隻の船影がとらえられる。

（中略）『どうだね、ソ連の艦船でねえべか？』（中略）。巡洋艦（注、『千島占領　一九四五年 夏』に記載なし）は、大崎の陰の北風泊に投錨、上陸用舟艇と漁船は、沖の古丹の日魯漁業の桟橋に着けた。上陸をはじめたのは、午前八時過ぎのことだ。（中略）沖の古丹から上がった兵達は、一軒一軒、土足のまま踏み込んで家探しをはじめた。時計、万年筆、指輪、鏡、ズボン、パンツのはてまで手あたりしだいに掠奪、住民を追い立てると、一か所に集め、今度は、きびしい取り調べであった」と。

二人目は奥野氏で、『忍従の海　北方領土の28年』P.１４４に、

「島には八つの郵便局があった。私（注、奥野氏）が局長をしていた作万別は特定局で、局員が三人、（中略）地役の戸数は六十戸だった。

終戦は電池式のラジオで知った（注、当時トランジスターは存在していません。当時電池〔注、乾電池でしょうか〕を入れて聞くことができたラジオを持っていた日本人、誰かいますか？）が、九月一日朝になって作万別から二十キロほど離れた古釜布にアメリカ軍らしい兵隊が、船四隻で上陸したらしいという話を耳にした。

さっそく古釜布の郵便局に電信（注、有線電信）で問い合わせたが、応答がない。これはやられたなと思い、若い者二、三人を途中の中古丹まで走らせたところ、四人の兵隊がこちらに向かっていることが分かった。（中略）午前十時過ぎだったと思う。将校一人、兵隊三人が局に入ってきた。日露会話の本を持ち、それを見せながら何かを言っているので、ソ連兵と分かった。北千島で手に入れたらしく、全員が日本の軍服を着ていた」と。

一方奥野氏は『北方領土　悲しみの島々』にも登場し、P.131に、「『日本軍の服を着たヘンな兵隊が五十人、こっちへ向かってくる』という報告がはいった。ここの郵便局長奥野石次郎さんは、後日、『北千島の戦闘で泳いだため着がえたんでしょう』と記録をのこしているが、（以下略）」と記載されています。

それにしても、海水で水浸しになってから二週間ほどの期間があり、さらに北千島から国後島への移動船で十分軍服は乾かすことはできたのに、わざわざ自国の将兵に敵国軍隊の軍服を着せて敵国領土に上陸させるという発想は、郵便局長という人間の考えることでしょうか？　この園児並みの考えを変える事象を記載します。

『北方領土　悲しみの島々』P.30に、

「竹田浜を死守する二個小隊は、敵兵が接近したとき、狙撃はかなり正確だが、なんともおかしななりの兵隊を見た。服装がまちまちだ。冬用のオーバー・コートを着ている者、毛皮をまとっている者、軍の夏シャツだけの者。シベリア無宿の集団か、流刑囚でも上陸したのか、と彼らは最初思った。（中略）しかし、二波、三波と上陸してくる。ソ連軍の兵力はおよそ一万三〇〇〇人」と。

流刑囚、すなわちスターリンによって、主に北欧の地域の政治犯として捕らえられた人々であったのです。

なぜ私がここまで話ができるのかは、すでに記載していますが、ミサに濁酒を飲ませてもらっていたあるソ連兵が、「自分はフィンランド生まれで国では学校の教師をしていた」と片言の日本語で話していたからです。そして「我々の仲間は二〇〇〇人から三〇〇〇人は戦死した」と。私はその話をそばで聞いていました。

ここで一度、そうした流刑囚に日本兵の軍服を着用させた集団が、北方四島にどれくらいの員数上陸して来たかを、私見ですが考察してみます。

その基礎となる数字は、記載済みの、日本兵が占守島で「一万三〇〇〇人が上陸して来た」という話からの数字です。

まず、軍隊として行動するからには最低限度の組織を作らないと命令行動ができません。すなわち一万三〇〇〇人のうちで、命令行動をした将兵がどのくらいいたかです。すなわち、兵の最小の編隊は、小隊で五十名が各国共通です。そこで私見ですが、私は色丹島のアナマ村の元日本の缶詰工場に進駐した赤軍を、工場内で五回ほど目の前で見ています。その時の状況は記載していますが、明らかにソ連兵と分かる十人ほどは工場内の一番奥の事務所に陣取って、上半身は裸になって一升瓶の酒を飲みながら気勢を上げていました。一方、工場内では三組の集団に分かれて、同じように上半身は裸で酒を飲みながら踊り狂っていたのを見ていました。

このことを参考にして、ソ連兵士と日本兵の軍服を来た集団の比率は一対四と考えると、一万三〇〇〇の内訳は、カムチャッカ半島のソ連兵は二六〇〇名で、他は一万四〇〇名となります。

一方、『千島占領　一九四五年 夏』P.120に、「ソ連兵の死傷者は一五六七人」と記載されていますから、アラスカ軍の参加数二六〇〇名を修正して三〇〇〇名と考えます。

一方、先ほど記したように、フィンランド人は「我々の仲間は二〇〇〇〇人から三〇〇〇〇人は戦死した」と話していますから、死傷者数を四〇〇〇〇人とすると、一万三〇〇〇〇マイナス三〇〇〇〇マイナス四〇〇〇〇で、六〇〇〇〇名以上と思われる員数の日本将兵の軍服を着た流刑囚が北方四島に上陸したと考えられます（注、P.４０７に約五〇〇〇〇人とあり）。

ここで私見ですが、ソ連はこのような多くの流刑囚に日本軍将兵の軍服を着せた人間達を、なぜ北方四島に上陸させたのか考えてみます。

ソ連は択捉島に上陸するまでは、北方四島にどれほどの日本将兵が駐屯しているかは全く知っていないことが、『千島占領　一九四五年 夏』P.１４３に「部隊の将校達は択捉島と国後島についての十分な情報を持っていなかった」とあることからも分かります。

ところが先ほども述べましたが、八月二十九日午前の第八十九師団司令部との会談で、択捉島に将兵総数一万三五〇〇人（注、同書P.１４７に記載あり）、国後島に一二五〇〇人（注、同書P.１４０に記載あり）、色丹島に四八〇〇人（注、同書P.１５１に記載あり。なおこの数字には歯舞諸島に駐屯の将兵を含む）、すなわち合計一万九五五〇人（注、海軍、憲兵隊将兵は含まず）が駐屯していることを初めて知り、しかも九月一日までに全員を捕虜にしなければ、捕虜としてシベリアに連れて行けなくなるという状況になったのです。

さらに、二万人近い日本軍将兵を四日間捕虜にする際に何事も起きないという可能性が全くないとは考えにくいでしょう。

しかも、捕虜にする方法は通常な方法では不可能であると考えて、危険性のある罠にかける方法で日本軍将兵を捕獲することを考えたのです。

したがって、罠が感づかれた時は何が起きるか分かりません。そこでソ連は感づかれた時のことを考えて、多くの流刑囚を北千島の初戦と同じように戦線で戦わせることを考えたのだと思います。

同時に、戦いが起こった時は多くの流刑囚を削減できるわけですから。何しろ自国の国民がスターリンを「身の毛のよだつ人間」と話すほどですので、そのことから想像しました。

では、「罠」とはどのようなことか。私は九月二日の午後二時半から一時間ほど、その「罠」で日本将兵約四〇〇〇名が捕獲される状況を自宅の窓から見ていたのです。

そこで、国後島の日本将兵一二五〇名の状況で再現してみますと、十一歳の少年の話として「高安中隊がソ連軍が来ることを知ってか、急にいなくなりました」と話していますが、私見ですがソ連軍が来ることを知ってではなく、連隊長から連隊長が駐屯している白糠泊の爺爺岳（注、一八二二メートル）の麓に集合する命令を受けての移動なのです。

話が飛びますが、色丹島でも各村に駐屯していた部隊がアナマ村に九月二日に移動した状況を、島民の誰一人見ていないのです。

さて皆さん、捕虜にした場合には、毎日生活するための食糧と水を与えなければなりません。当時日本軍が三年分の食糧は持っていたことをソ連軍は確認していて、あとは日本将兵と監視するソ連兵の水を確保できる場所に日本将兵を集合させることを、日本軍と話し合ったと思います。すなわち爺爺岳の麓に湧き水の出ていることは想像でき、その場所を日本兵は知っていましたから、ソ連軍と話し合った上でそこへ集合させたと思います。

一方ソ連軍は、集合場所の草原にマンドリン銃を持ったソ連兵を円形状に忍ばせていて、その円内に日本将兵を誘い込んだ途端、マンドリン銃を持ったソ連兵が取り囲み、同時に二メートルほどの木柱、バラ線、ツルハシ、スコップなどを持ったソ連兵が現れて、一瞬のうちに日本将兵は捕らわれの身になるのです。くどいようですが、私が自宅の窓から見た状況は、国後島でもほぼ同じように実行されたのだと思います。

すなわち択捉島のように、バラ線網が完備された飛行場があったこととは違う方法を考える必要があったのです。

さて、もう一度、国後島民の奥野石次郎さんの話を書きますが、『忍従の海　北方領土の28年』P.144に、「九月一日朝になって作万別から二十キロほど離れた古釜布にアメリカ軍らしい兵隊が、船四隻で上陸したらしいという話を耳にした」と。この話で皆さん、疑問があることに気づきませんか？

すでに記載済みですが、八月二十九日午前の第八十三師団司令部とソ連軍の択捉島天寧の日本海軍兵舎での会談で、色丹島と国後島でソ連軍が武装解除をするという電信は、北海道旭川の第七師団に通知されていたことは間違いないでしょう。その証拠として色丹島でも証明されています。

ところが日本軍は、このソ連軍の上陸を一切国後島、色丹島の島民に知らせていないのです。すなわち国後島では、九月一日までは根室と国後島の泊間には海底電信が設置され、さらに泊と作万別間は有線電信が設置されていたのにもかかわらずです（注『北方領土』P.１２２に記載）。

一方、色丹島と落石間は無線電信が固定通信（注、通信時間が決まっていた）で行われ、九月三日の午前十一時四十分頃までは、固定通信時間の午前十時まで電信通信ができていたのです。

八月三十一日の午前十時の固定通信終了後は、九月一日、二日は土、日のため通信はできず、九月三日午前十時の固定通信時間になって、斜古丹郵便局から落石電信局へ電信された電報用紙のコピーが私の手元にあります。ところが事もあろうに当時の国の出先機関の根室振興局が、電報用紙に記載のある日付を隠して「31」だけ分かる丸印を押して本庁に送っているのです。

すなわち、その電報のコピーが私の手元にあるのです。手渡してくれた人は、「この電報用紙は今日までも外部には出されていない」と話していました。

今日、国会では公文書偽造が話題になっていますが、日本という国の文書偽造は今に始まったことではないようです。

話を国後に戻して、作万別の郵便局長が九月一日に「アメリカ軍らしい兵隊」というピントはずれの話をしているのですが、すでに記載したように「古釜布の郵便局に電信で問い合わせたが、応答がない。これはやられたと思い」と話しています。古釜布の郵便局には有線の電信設備はないことが『北方領土』P.１２２に記載されています。

私見ですが、当時現地の郵便局長をしている人間が、電信通信をする相手局を知らないとはどういうことでしょうか？　すなわちこの局長の話には、信憑性が全くないように思われます。

記載済みですが、信憑性のある話をもう一つすると、『北方領土　思い出のわが故郷』P.48に、「私は十一歳でした。九月二日と記憶していますが、ちょうどお昼頃、ソ連の上陸用舟艇が砂浜めがけて入ってきました」とあります。

この話の真相ですが、まず二日ということは、すでに第八十九師団司令部旗下の一二五〇名の将兵が、ソ連軍に九月一日までに捕虜状態にされたことを意味しています。そこでソ連軍は捕虜の中の高安部隊の将兵の二、三人を連れて、高安部隊の武器、弾薬などの引き渡しのために上陸して来たのです。

すなわち、日本将兵を捕虜にした後に、日本軍の各駐屯地で日本軍とソ連軍の立ち会いで武器、弾薬などの引き渡しを終わって初めて武装解除が終了したことになると思います。

しかし、『暗闘　スターリン、トルーマンと日本降伏』P.486に、「日本が降伏文書に調印したのは九月二日の午前九時二十五分（中略）、マッカーサーは『この手続きは今完了した』と宣言した」と。

すなわち、国後島の日本軍の武器、弾薬などがソ連軍に引き渡されたのは終戦後ですから、武装解除とは言えないと思います。ただし、日本将兵の捕虜は九月一日までに完了していますから、捕虜としてソ連はシベリアに連れて行くことはできたのです。

なぜ私がこのようにくどく話をするかというと、色丹島のソ連軍の進駐後の状況を終始見ているからです。

ここで、記載済みの国後島島民の古釜布の消防団長の城戸さんの話ですが、「二日の午後四時に（中略）、沖の古丹から上がった兵達は、一軒一軒、土足のまま踏み込んで家探しをはじめた。時計、万年筆、指輪、鏡、ズボン、パンツのはてまで手当たりしだいに掠奪、住民を追い立てると、一か所に集め、今度は、きびしい取り調べであった」と話していますが、この話に関する私見を記載します。

ソ連兵は、日本兵が全く村にいないことを知った上で、民家への侵入と掠奪行為をしているのです。すなわち、すでに日本将兵一二五〇人は捕虜状態であることの証です。正規軍は日本兵を連れて日本軍の各村の駐屯地の武器、弾薬の引き渡しをし、一方、非正規軍は日本将兵が捕虜になっていることを知り、安全を確認して掠奪行為を二日から始めているのです。

このことは、私の実家のアナマ村でも同様な状態で行われていることを、色丹島の項で記載しています。

◆

さて、以上のような状況であったことをお読みいただき、これまで表に出なかった旧ソ連の北方四島占領の真実がお分かりいただけたことと思います。

私は高齢となりましたが、これからも本当のことを訴え続けていきたいと考えています。

そして最後まで本書をお読みいただいた心ある皆様にも、この真実を理解して広めていただけることを切に願い、筆を擱《お》きたいと思います。

ありがとうございました。

あとがき

私は、これまでの八十数年の人生の中で、六十年以上仕事に従事し、北方領土とは縁のない多くの方と接してきました。

そのうち数人の方に、私が色丹島に住んでいたこと、そしてその返還運動の話をすると、大学を卒業したような方でも、「その島にはどんな宗教的な理由があるのか」などと言われたりします。

北方領土、そして返還運動についての正しい知識を持っていない国民がいかに多いか、ということだと思いました。

そして、北方四島のソ連による占領状況を正しく伝えることの大切さを、元島民の一人として痛感し、この本の出版を考えたのでした。

国民の多くは、日本の終戦日を八月十五日として、九月二日の午前九時十五分頃、戦艦ミズーリ号で降伏文書に日本側が調印したときが本当の終戦日である、ということを知る人は多くありません。

すなわち択捉島、国後島の二島は、戦争状態にある中でソ連軍が上陸し、島に駐屯していた日本将兵を捕虜にして島を占領したわけですから、ソ連は国際法上何一つ違反していません。

ところが、日本政府が八月十五日に終戦記念日の行事を行っていることで、ソ連軍の二島占領は、戦争が終わった後のことであるから、これは違法行為であると返還運動をしていると思います。

しかしこれは日本政府の一つの「奇策」で、このような方法で択捉、国後の二島の返還運動をしないと、アメリカ軍の逆鱗に触れるのです。その理由は本文でも述べてきました。

最近、日本のある政治家が「北方領土は戦争をして取り戻す以外に方法はない」というような発言をして、元島民の多く、いや、日本中から顰蹙を買いました。

「せっかくのいいムードが台無し」という方もいました（何がいいムードなの？　とも思いましたが）。

この件について、ＮＨＫの方から私に電話があり、この政治家についてのコメントを求めてきましたが、そのときは「そんな間抜けな政治家の話には答えられない」と申し上げました。

ただ、「択捉、国後の二島は戦争をして取り戻す」と言っていたらもっともの話だ、とも答えました。

過去に日本は日露戦争に勝利し、ポーツマス条約で北緯五十度以南の南樺太を約四十年間占領しているのです。

そしてソ連は四十年後の日本との戦争で勝利し、再び自国領土にしたのです。だからもし件の政治家が「択捉、国後の二島」と言えば正論だと思ったのです。

政治家でさえ北方領土に関してはこの程度の知識しかないのですから、私のこの本を読んでいただき、皆様が少しでも北方領土のことを知っていただきたいと思うばかりです。

いつか私の論が正しいと認められた場合、日本のマスメディアはこれまでの嘘を、国民にどのように報道するのでしょうか。

さらに、政府までもが島民の嘘を上塗りするような、色丹島からの電報を細工して今日まで放置していることに対してどう説明するか、すなわち、真実を検証することなく領土返還運動をしていては、戻るべき島も戻ってきません。

命の続く限り、私は見守っていきたいと思います。

遠藤　一郎

参考文献

『色丹島渡島と返島一覧』社団法人千島歯舞諸島居住者連盟
『根室色丹会　30周年記念誌　しこたん』根室色丹会
『忍従の海　北方領土の28年』読売新聞社北海道支社編集部編
『北方領土　悲しみの島々』三田英彬　講談社
『北方領土　思い出のわが故郷』社団法人千島歯舞諸島居住者連盟
『1945年以後』(上)タッド・シュルツ著、吉田利子訳　文藝春秋
『私はスターリンの通訳だった』M・ベレズホフ著、栗山洋児訳　同朋舎出版
『暗闘　スターリン、トルーマンと日本降伏』長谷川毅　中央公論新社
『北方領土を考える』木村汎　北海道新聞社
『いまこそ日本人が知っておくべき「領土問題」の真実』水間政憲　PHP研究所
『安藤石典と北方領土』釧路新聞社
『北方領土』根室市北方領土問題対策会
『北方領土の神社』北海道神社庁
『千島教育回想録』千島教育回想録刊行会

『スパッとわかる世界史』佐藤幸夫　ナツメ社
『千島占領　一九四五年 夏』ボリス・スラヴィンスキー著、加藤幸広訳　共同通信社
『新装版　日本の戦争　2　太平洋戦争』毎日新聞社
『武器・兵器でわかる太平洋戦争』太平洋戦争研究会
『戦後史の正体』孫崎　享　創元社
『美しきペテンの島国』高橋五郎　小池壮彦　学研パブリッシング
『元島民が語る　われらの北方四島』北方ライブラリー製作委員会制作　社団法人千島歯舞諸島居住者連盟
『根室色丹会50周年記念誌』根室色丹会
『シベリア抑留全史』長勢了治　原書房
『まだGHQの洗脳に縛られている日本人』ケント・ギルバート　PHP研究所
『戦争犯罪国はアメリカだった!』ヘンリー・S・ストークス　ハート出版
『日ソ国交回復秘録』松本俊一　佐藤　優　朝日新聞出版
『日華断交と日中国交正常化』田村重信　豊島典雄　小枝義人　南窓社
『なぜアメリカは対日戦争を仕掛けたのか』ヘンリー・S・ストークス　祥伝社
『北方領土・竹島・尖閣　これが解決策』岩下明裕　朝日新聞出版
『検証　大東亜戦争史』下巻　狩野信行　芙蓉書房出版
「週刊ポスト」二〇一六年十月二十一日号　小学館

著者プロフィール
遠藤 一郎（えんどう いちろう）

昭和10年９月16日、北海道生まれ。

昭和16年春、東京から色丹島ホロベツ村に移住。

昭和22年11月、ソ連による強制引き揚げで色丹島から北海道に移住。

昭和30年、北海道釧路湖陵高等学校を卒業。

昭和33年から日本無線株式会社札幌出張所に８年間勤務後、33年間、エコー電機株式会社経営。

70歳で年金生活を開始、現在に至る。

平成20年頃から終戦前後の書物を多数読み、77歳過ぎより執筆活動を始める。

私の北方領土 日本人は本当の「終戦の日」を知らない～元島民・平野一郎の主張～

2020年４月15日　初版第１刷発行

著　者　遠藤 一郎
発行者　瓜谷 綱延
発行所　株式会社文芸社
〒160-0022　東京都新宿区新宿１－10－１
電話　03-5369-3060（代表）
03-5369-2299（販売）

印刷所　株式会社フクイン

ISBN978-4-286-21406-1